W0216402

LYLA PAYNE

ZIMTKÜSSE ★ AM ★ Christmas Eve

BUCH 2

Ein Silvesterkonzert im glitzernden und weihnachtlich gestimmten London organisieren – Christina kann es kaum fassen, dass sie eines der begehrten Praktika bei einem Londoner Musikproduzenten ergattert hat. Doch dann soll sie ausgerechnet die Band ihres Exfreunds Cary betreuen, der sie so sehr verletzt hat wie kein anderer. Und ganz egal, wie sehr Christina sich einzureden versucht, dass sie längst über Cary hinweg ist – das Knistern zwischen ihnen ist sofort wieder da.

LYLA PAYNE

ZIMTKÜSSE ★ AM ★ Christmas Eve

Aus dem Englischen von Katrin Segerer

Ravensburger

Kapitel 1

Die Reifen setzen auf der Landebahn auf und rütteln mich wach. Dank der gesegneten Schlaftabletten ist mein Gehirn eine einzige trübe Wolke. Mit dem widerlichen Geschmack in meinem Mund und der sandigen Trockenheit meiner Augen sickert langsam die Realität durch die Schwaden, und es dauert nicht lange, bis auch das Grauen wieder Besitz von meinem Magen ergreift.

London. Weihnachten, allein in einem Hotelzimmer. Ein Job, der tausendmal schwieriger wird als jeder andere, weil ich in den nächsten zweieinhalb Wochen diese eine Band babysitten muss.

Der Flug nach Gatwick war genauso lang wie immer. Früher habe ich jeden Sommer in England bei meinem Dad verbracht, meistens zusammen mit meinem älteren Bruder. Aber seit drei Jahren war ich nicht mehr hier.

Ich seufze und deaktiviere den Flugmodus meines Handys. Während die Maschine zum Gate rollt, arbeite ich mich durch die Flut von Nachrichten. Zwei von meiner Mum. Die erste beklagt, dass ich über Weihnachten nicht da bin, die zweite ist eine nicht gerade subtile Aufforderung, doch noch einmal darüber nachzudenken, meinem sogenannten Vater Bescheid zu geben, dass ich in der Stadt bin. Ein paar von meiner Mitbewohnerin Jessica, die verspricht, mich anzurufen, sobald sie nächste Woche in Irland ankommt. Der Rest von meinem Boss bei BGG Entertainment, der mich daran erinnert, wann und wo ich mich zum Dienst melden soll.

Die Landebahn erscheint mir wie eine Art Fegefeuer, irgendwo zwischen England und dem Nirgendwo. In meinem Kopf läuft noch einmal die Unterhaltung mit Jessica vor ein paar Tagen ab und ruft mir ins Gedächtnis, was mich auf der anderen Seite der Gangway erwartet.

»Klar, du bist traurig, deine Lieblingsfeiertage ohne deine Mum verbringen zu müssen, aber du bist in England und ich in Irland. Wir könnten uns an Silvester treffen!«

Meine Mitbewohnerin schaut mich so ernst wie nur möglich an. Seit sie letztes Jahr aus Fanore zurückgekommen ist, hören ihre blauen Augen eigentlich gar nicht mehr auf zu leuchten. Das verklemmteste Mädchen der Welt hat es geschafft, sich in nur vier Tagen in einen irischen Adonis zu verlieben.

»Ich weiß nicht. Wahrscheinlich muss ich arbeiten.« Es ist gemein, ihr die Laune zu verderben, aber selbst die Aussicht auf ein bekanntes Gesicht in England kann die verworrenen Knoten nicht lösen, die sich schon beim Gedanken an diese Reise in meinem Bauch bilden.

Schließlich haben bekannte Gesichter in England mehr als die Hälfte davon erst festgezurrt.

»Du musst an Silvester arbeiten? Ich dachte, sie hätten ein Konzert an Heiligabend und dann einen Spendenmarathon oder so an Neujahr?«

»Nein, das Konzert ist am ersten Feiertag und der Spendenmarathon an Silvester.«

Jessica schneidet eine Grimasse. »Irgendwas stimmt doch nicht mit dir. Normalerweise siehst du immer alles so positiv. Sogar die Matheprüfung, die du gerade vergeigt hast.«

»Hey!« Ich bewerfe sie mit einem Paar Socken, nur um das Packen in die Länge zu ziehen. »In der Musikindustrie braucht man kein Mathe.«

»Hoffentlich bist du nicht irgendwann mal für die Bezahlung der Künstler zuständig.«

»Dafür gibt es die Buchhaltung«, informiere ich sie, muss aber lächeln. »Und ja, es ist London, nicht die dunkle Seite des Mondes. Ich finde schon was, damit mir nicht langweilig wird.«

»Ähm, zum Beispiel, mit einer der coolsten Bands des Universums abzuhängen?«

»Ja, klar.«

Jessica pustet sich den Pony aus der Stirn und stopft noch eine Garnitur Spitzenunterwäsche in ihren proppenvollen Koffer.

»Du meine Güte, willst du drei Wochen oder drei Jahre wegbleiben?«

»Ich weiß, es ist lächerlich. Sonst bin ich viel organisier-

ter und plane meine Outfits für jeden einzelnen Tag durch. Aber ich kann mich überhaupt nicht konzentrieren. Ich bin so aufgeregt!«

»Grady wäre es bestimmt am liebsten, wenn du gar keine Klamotten einpackst.«

Sie wird knallrot, was irgendwie süß ist. Dann lacht sie, und zwar so laut und fröhlich, dass es unser ganzes Zimmer erfüllt. »Da hast du recht. Aber die Donnellys hätten vielleicht was dagegen.«

»Echt komisch, dass du Weihnachten mit deinem neuen Freund bei der Familie deines Exfreunds verbringst. Vor allem, weil dein Besuch letztes Jahr ein totaler Reinfall war.«

»Er war kein Reinfall, Chris. Schließlich habe ich Grady getroffen.«

»Und er hat es irgendwie geschafft, dir den Stock aus dem Arsch zu ziehen, das muss man ihm echt lassen. Aber bitte keine Details darüber, wie er das angestellt hat.«

Sie lacht noch einmal. Sie ist jetzt viel lockerer als noch vor eineinhalb Jahren, als ich mit ihr zusammengezogen bin. Ich mag die neue Jessica nicht mehr als die alte, aber es macht das Zusammenleben definitiv einfacher. Und sie ist glücklich, das ist das Wichtigste.

»Wie sind denn eigentlich deine Prüfungen gelaufen?«, frage ich, damit das Gespräch nicht wieder zu mir zurückkehrt. Ich bin noch nicht bereit, über die Zillionen Gründe zu reden, warum ich an Weihnachten lieber ein Schlachthaus besichtigen als nach London fliegen würde.

»Ganz gut, glaube ich. Und ich habe mich für ein Sommer-

praktikum beworben. Ich kann ja nicht zulassen, dass du die Einzige mit tollen Karriereaussichten bist.«

»Das hätte mich auch gewundert.«

Manche Menschen würden Jessicas Konkurrenzdenken wahrscheinlich anstrengend finden, aber für uns funktioniert es. Wir pushen uns gegenseitig.

»Okay, im Ernst jetzt, raus damit: Warum beschäftigt dich diese Reise so? Das kann doch nicht nur an deinem Dad liegen. Ich weiß, du hast ihn seit Jahren nicht gesehen, aber es sind nur ein paar Wochen. Vielleicht ist deine Stiefmutter gar nicht böse. Klischees stimmen nicht immer.«

Ich verdrehe die Augen. Meine Mitbewohnerin ist mittlerweile dazu übergegangen, fein säuberlich ihr Bett zu machen. »Stiefmütter sind grundsätzlich böse. Frag Disney. Die würden uns ja wohl nicht anlügen.«

»Sicher, weil es auch nette Meerjungfrauen gibt und überhaupt nicht komisch ist, mit einem riesigen haarigen Biest rumknutschen zu wollen.« Sie hebt spöttisch die Augenbrauen.

»Gott sei Dank hast du das mit den netten *Meerjungfrauen klargestellt.«*

»Jeder weiß, dass es Meerjungfrauen gibt, aber sie sind böse wie der Teufel. Und ich liebe dich, Christina Lake, aber du bist keine süße, unschuldige Prinzessin.«

Um mich herum erwachen allmählich die anderen Passagiere wieder zum Leben und holen mich in die Gegenwart zurück, als sie die steifen Beine strecken, ihre Taschen und Koffer aus den Gepäckfächern hieven und zum Ausgang schlurfen. Ich reihe mich in die Prozession ein, die aus dem Flugzeug in das morgendliche Gewimmel des Flughafens strömt. Das einschläfernde Geratter des Gepäckbands beruhigt meine Nerven kein bisschen. Ich wünschte, ich könnte direkt mit der Arbeit anfangen und den schweren Teil dieses Trips hinter mich bringen.

Du bist über ihn hinweg, beharrt mein Gehirn. *Das Ganze ist fast drei Jahre her. Du hast geheult, Trübsal geblasen, und dann hast du ihn vergessen und dich mit anderen Typen getroffen. Nichts wird sich ändern, nur weil du ihn jetzt wiedersiehst.*

Die mentale Aufmunterungsrede strafft meine Schultern und verdrängt die hartnäckige Unsicherheit. Ich zerre meinen riesigen Koffer und die nur geringfügig kleinere Reisetasche vom Gepäckband und schleppe mich in Richtung Passkontrolle. Die Schlange ist kurz, der richtige Weihnachtsverkehr geht erst in ein paar Tagen los.

»Sind Sie geschäftlich oder privat hier?« Die gelangweilte Zollbeamtin blickt nicht von meinem Pass auf. Ihrem grauen Haaransatz nach zu urteilen, hat sie diese Frage schon so oft gestellt, dass sie sie im Schlaf herunterbeten und wahrscheinlich die Antwort erraten kann.

»Geschäftlich.«

»Was führt Sie nach London?« Sie greift nach dem Stempel und ihre fleischige Hand schwebt knapp über dem blauen Heftchen.

»Ich bin Praktikantin bei einem Musikunternehmen und wegen des Silvesterkonzerts im O_2 hier.«

»Sie sind früh dran«, bemerkt sie und drückt den Stempel auf eine halb volle Seite.

»Die Band hat noch ein paar Werbetermine vor dem Konzert«, erkläre ich, ehe mir auffällt, dass ich wohl auch jetzt schon meinen Job machen sollte. »Das Konzert ist für einen guten Zweck.«

»Wie schön. Für welchen?«

»Ähm …« Wie kann ich das nicht wissen? Mein Boss hat es mir nicht gesagt und ich habe vergessen zu fragen. »Das weiß ich noch nicht.«

Sie schaut mich an, als wäre ich der größte Idiot, dem sie heute begegnet ist – vielleicht sogar die ganze Woche –, und schiebt mir meinen Pass unter der Glasscheibe durch. »Schöne Feiertage.«

»Danke«, murmle ich, stecke den Pass in die Handtasche und schleife mein Gepäck in den Foodcourt.

Mein knurrender Magen lenkt mich von meinem Versagen als PR-Praktikantin ab und ich hole mir einen Cheeseburger mit Pommes vom nächsten Fast-Food-Laden. Eigentlich habe ich vor, mein improvisiertes Mittagessen im Taxi zu verputzen, aber mein Handy klingelt. Ich gucke aufs Display. Meine Mutter. Als ich es geschafft habe, mich und mein Gepäck zu einem harten Plastikstuhl zu manövrieren und mich darauffallen zu lassen, ohne mein Essen auf dem Boden zu verteilen, nehme ich das Gespräch an.

»Hallo?«

»Du bist angekommen!«

Bei ihrer gespielten Überraschung verdrehe ich die Augen. »Ja, Mutter, ich bin angekommen. Und das weißt du, weil du meinen Flug im Internet verfolgt hast.«

»Du kennst mich zu gut. Wie war der Flug?«

»Ganz okay. Ich habe die meiste Zeit geschlafen.«

»Hast du deinen Vater schon angerufen?«

Ich atme tief ein und zähle leise bis zehn. Mein sogenannter Vater hat seit fast drei Jahren nicht mehr mit mir gesprochen und obwohl er sich schon zehn Jahre davor von meiner Mum hat scheiden lassen, liegt sie mir ständig damit in den Ohren, dass ich ihm die Hand reichen soll.

Was mir bestimmt leichterfallen würde, wenn ich wüsste, warum er mich überhaupt verstoßen hat. Und diese Antwort bekomme ich nur, wenn ich mit ihm rede.

»Nein.«

»Christina …«

»Ich denke darüber nach, Mum. Vielleicht frage ich ihn, ob er mit mir einen Kaffee trinken geht, aber ich werde mich ganz sicher nicht zusammen mit seiner glücklichen neuen Familie unter den Weihnachtsbaum setzen.«

»Das verlangt auch keiner, mein Schatz. Aber gib ihnen nicht die Schuld für das, was dein Vater getan hat. Du weißt doch, wie er ist.«

Ich unterdrücke ein verächtliches Schnauben. Mein Vater hat seinen Debütroman vor fast fünfzehn Jahren für einen exorbitanten Vorschuss an einen Verlag verkauft und die öffentliche Aufmerksamkeit hat ihn nicht nur in eine geltungssüchtige Medienhure verwandelt, sondern uns allen das Leben schwer gemacht. Irgendwann ist er wieder sesshaft geworden, aber erst nachdem er meine Mum verlassen hatte.

Und er kann immer noch ein Arschloch sein.

»Du willst bestimmt erst mal ins Hotel und auspacken«, fährt meine Mum fort. »Die Arbeit fängt ja erst morgen an, oder?«

»Genau, gleich morgen früh.«

»Okay, dann viel Spaß. Und versuch, auch was von der Stadt zu sehen. Obwohl du schon so viele Sommerferien in England verbracht hast, warst du nie länger in London.«

Ich verdrehe noch einmal die Augen, muss aber lächeln. Eine neue Stadt kennenzulernen, ist einer der wenigen Aspekte an dieser Reise, der nicht total zum Kotzen ist. »Mache ich.«

»Und Christina … lass dir von diesem Kerl nicht wieder Sand in die Augen streuen. Du hast genug Taschentücher verbraucht.«

Ein Stich durchfährt meine Brust, aber ich beiße die Zähne zusammen. Sage meinem Herzen, es soll Ruhe geben. »Keine Sorge. An Cary White verschwende ich keinen Gedanken.«

Das stimmt. Schon seit Jahren nicht. Aber die Sache wäre sehr viel einfacher, wenn auch mein Job nichts mit ihm zu tun hätte.

★

Das Taxi hat noch nicht einmal die Hälfte der Strecke zum Hotel zurückgelegt, das BGG auf den letzten Drücker für mich gebucht hat, als Jessica schreibt.

Hast du die Band schon getroffen? Sind sie live genauso heiß wie im Fernsehen?

Trotz meiner schlechten Laune muss ich lächeln. Meine Mitbewohnerin weiß fast alles über mich, aber niemand außerhalb des engsten Familienkreises kennt meine Geschichte mit dem Sänger von Pursuant. Nicht, dass sie mir peinlich wäre. Aber Cary gehört zu meiner Vergangenheit, und als ich der Verbindung beigetreten bin und mich mit Jessica angefreundet habe, war die TCU meine Gegenwart und meine Zukunft. Das musste sie sein, sonst hätte ich es nicht überlebt.

Und nach dem großen Durchbruch der Band hätte mir sowieso niemand mehr geglaubt.

Nein, ich fange erst morgen an.

Ach so. Ich erwarte übrigens, dass ich auf der Gästeliste für das Silvesterkonzert stehe, falls ich Grady überreden kann, nach London zu fahren.

Kriege ich hin, tippe ich gerade, als das Taxi vor einem alten englischen Inn hält. *Bis später.*

XOXO.

»Da sind wir, junge Dame. Das Pilot Inn.« Der indische Fahrer dreht sich zu mir um und nickt aus dem Fenster.

Meine Augen wandern von den grünen Hecken, die völlig vereist und mit den Überbleibseln des letzten, von den Straßen und Bürgersteigen längst verschwundenen Schnees bedeckt sind, zu den vergilbten Hauswänden. Das kleine Inn ist pittoresk, aber sollte die Zimmerausstattung auch noch aus Elizabeth Bennets Zeit stammen, werde ich morgen früh ein ernstes Gespräch mit meiner Chefin hier führen.

Ich meine, wenn sie schon die Hälfte ihrer Praktikanten feuert, weil sie sich bei einem Konzert die Birne weggekifft haben, und mich über Weihnachten von der anderen Seite des großen Teichs einfliegen lassen muss, kann sie mich zumindest in einem schönen Hotel unterbringen.

»Danke.« Ich drücke dem Taxifahrer ein paar Pfund in die Hand und klettere aus dem Auto, während er zum Kofferraum geht. Er holt sich fast einen Bandscheibenvorfall, als er mein Gepäck heraushievt, und ich gebe ihm noch mal fünf Pfund für den unvermeidlichen Besuch beim Chiropraktiker. Dann verabschiede ich mich, übernehme die Last selbst und schleife sie nach drinnen.

Die Einrichtung des Inns ist so elegant und modern, dass ich wie angewurzelt im Türrahmen stehen bleibe und staune wie ein Tourist. Was ich ja im Prinzip auch bin. Es gibt einen Café- und Frühstücksbereich, ein hübsches, mit Glaswänden abgetrenntes Restaurant, von dessen Fenstern aus man einen Blick über die Skyline der Londoner Downtown hat, und eine Terrasse, auf der es in Texas jeden Nachmittag zur Happy Hour vor feierwütigen Studenten nur so wimmeln würde.

»Wow«, murmle ich. Über das Hotel werde ich mich nicht beschweren müssen. Es ist so bezaubernd, dass ich auf keinen Fall in die spießige alte Villa meines Dads umziehen werde.

Die Frau an der Rezeption ist vielleicht ein paar Jahre älter als ich und hat mausbraunes Haar und kirschrote Lippen. »Guten Morgen. Haben Sie ein Zimmer gebucht?«

»Ja. Christina Lake.«

Sie tippt einen Moment auf der Tastatur herum, bevor sie mit einem entschuldigenden Lächeln aufblickt. »Es tut mir leid, aber die offizielle Check-in-Zeit ist erst ab vier Uhr und Ihr Zimmer ist noch nicht fertig.«

»Okay … na ja, dann warte ich hier und trinke einen Tee.«

»Sie können auch gerne Ihr Gepäck hierlassen, falls Sie einen Spaziergang machen wollen. Die Uferpromenade ist wunderschön und das Wetter ist heute sehr mild. In den nächsten Tagen soll es deutlich kälter werden.« Ihre Stimme ist ziemlich piepsig, was sich für meine übernächtigen Ohren wie Kreidequietschen auf einer Tafel anhört.

Eine heiße Tasse Tee ist verlockend, aber die Aussicht auf ein, zwei Stunden allein noch viel mehr. Ich zwinge mich, ihr Lächeln zu erwidern und meine erschöpfte Ungeduld zu unterdrücken. »Danke. Ich glaube, das werde ich tun.«

»Ich hole Ihnen einen Becher Tee zum Mitnehmen. Grün oder schwarz?«

»Schwarz. Ich brauche eine ordentliche Dosis Koffein.«

Ich gebe Koffer und Reisetasche beim Portier ab und trete wieder nach draußen. Es ist nicht kalt, zumindest nicht für Dezember, wahrscheinlich vier Grad oder so. Ein flotter Spaziergang ist vielleicht genau das Richtige, um den Kopf freizubekommen, und wie meine Mutter schon angemerkt hat: London und ich kennen uns noch nicht allzu gut. Da könnte ich mal Hallo sagen.

Ich schaffe es nicht einmal bis zur Themse, die nur ein paar Straßen entfernt liegt, ehe mein Handy klingelt. Es ist eine Londoner Nummer, aber keine, die ich gespeichert habe – also nicht mein Vater –, deshalb gehe ich ran. »Christina Lake?«

»Ich brauche dich schon heute, nicht erst morgen«, informiert mich eine forsche weibliche Stimme ohne Begrüßung.

Nicht gerade höflich, aber es ist unschwer zu erraten, dass die Anruferin meine neue Chefin ist, darum fällt meine Antwort freundlicher aus. Mein lahmes Gehirn versucht, sich an ihren Namen zu erinnern. Lilly, Petunia, irgendeine Blume … »Okay. Ich kann in zehn Minuten fertig sein.«

»Ein Wagen holt dich in fünf ab.«

Sie legt auf, bevor ich etwas erwidern kann. Ein Teil von mir – der kindische – will den Spaziergang fortsetzen und wenigstens ein paar tiefe frische Atemzüge nehmen, nur aus Trotz. Der Rest, der schon das ganze Studium auf eine Karriere in der Musikindustrie hinarbeitet und sich die letzten zwölf Monate als Praktikantin bei BGG den Hintern aufgerissen hat, um nach dem Abschluss einen der wenigen Jobs zu ergattern, würgt das Handy, als wäre es der Hals einer bestimmten Dame, und macht sich auf den Weg zurück zum Inn.

Als ich dort ankomme, brenne ich darauf loszulegen. Je eher ich anfange, desto eher kann ich das gefürchtete Wiedersehen mit Cary hinter mich bringen und meine Arbeit erledigen.

Ich werde etwas über zwei Wochen hier sein. Eine Herausforderung, dank meiner besonderen Vergangenheit in diesem grässlichen Land. Aber wenn ich das durchstehe und meine Sache gut mache, dann gehört einer dieser Jobs und die Zukunft, die ich mir seit … eigentlich immer schon wünsche, so gut wie mir.

Denk an dein Ziel, Christina. Denk an dein Ziel.

Kapitel 2

Als der Wagen von BGG sich in den albtraumhaften Londoner Verkehr stürzt, bin ich sicher, dass sich der Knoten in meinem Magen nie wieder entwirren lässt.

Der griesgrämige Fahrer braucht eine halbe Stunde, um mich zu einem modernen Glasgebäude zu bringen, das hoch in den wolkenverhangenen grauen Winterhimmel ragt. Das Mädchen am Empfang mustert mich von oben bis unten und fragt dreimal nach meinem Namen, bevor sie in den Büroräumen von BGG anruft und vor meiner Nase eine Kaugummiblase platzen lässt. Ich würde ihr gern den Besucherausweis aus der Hand reißen oder mit dem Kugelschreiber ein Loch in die Besucherliste – oder ihren Schädel – stechen, aber das würde sich auf meinem Lebenslauf nicht so gut machen.

Die Fahrt in den einundzwanzigsten Stock besänftigt mich ein bisschen, bis ich durch die Fahrstuhltür trete und der nächsten Kaugummi kauenden Empfangsdame gegenüberstehe. Keine Ahnung, ob ich mich noch einmal beherrschen könnte, aber in diesem Moment taucht eine hübsche junge Frau mit glattem schwarzem Haar und den grünsten Augen auf, die ich je gesehen habe. Vermutlich meine Chefin. Rose? Jasmin?

»Du musst Christina sein. Ich bin Erica.«

Erica. Himmel.

Sie wirft der Empfangsdame einen scharfen Blick zu, als die ihren Kaugummi besonders laut ploppen lässt. »Wir können in mein Büro gehen. Möchtest du einen Tee?«

»Ja, bitte. Mit Milch, ohne Zucker.«

Die Empfangsdame zieht eine Grimasse, steht aber auf und verschwindet in einer kleinen Küche. Ich folge Erica über den mit Teppichboden ausgelegten Flur in ein spärlich, aber geschmackvoll eingerichtetes Zimmer. Durch ein großes Fenster, das fast über die gesamte hintere Wand reicht, strömt die Wintersonne über den Schreibtisch und die gerahmten Schallplatten an den cremefarbenen Tapeten.

»Setz dich«, sagt Erica, nimmt selbst am Schreibtisch Platz und tippt auf der Tastatur des Macs herum, was mir das Gefühl gibt, ungefähr so wichtig zu sein wie eine Fliege, die unter einem Glas eingesperrt ist.

»Ich freue mich, hier zu sein.« Ich ringe mich zu einem Lächeln durch. Schließlich wird diese Frau während der nächsten zweieinhalb Wochen der einzige Puffer zwischen mir und der Band sein. »Und ich kann es kaum erwarten loszulegen.«

Die launische Empfangsdame kommt herein und stellt

zwei Tassen auf den Tisch, doch mittlerweile kann selbst Tee die Anspannung, die sich in mir aufgestaut hat, nicht mehr lösen. Ich will es endlich hinter mich bringen. Cary von Angesicht zu Angesicht gegenübertreten und beweisen, dass ich über ihn hinweg bin.

»Ich weiß ja nicht, wie dein Praktikumsbetreuer in den USA ist, aber ich steh nicht drauf, wenn man mir in den Hintern kriecht.« Sie bedenkt mich mit einem kalten, taxierenden Blick. »Sei, wo und wann du sein sollst, und bleib sauber – keine Männergeschichten, keine Drogen, keine Ausreden. Verstanden?«

»Verstanden.« Ich schlucke meine Enttäuschung herunter. Es ist ja nicht so, als wäre Erica die erste Vorgesetzte, die Praktikanten für inkompetente Kinder hält, aber es wäre schön gewesen, sie sympathisch zu finden.

»An Heiligabend und am ersten Feiertag bin ich bei meinen Eltern in Cornwall, aber die restliche Zeit über beaufsichtige ich deine Arbeit und erstatte deinen Betreuern in den USA Bericht.«

Ich bemühe mich, keine Miene zu verziehen, als sie Cornwall erwähnt, aber ihre fein säuberlich in Form gezupften Augenbrauen schnellen sofort in die Höhe. »Was?«

»Nichts. Mein Vater hat ein Ferienhaus in Cornwall.«

»Faszinierend.« Sie schürzt die Lippen. »Wie heißt dein Vater?«

»Gerard Lake.«

Sie versucht vergeblich, ihre Überraschung zu verbergen, während sie mich noch einmal mustert und völlig neu einschätzt. Allerdings verliert sie keine Bemerkung über meinen Erzeuger. Die Erleichterung währt nur kurz. »Der Frontmann von Pursuant hat früher auch immer mit seiner Familie dort Urlaub gemacht.«

Ich weiche ihrem Blick aus und versuche den Schweiß, der sich auf meiner Oberlippe und unter meinen Achseln bildet, durch reine Willenskraft verschwinden zu lassen. Jetzt wäre genau der richtige Zeitpunkt, um ihr zu beichten, dass ich die Band schon kenne, vor allem Cary White. Aber nach ihrer klaren Ansage fürchte ich, dass sie mich dann auf der Stelle feuert. Ich warte besser, bis es ganz natürlich zur Sprache kommt, und hoffe, sie bis dahin so mit meinen Fähigkeiten beeindruckt zu haben, dass ich bleiben darf.

Dass es niemanden gibt, der mich ersetzen könnte, dürfte für mich sprechen.

Sie zieht einige Dokumente aus dem Drucker, ohne meinen inneren Aufruhr zu bemerken. »Hier ist der Terminplan von heute bis Neujahr. Der erste Programmpunkt ist ein Radiointerview morgen früh. Dann ein Fotoshooting am Mittwoch, ein paar Interviews für wichtige Zeitschriften und Soundchecks im Theater.«

»Im O_2?«

»Der Spendenmarathon und das Silvesterkonzert sind im O_2, aber am ersten Weihnachtsfeiertag geben sie ein Privatkonzert für besonders finanzkräftige Spender in einem leer stehenden alten Theater.«

»Alles klar. Und wann –«

»Was du wissen musst, steht hier drin. Ich bin sehr gründlich und sehr gut in meinem Job.« Sie schiebt den Stapel über den Tisch und erhebt sich.

Ich greife nach den Blättern und überfliege die ungefähr zehn Termine, die ich zusammen mit der Band wahrnehmen soll. Nichts, was ich nicht schon mit kleineren Bands in Dallas oder größeren in New York City letzten Sommer gemacht hätte. Ein Kinderspiel. Eigentlich bin ich nur ein besserer Babysitter, vor allem weil Pursuant seit Jahren im Geschäft sind. Die sind alte Hasen.

»Na los.« Sie wartet an der Tür und tippt mit der Spitze ihrer nudefarbenen Designerpumps auf den polierten Holzfußboden, die dunklen Augenbrauen hochgezogen.

»Wo gehen wir hin?«

»Na, dich der Band vorstellen.«

★

Panik durchfährt mich wie ein Messer, ein sauberer, so scharfer Schnitt, dass ich aufkeuche, aber ich reiße mich zusammen, ignoriere Ericas neugierigen Blick und stakse mit erhobenem Kinn und wackeligen Knien aus dem Büro. Es gibt keinen Grund, sich so aufzuregen. Ich habe einen Job zu erledigen und das werde ich auch tun.

Ich folge Erica durch den Flur zurück ins Empfangszimmer. Wir fahren mit dem Aufzug in den siebten Stock, wo uns drückende, dumpfe Stille empfängt. Das kann nur eins bedeuten – Tonstudios. Über allen Türen sind kleine Lampen angebracht. Manche leuchten grün, ein paar rot, andere sind ausgeschaltet. Erica führt mich zur letzten Tür rechts und wir warten in steifem Schweigen, bis das rote Licht verschwindet. Währenddessen überlege ich, wie ich sie am besten beschwichtige, falls Cary gleich wie ein Vollidiot mit unserer Geschichte herausplatzt.

Das Licht wird grün und sie öffnet die gepolsterte Tür. Wir betreten den Regieraum des Studios, in dem ein paar Produzenten mit Kopfhörern vor dem Mischpult sitzen. Eine dicke Glasscheibe trennt sie von der Band.

Da sind sie, die Mitglieder von Pursuant, allesamt vertraute Gesichter, doch meine Augen werden unwillkürlich von einem bestimmten angezogen. Sein Anblick ist wie ein Schlag in die Magengrube. Cary sieht noch genauso aus wie an dem Tag, als ich ihm zuletzt begegnet bin, aber das wusste ich schon von Zeitschriftencovern, kitschigen Frühstückssendungen und den zahllosen Musikpreisverleihungen. Ich bin abgestumpft. Immun geworden gegen die Wirkung, die er früher einmal auf mich hatte.

Aber das hier ist anders. So unerwartet intensiv, dass ich mir auf die Lippe beißen muss, um nicht laut aufzuschreien.

In natura sieht er aus wie in meiner Erinnerung, nicht, wie ein Fotograf ihn in Szene gesetzt hat. Die kleinen Fältchen in seinen Augenwinkeln. Wie er sich das Haar hinters Ohr klemmt, wenn er konzentriert zuhört, wie er die Unterlippe zwischen die Zähne zieht, während er sich Notizen auf seinen Notenblättern macht.

Wie seine dunkelblauen Augen funkeln, als er aufblickt

und mich entdeckt, so als hätte jemand ein Feuerwerk darin entzündet.

Dieses pure Glück springt auf mich über und fegt durch meine Brust wie ein Tornado, und für den Bruchteil einer Sekunde fühlt es sich an, als wäre alles auf der Welt in Ordnung. Dann zwinge ich den Sturm in mir nieder, und im selben Moment verschwindet das Leuchten aus seinem Gesicht und macht den Schatten Platz.

Er beugt sich zum Mikro. »Was treibt *sie* denn hier, Vi?«

Carys Stimme zittert leicht, aber sein Tonfall lässt keinen Zweifel daran, dass er sich nicht über die Überraschung freut. Oder über meine Anwesenheit. Oder beides. Mein Ärger über die Kränkung ist stärker als meine flatternden Nerven. Anscheinend dachte Cary, er müsste mich den Rest seines Lebens nicht mehr treffen, und ist nicht gerade begeistert, dass er sich geirrt hat.

Willkommen im Club, Arschloch.

»Noch mal. Und versucht ausnahmsweise, nicht ganz so scheiße zu sein, ihr Poser«, schnauzt einer der Produzenten, ein Mann mit beginnender Glatze und schmalen Schultern, die seinen schwarzen Pullover nicht mal ansatzweise ausfüllen, die Jungs an.

Keiner von ihnen scheint ihm die Bemerkung übel zu nehmen. Sie zählen einfach neu ein und fangen von vorne an. Die süßen Klänge von Gitarren, Bass und Schlagzeug dringen durch die hochwertigen Lautsprecher, und als Cary einstimmt, setzt mein Herz aus. Ich bin wieder siebzehn, meine Zehen graben sich in den kalten Sand neben einem knisternden Lagerfeuer und er singt nur für mich, eine Akustikgitarre auf dem Schoß.

Erica wirbelt zu mir herum und reißt mich aus der Vergangenheit. Ihre blitzenden grünen Augen versprechen, dass ich gleich alles andere als dankbar sein werde. »Irgendwas vergessen zu erwähnen?«

Ihre Frage fühlt sich an wie eine Ohrfeige. Sie brennt und meine Wangen färben sich knallrot, weil ich schon so früh aufgeflogen bin. Ihrem wütenden Gesicht nach zu urteilen, sucht sie nach einem Grund, mich zu feuern. »Ähm, ich kenne sie ein wenig. Wir sind uns in Cornwall begegnet. Ein paar Monate, bevor sie ihren ersten Plattenvertrag unterschrieben haben.«

Erica fixiert mich, als wollte sie meine Gedanken lesen. Es kommt mir fast so vor, als würde es ihr gelingen. »Und?«

Ich zucke mit den Achseln. »Und nichts Wildes. Cary und ich hatten einen kleinen Sommerflirt, aber der hat nicht einmal bis zum Ende der Ferien gedauert. Seitdem habe ich ihn nicht mehr gesehen.«

Es fällt mir schwerer, als es sollte, diese Worte einer Fremden gegenüber auszusprechen. Es ist die Wahrheit, aber nicht die ganze. Das Geständnis schmeckt wie Säure, als würden sich die Geheimnisse lieber auflösen, als enthüllt zu werden.

Erica presst die Lippen zu einer dünnen Linie. »Ich habe mich in dieser Branche schon mit weit mehr als meinem gerechten Anteil an Groupies herumgeschlagen. Ich habe keine Zeit für solchen Quatsch, nicht während du den Laden hier schmeißen sollst.«

Ich öffne den Mund und blinzle die heißen Tränen der Verlegenheit weg. »Ich schwöre dir, dass ich nicht deswegen hier bin. Cary White ist so ungefähr der letzte Mensch, mit dem ich freiwillig Zeit verbringen würde. Aber ich tue es, weil es mein Job ist. Ich bin professionell, ich will in der Musikindustrie Karriere machen, und nichts, was passiert ist, als ich noch ein dummes Kind war, wird mir dabei im Weg stehen.«

Sie mustert mich. »Also sind wir uns weiterhin einig, was die Männergeschichten angeht?«

»Absolut.«

Als sie sich wieder zur Band dreht, stoße ich einen stummen Seufzer der Erleichterung aus. Anscheinend hat sie nicht vor, mich auf der Stelle rauszuwerfen. Wahrscheinlich, weil sie sonst auf keinen Fall an Weihnachten zu ihrer Familie fahren könnte.

Mittlerweile sind die Jungs beim Refrain angelangt und der Text zerrt an meiner sorgfältig geschmiedeten, aber noch nicht kampferprobten Rüstung.

I never told you about the mistake I made
But you could never have forgiven me, anyway.
I walked away, I couldn't stay
Now you're my secret mistake.

Mein Mund wird ganz trocken und ich frage Erica leise: »Ist das ein neuer Song?«

»Ja, die erste Single vom neuen Album. Die wird morgen beim Radiointerview zum ersten Mal gespielt.«

Ich schlucke. »Hat Cary sie geschrieben?«

»Er schreibt die meisten ihrer Songs.« Sie starrt hartnäckig in Richtung Glasscheibe und weigert sich, mich anzuschauen. »Hast du dich überhaupt auf diesen Job vorbereitet, Christina?«

Ich weiß, dass er die Songs von Pursuant schreibt. Alle bis auf ein paar Ausnahmen auf den drei bisherigen Alben und alle drehen sich ums Davonlaufen, um Reue und große Lieben, die durch Geheimnisse und Fehler und dummen Stolz zerstört wurden.

Und so sehr ich auch glauben will, dass das nichts bedeutet, dass mein Exfreund einfach nur ein Händchen für gute Songs hat – es fühlt sich an, als würde er über mich schreiben. Über uns. Seit drei Jahren quälen mich die Radiomoderatoren, die Pursuant allesamt lieben, mit diesen Texten. Am Anfang hat es mich zum Weinen gebracht. Jetzt macht es mich wütend.

Der Song ist zu Ende und dieses Mal wartet Cary nicht auf Feedback oder das Okay der Produzenten, sondern bückt sich und verschwindet aus meinem Blickfeld, um seine Gitarre abzustellen. Ich beobachte, wie die anderen Bandmitglieder ihre Instrumente verstauen und auf die Tür zuschlendern. Alfie, der Bassist mit der wilden blonden Lockenmähne und dem länglichen Gesicht, tritt als Erster hindurch. David Moore, der zweite Gitarrist und nicht gerade mein bester Freund, fährt sich durch das dichte hellbraune Haar und weicht meinem Blick aus. Simon schiebt sich die Trommelstöcke in die hintere Jeanstasche und nickt mir kurz zu. Er ist nicht so attraktiv wie die anderen, aber sein Körper kann sich sehen lassen. Als Letzter kommt Cedric, der Keyboarder und das stille Gewissen der Band.

Wir haben uns damals gut verstanden und er lächelt mich an. »Na, wenn das nicht meine Lieblingsamerikanerin ist.«

»Da du alle anderen Amerikaner hasst, ist das eine zweifelhafte Ehre.« Ich drücke ihn kurz, als er die Arme ausbreitet. »Schön, dich zu sehen, Ced.«

»Dich auch, kleiner Floh.«

Alle von den Jungs haben mich früher Floh genannt. Ob es daran lag, dass ich im Sommer, als wir uns kennengelernt haben, quasi an Cary geklebt habe – und er an mir – oder weil ich ein Parasit in ihrer glücklichen Singletruppe war, habe ich nie herausgefunden. Aber mit Ausnahme von David mochten sie mich alle ganz gern. Dachte ich zumindest.

»Hey, Chris«, sagt Simon und schaut sich nervös nach Cary um.

Ich werfe gerade ein allgemeines Hallo in die Runde, als mein Ex den Regieraum betritt. Mein Magen krampft sich zusammen. Er steht im selben Zimmer wie ich, atmet die gleiche Luft, genau wie vor drei Jahren. Als hätte sich nichts geändert, als hätten wir sechs die ganze Zeit fröhlich miteinander abgehangen.

»Cary, ich wusste nichts von deiner früheren ... Bekanntschaft mit Christina, aber sie kümmert sich bis Neujahr um eure PR. Es ist eine Weile her, vielleicht ist es irgendwie seltsam und so weiter und so fort, aber sie hat mir versichert, dass sie sich professionell verhalten kann. Und ich weiß, dass du es auch tun wirst.«

Die anderen Jungs sehen aus, als würden sie bei der kaum verhüllten Klatsche gleich in schallendes Gelächter ausbrechen. An einem anderen Ort, zu einer anderen Zeit hätte eine andere Christina womöglich auch über die schuljungenhafte Verlegenheit auf Carys hübschem Gesicht gekichert.

»Ich bemühe mich«, sagt er nur.

Cedric legt einen Arm um meine Schultern. »Sie war schon immer gut darin, Werbung für uns zu machen. Sie kriegt das bestimmt super hin.«

»Das wird sich zeigen. Ich bin noch bis kurz vor Weihnachten hier und beaufsichtige ihre Arbeit, und ich komme vor Silvester wieder zurück. Irgendwelche Fragen?«

Sie schütteln die Köpfe. Erica beobachtet mich und sucht nach einem Hinweis, dass meine Versprechen nur Quatsch waren, also lasse ich den Blick genauso lange auf Cary ruhen wie auf allen anderen.

Mir wird fast schwarz vor Augen, so sehr muss ich mich anstrengen, ihn nicht zu fragen, was zum Teufel damals passiert ist, bei seiner Schönheit nicht einfach dahinzuschmelzen. Jahrelang dachte ich, ich sei darüber hinweg, und jetzt fliegt es mir um die Ohren. Als wäre überhaupt keine Zeit vergangen. Als hätte er mir gestern erst das Herz gebrochen. Und ich stehe hier mit den Splittern in der Hand.

»Können wir vielleicht aufhören mit dem Geheule und uns endlich um diesen Song kümmern?«, meckert der schlecht gelaunte Produzent, der die Unterbrechung gar nicht lustig findet, und starrt Erica und mich finster an. »Er klingt scheiße!«

»Ja, schön weitermachen mit dem Entscheißen.« Erica wedelt mit der Hand, die Augen auf ihr Handy gerichtet. »Komm mit, Christina, wir besorgen dir die Zugangskarten für die Events.«

Wir verschwinden ohne weiteren Zwischenfall. Cary schaut mich nicht an, ich schaue ihn nicht an, und generell geht keiner von uns beiden auf eine auch nur ansatzweise reife Art und Weise mit der Situation um.

Fast so wie damals, als wir uns getrennt haben. Ich meine, jemand sagt dir, dass er dich liebt, zeigt es dir mit jedem Atemzug, jedem Blick, und haut dann ohne ein Wort ab?

Wahrscheinlich war es naiv von mir zu glauben, es würde einfach werden, ihn wiederzusehen. Aber nur, weil ich ein bisschen ins Schwimmen gerate, lasse ich mich nicht wieder von den Wellen unter Wasser drücken.

»Also, das war so ziemlich die unangenehmste Atmosphäre, die ich je in einem Zimmer erlebt habe«, bemerkt meine Chefin, als wir in den Flur treten. »Und ich habe meinen Exmann nicht nur mit einem, sondern mit zwei anderen Männern im Bett erwischt.«

»Ich ... weiß nicht, was ich dazu sagen soll.«

»Damit sind wir schon zu zweit.«

Kapitel 3

»Christina!«

Ich halte inne, die Hand schon an der Tür, die nach draußen in den kalten Nachmittag führt, und schließe die Augen. Erica hat mir ein paar Zugangskarten überreicht und mich noch einmal daran erinnert, dass ihre Handynummer, die ihres Bosses bei BGG UK, die der Bandmitglieder sowie die Kontaktinformationen für alle Interviews in den nächsten Wochen in den Unterlagen stehen, die sie mir gegeben hat, bevor sie mich wie einen absolut nicht zufriedenstellenden Bediensteten entlassen hat.

Ich dachte, ich hätte es für heute hinter mir, aber der schmerzlich vertraute Klang meines Namens aus Carys Mund lässt mich erstarren. Mein Wagen wartet an der Bordsteinkante, keine drei Meter entfernt und doch zu weit weg, um mich vor diesem Gespräch zu retten. Mir wird ganz heiß vor Verlegenheit, als ich an mein Benehmen in diesem Studio zurückdenke, keine zwei Minuten, nachdem ich Erica versichert hatte, dass ich ein Profi bin, und ich weiß, dass ich mich dem hier stellen muss.

Das Pflaster mit einem Ruck abreißen.

Die Unschlüssigkeit auf Carys Gesicht trägt nicht gerade zu meiner Beruhigung bei. »Ja?«

»Oh. Ähm …« Er schiebt die Hände in die Taschen seiner Jeans und ich zwinge mich, meine Augen nicht in südlichere Gefilde wandern zu lassen. »Ich wollte dir etwas sagen.«

»Okay.« Mein Herz klopft so schnell, dass ich kaum atmen kann, geschweige denn reden, aber ich darf mir auf keinen Fall anmerken lassen, dass es mich umbringt, ihm so nah zu sein. Dass ich mich in seine Arme werfen will. Mich auf ihn stürzen, damit ich nicht sterbe.

»Tut mir leid, wie ich mich da oben verhalten habe. Es ist nur … dich wiederzusehen, hat mich kalt erwischt.« Er kommt noch näher und Zimtgeruch hüllt mich ein. Cary kippt das Gewürz in seinen Tee, als sei es Zucker, und irgendwo hängen immer ein paar Körnchen – an seinen Fingern, seinen Augenbrauen oder in seinem Haar, je nachdem, wie ausschweifend er beim Frühstück war. »Eine kleine Vorwarnung wäre nett gewesen.«

»Es ist drei Jahre her. Ich dachte, es sei dir egal.«

Bei diesem Streifschlag zuckt er zusammen. »Verdammt, Christina!«

»Hör mal, das hier macht mir auch nicht gerade Spaß, aber sie haben mir keine Wahl gelassen und selbst wenn, hätte ich nicht Nein gesagt. Es ist eine tolle Chance und ich sollte eigentlich Profi genug sein.«

»Sollte?« Er schenkt mir ein schiefes Lächeln und ich erwidere es unwillkürlich.

»Ja.« Ich reiße mich wieder zusammen und runzle die Stirn. »Ich bin erwachsen geworden.«

Cary schweigt, beißt sich auf die Unterlippe und schaut nach draußen. Seine Augenbrauen schnellen in die Höhe, als er den Wagen sieht. »Wo wohnst du? Bei deinem Vater?«

Die Frage hinter dieser Frage erschüttert mich bis ins Mark. Als wüsste er irgendwie, dass die Beziehung zu meinem Vater in die Brüche gegangen ist, seit wir uns das letzte Mal gesprochen haben. Früher hätte ich ihm vertraut. Mich in niemandes Armen geborgener gefühlt, von niemandes Geruch und Lachen und Verständnis besser vor der Welt beschützt.

Aber dieser Zug ist abgefahren und zwar schon lange. Und obwohl Cary mich dazu gezwungen hat – ich bin ausgestiegen.

»Ich weiß wirklich nicht, was meine Wohnsituation mit meinem Job zu tun hat.« Ich dränge die Emotionen zurück, die mich übermannen wollen, und verschränke die Arme. Schimpfe mit meinem Bauch, weil er sich bei seiner Nähe in ein prickelndes Brausebonbon verwandelt. »Wolltest du sonst noch was?«

Carys Schultern sacken nach unten und er beißt sich wieder auf die Lippe, aber als seine Augen mein Gesicht finden, verändert sich etwas in ihm. Seine Wirbelsäule richtet sich auf, das Funkeln kehrt in seinen Blick zurück und er macht einen Schritt auf mich zu und streckt die Hand nach mir aus.

Ich weiche zurück.

Cary zieht verwirrt die Augenbrauen zusammen. »Willst du einen Tee trinken gehen?«

»Was?«

»Tee. Oder Kaffee, du grässliche Amerikanerin. Du und ich. Wir haben einiges nachzuholen. Es ist ewig her.«

Seine Worte prasseln auf mich ein wie Steine, treffen meine Schultern, stürzen auf meine Brust und zerschmettern mein Herz. Tränen steigen mir in die Augen und dieser Schwächebeweis facht meine Wut an. »Nein, Cary, ich will keinen *Kaffee* mit dir trinken. Ich will nichts *nachholen* und es ist *ewig her*, weil du gegangen bist, schon vergessen?«

Ich schleudere ihm die Anschuldigung entgegen, aber sie scheint einfach von ihm abzuprallen und in Pfützen aus ungeweinten Tränen auf dem Boden zu landen. Seine Ohrläppchen werden rot, ein sicheres Zeichen, dass er sich schämt. Der Ausdruck auf seinem Gesicht wirkt allerdings eher wie Stolz.

Als er nichts erwidert, wirble ich herum und rausche durch die Tür, ohne mich noch einmal umzudrehen – selbst als ich etwas höre, das wie »Das ist mein Mädchen!« klingt.

Ich lasse mich auf den Rücksitz fallen und sage dem Fahrer, dass er mich zurück ins Hotel bringen soll. Und obwohl ich mich wirklich bemühe, kann ich mich nicht davon abhalten, aus dem Fenster zu blicken, als wir losfahren. Cary steht draußen und schaut mir mit einer eigenartigen Mischung aus Hoffnung und Verzweiflung nach.

Plötzlich durchschneidet ein Kreischen die Stille und

Cary wird von drei Fangirls umringt, die mit Notizblöcken vor seinem Gesicht wedeln und ihn um Autogramme bitten.

Er weicht ins Gebäude zurück und ich schürze die Lippen. *Sein Mädchen*, na klar. Das hätte er wohl gern. Selbst wenn er mir die Wahrheit erzählen und mich auf Knien um Vergebung bitten würde, wäre ich niemals stark genug, ihn noch einmal an mich heranzulassen. Dafür war der Weg hierher zu lang, zu steil und zu steinig.

Nach drei Jahren habe ich endlich den Gipfel erreicht und ich fürchte, dass selbst ein Kaffee mich wieder ganz nach unten stürzen und in tausend winzige Einzelteile zerbrechen lassen würde.

★

Die Rückfahrt zum Hotel dauert noch länger als die Fahrt zum Büro heute Morgen und als wir endlich vor dem Pilot Inn anhalten, hat sich meine Anspannung in Erschöpfung verwandelt. Meine Augen sind schwer und nichts, wirklich gar nichts, klingt jetzt verlockender, als in bequeme Klamotten zu schlüpfen, ins Bett zu fallen und bis morgen früh nicht mehr aufzustehen.

Ich stolpere in die Lobby, schleppe mich zum Portier und überreiche ihm meine Gepäckmarke.

»Ähm, es tut mir leid, Miss, aber Ihr Gepäck wurde bereits abgeholt.«

Die Müdigkeit macht es schwierig, meine Verwirrung zu bezwingen. »Was? Von wem?«

»Von Ihrem Vater. Er hat gesagt, Sie würden gleich aufbrechen, wenn Sie wieder da sind.«

Er nickt in Richtung Cafébereich und bei meiner fassungslosen Miene bildet sich ein leichter Schweißfilm auf seiner Stirn.

Statt noch mehr Fragen zu stellen, folge ich seinem Blick.

Und da sitzt er. Gerard Anthony Lake III.

Es ist fast drei Jahre her. Mein Vater sieht älter aus. Seine Wangen sind schlaff, auf seiner Stirn und um seine Augen haben sich neue Falten eingegraben und ein ungewohntes Bäuchlein hängt über seinen Gürtel, aber es ist eindeutig er.

Man muss ihm zugutehalten, dass er nicht versucht, mich zu umarmen, oder tut, als müsste ich mich freuen. Doch er lächelt. Ein bisschen schmal, aber aufrichtig, und es schmerzt mehr als nur ein bisschen.

»Hey, Chrissie.«

Wie ist es möglich, so sauer auf jemanden zu sein und sich gleichzeitig zu wünschen, dass er einen in den Arm nimmt und alles wiedergutmacht? Ich tue das Einzige, was ich kann, das Einzige, was mich davor bewahrt hat zu zerbrechen: Ich verschanze mich hinter den Mauern, die meinen weichen Kern vor der Welt beschützen. Vor ihm.

»Warum bist du hier?«

»Deine Mutter hat mich angerufen und mir gesagt, dass du über Weihnachten im Land bist. Sie dachte, ich würde dir anbieten wollen, bei mir zu wohnen.«

Ich werde meine Mutter umbringen. Sie ist der beste Mensch, den ich kenne, also ist es ein echter Verlust, aber sie kann nicht ständig ihre Nase in meine Angelegenheiten stecken. Himmel, sie hat sich vor über dreizehn Jahren von diesem Mann scheiden lassen. Wenn irgendjemand den Wunsch verstehen sollte, ihn nie wiederzusehen, dann sie.

Ich habe mich damals für ihn entschieden, flüstert sie in meinem Kopf. *Vielleicht war das nicht klug, aber er ist dein Vater. Einen anderen bekommst du nicht.*

Halt die Klappe, Mum.

»Nun, das ist schrecklich großzügig von dir, aber die Firma bezahlt mir ein Hotel.«

»Willst du wirklich Weihnachten in einem Hotel verbringen?«

»Warum nicht? Es ist ein Tag wie jeder andere.«

»Es ist kein Tag wie jeder andere. Es ist dein Lieblingsfeiertag und Imogen freut sich schon darauf, alle deine Leibgerichte zu kochen.« Sein Lächeln wird schief. »Oder besser gesagt, die Köchin zu bitten, dass sie alle deine Leibgerichte kocht.«

Imogen ist die Stiefmutter, die ich nie kennengelernt habe, die Mutter meiner beiden jüngeren, ebenfalls unbekannten Stiefschwestern. Anscheinend haben sie alle die Zeit meines Vaters mehr verdient als ich.

»Wie nett von ihr.« Ich schiebe mich an ihm vorbei und greife nach meinem Koffer, bevor ich noch irgendetwas Dummes mache, wie mich von meiner Erschöpfung dazu bringen zu lassen nachzugeben, nur damit ich endlich schlafen kann. »Aber Weihnachten ist ein Fest für die *Familie*, da will ich nicht stören.«

Die Spitze trifft ihr Ziel und er besitzt wenigstens den Anstand, so zu tun, als würde er sich schämen, dass er seine alte Familie weggeworfen und sich eine nigelnagelneue gesucht hat. Ich zerre mein Gepäck in Richtung Rezeption, während mein Vater sich schnaufend bemüht, mit mir Schritt zu halten. Gerade noch außer Hörweite der Empfangsdame bleibe ich stehen.

Entschuldigungen huschen durch die eisblauen Augen, die ich von ihm geerbt habe. »Ich will dich nicht zwingen, Chrissie. Das kann ich auch nicht, ich weiß. Aber ich hatte gehofft, ich könnte dich davon überzeugen, dass man Feiertage mit der Familie verbringt. Und wir sind immer noch eine Familie.«

Ich schlucke all die schroffen, verletzenden Erwiderungen hinunter, selbst wenn jede einzelne von ihnen wahr wäre. Ich darf wütend sein. Er hat mich verlassen, als ich ihn am meisten gebraucht hätte. Aber gerade bin ich einfach zu müde, um mit ihm zu streiten.

»Ich bin echt fertig, Dad. Ich habe nicht geschlafen, seit ich gelandet bin, und es war ein ziemlich harter Vormittag.« Ich halte inne und sammle den Mut, ihn anzusehen. »Ich überleg's mir, okay?«

Sein Lächeln verblasst, wird unsicher, und aus irgendeinem Grund fühle ich mich besser, weil auch er Zweifel hat, ob das hier eine gute Idee ist.

Es ist seltsam, die Kluft zwischen uns nicht anzusprechen. Ich denke daran zurück, wie Cary sich mit mir treffen wollte und ich es ihm verweigert habe, und muss der Möglichkeit ins Auge blicken, dass ich meinem Vater ähnlicher bin, als ich zugeben will.

»Okay. Okay, Chrissie.« Er wringt seine Schiebermütze in den Händen, bevor er sie wieder glatt streicht und aufsetzt. »Ich weiß, dass wir über vieles reden müssen. Nur … denk darüber nach.«

Ich nicke knapp und schaue ihm hinterher, als er aus dem Hotel spaziert und in eine wartende Limousine steigt. Kaffee mit Cary, Weihnachten mit meinem Dad und seiner neuen Familie – spinnt London jetzt eigentlich komplett? Ich bin hier, um Pursuant durch zwei Wochen PR und ein paar Konzerte zu bringen, nicht, um alles, was ich mir in den letzten drei Jahren erarbeitet habe, einfach wegzuschmeißen.

Mit diesem Gedanken hole ich mir meinen Schlüssel und gehe nach oben in mein Zimmer, fest entschlossen, mich nicht mehr ablenken zu lassen.

Kapitel 4

Als es um Mitternacht an meine Tür klopft, fahre ich hoch. Mein Herz hämmert gegen meinen Brustkorb und ich brauche einen Moment, um mich daran zu erinnern, wer ich bin und wo, und die Bettdecke in meinen Fäusten wieder loszulassen.

Es klopft noch einmal, also war es kein Traum. Auf Zehenspitzen schleiche ich zur Tür und spähe durch den Spion.

Beim Anblick von Cary setzt mein Herz ruckartig aus. Er wirkt ein bisschen durch den Wind. Sein zerwuscheltes Haar ist hinter die Ohren geklemmt, unter seinen Augen zeichnen sich dunkle Ringe ab und seine Nasenspitze ist gerötet.

»Ich sehe den Schatten deiner Füße, Chris. Kann ich reinkommen? Es ist eiskalt hier draußen!«

»Was willst du?«

»Bitte?«, fragt er. Seine Stimme klingt schmeichelnd und irgendwie sexy.

Ich schaue an mir hinunter auf meinen Schlafanzug – Shorts und ein Top – und beschließe, mich nicht umzuziehen. Immerhin trage ich einen BH.

Ich öffne die Tür. Die kühle Luft aus dem Korridor dringt herein und Cary schiebt sich an mir vorbei. Ich bekomme eine Gänsehaut. Sein Geruch – Zimt und Schweiß, eine ganz eigene, nur allzu vertraute Mischung – übermannt mich, bis meine Knie fast nachgeben. Habe ich wirklich geglaubt, dass seine Wirkung auf mich einfach verschwinden würde, nur weil er mir das Herz gebrochen hat?

Mein Exsommerflirt lehnt sich an den Schreibtisch, die dunkelblauen Augen auf mich gerichtet. Langsam gleiten sie über meinen Körper, hinunter bis zu meinen Füßen, dann wieder hinauf. Als sie mein Gesicht erreichen, brennt jeder Zentimeter meiner Haut so heiß, dass ich mich kaum noch daran erinnern kann, wovor ich auf der Hut sein sollte, warum ich jemals darüber nachgedacht habe, mich von ihm fernzuhalten.

Wir starren einander an wie zwei Menschen, die versuchen herauszufinden, ob eine Oase in der Wüste real ist oder ob sie sich gleich wie alle anderen in Luft auflösen wird. Meine Haut kribbelt, mein Atem geht schwer und irgendwie stehe ich plötzlich näher bei Cary. Nur noch ein paar Schritte von ihm entfernt.

Ich verschränke die Arme. Ich bin mir meines Körpers viel zu sehr bewusst – wie er sich nach Cary sehnt, nach der Verbindung, die immer noch zwischen uns knistert, ohne dass jemand es ihr erlaubt hätte.

Seine Augen glänzen. »Mein Gott, Chris. Bist du's wirklich? Bist du echt?«

Er streckt eine Hand aus und seine Finger tasten zögernd nach meiner Hüfte. Seine Berührung durchfährt mich wie ein Blitz und setzt einen Gewittersturm im Zimmer frei.

Ach, scheiß drauf.

Schon liege ich in seinen Armen. Meine Hände greifen in sein Haar und unsere Lippen, Oberkörper, Schenkel pressen sich aneinander. Sein Mund ist hungrig, als er den meinen findet. Ein Seufzer reißt sich von einem lange ignorierten Stück meiner Seele los. Meine Kehle brennt und Tränen laufen mir über die Wangen, aber ich klammere mich an ihn, als er mich wegschieben will, denn nichts wäre jetzt schlimmer für mich, als ihn nicht mehr zu spüren. Als die Welt vor dieser Tür, die Welt der letzten drei Jahre, in unsere Seifenblase zu lassen.

Ich vergrabe die Finger tiefer in seinen Locken und ernte ein Keuchen, als meine Lippen zu der Stelle hinter seinem Ohr wandern, die er besonders mag. Cary White zittert unter meinem Mund und eine sinnliche Macht durchströmt mich. Mein Körper will nichts mehr, als ihn wieder ganz nah bei sich zu haben.

Seine Hände streifen meinen Bauch, als er mir das Top über den Kopf schiebt und um mich herumgreift, um schnellen Prozess mit meinem BH zu machen. Ich befreie ihn von seiner Jacke, dem Pulli und dem T-Shirt darunter, bis nackte Haut sich an nackte Haut drängt. Alle meine Sinne sind geschärft, jede Berührung lässt Funken sprühen. Die feinen

Härchen an seinem Oberkörper streichen über meine Brust und schicken einen Schauder bis in meine Zehen.

Cary übernimmt die Kontrolle und wirbelt mich herum, sodass mein Rücken gegen den Tisch gedrückt wird. Er hebt mich hoch und setzt mich auf die Platte, während meine Finger seine Hose aufknöpfen und sich unter den Bund seiner Boxershorts tasten. Das beschleunigt die Bewegungen, mit denen er mir die restlichen Klamotten auszieht und sie achtlos zu Boden wirft, bevor er ein Kondom aus seiner Jeans zerrt. Er presst die Stirn gegen meine und schaut mir in die Augen, die Arme um meine Hüfte geschlungen.

In seinem Blick liegt eine Frage und in meinem eine Erlaubnis. Ich verschließe seinen Mund wieder mit meinem, denn wenn er etwas sagt, wenn ich etwas sage, löst sich das alles hier auf wie ein Schatten im Sonnenlicht. Ich will jetzt nicht nachdenken, nichts genauer beleuchten. Es fühlt sich viel zu gut an, es einfach geschehen zu lassen, auch wenn ich tief in mir weiß, dass wir die Sache nur noch komplizierter machen.

Meine Beine umklammern ihn und wir bewegen uns mit einer Harmonie, die aus Vertrautheit und Erfahrung und noch etwas anderem entsteht, etwas, das uns von Anfang an umhüllt hat, als wir uns mit siebzehn begegnet sind. Damals war es, als hätte mein ganzes Leben mich zu diesem Augenblick geführt, als hätte nie der geringste Zweifel bestanden, dass mein Weg mich zu ihm bringt, und als unsere Körper im Hier und Jetzt geben und nehmen, entfährt mir ein Schrei, weil es sich so richtig anfühlt.

Denn egal wie sehr ich über ihn hinweg bin, wie sehr ich mich weiterentwickelt und mir selbst bewiesen habe, dass ich auch ohne ihn eine großartige Zukunft haben kann – in diesem Moment kommt es mir vor, als hätte ich diesen Weg nie verlassen.

Als würde er uns immer wieder hierher zurückführen.

Flammen versengen meine Haut, als seine Lippen sich von den meinen lösen und zu meinem Ohr, über meinen Hals wandern. Seine festen, sicheren Bewegungen löschen jeden rationalen Gedanken in meinem Kopf aus. Die Ränder des Zimmers werden schwarz, bis nur noch Cary und ich übrig sind und die Leidenschaft, die mich überrollt, sich in Tränen Bahn bricht.

Er hält mich fest und flüstert meinen Namen, so verzweifelt und rau, dass es mir das Herz zerreißt, während er eine Ewigkeit lang zittert und bebt. Keiner von uns beiden bewegt sich oder sagt etwas und die Vergangenheit ist bei uns, so präsent wie das Holz unter mir und Carys Geruch.

Wir liegen auf der Rückbank von Carys Landrover und ich bin so bis über beide Ohren verliebt, dass ich nicht einen Gedanken an die Klischeehaftigkeit des Ganzen verliere. Er hat Decken und Tee mitgebracht und wir haben den Sonnenuntergang beobachtet, bevor wir uns im schummerigen Dämmerlicht langsam gegenseitig auszogen. Während der vergangenen Wochen, in denen wir uns getroffen, ineinander verliebt haben, haben wir unsere Seelen voreinander entblößt, deswegen kam es mir gar nicht in den Sinn innezuhalten, ehe ich auch diese Schwelle übertrete.

Danach beobachten wir einander. Der Schweiß trocknet an unseren Körpern und Freude wirbelt durch meine Adern.

»Alles in Ordnung?«, fragt Cary und lässt einen Finger über meine Wange wandern. Sorge und Staunen glitzern in seinen Augen.

»Mir geht's gut, keine Panik. Glaubst du, ich hätte das hier getan, wenn ich es nicht gewollt hätte?«

»Nein.« Er lächelt und das Glück sprudelt aus ihm heraus und vermischt sich mit meinem in den winzigen Lücken zwischen uns. »Aber ich weiß, wie schwierig gerade alles mit deinem Dad ist, dass er eine neue Freundin hat, und ich … ich will dich nicht verletzen, Chris.«

Seine seltsame Melancholie verwirrt mich und ich hebe den Kopf, um sie wegzuküssen, und genieße den Salzhauch auf seinen Lippen, der wie die Frische des Meers im Wind schmeckt. »Dann tu's nicht.«

Damals konnte ich nicht ahnen, was mich nur ein paar Wochen später erwartete. Dass er spurlos verschwinden würde, ohne zurückzublicken, und ich alles hinterfragen müsste, das für meine dummen, naiven Augen so unzerbrechlich schien.

Jetzt bin ich in meinem Hotelzimmer. Älter, aber offensichtlich kein bisschen weiser. Ich rutsche von der Tischplatte, weg von ihm, und schnappe mir schnell ein paar frische Klamotten aus meinem Koffer, bevor ich ins Bad eile.

Was wir gerade getan haben – was *ich* gerade getan habe –, war ein Fehler, das ist mir völlig klar, als ich ihm in Yogahose und einem langärmeligen T-Shirt wieder gegenüberstehe. Ich schlucke und versuche, ihn nicht anzusehen. »Du musst gehen.«

Seine Augenbrauen verschwinden unter dem zerzausten Haar, das ihm in die Stirn fällt. »Du wirfst mich raus? Nein. Wir müssen reden.«

»Ich glaube, es ist alles gesagt.« Ich nicke in Richtung Schreibtisch und mir wird heiß. »Wir sind in alte Gewohnheiten verfallen. Ich mache dir keinen Vorwurf, aber das darf nicht noch einmal passieren, sonst verliere ich meinen Job, und wir wissen doch beide, dass das zwischen uns nur Hormone sind, die verrücktspielen. Ich lasse mich auf keinen Fall für Sex feuern.«

Egal wie gut er ist.

»Ich verstehe.« Seine Mundwinkel zucken, aber er schafft es, das Lächeln zu unterdrücken. Fast. »Also hast du das alles schon durchdacht? Ich bin nur eine schnelle Nummer für dich?«

Von wegen durchdacht. Ich habe noch nicht einmal rausgefunden, warum du mich damals verlassen hast, aber ich weiß, dass ich das kein zweites Mal durchstehe. Sex ist eine Sache, aber dich wieder in mein Herz lassen? Absolut unmöglich.

»Bitte mach es mir nicht noch schwerer. Als du vor drei Jahren gegangen bist, war ich ein heulendes Häufchen Elend, und wir haben uns seitdem nicht mehr gesehen. Ja, die Situation ist echt seltsam, aber vielleicht hat das gerade alles irgendwie bereinigt.«

Eigenartigerweise fühle ich mich wirklich entspannter.

Das könnte an meinem gewaltigen Orgasmus liegen, aber ich glaube, es ist mehr als das. Das hier sind Cary und ich und wenn wir einen Punkt erreicht haben, an dem wir nur um der alten Zeiten willen miteinander ins Bett – oder auf den Tisch – gehen können, bin ich möglicherweise tatsächlich über ihn hinweg.

Jetzt bricht sein Lächeln sich Bahn. Es ist strahlend und umwerfend und zeigt seine hinreißenden Grübchen. Er beugt sich vor und berührt meine Wange mit den Lippen, ehe er mir ins Ohr flüstert: »Ich würde dir nie irgendwas schwerer machen, kleiner Floh. Ich dachte, das hättest du inzwischen begriffen.«

Seine Worte verblüffen mich. Es ist, als würde mehr dahinterstecken, etwas, das er nicht sagt, aber denkt, und ich suche sein Gesicht nach Hinweisen ab.

Cary zuckt mit den Achseln. »Dann sehen wir uns morgen früh.«

»Gute Nacht.«

Ich schließe die Tür hinter ihm und krieche wieder ins Bett, wo ich mich zusammenrolle, den Schreibtisch anstarre und mich frage, ob das gerade wirklich passiert ist. Wenn es nur ein Traum war, dann einer, den ich schon seit Jahren habe. Aber meine Erfahrung hat gezeigt, dass Träume niemals wahr werden.

★

Bei Tageslicht betrachtet, sieht alles schon ein bisschen besser aus. Nachdem Cary gegangen war, bin ich sofort eingeschlummert, und da mein erster Termin mit Pursuant heute das Radiointerview um elf ist, konnte ich sogar ausschlafen.

Jetzt ist es kurz vor neun. Der Sender sitzt in der Innenstadt und Erica hat mir deutlich zu verstehen gegeben, dass ich mich selbst um meine Beförderung kümmern muss, also sollte ich langsam los.

Die U-Bahn braucht viel zu lange und ich will gar nicht daran denken, wie das später in der Rushhour wird. Die Band hat nach dem Interview noch eine Aufnahmesession im Tonstudio, aber ich weiß nicht, ob ich da auch dabei sein muss. Die Tatsache, dass ich gleich Cary treffe, macht mich heute deutlich weniger nervös als gestern. Wie auch immer wir unser nächtliches Zwischenspiel nennen wollen, anscheinend hat es funktioniert.

Als ich ankomme, sitzen die Jungs schon im Greenroom, obwohl ich acht Minuten zu früh bin. Nicht die geforderten zehn, aber gute Pferde springen knapp. Na ja, vielleicht nicht bei einem großen Turnier.

»Ihr seid echt eine Schande für die Rockstarzunft. Warum seid ihr schon da?«

Es ist halb elf, fast Mittag für manche Menschen, aber wenn mich meine Erinnerung nicht trügt – und das tut sie selten, wenn es um Cary geht –, ist keiner von ihnen ein Frühaufsteher.

»Dir auch einen guten Morgen, Süße«, sagt Cary und seine dunklen Augen wandern zu meinen Beinen. Ich freue und ärgere mich gleichermaßen, dass ich mich für ein Kleid entschieden habe.

»Ja, ja. Guten Morgen.«

David schneidet eine Grimasse und starrt in seinen Kaffeebecher. »Wir sind eine Band, keine Rockstars.«

»Da sind die Medien anderer Meinung.«

»Scheiß auf die Medien.«

Ich verdrehe die Augen. Anscheinend ist David kein bisschen umgänglicher geworden, seit ich ihn das letzte Mal gesehen habe. Auf jeden Fall beweist er, dass ich recht habe. Keine Frühaufsteher. »Okay, das Interview ist für elf Uhr angesetzt, also holen sie euch bestimmt in den nächsten zehn, fünfzehn Minuten ab, um euch zu verkabeln. Seid ihr die Fragen durchgegangen?«

Simon schnaubt. »Als würden sich die Wichser je ans Skript halten. Die versprechen jedes Mal, dass sie nicht persönlich werden, aber so läuft es nie.«

»Weil das die Leute nun mal hören wollen, du Penner«, erwidert Cedric genervt. »Ungefähr fünf Menschen interessieren sich für unser neues Album, der Rest will nur wissen, wen wir gerade vögeln.«

Meine Wangen werden warm, als ich daran denke, wen genau einer von ihnen gestern Nacht gevögelt hat. Dass Carys Blick wieder zu mir herüberschweift, macht die Sache auch nicht besser.

Bei der Vorstellung, zuhören zu müssen, wie Cary über sein letztes Techtelmechtel redet, kommen mir fast die Pancakes wieder hoch, die ich zum Frühstück hatte. Wenn man den Klatschblättern glauben darf, hatte er seit dem Durchbruch keine ernsthafte Beziehung, aber er hat bestimmt nicht wie ein Mönch gelebt.

Warum sollte er auch?

Simon, Cedric und Alfie mustern mich mit mehr oder minder besorgten Mienen, und Davids kantiges Gesicht verdüstert sich, während Cary auf seine Notizen starrt und so tut, als würde er die Fragen für das Interview noch einmal lesen. Seine Ohrläppchen sind schon wieder rot und egal wie oft ich mir einrede, es würde mich kaltlassen, dass er sich benimmt, als sei mein Auftauchen eine Art verfrühtes Weihnachtsgeschenk, es funktioniert nicht.

»Ist dir schlecht?«, fragt Simon mit aufgerissenen Augen.

»Du siehst echt aus, als müsstest du kotzen«, ergänzt Cedric und rückt schnell ein Stück von mir weg. »Die Toilette ist gleich den Flur runter.«

»Mir geht's gut.« Ich schlucke und verdränge die unerwünschten Bilder aus meinem Kopf.

In diesem Moment taucht eine Sendeleiterin auf und bewahrt mich davor, vor Scham im Boden zu versinken. Gegen besagte Übelkeit kann sie allerdings nichts ausrichten.

»Wenn ihr Jungs so weit seid, gehen wir jetzt ins Studio und bereiten alles vor.« Sie ist schon älter, vielleicht Anfang vierzig, und wirkt, als würde sie nichts weniger interessieren, als dass eine der heißesten Bands Englands vor ihr sitzt.

Eine erfrischende Abwechslung.

Die nächsten zwanzig Minuten folgen einem Ablauf, den ich schon hundertmal beobachtet habe, und mein Gehirn schaltet in den Ruhezustand. Ich bin als Babysitter hier, um sicherzustellen, dass alle dummen oder ausfälligen Bemerkungen, die einer von ihnen möglicherweise von sich gibt, vor Ausstrahlung des Interviews herausgeschnitten werden, und die Band danach ins Tonstudio zu verfrachten.

Mein Handy vibriert und ich schürze die Lippen, als ich die Nummer meines Dads erkenne.

Essen gehen heute Abend?

Er gibt nicht auf, nicht einmal einen Tag. Ich stecke das Handy zurück in die Tasche und konzentriere mich wieder auf meinen Job.

Mein Klappstuhl befindet sich etwa drei Meter vom Moderator der Morgenshow und der Band entfernt, die alle dicke Kopfhörer und Mikrofone tragen und vollkommen entspannt wirken. Schwer zu sagen, wie viele von diesen Interviews die Jungs schon hatten, aber es sind bestimmt nicht wenige.

»Guten Morgen, London. Mein Name ist Rick Raider und ich sitze hier mit allen fünf Mitgliedern von Pursuant. Wie geht's euch, Jungs?«

Die Band erwidert seine Begrüßung und ich muss sie nicht daran erinnern, dass man hört, ob sie lächeln. Alle grinsen gezwungen, um radiotauglich zu klingen.

»Okay, sprechen wir über euer neues Album – das erscheint in weniger als einem Monat, Leute. Cary, du hast wahrscheinlich wieder die meisten der Songs geschrieben, oder?«

»Das stimmt. Aber Simon hat an zwei Liedern mitgearbeitet und Cedric gibt sein Songwritingdebüt. Dieses Album ist, genau wie alle anderen, eine Gemeinschaftsleistung.« Das betont Cary immer, aber jeder weiß, dass die Band ohne ihn auseinanderbrechen würde wie *NSYNC ohne Justin Timberlake. »Wir freuen uns schon auf die neue Single, die wir jetzt zum ersten Mal überhaupt für euch spielen, wenn ihr bereit seid.«

»Aber sicher. Wie heißt sie?«

»*My Forever Mistake.*«

»Ihr habt ihn gehört, Leute – das war Cary White von Pursuant und das hier ist ihre neue Single!«

Mein Herz zieht sich zusammen, als die ersten Töne des Lieds von gestern erklingen. Das, wie so viele ihrer Songs, von mir zu handeln scheint.

Es läuft im Hintergrund, während der Moderator Small Talk mit der Band macht, zu leise, als dass ich den ergreifenden Text des Refrains verstehen könnte. Dann ist die Band wieder auf Sendung und Rick Raider stellt die Frage, die ich am allerwenigsten hören will.

»Cary, die meisten deiner Songs drehen sich um Reue, darum, sich etwas entgehen zu lassen, jemanden zu verlieren. Wer inspiriert dich?«

Carys Augen suchen nach meinen, während er die Lippen schürzt und über seine Antwort nachdenkt. Ich versinke im Dunkelblau, forsche nach meinen eigenen Antworten, die zu tief verborgen liegen.

»Ich fürchte, das kann ich nicht verraten. Aber wir werden alle von jemandem inspiriert. Von etwas. Ich habe einen

Menschen verloren, der so richtig für mich war, dass es mir schwerfällt zu glauben, ich könnte noch einmal so jemanden finden. Dieses Gefühl verarbeite ich in meinen Songs. Aber vielleicht schaffe ich es ja irgendwann, dann müsst ihr euch mein Gejammer nicht länger anhören.«

Unsere Blicke sind miteinander verschmolzen. Seine Worte taumeln durch meinen Kopf wie betrunkene Studentinnen auf einer Party. Cary denkt, dass wir füreinander bestimmt waren. Ich wusste es, habe es in meinem Herzen gespürt seit dem Tag, an dem wir uns kennengelernt haben.

Trotzdem ist er gegangen. Und hat nie angerufen. Nur herumgesessen und vor sich hingebrütet und Songs geschrieben. Warum?

So gern ich die Antwort auch wüsste, mir graut davor, die Frage zu stellen.

»Dafür wären wir dir alle echt dankbar, Mann«, sagt David. Sein Tonfall ist so ätzend, dass er sowohl Cary als auch mich zurück in die Wirklichkeit holt und jede Hoffnung darauf zerstört, die Bemerkung als Scherz zu verkaufen.

Die PR-Agentin in mir wird nervös, weil sie eine potenzielle Katastrophe vorausahnt. Dieses Interview könnte schnell den Bach runtergehen, wenn sie Davids Gereiztheit nicht unter Kontrolle kriegen.

»Also, solange Carys Songs bei unseren Fans ankommen, haben wir natürlich nichts dagegen«, versucht Alfie die Wogen zu glätten.

Meine Schultern entspannen sich ein bisschen und ich nicke ihm dankbar zu. Er lächelt zurück und hebt beide Daumen. Sie haben vermutlich einige Erfahrung darin, Davids Entgleisungen zu übertünchen.

»Ist dieser Jemand auch der Grund dafür, dass du keine feste Freundin hast, Cary? Oder hast du noch mehr Geheimnisse vor uns?«

Da ist sie – die Frage, von der wir alle wussten, dass sie irgendwann kommt.

Simon verdreht die Augen und Cedric springt ein, um seinen Bandkumpel zu retten. Und vielleicht auch mich. »Keine Ahnung, was mit Cary ist, aber ich bin Single.«

»Ja, wir haben schon gehört, dass du dich von deiner amerikanischen Disney-Schauspielerin getrennt hast. Jetzt bist du wohl auf der Suche nach einer netten Engländerin, was?«

Und einfach so entfernt sich das Gespräch von Cary und seinen Songs und sein Liebesleben rückt in den Hintergrund. Eine Welle der Dankbarkeit überrollt mich, auch wenn ich irgendwie doch gern wüsste, ob Cary sich im Moment mit jemandem trifft oder ob es bei seinem Auftauchen vor meiner Tür gestern Nacht möglicherweise um mehr ging als nur darum, reinen Tisch zu machen.

»An Silvester könnt ihr Pursuant live im O_2 erleben. Freut ihr euch schon auf das Konzert, Jungs?«

»In einer so großen Halle haben wir noch nie gespielt. Wir sind total aus dem Häuschen, dass wir eingeladen wurden«, antwortet Simon und seine Augen funkeln aufrichtig.

Der Auftritt im O_2 ist echt eine Riesensache. Ich kann immer noch nicht ganz fassen, dass ich dort *arbeiten* darf, also will ich mir gar nicht vorstellen, wie die Band sich fühlt. Sie haben es wirklich und wahrhaftig geschafft und der Teil von mir, der schon von Anfang an mit ihnen mitfiebert, platzt fast vor Stolz.

»Und ihr spendet alle Einnahmen an die Stiftung *C.U.R.E. Epilepsy*. Ist das ein Zweck, der euch persönlich am Herzen liegt, oder hat das Label ihn ausgewählt?«

Die Jungs schauen sich an. Keiner von ihnen scheint zu wissen, was er antworten soll, und mein Gehirn setzt aus. Sie sammeln Geld für Epilepsie?

In meinem Hals bildet sich ein schmerzhafter, pochender Kloß. Ich muss raus aus diesem Zimmer. So leise wie möglich stolpere ich zur Tür.

Im Greenroom beruhige ich mich ein bisschen und bekomme langsam wieder Luft. Ich lasse mich auf eine Bank sinken, stütze den Kopf in die Hände und schließe die Augen.

»Es tut mir leid, wir konnten nichts mehr für ihn tun.« Der Arzt in seinem weißen Kittel wirkt gehetzt, als müsste er eigentlich irgendwo anders hin, streckt aber den Arm aus, um meine Mutter zu stützen. »Er hatte einen schlimmen Anfall, der vermutlich den Autounfall verursacht hat. Wussten Sie, dass er an Epilepsie leidet?«

Meine Mutter schluchzt haltlos, während sie den Kopf schüttelt, und ich finde die Tatsache, dass Tim einen epileptischen Anfall hatte, irgendwie noch unfassbarer als den Gedanken, dass er tot ist.

Danach sitzt meine Mum eine ganze Weile lang aus-

druckslos da, unterschreibt Formulare, die sie ihr vorlegen, und nickt, als eine Sozialarbeiterin mit ihr redet. Ich sitze neben ihr. Irgendwann rufe ich meinen Vater an und erzähle ihm von dem Unfall.

Ich will auch Cary anrufen. Brauche seine beruhigende Anwesenheit. Aber er hat mich schon verlassen.

Ist schon fort. Genau wie Tim.

Eine warme Hand auf meiner Schulter reißt mich aus den quälenden Träumen. »Alles in Ordnung?«

Ich schaue auf und blicke in Carys sanfte, besorgte Augen. Als er die Arme ausbreitet, denke ich nicht zweimal darüber nach. Tims Tod ist immer noch so überwältigend, so schwer zu glauben.

Carys Brust fühlt sich fest an unter meiner Wange. Verlässlich. Nach ungefähr zehn Sekunden löse ich mich widerwillig von ihm. Wenn uns irgendwer sieht, würde die Gerüchteküche brodeln, noch bevor wir zur Tür hinaus wären, und ich darf mir gar nicht vorstellen, was Erica dazu zu sagen hätte.

Ich putze mir die Nase und weiche Carys Hand aus, als er mir eine Träne abwischen will. »Mir geht's gut. Hast du …« Ich hole tief Luft. »War das deine Idee?«

Seine Ohrläppchen verfärben sich. »Ich weiß, wie sehr du ihn geliebt hast. Das wollte ich schon seit Langem tun. Ich kann immer noch nicht fassen, dass uns genau das wieder zusammengebracht hat.«

»Wir sind nicht wieder zusammen, Cary. Wir *arbeiten* zusammen.« Als ich die Enttäuschung auf seinem Gesicht sehe, füge ich hinzu: »Aber danke. Es ist sehr lieb von dir, seiner auf diese Weise zu gedenken.«

»Das Interview ist vorbei«, wechselt er das Thema.

Die Erinnerung an den Tod meines Bruders hat immer noch seltsam scharfe Kanten, gut versteckt und schmerzhaft, wenn man sie berührt. Ich blinzle die Tränen fort und konzentriere mich auf meine Arbeit. »Irgendwelche Probleme?«

»Nein. Wir haben weiter über das Silvesterkonzert geredet und Raider hat uns eingeladen, noch mal zu kommen, sobald das Album raus ist. Cedric und Alfie waren überschwänglich genug, um Davids ... Davidheit auszugleichen.«

»Gut zu wissen.« Meine Schultern sacken erleichtert nach unten. Alles in allem kann ich meinen ersten Arbeitstag in London also als Erfolg verbuchen. Ich schaue auf die Uhr. »Ihr habt noch zwei Stunden, bis ihr wieder im Studio sein müsst.«

»Wie wär's mit Mittagessen?«, fragt Cary zögernd. »Ich verhungere.«

»Ich muss noch was erledigen«, erwidere ich ein wenig zu schnell. Unsere Beziehung muss von nun an rein professionell bleiben und wenn letzte Nacht eins bewiesen hat, dann, dass wir beide nicht allein sein sollten.

»Dann Abendessen?«

»Da, ähm ... treffe ich mich mit meinem Dad.« Na toll. Jetzt muss ich mich *wirklich* mit meinem Dad treffen, denn ich hasse es zu lügen.

Carys Augenbrauen schnellen in die Höhe. »Echt?«

Ich zucke mit den Achseln und rufe mir ins Gedächtnis,

dass ich, wenn ich meinem Vater die Chance gebe, sich mit mir auszusprechen, weniger bin wie er. »Ja. Es kann ja nicht schaden, mir anzuhören, was er zu sagen hat, oder?«

»Genau meine Meinung, aber das weißt du ja. Ich bin stolz auf dich.«

In den vergangenen drei Jahren war ich so auf meine Zukunft fokussiert, darauf, meine Karriere voranzutreiben und meine Mum stolz zu machen, mir selbst zu beweisen, dass meine erste große Liebe nicht meine letzte gewesen sein muss, dass ich die zerrüttete Beziehung zu meinem Vater vollkommen in den Hintergrund gedrängt habe. Aber vielleicht kann ich nie richtig erwachsen werden, wenn ich mir nicht zumindest eingestehe, dass sie immer noch dasitzt und wartet.

Trotzdem würde mich interessieren, wie Cary überhaupt davon erfahren hat. »Danke.«

»Würdest du wenigstens darüber nachdenken? Mit mir Zeit zu verbringen?« Er hebt die Hände, als würde er sich ergeben. »Nur in der Öffentlichkeit, versprochen. Du … du hast mir gefehlt, Christina. Nicht dein Körper, nicht der Sex – also, nicht nur. Vor allem, mit dir zu reden. Dir zuzuhören. Mich bei dir anzulehnen und dich zu stützen. Es kommt mir vor, als hätte ich drei Jahre ohne meinen rechten Arm gelebt.«

Seine Worte sind wie Pfeile, die meine Haut durchbohren und sich tief eingraben, bevor ich auch nur versuchen kann, sie herauszuziehen. Cary kann so gut mit Worten umgehen, er hat mir wie so oft direkt aus der Seele gesprochen. Das ist irritierend und liebenswert und der Grund, warum ich ihn ermutigt habe, Songs zu schreiben.

»Okay«, willige ich ein. Unsere Blicke treffen sich und er nickt zufrieden. »Und ich komme mit ins Studio und stelle sicher, dass ihr alles habt, aber ich glaube nicht, dass ich die ganze Zeit über bleiben muss.«

»Ach, bist du dir jetzt schon zu fein dafür, uns beim Üben zuzuschauen?« Cary tut so, als würde er schmollen. »Wenn ich mich recht erinnere, hast du in der Garage von Alfies Eltern fast zum Inventar gehört.«

»Tja, es hat sich einiges geändert.« Ich brauche all meinen Mut, um seinen hypnotischen Blick zu erwidern, und all meine Willensstärke, um mir nicht die Hand auf die Brust zu pressen.

Cary starrt mich an. »Aber nicht alles.«

Kapitel 5

Ich verschwinde wirklich, bevor die Band fertig ist – es geht nur noch um Nuancen –, weil ich es nicht ertragen kann, ein bestimmtes Lied noch ein einziges Mal zu hören.

Und weil David Moore, Ausnahmegitarrist und Arschloch der Extraklasse, mich durch die Glasscheibe mit Blicken erdolcht. Er hat Carys auffallend gute Laune bemerkt, wie sein Frontmann mich immer wieder angesehen hat, wie er die Hand ausgestreckt hat, um mich zu berühren, ohne darüber nachzudenken.

Wie ich mich zwingen musste zurückzuweichen.

Und er hatte Mühe, seine Wut darüber zu unterdrücken. Die Röte ist ihm langsam vom Hals bis zum Haaransatz gekrochen.

David hat mich noch nie leiden können. Nie. Warum, war mir immer ein Rätsel. Vor drei Jahren war ich allerdings so mit Cary beschäftigt, dass es mir piepegal war, was alle anderen dachten. Sogar mein Dad, der die Frechheit besaß, mich mehr als einmal daran zu erinnern, wie oft ich mich über ein Leben im Rampenlicht lustig gemacht hatte.

Im Hotelzimmer angekommen, werfe ich meine Tasche auf den Schreibtischstuhl und nehme allen Mut zusammen, um ihn anzurufen. Vielleicht hätte ich am Ende doch gekniffen und mir irgendeine Ausrede ausgedacht, aber der Ausdruck auf Carys Gesicht, als er mir gesagt hat, dass er stolz auf mich ist, spornt mich an.

Doch ich tue es nicht nur, weil er es für die richtige Entscheidung hält, sondern auch, weil ich jahrelang das Loch ignoriert habe, das mein Vater hinterlassen hat. Es wird eine Erleichterung sein, ihn endlich fragen zu können, wie es dort hingekommen ist. Und es ist der einzige Weg, das alles zu verarbeiten.

Mein Dad klingt überrascht, als er abhebt. »Chrissie? Bist du das?«

Ich schließe die Augen. Ich bin jetzt schon überfordert damit, Menschen eine zweite Chance zu geben, die mich weggeworfen haben wie den Müll vom Vortag, aber immerhin habe ich ihn angerufen. »Jep.«

Ich kann sein Stirnrunzeln, weil ich Umgangssprache statt des korrekten *Ja* benutzt habe, förmlich hören. Darüber regt er sich gern auf, genau deswegen habe ich es ja getan. Man muss ihm allerdings zugutehalten, dass er es nicht erwähnt. Aber er will ja auch was von mir.

»Was gibt es?«

»Oh. Ich hab gedacht … Ich habe heute Abend noch nichts vor, also wenn du dich immer noch mit mir treffen willst …«

»Klingt gut. Ich wollte sowieso nur noch ein paar Hundert Wörter schreiben und dann Feierabend machen.«

Erschöpfung breitet sich in mir aus. »Was ist mit Imogen und den Mädchen?«

»Die sind bei Imogens Mutter und kommen erst spät zurück.« Er zögert. »Hast du Lust auf indisch?«

Dass er sich an mein Lieblingsessen erinnert, bringt mich zum Lächeln, trotz allem. »Das hatte ich schon mittags.«

»In Ordnung, dann italienisch. Ich schicke dir gleich einen Wagen.«

Das Tippgeräusch am anderen Ende der Leitung setzt mich davon in Kenntnis, dass seine Aufmerksamkeit mir gegenüber demnächst erlahmen wird, und ich weiß aus Erfahrung, dass jeder Protest zwecklos ist. »Ich gehe schon mal runter.«

Wir legen auf und ich renne aufs Klo. Als ich mir die Hände gewaschen und das mützenverwuschelte Haar gekämmt habe, wartet der Wagen schon vor dem Hotel. Ein sympathischer älterer Herr öffnet mir die Tür zur Rückbank und stellt sich als Alfred vor, ehe er uns mit einer forschen Geschicklichkeit durch die Stadt steuert, die erklärt, wie er es so schnell zum Inn geschafft hat.

Wir überqueren die Themse und fahren in Richtung Hyde Park. Die Straßen und Häuser werden vertrauter, je näher wir der Schickimicki-Gegend kommen, in der mein Vater wohnt. Mein Bruder und ich haben nie länger als zwei Nächte hier geschlafen, bevor wir nach Cornwall weitergereist sind, und wir haben immer darüber gespottet, dass er sich eine so feudale Villa zugelegt hat, obwohl sich sein Interesse für Einrichtungsdinge mehr als in Grenzen hält.

Er scheffelt so viel Geld mit seinen Büchern, dass er buchstäblich keine Ahnung hat, wie er es loswerden soll.

Mein Dad steht in Trenchcoat und Hut vor dem Haus. Er hebt eine Hand, um Alfred zu bedeuten, nicht auszusteigen, und öffnet die Autotür. »Hast du Lust zu laufen? Es sind nur ein paar Straßen.«

Ich nicke und er hilft mir aus dem Wagen. Den frostigen Spaziergang verbringen wir beinahe schweigend. Er zeigt mir ein paar Geschäfte und Schilder, die mich interessieren könnten, und ich bemerke, dass der Abend kälter geworden ist als erwartet. Es ist steif, aber nicht total unangenehm.

Dennoch bin ich erleichtert, als wir das warme Restaurant erreichen. Kerzenlicht flackert über weinrote Wände, schick gekleidete Leute unterhalten sich gedämpft und ich wünschte, ich hätte mich doch noch umgezogen. Meinem Vater scheint es allerdings nicht peinlich zu sein. Er selbst trägt eine Cordhose und einen dicken Strickpullover mit Zopfmuster, also sind wir zumindest beide underdressed. Nur ist mein Vater gut aussehend und distinguiert genug, dass alles an ihm wirkt wie aus dem Regal eines Designers. Ich bin auch nicht gerade eine Vogelscheuche, aber irgendwas haben erfolgreiche, attraktive Männer in den Vierzigern an sich, dass die Leute sich vor Ehrfurcht fast in die Hose machen.

Die Stille zwischen uns ist verlegen und mächtig, presst mir ihre kalte Hand auf den Mund, bis ich kaum noch atmen oder mich auf die Speisekarte vor mir konzentrieren kann. Ich bestelle ein Glas Primitivo, in der Hoffnung, dass der Alkohol meine Nerven beruhigt, und Spaghetti Bolognese, weil das das erste italienische Gericht ist, das mir einfällt.

Mein Dad nippt an seinem Scotch. Ich beobachte ihn unauffällig und versuche, nicht darüber nachzudenken, wie beschissen unsere Beziehung im Moment ist. Selbst als ich ein bockiger Teenager war und es satthatte, die Sommerferien in England zu verbringen, weit weg von meinen Freunden, war es zwischen uns immer ungezwungen. Wir haben viel miteinander gelacht, weil wir einen ähnlichen, leicht geschmacklosen Humor haben.

Als mir bewusst wird, was wir verloren haben, steigen mir plötzlich Tränen in die Augen. Nachdem Cary mich verlassen hatte und Tim gestorben war, hat die Fahnenflucht meines Vaters die Personen in meinem Leben, die mir etwas bedeuten, auf eine reduziert.

Ich blinzle und starre in mein fast leeres Weinglas. *Er* hat diese Entscheidung getroffen. *Er* ist verantwortlich für diesen Graben zwischen uns, und ich werde verdammt noch mal jetzt nicht hier sitzen und deswegen heulen.

»Ich wollte dich sehen, weil ich dir eine Erklärung schulde, Chrissie.«

»Du schuldest mir gar nichts«, antworte ich automatisch. Ich klinge wie ein Roboter.

»Du bist meine Tochter. Ich habe geholfen, dich zur Welt zu bringen. Ich habe dich geliebt, noch bevor du deinen ersten Atemzug getan hast. Ich schulde dir absolut alles, was du brauchst.« Er hält inne, wartet darauf, dass ich ihm widerspreche, und als ich es nicht tue, fährt er fort: »Es gibt keine Entschuldigung dafür, dass ich die letzten drei Jahre deines Lebens verpasst habe, darüber mache ich mir keine Illusionen und ich will, dass du das weißt.«

Der Kellner kommt, um unsere Gläser aufzufüllen, und mein Vater kippt die Hälfte seines Scotchs auf einmal hinunter, wischt sich den Mund ab und spricht weiter. »Es ist immer eine schwierige Erfahrung für Kinder, wenn sie erkennen, dass ihre Eltern auch nur Menschen sind, aber da müssen wir alle durch. Bei mir war es, als meine Mutter nicht mehr aus dem Bett gekommen ist. Sie ist einfach liegen geblieben. Nach einer Woche hat mein Vater sie hochgehoben, auf den Rücksitz des Autos verfrachtet und ins Krankenhaus gefahren. Sie war nie wieder dieselbe.« Er schüttelt den Kopf. »Nach dem Tod deines Bruders hatte ich einen ähnlichen Zusammenbruch. Ich bin nicht stolz darauf, wie ich reagiert habe, aber Tims Verlust hat mich völlig aus der Bahn geworfen. Ich habe nicht nur dich ausgeschlossen, Chrissie, ich habe alle ausgeschlossen. Mit Imogen habe ich wochenlang nicht geredet und wir haben das nur durchgestanden, weil sie mich irgendwann gewaltsam aus dem Bett geholt hat. Sie hat mich zu einem Therapeuten gezerrt und mir geholfen, mir Stück für Stück ein neues Leben aufzubauen.«

Ein neues Leben aufzubauen. Nicht das alte zu reparieren. Sein Geständnis hinterlässt einen bitteren Geschmack auf meiner Zunge und die Tränen drohen zurückzukehren. »Du hättest etwas sagen können. Irgendwas. Einen Brief schreiben. Es hat auch mich aus der Bahn geworfen und dann habe ich auch noch dich verloren.«

»Ich weiß.«

»Und als es dir besser ging, als du es verarbeitet hattest, warum hast du dich nicht bei mir gemeldet? Ich bin rein zufällig hier, wegen eines Jobs, nicht, weil du es wolltest.« Mir rollt eine Zornesträne über die Wange, obwohl ich mir fest auf die Lippe beiße.

»Ich schäme mich dafür, wie ich dich behandelt habe. Ich verdiene deine Vergebung nicht und es ist nicht fair von mir, dich darum zu bitten.« Er greift zögernd über den Tisch. Seine Finger legen sich über meine Hand und in seinen Augen glänzt Reue. »Aber dann hat deine Mutter angerufen. Du bist durch die Tür dieses Hotels getreten und … mein Gott, Chrissie, ich habe schon viel zu viel verpasst. Ich möchte, dass du Weihnachten mit mir verbringst. Imogen und die Mädchen kennenlernst. Ich weiß, dass du in keinster Weise verpflichtet bist, aber ich bin hier, um dir zu sagen, dass ich dich vermisse. Ich liebe dich. Das werde ich immer, egal wie du dich entscheidest.«

Das alles ist viel zu viel. Mein Vater ist der zweite Mann in zwei Tagen, der unverdienterweise wieder ein Teil meines Lebens werden will. Die Erinnerungen an die guten und die schlechten Zeiten, die wir miteinander erlebt haben, sind komplex und verwirren meine Gefühle, aber er ist und bleibt mein Dad.

Unsere Beziehung lässt sich sicher nicht über Nacht kitten. Ich werde Zeit brauchen, um wieder darauf vertrauen zu können, dass er nicht verschwindet, sobald ein Problem auftaucht. Ich spüre jetzt schon, wie mein Herz sich zurückzieht, Abstand zwischen mich und diesen Mann bringt, der meine naive Kindheitsvorstellung zerstört hat, dass Eltern einen nie verlassen.

»Geht es dir mittlerweile besser?«, frage ich und meine Stimme klingt selbst für mich schüchtern.

»Ich bin seit drei Jahren in Therapie und nehme eine begrenzte Menge an Medikamenten. Mein Zustand ist seit Längerem stabil und mein Leben mit Imogen und den Mädchen gibt mir Halt.«

»Es tut weh, dass sie die ganze Zeit über deine Töchter waren. Ich komme mir vor wie irgendein kaputtes Ding, das du auf den Müll geworfen und durch etwas Neues ersetzt hast.« In mir steckt so viel Wut. Egal wie oft ich schlucke, egal wie oft mein Gehirn meinem Herzen predigt, dass das, was geschehen ist, nichts mit mir zu tun hatte, sie wallt immer wieder auf und drängt hinaus.

»Winnie und Eliza könnten dich nie ersetzen, genauso wenig wie Imogen deine Mutter. Ich liebe euch alle als eigenständige Wesen. Eine erweiterte Familie, keine neue. Ich möchte, dass du zu meinem Leben gehörst, Chrissie, und das möchten die Mädchen auch.« Mein Dad schaut sich um. Vielleicht hofft er, dass der Kellner ihn vor meinen endlosen Anschuldigungen rettet.

Sorge um ihn erfüllt mich, aber meine Wut verraucht nicht. Ich will mir meinen Dad nicht krank vorstellen. Verzweifelt und vollgepumpt mit Medikamenten.

Doch ich kann auch nicht einfach vergessen, wie sehr sein Verrat mich verändert hat, tief und unwiderruflich.

»Ich bin nicht stolz darauf, aber da wir heute Abend absolut ehrlich zueinander sind … hier ist die ganze Wahrheit: Es war leichter für mich, dich nicht sehen zu müssen. Dein Gesicht erinnert mich an Tim. Alle meine Erinnerungen an dich sind mit deinem Bruder verknüpft. Aber ich habe auf die harte Tour gelernt, dass Schmerz nicht weggeht oder nachlässt, wenn man ihn ignoriert.«

»Du hättest mir die Wahl geben sollen. Nachdem dir klar geworden ist, dass du es vermasselt hast, und dir die Beziehung zu mir gefehlt hat. Du hättest auf mich zukommen und mir die Entscheidung überlassen müssen.«

»Du hast recht.« Seine Finger umschließen die meinen. »Du hast absolut recht, Kleine. Du bist ein besserer Mensch, als ich jemals sein könnte, und ich hätte darauf vertrauen müssen, dass du das Richtige tust. Aber besser spät als nie, oder?«

Das scheint das allgemeine Motto zu sein, seit ich in Gatwick gelandet bin. Veränderungen haben mir nie Angst gemacht so wie anderen. Wie Jessica, zumindest vor letztem Weihnachten.

Doch es macht mir sehr wohl Angst, nicht nur einen, sondern zwei Männer wieder an mich ranzulassen, die mir in der Vergangenheit das Herz gebrochen haben. Ich bin jetzt erwachsen, zumindest fast, und muss mich entscheiden, wie mein Leben in Zukunft aussehen soll. Im Moment weiß ich nur, dass ich Zeit brauche.

Ich trinke meinen Wein aus und hole tief Luft, um mein pochendes Herz zu beruhigen. »Ich denke darüber nach, okay? Weihnachten bei euch zu verbringen.«

Ein Lächeln breitet sich auf seinem Gesicht aus und selbst den schlimmsten Zyniker – der ich nicht bin – würde es nicht kaltlassen, wie sehr er sich über diesen winzigen Fortschritt freut.

Wir schweigen, während der Kellner einen riesigen Teller Spaghetti Bolognese vor mich, kochend heiße Lasagne vor meinen Dad und einen dampfenden Korb Brot zwischen uns stellt. Als mir der Duft von Knoblauch und Tomaten, Basilikum und Oregano in die Nase steigt, knurrt mein Magen und mir läuft das Wasser im Mund zusammen. Und plötzlich finde ich, dass es irgendwie großartig ist, wie das Leben immer weitergeht.

Dass es dem Mantra, das ich mir in jeder schlaflosen Nacht vorgesagt habe, zum Trotz doch nie zu spät ist.

Ich bin kurz davor, Alfred zu bitten, mich mit einer Schubkarre vom Restaurant in den Wagen zu befördern, nachdem ich die Pasta, ein drittes Glas Wein und einen halben Nachtisch verdrückt habe. Wir haben über alltäglichen Kram wie Freunde und die Uni geredet. Ich habe lustige Anekdoten von Jessicas Weihnachten in Irland erzählt und mein Dad hat ein paar Witze über die Probleme mit den Iren gemacht, die ich mir unbedingt merken muss, aber wir waren beide zu erschöpft, um die ernsteren Themen zu vertiefen.

Ich weiß, dass wir irgendwann über Tim reden müssen. Über meinen letzten Sommer in England, darüber, wie er geendet hat und warum ich jetzt Angst habe, irgendjemandem nahezukommen, nur um dann wieder auf die eine oder andere Art verlassen zu werden.

Trotzdem ist mein Herz leichter. Möglichkeiten schieben sich langsam näher, bis sie fast in Reichweite sind.

★

»Und morgen geht's los?« Es fühlt sich so gut an, mit Jessica zu quatschen, dass ich mich rückwärts aufs Bett fallen lasse und in der Leichtigkeit schwelge.

»Ja, ganz früh. Ich kann bestimmt nicht schlafen vor Aufregung. Wie läuft es bei dir? Wie ist die Band so?« Ich gebe ein unverbindliches Geräusch von mir und kann förmlich spüren, wie ihr Frust aus dem Handy quillt. »Himmel, Chris, ich kenne dich doch. Denkst du, ich merke nicht, dass du völlig durch den Wind bist? Das *kann* nicht nur daran liegen, dass du Weihnachten im Ausland verbringst. Also raus damit!«

Sie hat recht. Mittlerweile stehen wir uns so nahe, als wären wir echte Schwestern, nicht bloß Verbindungsschwestern, und es kommt mir wie verschwendete Energie vor, ihr das hier noch länger zu verschweigen. »Na schön. Ich hatte irgendwie mal was mit Cary White.«

Ihr fassungsloses Schweigen ist unbezahlbar und es beinahe wert, mit ihr darüber zu reden. Mit irgendwem darüber zu reden. Trotzdem juckt meine Haut vor Unbehagen, als ich meine Schutzschichten abziehe, meine lang gehüteten Geheimnisse freilege.

»Cary White. Du hattest *irgendwie* mal was mit dem Frontmann von Pursuant und hast nie daran gedacht, das zu erwäh– ... warte mal. Er ist der englische Sommerflirt, wegen dem du das komplette erste Jahr an der Uni keinen Kerl auch nur angeschaut hast??«

Ich wünschte nicht zum ersten Mal, ich könnte diese zehn Wochen einfach aus meinem Gedächtnis löschen. Sie sind zu intensiv. Zu lebendig. Und durch irgendeine seltsame Laune der Natur scheinen sie immer klarer zu werden, statt langsam zu verblassen, schließlich gehören sie verdammt noch mal der Vergangenheit an.

»Das war in meinem letzten Sommer in Cornwall, bevor mein Dad Wie-heißt-sie-noch-gleich geheiratet hat.«

»Imogen, glaube ich«, bemerkt Jessica trocken.

»Was für ein Name ist das überhaupt?«

»Ein britischer. Erzähl weiter!«

»Also, Cornwall ist hübsch und idyllisch und alles, aber es gibt nicht gerade viel zu erleben.« Wenn es nicht um London oder Liverpool geht, haben Amerikaner keine Ahnung, wo was im Vereinigten Königreich liegt. Wahrscheinlich weiß Jessica noch nicht mal, dass Irland gar nicht *Teil* des Vereinigten Königreichs ist. »Carys Familie hatte das Strandhaus zwei Häuser neben unserem gemietet und na ja, den Rest kannst du dir ja denken.«

»Das klingt wie aus einem Märchen. Cornwall.«

»Es war ein toller Sommer«, gebe ich zu. »Er war mein erster ... so ziemlich alles. Wir haben mit seinen Bandkollegen gefeiert, aber auch massenhaft Zeit allein verbracht, nur wir zwei. Und wir haben uns nie über irgendwas gestritten.«

»Aber?«

Ich zucke mit den Achseln und schlucke gegen den Kloß in meinem Hals an. »Irgendwann ist selbst der längste Sommer vorbei. Ich habe an der TCU angefangen, Cary in Oxford, Ende der Geschichte.«

»Wie kann das das Ende der Geschichte sein? Ihr habt euch nicht geschworen, euch zu schreiben, zu besuchen, Kontakt zu halten? Ich meine, ihr wart doch verliebt, oder?«

»Was tut das denn zur Sache?« Ich schüttle den Kopf. »Wir haben uns nie irgendwelche Versprechungen gemacht. Es war ein Sommerflirt, Jessica. Die enden in den meisten Fällen so.«

Ich erzähle ihr nicht, dass Cary mich ohne ein Wort verlassen hat. Dass ich dachte, wir hätten noch eine Woche zusammen, aber eines Morgens war er verschwunden. Einfach so. Nur ein Zweizeiler klemmte unter einem Stein an unserem Lieblingsplatz an der Promenade.

Du bist die Eine, Chris.

Vergiss das nie.

Der Kloß beginnt zu brennen, schnürt mir die Kehle zu und treibt mir Tränen in die Augen. »Seitdem habe ich nicht mehr mit ihm gesprochen.«

»Und jetzt siehst du ihn ungefähr jeden Tag. Kümmerst dich um ihren Terminplan, stellst sicher, dass die Konzertsäle vorbereitet sind, begleitest sie zu Proben und Interviews … Puh. Das ist echt krass.«

»Wem sagst du das.« Ich starre auf meine Hände, bis meine Augen wieder trocken sind und ich schlucken kann, ohne einen Feueralarm in meinem Hals auszulösen. Dann fällt mir ihr verdächtig neckender Tonfall auf. »Was?«

»Ich mein ja nur. Weihnachten in London, zusammen mit deinem heißen Ex, der mittlerweile zufällig ein internationaler Rockstar ist. Das könnte interessant werden.«

»Ich weiß nicht, ob sie wirklich *Stars* sind. Ist der Name Pursuant den Leuten ein Begriff?«

»Du kannst einem echt auf die Nerven gehen. Gib doch einfach zu, dass euer Wiedersehen nicht so leicht ist, wie du dachtest.«

Ich erwäge kurz, mich durch meine Gefühle und Gedanken zu wühlen, um herauszufinden, was ich tatsächlich nach all diesen Jahren für Cary White empfinde. »Wir haben gestern miteinander geschlafen. Das dürfte alle alten Hormone beseitigt haben.«

»Oh. Mein. Gott. Weil Sex ja so oft Hormone beseitigt. Was ist nur los mit dir?«

»Nichts ist los mit mir! Ich bin darüber hinweg. Unsere Beziehung ist rein professionell. Ich habe hier einen Job zu erledigen.«

»Klaaar.«

Wir unterhalten uns noch ein paar Minuten, dann legen wir auf. Praktischerweise vergesse ich zu erwähnen, dass Cary mich gebeten hat, außerhalb unserer beruflichen Verpflichtungen Zeit mit ihm zu verbringen. Und dass ich ihm diese Bitte nicht direkt abgeschlagen habe.

Kapitel 6

»Wir spielen jetzt schon seit Stunden. Wie wär's mit einer Mittagspause?« Cedric schiebt sich den Gitarrengurt über den Kopf und stellt sein Instrument ab, ohne auf das Okay der Produzenten zu warten. Das neue Album ist fast fertig und sie haben den ganzen Vormittag damit verbracht, kleine Songschnipsel neu aufzunehmen, die noch nicht hundertprozentig perfekt sind.

Zumindest, wenn es nach dem glatzköpfigen Feldwebel zu meiner Linken geht.

»Ich verhungere«, pflichtet Alfie ihm bei, den Blick noch auf den Notenblättern.

»Gott, ich auch!« Simon hält sich den Bauch. »Wahrscheinlich hört man auf der letzten Aufnahme sogar mein Magenknurren.«

»Wehe«, meckert der Produzent. Der Typ hat keinerlei Sinn für Humor, wodurch alles, was er sagt, mich zum Kichern bringt.

»Dann würden dir beim nächsten Konzert alle Kekse zuwerfen«, witzelt Alfie. »Was so ziemlich das Beste wäre, was uns je irgendwer zugeworfen hat.«

»Stimmt«, erwidert Cedric so ernst wie möglich. »BHs schmecken scheiße.«

»Konzentriert euch, Leute. Mittagessen.« Cary hebt die Augenbrauen und schaut mich durch die Glasscheibe an. »Kommst du mit, Chris?«

Ich sollte Nein sagen, aber das ist sinnlos. Wir werden die nächsten zwei Wochen miteinander verbringen, ob ich mich jetzt drücke oder nicht, und ich habe auch Hunger. Cary und ich müssen irgendwie einen Weg finden, wie wir im selben Raum sein können, ohne dass alle anderen sich vor lauter Unbehagen aus dem Fenster stürzen wollen.

»Klar. Wohin?«

Er nennt ein indisches Restaurant ein paar Straßen weiter und obwohl ich gestern Abend mit meinem Dad keine Lust auf indisch hatte, klingt es heute super. Der Laden ist unscheinbar und winzig, vermutlich, damit die Jungs nicht sofort belästigt werden. Pursuant ist zwar nicht die Art von Band, mit deren Postern sich die Teenies die Zimmerwände zupflastern, aber sie sind schon sehr bekannt. Es gibt haufenweise Mädels, die auf sie stehen, haufenweise Leute, die ein Autogramm haben oder ihnen die Hand schütteln oder einfach nur Hallo sagen wollen. Das ist meistens nicht so schlimm, aber nicht alle Menschen haben ein Gefühl dafür, wann es okay ist, jemanden anzusprechen, und wann nicht.

Ich bestehe darauf zu laufen, um mich nicht mit den Jungs

in eine BGG-Limousine quetschen zu müssen. Das Restaurant ist so gut wie leer, als ich ankomme, obwohl das Mittagsgeschäft gerade brummen müsste. Die ruhige Atmosphäre bestätigt meine Vermutung, warum Cary den Laden vorgeschlagen hat, aber ich hoffe, der Mangel an Laufkundschaft bedeutet nicht, dass das Essen mies ist.

Ich hatte kein gutes indisches Essen mehr, seit ich nach Texas gezogen bin. Jetzt kriege ich es jeden Tag.

Cary sitzt an einem Tisch für zwei im hinteren Bereich des Restaurants und wirkt auf dem abgewetzten roten Vinyl seltsam fehl am Platz. Mir fällt auf, wie lange ich ihn nicht mehr allein gesehen habe. Selbst auf Fotos sind immer alle Mitglieder von Pursuant abgebildet. Jeder weiß, dass Cary das Herz der Band ist, aber das würde er nie von sich selbst behaupten.

Mein Kopf drängt meinen Körper, sofort kehrtzumachen und ins Hotel zu flüchten, wo es sicher ist, aber meine Entschlossenheit, unsere Beziehung freundschaftlich und rein beruflich zu halten, scheucht mich zu ihm.

Zu Cary, der vorgestern Nacht bei mir im Hotelzimmer war …

»Hey.« Ich hänge meine Tasche über die Lehne des Stuhls. Cary springt auf, um mir aus dem Mantel zu helfen, und seine warmen Finger streifen meinen Nacken. Ein Prickeln überläuft meinen Rücken und ich muss schlucken. »Wo stecken denn die anderen?«

»Die werden nicht kommen.« Er wirft meinen Mantel auf die Sitzbank und wartet, bis ich Platz nehme.

Was ich auch prompt tue, denn meine Knie geben nach, während mein Gehirn vergeblich versucht zu verstehen, was gerade passiert. »Warum?«

Cary lässt sich auf die Bank fallen und liest die Speisekarte, als wüsste er nicht längst, was er will. Er wird Rind und *Parotta* bestellen, ich Hühnchencurry und *Neer dosa*, und am Ende werden wir uns wahrscheinlich beides teilen.

»Ich wollte mit dir reden. Allein, aber in der Öffentlichkeit, wie wir vereinbart haben.«

»Also hast du mich reingelegt? Sehr erwachsen von dir.« Mein Kopf ist wie betäubt angesichts der Tatsache, dass ich mindestens eine Stunde lang mit ihm allein sein werde.

Der Kellner kommt gemächlich zu unserem Tisch geschlendert und fragt, was wir gerne trinken würden und ob wir uns schon für etwas zu essen entschieden hätten. Cary bestellt genau das, was ich vorausgesagt habe, aber ich entscheide mich stattdessen für das *Kaali dal*, das ein tolles Wintergericht sein soll.

In Wirklichkeit weiche ich vom Drehbuch ab, um meine Begleitung – und mich selbst – daran zu erinnern, dass wir kein Drehbuch mehr haben. Weil es kein *wir* gibt.

»Tut mir leid.«

»Ja, so siehst du aus«, brumme ich, den Blick auf die Zuckertütchen gerichtet, die ich aufreiße und in meinen dampfenden Tee kippe. Es riecht nach Zimt, weil mein ungeplantes Date sein eigenes Getränk verfeinert. Als ich wieder aufschaue, ertappe ich Cary dabei, wie er mich beobachtet, einen erstaunten Ausdruck in den dunkelblauen Augen. »Was?«

»Wenn mich vor drei Jahren jemand gefragt hätte, hätte ich Stein und Bein geschworen, dass du niemals schöner sein könntest. Ich habe mich geirrt.«

Bei seinen Worten wird mir sofort heiß. Ich schaffe es, wenigstens ein kleines bisschen Fassung zu bewahren, und lege den Kopf schief. »Du hast dich kaum verändert.«

Was bedeutet, dass er immer noch absolut umwerfend aussieht, aber das braucht er nicht zu hören.

»Ich schätze, das muss reichen. Immerhin habe ich dir früher so gefallen.«

Darauf gibt es keine passende Antwort, also presse ich die Lippen zusammen und lasse die nächsten paar Minuten lang nur Tee, aber keine Worte durch. Zwischen uns auf dem Tisch steht ein riesiger, handgeschnitzter Affe oder Elefant oder so. Er versperrt mir beinahe die Sicht auf diesen, den gegenwärtigen Cary und plötzlich wird mir klar, dass mindestens einer von uns einen Nervenzusammenbruch bekommt, wenn wir die nächsten zwei Wochen so weitermachen. Solange wir diese Verlegenheit zwischen uns noch fördern, kann ich nicht nach vorne blicken, und zurückzuschauen, ist für keinen von uns beiden gesund.

Du hast einen Job zu erledigen. Find dich damit ab.

»Eigentlich gibt es nichts zu reden.« Bei meinen Worten – oder meinem Tonfall – verkrampft er sich wie ein Hündchen, das es gewohnt ist, geschlagen zu werden. »Wir hatten vor drei Jahren was miteinander und das ist jetzt vorbei. Vielleicht ist es schwieriger, weil wir uns nicht richtig getrennt oder die Sache abgeschlossen haben, aber ich bin darüber hinweg. Das Leben geht weiter, wir sind erwachsen geworden. Und wir müssen es irgendwie schaffen zusammenzuarbeiten, ohne die Vergangenheit wie ein rotes Tuch zu behandeln.«

»Du bist darüber hinweg? Und was war das vorgestern Nacht?«

Er klingt, als würde er mir kein Wort glauben, und das bringt mein Blut zum Sieden. Ich habe Cary vermisst, war traurig darüber, ihn verloren zu haben, wollte wissen, was mit ihm passiert war, aber jetzt, wo ich ihm gegenübersitze und sehe, wie unglaublich er die Vorstellung findet, dass ich mich weiterentwickelt habe, merke ich zum ersten Mal, wie wütend ich auf ihn bin.

»Was hast du erwartet? Dass ich mich nach drei Jahren immer noch jede Nacht in den Schlaf weine?« *Scheiße.* Ich wünschte, das wäre mir nicht herausgerutscht, selbst wenn es die ersten drei Monate danach wirklich so war. »Das vorgestern Nacht waren zwei Menschen, die früher fantastischen Sex miteinander hatten und der Versuchung oder den alten Zeiten oder so erlegen sind, sonst nichts.«

»Ich will nicht, dass du weinst, niemals.« Er schaudert. Vielleicht weil ihm plötzlich klar wird, dass die ganze Sache auch für mich nicht einfach ist. »Es tut mir leid, wie das zwischen uns geendet hat, aber für mich war es was anderes. Der Sex.«

»Warum hast du nicht einfach mit mir Schluss gemacht?«

Und da ist er, der riesige Haufen Reue und Kummer und Zorn, von dem ich nicht einmal wusste, dass er mich nach all dieser Zeit noch quält, und krümmt und windet sich mitten auf dem Tisch, wo jeder ihn sehen kann.

Wir starren ihn beide an und ich frage mich, was Cary denkt. Wie der Haufen so groß, so prägend werden konnte.

Wie eine Beziehung, die nur gute zwei Monate gedauert hat, ein Chaos anrichten konnte, das nicht einmal drei Jahre Trennung bereinigen.

»Ich war ein Idiot, Chris. Du hast mir Angst gemacht. Die Vorstellung, dass wir uns voneinander verabschieden müssen, dass das alles sich in etwas Komplizierteres verwandelt. Ich habe mir eingeredet, es wäre das Beste für dich, vor allem, als wir ein paar Wochen später unseren ersten Vertrag unterschrieben haben. Du wolltest so ein Leben nie.«

Es stimmt, ich habe nie verhehlt, dass ich den Rest meines Lebens lieber anonym bleiben würde, nach dem, was der Ruhm aus meinem Vater gemacht hat. Trotzdem lassen seine Ausreden meine Wut überkochen. »Und dir ist nicht in den Sinn gekommen, dass ich vielleicht das Recht gehabt hätte, auch etwas dazu zu sagen? Oder zu hören, dass es nicht funktioniert, weil du Schiss hast?«

»Ich weiß. Es tut mir leid. Alles, was ich zu meiner Verteidigung vorbringen kann, ist, dass ich jung und dumm war und es jede Minute jedes einzelnen Tages bereut habe, seit ich dir diese Nachricht geschrieben und Cornwall verlassen habe.«

Carys Entschuldigung ist so aufrichtig und gefühlvoll, dass sie mir die Kehle zuschnürt. Meine Augen brennen und seine eifrige, reumütige Miene auf der anderen Seite des

Tischs verschwimmt. Sein *Es tut mir leid* reicht nicht, aber es ist ein heilsamerer Balsam, als ich erwartet hätte. Ich blinzle ein paarmal und meine Welt kommt allmählich wieder ins Gleichgewicht.

»Na ja, wir waren beide jung und dumm genug zu glauben, dass ein Sommerflirt – egal wie schön – halten würde.«

»Hmm«, macht er nur, während er ein besticktes Stofftaschentuch hervorholt und über den Tisch schiebt.

»Du trägst Stofftaschentücher mit dir rum? Wer *bist* du?« Wenn ich ihn aufziehe, fühle ich mich mehr wie ich selbst. Das gibt mir eine Stabilität, an die ich mich klammern kann. Er hat sich entschuldigt, ich habe seine Entschuldigung angenommen. Wir sind zwei erwachsene Menschen, die auf eine alte Romanze zurückblicken, und ich bin darüber hinweg.

Na klar.

»Das hat meiner Oma gehört. Sie hat am laufenden Band gestickt und als sie gestorben ist, hat meine Mum ganze Schubladen voll Stofftaschentücher entdeckt. Erst fand ich es ziemlich bescheuert. Und eklig. Ich meine, wer will sich schon ein vollgerotztes Tuch zurück in die Tasche stecken, oder? Aber jetzt … es hat eindeutig auch seine Vorteile.«

»Weil du ja noch zusätzliche Tricks brauchst, um die Frauen zu beeindrucken.« Ich will die Augen verdrehen, halte mich aber zurück. »Das mit deiner Oma tut mir leid. Ich weiß, wie wichtig sie dir war.«

»Und mir tut das mit deinem Bruder leid, Süße.«

Ich schlucke. Natürlich weiß er von Tims Tod – das habe ich gestern im Radiosender schon erfahren.

Was er nicht weiß, ist, dass ich die gesamte Beerdigung und das halbe Totenmahl darauf gewartet habe, dass er durch die Tür tritt. Dass der eine Mensch, der mich genauso sehr liebt wie mein Bruder, mich in die Arme schließt und mir hilft, mein in tausend winzige Stücke zersprungenes Herz wieder zusammenzusetzen.

Aber Cary ist nicht gekommen. Ihm war klar – muss klar gewesen sein –, was Tims Tod für mich bedeutet. Und er ist trotzdem nicht gekommen.

Das ist Schnee von gestern, Christina. Du musst ihm nicht alles verzeihen. Du musst nur mit ihm zusammenarbeiten. Und Cary bemüht sich, also bemüh du dich auch.

»Danke. Mittlerweile ist es ein bisschen leichter zu ertragen, dass er nicht mehr da ist.«

Die erste Zeit war die reinste Hölle. In den Ferien nach Hause zu kommen und ihn nicht in der Küche sitzen zu sehen, die Füße auf dem Tisch, einen Teller mit fetttriefenden Pizzabrötchen auf dem Schoß. So ziemlich jeden Tag mit Nachrichten von ihm zu rechnen, in denen er sich über meine Mum lustig macht, und zu besonderen Anlässen mit welchen über meinen Vater und seine Kapriolen.

»Ihr zwei habt euch so nahgestanden. Ich musste ja erst mit ihm warm werden, weil er beinahe verhindert hätte, dass wir uns kennenlernen, aber danach ist er mir auch schnell ans Herz gewachsen.«

»Was?«

»Na ja, du wärst doch fast nicht nach Cornwall gekommen, weil er zu Hause geblieben ist.«

Bei der Bemerkung runzle ich die Stirn und mein Gehirn durchstöbert die wenigen noch nicht zu Tode analysierten Momente dieses Sommers. »Woher weißt du das?«

»Du hast es mir erzählt«, antwortet er hastig und irgendetwas flackert in seinem Blick, den er auf die Teetasse senkt. »Oder?«

»Hab ich das?«

Ich kann mich nicht daran erinnern, je erwähnt zu haben, dass ich nicht in Cornwall sein wollte, nachdem Cary und ich uns getroffen hatten.

Unser Essen kommt. Es riecht himmlisch und Dampfkringel steigen von den Schüsseln in Richtung der billigen Papierlampen über unserem Tisch. Cary schiebt sein Gericht in die Mitte und bittet um zwei Extrateller, und auch wenn ich eigentlich fest entschlossen war, mein *Kaali dal* allein zu essen, um ein Zeichen zu setzen, tue ich es ihm nach. Es hat etwas Vertrautes und Intimes, wie unsere Gabeln zusammenstoßen und unsere Blicke sich begegnen.

Und zwar nicht, weil wir zurückschauen. Über diesem Moment, diesem indischen Essen, liegt kein romantischer rosafarbener Schleier wegen dem, was war, sondern vielleicht wegen dem, was noch immer ist. Und obwohl die Geister der Vergangenheit uns weiter heimsuchen, obwohl Carys Bemerkung über meinen Bruder nach einer Halbwahrheit stinkt, fühle ich mich lebendig im Hier und Jetzt.

Wir essen und unterhalten uns, lächeln und lachen und

liefern eine hervorragende Vorstellung von zwei Menschen, die fest damit gerechnet hatten, einander nie wiederzusehen, und verdammt froh sind, dass es anders gekommen ist.

Cary besteht darauf, die Rechnung zu übernehmen, auch wenn BGG mir absurd hohe Spesen zahlt. Dann hebt er die Augenbrauen. »Und, hat das Essen mit deinem Dad was gebracht?«

»Ja. Warum fragst du?«

»Na ja … du warst seit dem Sommer vor drei Jahren nicht mehr hier. Ich dachte, dass dein Vater und du euch verkracht habt, nachdem er Imogen geheiratet hat. Du warst damals schon nicht begeistert von ihr und da haben sie nur gedatet.«

»Daran erinnerst du dich noch?«

»Ach, Süße, ich erinnere mich an alles.«

Kapitel 7

Mein Handy klingelt und bewahrt mich davor, bei diesem Satz zu einer Christina-Pfütze zu zerschmelzen. Irgendetwas geht in Cary vor. Es ist, als würde er unser unerwartetes Wiedersehen als Chance begreifen, die Vergangenheit … ich weiß nicht. Nicht rückgängig zu machen, aber irgendwie zu ändern?

Und das versetzt jede meiner Zellen in pure, nackte Panik.

Ich nehme den Anruf an. »Ja?«

»Christina Lake?«, knurrt eine schroffe, schlecht gelaunte männliche Stimme.

»Das bin ich.«

»Hier spricht Ollie vom Grouse. Wir müssen den Soundcheck auf drei Uhr verlegen. Wasserrohrbruch.«

»Okay, ich gebe der Band« – ein Klicken am anderen Ende der Leitung – »Bescheid.«

»Wer war das?«, fragt Cary, während er sich einen Löffel Rindfleisch in den Mund schiebt.

»Ich vermute mal, der Manager des Veranstaltungsorts für euer Konzert am fünfundzwanzigsten, aber der Typ hat echt keine Manieren. Wie seid ihr denn an den geraten?«

»Das ist Ollie. Der ist immer so stinkig. Wahrscheinlich, weil er Ollie heißt.«

Mittlerweile grinsen wir beide, keine Ahnung, warum.

»Er hat irgendwas von einem Wasserrohrbruch erzählt, deswegen haben sie euren Soundcheck auf drei verschoben.«

»Ich schreibe schnell den anderen. Simon wird sich freuen. Anscheinend hatte er gestern Nacht Besuch von drei Mädels und ist ziemlich erschöpft.«

»*Drei?*«

»Was soll ich sagen? Der Junge muss neunzehn Jahre Abfuhren nachholen.«

»Ähm, das würde heißen, dass er von Geburt an Abfuhren bekommen hat.«

»Das stimmt ja auch! Nicht mal seine Mum hat ihn an ihre Brüste gelassen.«

Ein Lachen, das mich mehr überrascht als ihn, platzt aus mir heraus. »Das klingt so was von falsch!«

Er hat einen derben Sinn für Humor. Wie konnte ich ausgerechnet das vergessen?

Wir essen zu Ende, während wir quasi in Echtzeit die anderen paar Gäste im Restaurant kommentieren. Keiner von ihnen scheint Cary zu erkennen, was an sich gut ist.

Aber auch schlecht, weil ihn so nichts davon ablenkt, sich von mir zu holen, was er will.

»Und, was stellst du mit den zwei Stunden Extrafreizeit

in deinem Terminkalender an? Machst du ein Mittagsschläfchen? Das könnte ich auch vertragen.« Das verschmitzte Glitzern in seinen Augen bringt den Jungen zurück, dem ich noch nie etwas abschlagen konnte.

»Denk nicht mal dran, Romeo. Damit bin ich durch und außerdem habe ich keine Lust, wegen einem Aufreißer wie dir gefeuert zu werden und mir meine Zukunft zu verbauen.« Ich schaue ihn streng an. »Wir haben uns doch auf Zeit in der Öffentlichkeit geeinigt.«

Er schnaubt, wischt sich den Mund ab und wirft die grüne Stoffserviette auf seinen leeren Teller. »Na schön, wie du willst. Wie wär's dann mit etwas typisch Touristischem?«

Jetzt ist meine Neugier geweckt und ich rede mir ein, dass meine Mutter stolz auf mich wäre. Zumindest, solange sie nicht weiß, wer mich begleitet. »Und was?«

»Lass dich überraschen.« Bei meinem Blick hebt er die Hände. »Keine faulen Tricks, versprochen. Nur ein kleiner Weihnachtsausflug.«

»Irgendwohin, wo die Leute dich nicht erkennen?« Bei der Skepsis in meiner Stimme denkt er noch einmal nach.

»Es dürfte nicht allzu voll sein. Die Kids sind in der Schule.« Er schenkt mir sein Cary-White-Grübchen-Lächeln voll spitzbübischer Belustigung, das rund um den Globus Herzen zum Schmelzen bringt, und ich kann nicht verhindern, dass mir die Knie schwach werden. »Fährst du dieses Mal in der Limo mit?«

»Wenn's sein muss. Aber nur, wenn du auf deiner Seite bleibst.«

»Solange das die Seite mit dem Alkohol und dem ganzen coolen Kram ist.«

Wir klettern auf den Rücksitz und Cary lässt die verdunkelte Scheibe herunter, die uns von einem sehr freundlichen Fahrer mittleren Alters trennt.

»Wie heißen Sie?«, fragt Cary ihn.

»Giles, Sir.«

»Wunderbar, Giles. Schön, Sie kennenzulernen.«

»Gleichfalls, Sir.«

»Ich sag Ihnen was: Wenn Sie uns nach Somerset House chauffieren, müssen Sie mich nicht mehr Sir nennen.«

Giles' Blick wandert von Cary zu mir. Wahrscheinlich verständigt er die örtliche Klatschpresse, sobald wir außer Hörweite sind. »Ne Runde auf der Eislaufbahn?«

»Das ist der Plan.«

»Ich bringe Sie auf schnellstem Wege hin, keine Bange.«

»Vielen Dank, guter Mann.«

Er fährt die Scheibe wieder nach oben, was bei jedem anderen unhöflich wirken würde, aber Cary ist einer von den Menschen, die *Verpiss dich!* sagen könnten, und du würdest lächeln und nicken und dich auf halber Strecke nach draußen noch bedanken.

»Was ist Somerset House?«

»Ich vergesse immer, dass London für dich quasi Neuland ist, obwohl du schon so oft hier warst.« Er klopft gegen die Fensterscheibe, während wir in Richtung Fluss und Altstadt rollen.

Geografie lag mir schon immer. Ich habe einen verrückten Orientierungssinn – ich weiß, wo Norden ist, selbst an einem mir völlig fremden Ort. Das ist ein ziemlich lustiger Partygag.

»Ein schickes Museum in der Nähe der Oper. Total kitschig. Wird dir gefallen.«

Ich boxe ihm in den Arm. Sein Bizeps unter der Lederjacke ist beeindruckend hart und mein Gehirn muss sich natürlich sofort in Erinnerung rufen, wie sich dieser Arm um mich herum, seine Haut unter meinen Fingern anfühlt.

»Du kannst eislaufen?«, frage ich, um meine Gedanken in angemessenere Bahnen zu lenken.

»Klar. Du nicht?«

»Doch, aber es ist ein paar Jahre her. Ich hab früher mal Eishockey gespielt.«

»Eishockey? Echt?« Er reißt die Augen auf, als würde er mich in einem ganz neuen Licht sehen. »So richtig mit Schulterpolstern und Haareziehen und allem?«

»Okay, hör gefälligst auf, dir mich bei einer versauten Kissenschlacht auf dem Eis vorzustellen.«

»Das kannst du vergessen, Süße.«

Meine Wangen brennen. Ich wende den Blick ab und schaue interessiert aus dem Fenster. »Außerdem komme ich aus Seattle, das liegt quasi in Kanada. Eishockey ist unsere Religion.«

»Du überraschst mich immer wieder.«

Danach verfallen wir in Schweigen. Cary spielt an den Flaschen in der Minibar herum, bevor er sich anscheinend dagegen entscheidet, und die Sehenswürdigkeiten des alten

London ziehen an den getönten Scheiben des Wagens vorbei. Meine Gedanken wandern zurück zu dem Morgen, an dem Cary und ich uns zum ersten Mal getroffen haben.

Der Sonnenaufgang verwandelt die Küste in ein Flammenmeer. Ich war fast die ganze Nacht hier draußen, allein und bibbernd, aber das war es wert – mein Vater hat sich bestimmt Sorgen gemacht. Die Demütigung, den Sommer bei ihm verbringen zu müssen, während Tim den ersten Monat zu Hause bleiben darf, mit siebzehn überhaupt noch irgendwas zu müssen, sitzt tief.

Ein Junge joggt am Wasser entlang. Die Sonne fällt auf seine braunen Locken und für mich sieht er aus wie ein Märchenwesen – so unwirklich schön und plötzlich da, als hätte ihn jemand zu mir geschickt.

Er hält an und ich rapple mich auf und klopfe mir den feuchten Sand vom Hintern. Meine hastigen Bewegungen bringen ihn zum Grinsen und er wischt sich den Schweiß aus dem Gesicht. »Bist du eine Meerjungfrau, die an Land gespült wurde?«

Ich runzle die Stirn. Typisch Mann. Die denken immer, dass Mädchen gerettet werden müssen. »Nein. Und wenn, würde ich dich ins Wasser locken und ertränken.«

Er lacht, ein volltönendes, wunderschönes Geräusch, das sich auf den Wellen ausbreitet und über den Horizont stürzt. »Also, was treibst du hier, Menschenmädchen?«

Ich zucke mit den Achseln und versuche erst gar nicht, mein Lächeln zu verbergen. »Ich verstecke mich vor meinem Dad.«

»Wirklich? Warum?« Er lässt sich in den Sand fallen, klopft neben sich und blinzelt mich mit einer seltsamen Mischung aus Zufriedenheit und Bewunderung an. »Setz dich und erzähl mir alles über dich.«

Und aus irgendeinem Grund tue ich das. »Ich heiße Christina.«

»Cary.«

Wir unterhalten uns den ganzen Vormittag, bis die Haushälterin meines Vaters mich entdeckt und zurückschleift. Das Komische daran ist, dass mich nach ein paar Stunden mit Cary der Gedanke an das Haus und meinen Vater und den Sommer in Cornwall gar nicht mehr stört.

Die Themse glitzert in der Dezembersonne, die genauso blendend und hübsch ist wie die Sommersonne damals. Ich brauche einen Moment, bis ich weiß, in welcher Zeit ich mich gerade befinde.

»Wo warst du?«, fragt Cary sanft und mustert mich gebannt.

Ich schüttle den Kopf und zwinge mich zu einem Lächeln, das sich wie ein Spiegel meiner Erinnerung anfühlt – gleichermaßen glücklich und traurig. »In einem anderen Universum.«

»Das kommt mir bekannt vor«, erwidert er. Dabei lässt er mein Gesicht nicht aus den Augen.

Ich wende mich ab. Unter seinem forschenden Blick komme ich mir seltsam entblößt vor. Wir haben vor einem Gebäude angehalten. Es ist riesig und wirkt eher wie ein Palast als ein Museum. Ein Schild neben dem Eingang verspricht allerdings, dass es Letzteres ist. Der gesamte klassizistische Hof ist mit Eis bedeckt. Ein gewaltiger Weihnachtsbaum beleuchtet eine Handvoll Pärchen, ein paar einzelne Läufer und mehrere Kleinkinder, die über die sich schier endlos ausdehnende glatte Fläche gleiten. Das Ganze erinnert mich an das Rockefeller Center in New York, nur größer und mit mehr altertümlichem Charme.

»Wow«, ist der tiefschürfende Kommentar, der mir entschlüpft, als wir in den hellen, kalten Nachmittag treten.

»Ich weiß. Es ist total schmalzig, aber auch wunderschön. Ich war schon seit Jahren nicht mehr hier. Willst du eislaufen oder einfach was trinken?«

»Lass uns erst ein bisschen aufs Eis, danach hätte ich Lust auf eine heiße Schokolade, wenn wir noch Zeit haben.«

»Wie Sie wünschen, Madame.«

Ich folge ihm zum Schlittschuhverleih und beiße mir auf die Zunge, um nicht zu protestieren, als er bezahlt. Er muss nicht nach meiner Schuhgröße fragen. Nachdem unsere Schlittschuhe zugeschnürt und unsere Straßenschuhe in einem Schließfach verstaut sind, ziehe ich dicke Fäustlinge und eine Wollmütze aus meiner Manteltasche. Cary setzt ebenfalls eine Mütze auf und wickelt sich einen dazu passenden Schal um den Hals. So sind zumindest seine Wuschellocken und ein Stück von seinem Gesicht versteckt und er wird hoffentlich nicht so leicht erkannt.

Außer von mir. Ich würde ihn immer erkennen, aber bis auf ein paar neugierige Blicke in der Umkleide schenkt uns hier niemand groß Beachtung.

Cary hatte recht. Auf der Eislaufbahn und der gesamten Außenanlage ist nicht viel los. Es sind nur jüngere Kinder da, die noch nicht zur Schule gehen. Sobald die Ferien anfangen, wird Somerset House bestimmt von Teenagern und Familien überschwemmt.

Heute allerdings haben wir viel Platz und das nutze ich aus. Ich krame meine alten Eislaufkünste hervor und genieße das Kratzen der Kufen auf dem frischen Eis, während ich Cary ein paarmal überrunde, dann werde ich langsamer und fahre neben ihm. Meine Wangen sind von der Kälte und der Bewegung gerötet, und ein Glücksgefühl, wie ich es schon seit Jahren nicht mehr außerhalb meiner Arbeit verspürt habe, durchströmt mich. Dieser Ort ist so perfekt. Als würde er zu einem Filmset oder einer Theaterkulisse gehören, nicht zur Realität.

Hier scheint alles möglich zu sein und als ich Cary einen verstohlenen Blick zuwerfe, ertappe ich ihn dabei, wie er mich gedankenversunken und liebevoll beobachtet.

Die Spitze meines Schlittschuhs verhakt sich in einer unebenen Stelle im Eis. Mit rudernden Armen versuche ich, das Gleichgewicht zu halten, aber vergeblich. Ich lande auf dem Hintern, ein Bein fliegt in die Luft und trifft Cary an der Wade, woraufhin er taumelt und auf meine linke Körperhälfte stürzt. Der Aufprall ist so hart, dass mir die Luft wegbleibt.

Ich liege auf dem Rücken und ringe nach Atem, während Cary sich neben mir aufstützt.

»Alles okay?« Er streckt eine Hand aus und schiebt eine

entflohene Strähne zurück unter meine Mütze. Heiterkeit glitzert unter der Sorge in seinen Augen und bettelt darum, befreit zu werden. Als ich ein Lächeln zustande bringe, sprudelt sie hervor.

Bald liegen wir beide da, krümmen uns vor Lachen und starren in den Himmel. Carys Finger schlingen sich um meinen Fäustling und ich ziehe die Hand nicht weg, obwohl ich weiß, dass ich das sollte – ich habe vergessen, warum es so wichtig ist, oder es verdrängt, zumindest für den Moment.

»Du warst schon immer so anmutig, Christina Lake. Schön, dass sich manches nie ändert.«

Ich setze mich auf und boxe ihm in den Bauch, wofür ich ein Stöhnen ernte. »Pah! Du bist auch nicht gerade eine Primaballerina.«

Er rappelt sich ebenfalls hoch und seine Augen funkeln. »Wir sind eben das perfekte Paar.«

Er streicht mir noch ein paar verirrte Haare aus dem Gesicht. Wir sitzen so nah nebeneinander, dass sich unsere weißen Atemwolken vermischen, und ich bin oft genug von Cary White geküsst worden, um zu wissen, woran er gerade denkt.

Ihn zu küssen, hat sich in jenem Sommer so natürlich angefühlt wie atmen, und vorgestern Nacht war es genauso. Als könnte ich nicht überleben, ohne dass meine Lippen die seinen bei jeder sich bietenden Gelegenheit berühren. Cary schaut mich an. Sein Blick wandert zu meinem Mund und seine Zungenspitze fährt über seine Unterlippe. Mein Herz hämmert gegen meinen Brustkasten, als wollte es ausbrechen, und plötzlich ist mir viel zu warm unter den ganzen

Klamottenschichten. Ein Kribbeln jagt durch meinen Körper und ich muss all meine Erinnerungen daran heraufbeschwören, wie Cary mich verlassen hat, all die Drohungen, die Erica ausgesprochen hat, damit ich zurückweiche.

Keuchend komme ich auf die dünnen Kufen und versuche, meinen Herzschlag zu beruhigen. Cary steht ebenfalls auf. Sein Lächeln hat einen traurigen Zug angenommen und mir wird eng um die Brust, weil wir endlich der Wahrheit ins Auge sehen – dass es nie wieder so sein wird wie früher und dass das Ende unserer Beziehung selbst die guten Erinnerungen getrübt hat.

»Bereit für deine heiße Schokolade?«

»Kippen die da Pfefferminzschnaps rein?«

Er schnaubt und führt mich zurück in die Umkleide, wo wir unsere Schlittschuhe ausziehen. »Wie wär's mit was Traditionellerem wie Wassail? Also Apfelpunsch.«

»Oh du Feuchtfröhliche.«

Er grinst. Seine gute Laune ist wiederhergestellt, aber sie ist jetzt zurückhaltender. So beständig, als könnte auch der hundertste peinliche Moment sie nicht erschüttern.

Der Cafébereich von Somerset House ist genauso ätherisch wie der Rest des Orts, wie eine Weihnachtsfantasie in einer Schneekugel aus dem Souvenirladen. Das dampfende Getränk, das Cary zusammen mit einem Teller Miniscones vor mich stellt, riecht himmlisch. Es erfüllt meinen Mund mit Honig und Nelke und einer ordentlichen Prise Zimt – wahrscheinlich der Grund, warum Cary es überhaupt vorgeschlagen hat.

»Das schmeckt wie Apfelwein, der direkt aus dem Bart des Weihnachtsmanns getropft ist«, hauche ich und lecke mir die Lippen.

»Du bist manchmal echt seltsam«, erwidert Cary und beißt in den Vanillescone.

Ich zucke mit den Achseln, trinke noch einen Schluck Wassail und schnappe mir den Cranberryscone. »Lieber seltsam als langweilig.«

»Da hast du recht.«

Wir nippen eine Weile schweigend an unseren Tassen. Ich beobachte die Leute neben uns und drüben auf der Eisbahn. Die Fröhlichkeit von vorhin perlt um uns herum wie die Bläschen in einem Glas Champagner.

»Erzähl mir, was zwischen dir und deinem Dad passiert ist. Ihr wart euch so … vielleicht nicht nah, aber ähnlich. Damals.« Sein Tonfall ist vorsichtig, nicht so anmaßend, wie wenn er über uns beide spricht.

Das ist nicht gerade mein Lieblingsthema, aber es ist mir immer leichtgefallen, Cary mein Herz auszuschütten, also genieße ich einfach, dass er da ist – jemand, der zuhört, ohne zu urteilen, der weiß, wann er Ratschläge geben und wann er nur nicken und unverbindlich grunzen soll.

»Er hat mich im Stich gelassen, als Tim gestorben ist. Imogen geheiratet und sich um Winnie und Eliza gekümmert, mich nie angerufen, nie geschrieben. Dürfte dir bekannt vorkommen.« Die Bemerkung ist gemein, aber sie entspricht nun einmal der Wahrheit. Beide haben sich mir gegenüber wirklich mies verhalten.

Cary zuckt zusammen. »Das habe ich wohl verdient. Hat er dir gesagt, warum?«

»Ja, gestern Abend. Er hatte Depressionen und als es ihm besser ging, dachte er, ich würde ihn hassen. Womit er recht hatte.«

Carys Hand schiebt sich über den Tisch, noch warm von der Tasse, und bedeckt die meine. »Vielleicht. Aber das, was du mir beim Mittagessen vorgeworfen hast, trifft auch auf ihn zu. Er hätte dir die Entscheidung überlassen müssen, ob du ihm verzeihst.«

Mein Hals brennt bei seinen Worten, bei seinem freimütigen Vergleich mit meinem Vater. Er erinnert mich daran, dass es, obwohl die beiden mich verletzt haben, in meiner Macht liegt, der großmütigere Mensch zu sein und ringsum Entschuldigungen anzunehmen. »Danke.«

»Ich glaube, eigentlich willst du es. Immerhin ist er dein Dad. Du musst ja nicht gleich alles vergeben und vergessen, aber möchtest du nicht zu seinem Leben gehören?«

»Du meinst, ich soll mich auf die ganze Stieffamiliensache einlassen?« Ich runzle die Stirn. Irgendwie fällt es mir immer noch schwer, Imogen und ihren Töchtern nicht die Schuld zu geben. Aber nach dem, was mein Vater erzählt hat, hat Imogen ihm das Leben gerettet, und selbst meine Mum will, dass ich sie kennenlerne.

»Möglicherweise sind sie gar nicht so schlimm. Oder sie sind fiese Hexen, aber dann hast du wenigstens was zu erzählen.« Cary zwinkert und lässt meine Hand wieder los, um noch mehr Punsch zu trinken.

Es ist, als würde sich der Kreis schließen. An jenem Morgen am Strand vor drei Jahren hat Cary mich davon überzeugt, dass mein Vater nur deshalb unbedingt einen letzten Sommer mit mir verbringen möchte, weil er mich liebt. Weil er mich vermisst und weiß, dass sich bald alles ändert. Und was sei daran so schlimm?

Damals bin ich mit einer anderen Einstellung zu meinem Vater zurückgekehrt und jetzt beschließe ich, aus dem Hotel auszuchecken und die nächsten zehn Tage bei ihm zu wohnen. Oder, falls Imogen und die Mädchen wirklich schrecklich sind, nur ein paar Nächte.

Seltsamerweise hoffe ich, dass sie es nicht sind.

»Weißt du was, Cary? Vielleicht hast du sogar recht.«

»Was?« Sein übertrieben geschockter Gesichtsausdruck bringt mich zum Kichern.

»Gewöhn dich nicht dran.«

Wir grinsen und eine Gesprächspause entsteht, während wir einander ein wenig zu lange anstarren. Irgendwann räuspert sich Cary und senkt für ein paar Sekunden den Blick.

»Ich denke schon seit Langem darüber nach, wie ich dieses Gespräch anfangen soll, aber ich finde einfach nicht die richtigen Worte.« Sein eigenartig ruhiger Ton lässt mich aufhorchen. Seine Miene ist offen, verbirgt nichts, und in seinen Augen glänzt Aufrichtigkeit.

Argwohn dämpft meine trügerische Hoffnung auf Freiheit und Glückseligkeit. »Welches Gespräch?«

»Das, in dem ich dich bitte, etwas Verrücktes zu tun.«

»Ich gehe nicht noch mal nackt baden! Vor allem nicht im

Winter.« Damals habe ich mich von ihm bequatschen lassen, aber die traurige Wahrheit ist, dass es in England nirgendwo je warm genug wird, um ohne Neoprenanzug ins Wasser zu gehen, und im Meer von Cornwall wären wir mitten im Juli beinahe erfroren.

»Wenn ich auch nur eine Sekunde glauben würde, dass ich dich dazu überreden könnte, hätte ich es längst versucht.« Er lacht leise. »Die Sache ist die: Als ich in diesem Tonstudio dein Gesicht gesehen habe, wusste ich sofort, dass das, was vor drei Jahren zwischen uns war, immer noch da ist. Es ist nie verschwunden. Es hat uns die ganze Zeit über verbunden. Aber ich werde dich nicht um einen Neuanfang bitten. Wir können nicht ungeschehen machen, was passiert ist, oder da anknüpfen, wo wir aufgehört haben. Nur, was tun wir dann?«

Ich habe keine Ahnung, was ich darauf antworten soll. Den Gedanken, dass Cary und ich jemals wieder … na ja, *Cary und ich* sein könnten, habe ich schon lange aufgegeben. Alles andere hat viel zu wehgetan.

Und jetzt sitzt er vor mir und möchte, dass ich den Schlüssel raushole und diese Truhe voller Schmerz und Hoffnung und der tief unten vergrabenen Befürchtung öffne, niemals wieder jemanden wie ihn zu finden.

»Ich weiß nicht.« Ich schlucke, fest entschlossen, nicht zu weinen. »Ich habe länger gebraucht, als ich zugeben will, um so weit zu kommen, Cary. Mal ganz davon abgesehen, dass ich meinen Job gerne behalten würde und Erica mich sofort feuert, wenn sie glaubt, dass ich nur deinetwegen hier bin.«

»Lass Erica mal meine Sorge sein. Es überrascht dich vielleicht, aber ich habe ein bisschen Einfluss bei BGG.«

Ich nehme allen Mut zusammen und schaue ihn an. Öffne mich, zeige ihm die Angst und den Schmerz, die Unsicherheit. »Ich will deine Hilfe nicht, genauso wenig wie ich die meines Vaters wollte. Das hier ist mein Traumjob und ich bin gut darin.«

»Das bist du, Süße. Das warst du schon immer. Himmel, ohne dich wären wir niemals entdeckt worden. Und ich würde keine Songs schreiben, wenn dein wunderbarer Dickkopf mich nicht bearbeitet hätte, bis ich es versuchte.« Er seufzt. »Können wir es nicht einfach ... ich weiß nicht, noch einmal versuchen? Uns an die Versionen von uns erinnern, die sich ineinander verliebt haben, und uns dann mit denen auseinandersetzen, zu denen wir uns in den letzten drei Jahren entwickelt haben? Sehen, was heute zwischen Cary und Christina passiert, zum Teufel mit Erica? Weil ich nicht mit dir im selben Raum sein und so tun kann, als würde ich das nicht wollen. Und das werde ich auch nicht.«

Tapferkeit war noch nie meine Stärke. Ich habe kaum den Tod meines Bruders überstanden. Ich habe meinen Vater und seine neue Familie gemieden und das würde ich noch immer, wenn dieser Zwangsurlaub nicht wäre. Ich habe Cary nie gefragt, warum er gegangen ist, oder auch nur diejenige zur Rede gestellt, die sich im Verbindungshaus ständig meine Flip-Flops zum Duschen »ausleiht«.

Aber jetzt meldet sich etwas tief in mir zu Wort, eine Wunde, die nie ganz verheilt ist, die immer gehofft hat, die weiß, dass alle Entscheidungen in meinem Leben mich genau hierher geführt haben.

Als hätte ich nie eine Wahl gehabt, weil es nur eine richtige Antwort gibt.

»Wir können es probieren, Cary. Uns wieder anzufreunden. Einander kennenzulernen. Zu lachen, es – alles – hinter uns zu lassen. Aber wir hängen es nicht an die große Glocke. Mein Job ist mir wichtig.«

»Abgemacht.« Er grinst wie ein kleiner Junge, der ein riesiges Weihnachtsgeschenk bekommen hat.

Wahrscheinlich, weil ich damit zugegeben habe, dass es auch mir etwas bedeutet, die immer noch vorhandenen Gefühle zwischen uns zu erforschen.

Kapitel 8

Ich schaue den gesamten Weg zum Haus meines Vaters aus dem Fenster, obwohl es auf dem Motorway nicht sonderlich viel zu sehen gibt. Erst als wir durch Wimbledon kurven, wird die Umgebung interessanter, und in diesem Moment stürmt auch das vertraute Kribbeln der Zuneigung für England mit voller Wucht auf mich ein. Es ist Jahre her, seit ich das letzte Mal in diesem Land war, das ich früher als mein zweites Zuhause bezeichnet hätte, und ich habe es noch nie im Winter gesehen.

Außerhalb der Turnierzeit war Wimbledon schon immer ein schläfriges kleines Viertel und mit dem Schnee, der die Straßen und die mit Grünzeug und roten Bändern geschmückten Laternen bestäubt, ist es so hübsch, dass ich meine Unsicherheit darüber, ob das hier die richtige Entscheidung ist, ganz vergesse.

Zumindest ein paar Minuten lang.

Dann überqueren wir die Themse und steuern auf den

Hyde Park zu, den stinkvornehmen Teil der Stadt, in dem mein Vater lebt, seit er nach der Scheidung zurück in seine Heimat gezogen ist. Alles am Leben meines Vaters ist extravagant. Solange er am laufenden Band Quasikopien seines ersten Bestsellers produziert, besteht wohl kein Grund zur Sorge, dass ihm je das Geld ausgeht.

Wir halten vor dem schmiedeeisernen Tor, das sich mit einem leisen Summen öffnet und den Weg zu einem beeindruckenden dreistöckigen weißen Haus mit schlichten schwarzen Fensterläden freigibt. Warmes Licht dringt aus den Fenstern im Erdgeschoss und beleuchtet den Schnee, der aussieht, als hätte ihn ein Künstler mit Glitzer verziert.

»Home sweet home«, murmle ich und steige aus, bevor Alfred überhaupt seinen Gurt öffnen kann.

Es ist vertraut, aber auch fremd, weil es im Winter so anders wirkt. Die klassische englische Stadtvilla war immer ehrfurchtgebietend und wunderschön, doch inmitten der tanzenden Flocken wirkt sie wie verzaubert. Wie etwas aus einem Bridget-Jones-Film oder von einer der Postkarten, die Dad jedes Jahr auf meine Weihnachtsgeschenke klebt.

Ich hasse es, wie sich mein Herz bei dem Anblick zusammenzieht. Wie sehr es mir gefehlt hat, hier zu sein.

Mein Dad wartet an der Hintertür. Als er mich entdeckt, tritt er mit einem flüchtigen Blick zurück ins warme Haus nach draußen in die Kälte. Ein zotteliges goldenes Fellknäuel schlüpft durch die Tür, ehe er sie schließen kann, und stürzt sich auf mich. Trotz meiner gemischten Gefühle entfährt mir ein begeistertes Quieken.

»Baxter!«

Ich falle auf die Knie und ignoriere die eisige Nässe, die durch meine Jeans dringt, während ich den alten Hund umarme. Sein weiches Fell fühlt sich so heimelig an, dass ich nicht anders kann, als breit zu grinsen. Baxters gesamter Körper wackelt, während er schwanzwedelnd um mich herumtollt, viel zu aufgeregt, um stillzuhalten.

Schließlich läuft er davon und hebt ein Bein, um sich an einer Hecke zu erleichtern. Kopfschüttelnd stehe ich wieder auf. »Ich glaube, ich hatte Angst zu fragen, ob er noch ... da ist.«

»Der alte Baxter? Der hat schon über ein Jahrzehnt auf dem Buckel, aber er ist fit wie ein Turnschuh.« Die Mundwinkel meines Dads verziehen sich zu einem zögerlichen Lächeln. »Ich bin froh, dass du da bist, Kleine, und mir ist klar, dass wir noch Redebedarf haben, aber in der Zwischenzeit ... wollte ich dich bitten, meine Fehler nicht an Imogen oder den Mädchen auszulassen. Weihnachten steht vor der Tür und alle sind hier. Es wäre schön, wenn wir das genießen könnten.«

»Also soll ich so tun, als wäre alles in Ordnung? Ich weiß nicht, ob ich das kann.«

»Du musst niemandem etwas vorspielen. Sei einfach ... höflich.«

Ärger wogt in mir und wirbelt Wolken der Ungeduld auf. »Ich hatte nicht vor, mich zuzusaufen und Möbel aus dem Fenster zu werfen. Ich bin kein Rockstar, ich arbeite nur in der Musikbranche.«

Mein Dad lacht leise. »Danke.«

Seine eisblauen Augen funkeln belustigt, als er die Tür aufschiebt. Ein Schwall kalte Luft weht hinein und ich folge ihm und Baxter nach drinnen.

Wir betreten eine helle, warme Küche. Er hat umgebaut, seit ich das letzte Mal hier war. Die Geräte sind aus Edelstahl, die Arbeitsplatte ist aus irgendeinem teuren Marmor und die Schränke sind jetzt kirschrot statt beige. Alles wirkt elegant und einladend, obwohl ich dieses Gefühl gar nicht haben will.

Der Duft nach Gewürzen und Brathähnchen lässt mir das Wasser im Mund zusammenlaufen. Mein Mittagessen mit Cary ist viel zu lange her.

»Die anderen sind wahrscheinlich im Wohnzimmer. Darf ich dir die Jacke abnehmen?«

Ich reiche ihm meinen schwarz-weißen Mantel und fahre mir durch das zerzauste Haar. Die Jahre, in denen ich meine böse Stiefmutter erfolgreich gemieden habe, sind gleich vorbei. Nicht, dass ich vorher je eingeladen worden wäre, sie zu treffen. Bei meinem letzten Sommer in Cornwall hatte mein Vater sie gerade erst kennengelernt und ich habe kein Geheimnis aus der Tatsache gemacht, dass ich weg wäre, sollte sie bei uns auftauchen.

Mein Dad hängt meinen Mantel an die Garderobe, bevor er mich über die glänzenden Eichendielen ins Wohnzimmer führt. Hier hat sich nichts verändert. Ein Feuer knistert im gewaltigen steinernen Kamin und die weichen cremefarbenen Polstermöbel sind auf wundersame Weise immer noch sauber. Eine hübsche Frau um die vierzig sitzt mit angezogenen Beinen und einer Stickerei auf dem Schoß in einem Sessel. Auf der Couch lümmeln zwei Mädchen, mit dem Rücken zu mir, sodass ich nur das aschblonde Haar sehe, das sie von ihrer Mutter geerbt haben.

Die Frau schaut auf und als sie mich im Türrahmen bemerkt, erhellt ein Lächeln ihre Züge. Imogen – trotz meiner abfälligen Bemerkungen Jessica gegenüber könnte ich ihren Namen nie vergessen – kommt auf die Beine und gleitet mit anmutigen Bewegungen auf mich zu.

Als sie an ihren Töchtern vorbeischwebt, schnippt sie mit den Fingern. Die Köpfe der beiden wirbeln herum und sie wechseln einen Blick, ehe sie ihrer Mutter folgen. Die steht mittlerweile vor mir, die Hand ausgestreckt. »Du musst Christina sein. Dein Vater hat mir schon so viel von dir erzählt. Ich kann dir gar nicht sagen, wie sehr wir uns freuen, dass du Weihnachten mit uns feierst.«

»Das war auch für mich eine Überraschung«, antworte ich und als ich den Seitenblick meines Vaters spüre, füge ich zähneknirschend hinzu: »Eine schöne Überraschung.«

»Ich heiße Imogen«, fährt sie fort, um die Spannung auszuräumen, die meine seltsame Nicht-Begrüßung verursacht hat. »Und das hier sind meine Töchter Winnie und Eliza.«

Mit dem Kinn deutet sie erst auf das größere, dann auf das kleinere Mädchen. Bis auf die Körpergröße sehen die beiden einander so ähnlich, dass man sie kaum unterscheiden kann. Vermutlich ist die Kleinere älter, jedenfalls trägt sie einen Cambridge-Pulli.

»Winnie ist gerade sechzehn geworden, aber Eliza studiert schon, genau wie du.«

Beide Mädchen lächeln, geben mir die Hand und beteuern ebenfalls, wie sehr sie sich freuen, mich endlich kennenzulernen, und wie verrückt es ist, dass es so lange gedauert hat. Nur mit Mühe kann ich mich davon abhalten, zu meinem Vater hinüberzuschauen, ihn zu fragen, ob die drei wissen, dass ich nie eingeladen wurde, oder ob das alles hier zu einer ausgeklügelten Show gehört.

»Warum gehen wir zwei nicht nach oben und ich zeige dir, wo du schläfst«, sagt Imogen. »Leider mussten wir ein bisschen umdisponieren, weil dein Besuch so kurzfristig kam. Deswegen bist du nicht in deinem Zimmer untergebracht.«

»Das macht nichts. Ich hatte hier eigentlich nie ein richtiges Zimmer. London war ja immer nur eine Zwischenstation auf dem Weg nach Cornwall und zurück.«

Imogen lächelt wieder. Es ist ein strahlendes Lächeln, das ihre geraden weißen Zähne zur Schau stellt – nicht sehr britisch, auch wenn ihr Akzent noch stärker ist als der meines Dads. »Ich liebe das Haus in Cornwall, aber als junges Mädchen muss es dort schrecklich langweilig gewesen sein.«

»Meistens«, murmle ich und mein Gehirn überspringt einfach die vielen langweiligen Sommer und wandert unerlaubt zu dem einen, der das genaue Gegenteil war.

Imogen führt mich durch das hintere Treppenhaus in den ersten Stock. Ein dicker Läufer in der Mitte der Stufen dämpft unsere Schritte. Die Geländer, Wandverkleidungen und Türen, früher dunkel und mit Macken übersät, sind jetzt elfenbeinfarben gestrichen und lassen alles so viel heller wirken. Ich muss zugeben, dass mir gefällt, was Imogen aus dem Haus gemacht hat. Ich meine, Mum hat hier nie gelebt, also hat Imogen nicht ihre Rolle übernommen oder so. In all den Jahren nach der Scheidung war ich die einzige Frau im Haus meines Vaters. In seinem Leben.

Und es ist ja nicht so, als hätte ich mich für Einrichtungskram interessiert.

Wie sehr ich auch wünschte, Imogen wäre eine hassenswerte Disney-Stiefmutter, sie ist nicht diejenige, auf die ich sauer bin. Und wenn es stimmt, was mein Dad erzählt hat, wenn sie ihn wirklich gerettet hat, bin ich sogar widerstrebend dankbar, dass es sie gibt.

Sie öffnet eine Tür am Ende des Flurs und lässt mich zuerst eintreten. Wie der Rest des Hauses ist das Gästezimmer luxuriös und geschmackvoll eingerichtet. Ich verkneife mir die Frage, ob sie das alles selbst gestaltet oder einen Profi damit beauftragt hat. Ich habe zwar versprochen, mich zu benehmen, aber ich muss ja nicht extrafreundlich sein.

»Brauchst du noch irgendwas, meine Liebe? Dieser Raum hat ein eigenes Badezimmer en suite. Handtücher und Toilettenartikel sind unter dem Waschbecken, falls du was vergessen hast. Vielleicht magst du dich wieder zu uns ins Wohnzimmer gesellen, wenn du dich eingerichtet und dir etwas Bequemeres angezogen hast?«

»Ich weiß nicht, Imogen. Ich bin echt müde.« Das entspricht zwar nicht ganz der Wahrheit, schließlich ist es erst neun Uhr und mein minimaler Jetlag längst vorbei, aber hierherzukommen und sie alle zu treffen, war genug Aufregung für einen Abend.

»Das alles muss ziemlich überwältigend für dich sein.« Ihr Lächeln wird unsicher. »Ich habe Gerard gesagt, dass er dich lieber vorwarnen soll, statt einfach so im Inn aufzutauchen, aber er hatte Angst, dass du ihm dann aus dem Weg gehen würdest.«

»Das hätte leicht passieren können. Anscheinend kennt er mich immer noch ganz gut, auch wenn wir uns seit drei Jahren nicht gesehen haben.«

Dieses Mal kann selbst Imogens ungezwungene Gastfreundlichkeit die Missstimmung nicht überspielen. Sie verknotet die Finger und wirft einen so sehnsüchtigen Blick in Richtung Tür, dass ich fast lachen muss.

»Ich komme gleich runter«, lenke ich schuldbewusst ein. Bescheuerte Manieren. »Ich habe ein bisschen Hunger und was du da gekocht hast, riecht großartig.«

»Sehr schön.« Imogen schiebt eine verirrte blonde Strähne zurück in die Haarklammer und wendet sich zum Gehen. Im Türrahmen bleibt sie noch einmal stehen und der unschlüssige Ausdruck in ihren Augen kündigt an, dass mir das Folgende nicht gefallen wird. »Christina … dein Vater ist ein Mann. Ich weiß nicht, wie viel Erfahrung du schon mit dem anderen Geschlecht gesammelt hast, aber auch wenn sie es nicht zeigen, sie haben ebenso viele Gefühle wie wir.«

Ich muss lächeln und meine Vorbehalte gegen diesen Besuch schwinden weiter. »Ihr seid Engländer. Ich hatte keine Ahnung, dass ihr überhaupt Gefühle habt.«

Sie lacht ein wenig lauter, als mein Witz rechtfertigt, und nimmt für einen Moment meine Hände in ihre. Ihre Berührung ist warm und trocken und genauso feinfühlig wie ihr Einrichtungssinn. Dann lässt sie mich allein.

Ich stoße einen erleichterten Seufzer aus und öffne meinen Koffer. Das weiche Bett gibt unter meinem Gewicht nach, als ich mich hineinwerfe und auf den Rücken rolle. Die Zimmerdecke ist weiß gestrichen; ein unbeschriebenes Blatt, genau wie mein Leben nach jenem Sommer.

Davor hatte ich einen Vater, der mich liebte, auch wenn wir uns nicht oft gesehen haben. Ich hatte einen älteren Bruder, der eher mein bester Kumpel war, einen Freund, der mir den Kopf verdrehte und meine Knie in Pudding verwandelte, eine Zukunft, so groß und so nah, dass ich sie beinahe anfassen konnte.

Dann ist Tim gestorben, Cary hat mich verlassen und mein Dad hat Imogen geheiratet.

Tabula rasa.

Nichts kann Tim je zurückbringen, also ist dieser Teil meines Lebens für immer verloren. Aber Cary will … was eigentlich? Mich neu kennenlernen? Und mein Dad ist nur ein Stockwerk von mir entfernt, und selbst wenn er das alles nur tut, weil meine Mutter ihm ein schlechtes Gewissen eingeredet hat, er hätte es nicht tun müssen. Er hätte es abblasen können.

Trotzdem ist er gekommen. Er hat mir sein Verhalten erklärt und sich dafür entschuldigt und ich habe ihm geglaubt. Mein Kopf und mein Herz sind nicht wie durch ein Wunder geheilt oder bereit, ihm wieder zu vertrauen, aber ich bin hier. Bis zu seinem plötzlichen Erfolg als Autor war mein Dad mein Held. Anschließend ging das mit ihm und meiner Mum bergab und er hat uns verlassen, aber diese Wunden konnten wir mit den Sommern am Meer und Briefen und Anrufen dazwischen verbinden. Wenn er es wirklich versucht, wenn er es versuchen will, dann hat Cary recht.

Dann muss ich es auch tun.

Wahrscheinlich hält mein Herz keinen weiteren Schlag aus, aber es wäre schwer, ihn fortzustoßen, wenn er sich tatsächlich bemüht.

Ein Klopfen an der Tür erinnert mich daran, dass ich mich eigentlich frisch machen und wieder zu meiner zusammengewürfelten Familie gesellen sollte. Nur, dass sie überhaupt nicht zusammengewürfelt wirkt. Bei so viel Adrettheit kann ich nicht mithalten.

Ich bin vielleicht zur Hälfte Engländerin, aber ich habe nicht den ordentlichen, organisierten und stets gepflegten Teil abbekommen.

»Ja?«

Der blonde Kopf, der sich hereinschiebt, gehört nicht Imogen. Es ist die größere der beiden Töchter. Winnie.

»Hallo.« Sie schaut sich nervös um, als hätte sie Angst, mich bei irgendetwas Privatem oder Unanständigem zu unterbrechen. Baxter schlüpft zwischen ihren Beinen hindurch und springt auf mein Bett, wo er nasse Pfotenabdrücke hinterlässt. »Ich wollte nur nach dir sehen. Und dir ein paar Plätzchen bringen. Mum sagt, die magst du am liebsten.«

Auf dem Teller in ihrer Hand liegt ein Berg puderzuckerbestäubter Schokocrinkles. Mir läuft das Wasser im Mund zusammen – und in den Augen. Mein Dad hat daran gedacht.

»Danke«, krächze ich.

Winnie stellt den Teller auf den weiß lackierten Schreibtisch, lässt sich auf den Stuhl fallen und bedenkt Baxter mit einem missbilligenden Blick, als der zu ihr hinüberläuft und sie mit großen Hundeaugen anbettelt.

Die Tatsache, dass sie einfach annimmt, in meinem Zimmer willkommen zu sein, verrät, wie jung sie ist und wie sehr sie geliebt wird – zwei Dinge, die ich von früher kenne.

»Muss komisch sein, plötzlich eine neue Familie zu haben.«

Bei ihrer Wortwahl verziehe ich das Gesicht. »Ich habe eine Familie. Ihr seid … neu. Aber nicht Familie.«

Das scheint sie kurz aus der Fassung zu bringen, so als hätte ich ihr unter dem Tisch fester als nötig vors Schienbein getreten, aber wie alle selbstbewussten Teenager schüttelt sie die Zurückweisung schnell wieder ab. »Was hast du dir vom Christkind gewünscht?«

»Was?«

»Na, du weißt schon. Geschenke.« Winnie mustert mich mit zusammengekniffenen Augen. Wahrscheinlich fragt sie sich gerade, ob ihre neue Stiefschwester geistig zurückgeblieben ist.

»Ach so. Keine Ahnung. Ich brauche eigentlich nichts.«

»Gehst du wirklich auf das Silvesterkonzert von Pursuant?« Ihre graublauen Augen leuchten.

»Jep.«

»Du klingst aber nicht sehr aufgeregt.«

»Na ja, das bin ich auch nicht.«

»Warum? Weil du ständig mit Bands arbeitest und schon total abgestumpft und viel zu cool bist?«

Das bringt mich zum Schnauben. Ich bin gefährlich nah dran, dieses Mädchen zu mögen. »Nein. Vermutlich sehe ich es einfach als Job.«

»Ja, aber wir reden hier von *Pursuant*! Ich meine, Cary White ist ein Traum und die anderen Jungs sind auch nicht schlecht.« Sie zieht die Nase kraus. »Außer Simon. Der Drummer.«

»Ich weiß, wer Simon ist.« Ich muss unwillkürlich lächeln, als ich daran zurückdenke, wie Simon am Strand vergeblich versucht hat, Mädchen anzubaggern, während ihm die nicht zu bändigenden Locken in die Augen hingen und seine beinahe durchscheinend weiße Haut jeden in einem Umkreis von zehn Kilometern blendete. Cary zufolge hat er diese Probleme nicht mehr, seit die Band ein paar Grammys im Regal stehen hat, aber das ist nicht gerade ein angemessenes Gesprächsthema. »Und er ist echt nett.«

»Du *kennst* sie?«

Ich schlucke und mein Lächeln erlischt. Ich will mich nicht erinnern, doch die Bilder lassen sich nicht unterdrücken und der Klang unseres fröhlichen Gelächters dröhnt mir in den Ohren. Simon, David, Alfie, Cedric und natürlich Cary. Jungs, die ich mal als Freunde betrachtet habe.

Es gibt keinen einfachen Weg, einer schwärmerischen,

aufdringlichen Sechzehnjährigen zu erklären, was passiert ist.

»Wir gehen besser wieder runter. Mir knurrt der Magen und ich glaube nicht, dass Plätzchen da viel helfen.« Winnie zieht ein langes Gesicht. »Aber danke dafür. Ich nehme sie morgen mit ins Studio. Vielleicht gebe ich Simon einen ab.«

Das bringt sie zum Grinsen und sie hüpft vor mir den Flur entlang. Baxter jagt ihr hinterher und ich folge den beiden mit einem flauen Gefühl im Magen, einer Mischung aus Angst und Unsicherheit. Diese Menschen scheinen fest entschlossen, nicht schrecklich zu sein, was es mir wirklich schwer macht, sie für immer zu hassen.

Nachdem Imogen die Reste des Brathähnchens und der Kartoffeln aufgewärmt hat, riecht es in der Küche noch besser und alle setzen sich mit mir an den Tisch. Imogen und mein Vater trinken Tee, Winnie nascht ein paar Plätzchen und Eliza pult an etwas herum, das wie ein übrig gebliebenes Frühstücksteilchen aussieht. Sie erkundigen sich, wie mein Flug war, was meine Aufgaben hier in London sind und ob ich Zeit hätte, etwas mit ihnen zu unternehmen, und ich beantworte ihre Fragen so gut wie möglich. Mir schwirrt der Kopf vor Emotionen, gegen die ich nicht alle auf einmal ankämpfen kann.

Später machen wir es uns im Wohnzimmer gemütlich und Imogen meint: »Christina, die Mädchen und ich wollten uns vor Weihnachten noch einen Wellnessvormittag gönnen. Du bist herzlich eingeladen, sag einfach Bescheid, wann du kannst.«

Ich nicke unverbindlich und murmle irgendwas davon, dass ich meinen Terminplan checken würde.

Plötzlich springt Winnie mit einem Quieken auf, faselt irgendwas von Cary White und Somerset House und hält mir ihr Handy unter die Nase. Mein Vater späht mir über die Schulter, während Winnie durch einen Artikel – wenn man es so nennen kann – auf einer der widerlicheren englischen Klatschseiten scrollt. Und das will schon was heißen.

Da sind Bilder von Cary und mir.

Ein ganzes Album voll, angefangen mit welchen, auf denen wir die Schlittschuhe zubinden, bis hin zu einem, auf dem wir uns über den Cafétisch hinweg anstarren. Es gibt auch Nahaufnahmen von dem Augenblick, als wir uns auf dem Eis beinahe geküsst hätten. Der Artikel spekuliert darüber, wer ich bin und über was wir bei unserem Wassail reden, als ich eine schrecklich unattraktive Grimasse ziehe – mein Standardgesicht, wenn ich versuche, nicht zu weinen.

»Du bist berühmt!«, kreischt Winnie. »Warum hast du mir das nicht erzählt?«

Ich schiebe das Handy weg. Auf einmal bin ich wieder nervös, auch wenn ich nicht genau weiß, warum. Das hier ist normal. So etwas ist früher ständig passiert, als ich noch jünger war und alle paar Jahre einer der Romane meines Dads verfilmt wurde. Die Paparazzi haben immer herumgeschnüffelt. Ich habe es gehasst.

Nur dass ich jetzt kein Teenager mehr bin und diese Bilder nicht nur lästig sind.

Sie bedeuten, dass ich gefeuert werde.

»Ach, das Leben im Rampenlicht ist nicht so glamourös, wie man es sich vorstellt, das können dir alle bestätigen, die es führen.«

Als Cary und ich uns ineinander verliebt haben, hatte ich extreme Schuldgefühle, weil ich insgeheim hoffte, dass Pursuant nie groß rauskommen würden. Ich wollte nicht die Freundin eines Rockstars sein. Nie.

Aber ich wollte ihn.

»Ich glaube, du spinnst!« Winnie lässt sich schmollend auf die Couchlehne fallen.

Eliza gibt den Versuch weiterzulesen auf, da der Hintern ihrer Schwester ihr das Licht nimmt. Sie legt ihr Buch weg und beugt sich vor, um mich an der vor Aufregung vibrierenden Winnie vorbei zu mustern. »Was läuft da zwischen euch?«

Ich zucke mit den Achseln und ignoriere den Blick meines Vaters, der mir im Nacken brennt. Er war damals sehr tolerant, was die Geschichte mit Cary anging, zumindest am Anfang. Je ernster die Sache wurde, desto weniger begeistert schien er davon zu sein, und niemand hat mehr von meinem gebrochenen Herzen mitbekommen als er.

»Wir … keine Ahnung. Arbeiten zusammen. Gucken, was daraus wird.« Ich schaue flüchtig zu meinem Vater, der die Lippen zusammenpresst. »Anscheinend ist das hier die Ich-bitte-Christina-um-Verzeihung-Reise.«

Mein Vater wird ein wenig blass. »Ich bin, ehrlich gesagt, überrascht, dass du dich überhaupt darauf eingelassen hast, obwohl du wusstest, dass du ihn sehen musst. Und jetzt diese

Fotos ... Das klingt vielleicht heuchlerisch, Chrissie, aber bitte sei vorsichtig.«

Sorge furcht seine Stirn. Es ist nicht verwunderlich, dass er skeptisch ist, nachdem er miterlebt hat, wie das mit Cary und mir beim ersten Mal geendet hat.

Aber hier geht es um mehr als das. Als hätte er aus irgendeinem persönlichen Grund gehofft, dass Carys und meine Wege sich nicht noch einmal kreuzen. Zumindest kommt es mir so vor.

Ehe ich mir allerdings überlegen kann, wie ich ihn darauf anspreche, vibriert mein Handy. Eine Nachricht von Jessica. Als ich ihr kleines Kontaktbild erkenne, überrollt mich eine Welle der Erleichterung. Und das dringende Bedürfnis, ihre Stimme zu hören, mit jemandem zu reden, der ein bisschen Abstand zu diesen ganzen Gefühlen hat.

Chris, die Fotos sind überall. Was zum Teufel ist da los? RUF MICH AN!

»Ähm, können wir uns später weiterunterhalten? Meine Mitbewohnerin braucht mich.«

Ich eile aus dem Zimmer, bevor irgendjemand protestieren kann, das Telefon schon am Ohr.

»Jessie MacFarlanes Handy«, begrüßt mich ein sexy irischer Akzent. »Wie kann ich Ihnen helfen?«

Trotz allem, was in den vergangenen zehn Minuten passiert ist, verziehen sich meine Lippen zu einem Grinsen. »Ist Jessica da?«

»Ich fürchte, hier gibt es keine Jessica, nur eine wunderhübsche, halb nackte Jessie, die ganz heiß auf mich – autsch!«

Ein Rascheln und ein lautes Klappern zwingen mich dazu, das Handy ein Stück vom Ohr wegzuhalten, bis die leicht atemlose Stimme meiner Mitbewohnerin ertönt. »Chris?«

»Jep«, sage ich lachend. »Störe ich?«

»Quatsch. Ich ziehe mich nur gerade um und sobald ich mein Shirt lüfte, denkt Grady nur an das eine.«

Ich lache noch lauter und vergesse einen Augenblick, dass meine beruflichen Träume bald ausgeträumt sein könnten. »Sei nicht zu hart zu ihm. Schließlich sieht er dich nur alle paar Monate.«

»Ja, ja, genug von Grady und seinen winselnden Weichteilen.«

»Hey!«, ruft eine Stimme im Hintergrund. »Ich kann dich hören, weißt du?«

»Klappe jetzt«, erwidert Jessica. »Chris?«

»Ich bin noch da.«

»Was läuft da zwischen dir und dem scharfen Sänger? Diese Fotos wirken eindeutig nicht wie … nichts. Nicht wie lockerer Um-der-alten-Zeiten-willen-Sex.«

Ich zögere, unsicher, was ich darauf erwidern soll. »Wir waren bloß eislaufen. Ich bin hingefallen, er ist hingefallen. Wir haben Wassail getrunken und geredet.«

»Was ist denn Wassail?«

Gradys gedämpfte Stimme klärt sie auf, also spare ich mir die Antwort.

»Worüber habt ihr geredet? Hast du ihn gefragt, warum er damals einfach abgehauen ist?«

»Dafür hat er sich schon entschuldigt, als wir das erste

Mal allein und nicht … na ja, nackt waren. Er hat es darauf geschoben, dass er Angst vor der Tiefe unserer Verbindung hatte und später dann dachte, es sei zu spät, um sich zu entschuldigen.« Ich zögere wieder und denke an diese Bilder. An mein Gesicht im Internet, obwohl ich nicht eingewilligt oder sie selbst gepostet habe. »Aber er will, dass wir es noch einmal versuchen. Seine Worte.«

Sie schweigt kurz. »Und was willst du?«

Das habe ich mich heute schon öfter gefragt, aber bisher hat sich noch niemand die Mühe gemacht, die Frage laut zu stellen.

»Was ich *will* oder was dafür sorgt, dass ich nicht gefeuert werde?«

»Ich weiß, du hältst es bestimmt für das Klügste, die Mauern der kleinen Festung, in der du lebst, noch zu verstärken, Chris – der, an die ich gerade nah genug herankomme, um durchs Fenster zu rufen. Und vielleicht hast du recht. Er hat dich verletzt. Seinetwegen bist du so geworden und jetzt will er eine zweite Chance.« Sie macht eine Pause. »Aber das mit deinem Job ist wirklich kompliziert. Gibt es da kein Hintertürchen?«

»Um fair zu sein: Er ist nur teilweise schuld, dass ich so geworden bin.« Ich forsche in mich hinein. »Und meine Chefin ist ein Biest, wie es im Buche steht, und die Keine-Beziehung-am-Arbeitsplatz-Regel gibt es nicht ohne Grund.«

»Du bist doch nur vorübergehend in London. Sozusagen leihweise.« Die Hoffnung in ihrer Stimme versucht, in mir dieselbe Reaktion zu wecken.

Der Gedanke an Ericas finsteren Blick erstickt sie allerdings im Keim. »Vielleicht, aber ich vertrete trotzdem BGG. Also ist es ein Problem.«

»Du denkst darüber nach, das höre ich. Dich wieder mit ihm zu treffen.«

Ich beiße mir auf die Lippe und mein Herz ringt mit sich. »Dieser Job bedeutet mir alles, das weißt du. Aber ich will auch mutig sein, Jessica. Wie du.«

Sie schnaubt. »Schön, dass ich eine solche Inspiration bin. Und nur fürs Protokoll, ich glaube, wenn du das wirklich durchziehen willst, wird sich die Jobsache von selbst regeln. Du bist ein PR-Genie und deine Chefs in den Staaten lieben dich. Du wirst nie über diesen Typen hinwegkommen, wenn du das Gefühl hast, dass ihr noch nicht am Ende eurer Geschichte angelangt seid.«

»Du meinst, es gibt ein Ende?« Schon bei der bloßen Andeutung ziehen sich die Knoten in meinem Bauch wieder zusammen.

»Ich meine gar nichts, außer dass ich dich liebe und möchte, dass du ein schönes Leben führst, mit echten Menschen, die dir nahestehen. Also tu, was du tun musst, Süße.« Sie holt tief Luft, als würde sie sich vorsorglich einen Sauerstoffvorrat anlegen, falls ich widerspreche. »Wie ist es im Hotel? Verprasst du deine Spesen für dekadente Bestellungen beim Zimmerservice und hängst den ganzen Tag in einem dicken Bademantel rum?«

»Ich bin nicht Julia Roberts in *Pretty Woman*. Und ich wohne nicht mehr im Hotel. Mein Dad wollte, dass ich zu ihm komme und die Stieffamilie kennenlerne und alles, und ich habe irgendwie Ja gesagt.«

»Okaaay, man sollte denken, bei so was wäre eine kurze Nachricht drin, aber hey … Wie läuft es? Bleibst du über Weihnachten?«

»Ich glaube schon.« Es überrascht mich, dass ich nicht mehr unbedingt weg will. Es ist eigentlich ganz schön und alle bemühen sich einigermaßen, meine Privatsphäre zu achten. Winnies Fragen sind zwar anstrengend, aber auch irgendwie süß. »Es ist gar nicht so schlimm. Zumindest bis jetzt.«

»Hmm. Eine verrückte Reise, was?«

»Das kann man wohl sagen. Wie ist Irland?«

»Wunderschön und geheimnisvoll und … na ja, Grady ist hier.« Ein Lächeln liegt in ihrer Stimme. »Aber wir haben über einen kleinen Ausflug nach London nachgedacht. Falls du an Silvester Lust auf Gesellschaft hast.«

Sofort hebt sich meine Laune. »Ihr könnt gerne zum Spendenmarathon und zum Konzert mitkommen. Und danach gehen wir aus. Das wird bestimmt super.«

»Wenn es dir wirklich recht ist …«

»Klar!«

Anschließend beenden wir unser Gespräch ziemlich schnell. Jessica und Grady haben noch was vor, und ich schlafe fast mit dem Handy in der Hand ein. Nach einer flüchtigen Katzenwäsche schlüpfe ich ins Bett. Sobald das Licht aus ist und ich mich unter die Decke gekuschelt habe, fängt mein Gehirn an zu arbeiten, und zuallererst fällt mir auf, dass ich Weihnachten nicht mehr allein verbringen werde und deshalb Geschenke brauche.

Ohne lange darüber nachzudenken, nehme ich mein Handy und suche Carys Nummer. Ich tippe eine Nachricht und schicke sie ab, bevor mich der Mut verlässt.

Hey. Wir haben ja bald ein paar Tage frei. Bist du verplant oder hast du Lust, am Dienstag mit mir Weihnachtsgeschenke einzukaufen?

Er antwortet sofort. Ich male mir aus, dass er auch gerade im Bett liegt und nicht einschlafen kann, und bei der Vorstellung von Cary im Bett stürmen Hitze und Verlangen und eine Million Bilder auf mich ein, die wahrscheinlich nie wieder weggehen, jetzt wo wir die Schleusen geöffnet haben.

Für die Familie von deinem Dad? Also bleibst du da?

Rate mal.

Ich überlege, einen Smiley hinzuzufügen, aber er kennt mich gut genug, um zu wissen, wie ich es meine.

Schön. German Market oder Oxford Street?

Gucken wir dann. Wir sehen uns.

Gute Nacht, Süße.

Gute Nacht.

Die drei kleinen Punkte, die verraten, dass er etwas schreibt, tauchen auf und verschwinden wieder. Das Ganze wiederholt sich noch drei, vier Mal. Während ich mich frage, ob er sich wohl auch wünscht, dass wir heute Nacht zusammen wären, schlafe ich ein, das Handy in der Hand.

Seine Nachricht ist da, als ich aufwache.

Ich bin froh, dass du hier bist.

Kapitel 9

Am nächsten Morgen werde ich wegen der Fotos in Ericas Büro zitiert. Das ganze Internet fragt sich, wie ich heiße, ob ich Carys Muse bin und noch tausend weniger anständige Dinge, die meine Chefin stinksauer machen.

Ich meine, mich machen sie auch stinksauer. Aber eigentlich ist es meine Sache.

Erica sieht aus, als würde sie gleich vor Wut platzen. Sie marschiert vor dem großen Fenster auf und ab, und der dicke Teppich dämpft das Klackern ihrer Highheels. Irgendwann bleibt sie stehen, dreht sich zu mir und mustert mich mit verschränkten Armen und hochgezogenen Augenbrauen. »Kannst du mir auch nur einen Grund nennen, warum ich dich nicht auf der Stelle rausschmeißen sollte?«

Ich schlucke meine Angst hinunter und versuche, eine Antwort zu formulieren. Trotz ihres Männergeschichten-Vortrags kenne ich keine *offizielle* Firmenregel, die eine Beziehung zwischen einem Mitarbeiter und einem vertretenen

Musiker verbietet – und ich wäre auch längst nicht die Erste bei BGG, die dagegen verstößt.

Mit einem schnippischen *Weil du dann den ganzen Mist alleine machen müsstest* tue ich mir bestimmt keinen Gefallen, also entscheide ich mich für etwas Beschwichtigenderes. »Ich kann nichts daran ändern, dass Cary und ich eine gemeinsame Vergangenheit haben, und ich habe selbstverständlich meine Vorgesetzten in Amerika darüber informiert, bevor sie mich hergeschickt haben.«

Zugegebenermaßen habe ich die schmutzigen Details verschwiegen, aber ich habe ihnen gesagt, dass wir uns kennen.

»Das tröstet mich kein bisschen«, faucht sie. »Du sollst dich um die PR der Band kümmern, nicht dein eigenes dummes Gesicht in die Klatschspalte bringen.«

Allmählich werde ich wütend. »Ich bin in den Klatschspalten *aufgewachsen*, was du wüsstest, wenn du dir die Mühe gemacht hättest, irgendwas über mich herauszufinden, und ich habe nicht die geringste Lust, dorthin zurückzukehren. Was zwischen Cary und mir ist oder nicht ist, hat keinerlei Auswirkungen auf meine Arbeit, die ich, wie du meinem Chef in Dallas ja erst vorgestern zähneknirschend berichtet hast, sehr gut erledige.«

Ihre Wangen färben sich knallrot und ihre Fäuste sind so fest geballt, dass ihre Fingerknöchel weiß werden. Sie will mich feuern, das steht ihr ins Gesicht geschrieben. Aber sie wird es nicht tun. Jessica hatte recht: Ich bin genial in diesem Job. Und sie hat keinen Ersatz für mich. Diese beiden Dinge retten mir heute den Hintern, aber wer weiß, wie die

Sache morgen aussieht, wenn das zwischen Cary und mir sich entwickelt.

»Verschwinde aus meinem Büro. Und halt dich von den Paparazzi fern!«

Damit dreht Erica sich um und ich trete den Rückzug an. Die Leute auf dem Flur und im Vorzimmer tun so, als hätten sie nicht gelauscht, aber wenn mein Name und mein vollständiger Werdegang morgen früh nicht ganz groß auf allen Internetseiten stehen, fresse ich einen Besen. Und zwar keinen kleinen, sondern einen riesigen britischen, mit dem man den Buckingham Palace kehren könnte.

Als ich auf den Rücksitz des Wagens rutsche, denke ich darüber nach, wie ich mit Cary in der Öffentlichkeit shoppen gehen soll. Wie leicht es passieren könnte, dass sich diese dumme Geschichte wiederholt – und nächstes Mal nicht so glimpflich für mich endet. Meine Finger schweben über der Handytastatur. Mein Gehirn drängt sie, die Verabredung abzusagen, meine Zukunft über meine Vergangenheit zu stellen, aber jedes Mal, wenn mir Carys Gesicht durch den Kopf schießt, hoffe ich wider besseres Wissen, dass er vielleicht beides sein könnte.

Also sage ich nicht ab. Aber ich höre auch nicht auf, mir Sorgen zu machen.

★

Die Tage vergehen wie im Flug und der Terminkalender der Band hält uns so auf Trab, dass keiner von uns auch nur einen Gedanken daran verschwenden kann, persönliche Beziehungen zu vertiefen. Trotzdem werde ich jedes Mal rot, wenn Cary in der Nähe ist, und seine Augen hängen an mir, wenn er sich eigentlich auf seine Notenblätter konzentrieren oder eine Frage beantworten sollte.

David stört uns, sobald wir einen Moment für uns allein haben, und macht alle zwei Sekunden eine abfällige Bemerkung. Ehrlich gesagt war keiner der Jungs überglücklich über die Entwicklung, aber die anderen tun es wenigstens nicht ganz so laut kund.

»Also seid ihr zwei wieder zusammen?«, fragt Cedric bei einer Probe mit erhobenen Augenbrauen. Sein Gesicht verrät nicht, was er denkt.

Ich schaue Cary an und er mich, und bei dem sanften Ausdruck in seinem Blick und um seinen Mund wird mir heiß. Ich zucke mit den Schultern und unterdrücke ein Lächeln. »Wir loten unsere Optionen aus.«

»Blödsinn. Wir sind doch nicht blind! Das war's mit anständigen Songs von Cary.« Simon schüttelt den Kopf, aber er ist nicht sauer.

»Ich will nur nicht … Ich hoffe, ihr wisst, was ihr tut.« Cedric greift nach meiner Hand und drückt sie. »Ihr seid mir beide wichtig.«

»Zieh Leine, du Wichser. Ich hab dir schon tausendmal gesagt, dass ich nicht auf dich stehe.« Cary grinst, und er und Cedric fangen an, sich zu schubsen wie kleine Kinder, bis sie Simons Schlagzeug umstoßen und der griesgrämige Produzent sie anschreit, gefälligst mit dem Scheiß aufzuhören.

Erica ignoriert mich, aber das ist nicht schlimm. Wir haben im Büro mehr als genug zu tun. Fragebögen und Versicherungspapierkram ausfüllen, Werbeanzeigen buchen, Fotos freigeben – es ist berauschend und aufregend und ruft mir wieder in Erinnerung, warum ich unbedingt in die Musik-PR wollte. Das hohe Tempo, die spontanen Entscheidungen, das schnelle Reagieren, die Kunst, ein öffentliches Image zu kreieren und den Musikern zu helfen, ihm gerecht zu werden … ich liebe es. Jede Minute davon.

Der Dienstag meines Shoppingdates mit Cary fängt später an als gewöhnlich. Die Sonne linst durch mein Fenster, aber ihre Strahlen sind matt, verdunkelt von den dichten Wolken, die sich am Himmel zusammenballen. Der Wetterbericht hat für die Nacht leichten Schneefall angekündigt – perfektes Timing, ein paar Tage vor Weihnachten.

Cary soll mich so um zehn abholen. Wir wollen ein bisschen shoppen, irgendwo was essen gehen, vielleicht einen Film schauen, wenn uns danach ist. Ich würde eigentlich lieber mehr vom weihnachtlichen London sehen, als in einem dunklen Kinosaal zu hocken, aber wenn es in der Stadt zu voll ist, wird es ihm womöglich zu viel. Uns beiden.

Die anderen sind schon in der Küche, als ich in der Hoffnung nach unten schlurfe, dass ein Tee- oder Kaffeeschock mich richtig aufweckt. Nachdem ich in den letzten Tagen ungefähr eine Million Stunden gearbeitet habe, fühlt es sich komisch an, morgens keinen Termin zu haben. Mein Körper begreift nicht, warum ich wach bin und mich bewege, wenn ich gar nicht muss, und meine bisherige Erfahrung als Studentin hat mich gelehrt, dass gegen diese Art von Lethargie nur Koffein hilft.

Mein Dad blickt von seinem Notizbuch auf. Die Seiten sind mit geschwungenem, unleserlichem Gekritzel gefüllt und auf seinem Handballen prangt ein blauer Tintenfleck. Seinen Teller mit den halb aufgegessenen Eiern und dem Schinken hat er weggeschoben, und eine verirrte Kartoffel wartet nur darauf, sich vom Rand auf das rote Tischtuch zu stürzen und einen Fettfleck zu hinterlassen.

Eliza versucht zu lesen, während Winnie sie damit nervt, was für Geschenke sie von ihr möchte. Imogen räumt das schmutzige Geschirr in die Spülmaschine, obwohl sie das auch der Haushaltshilfe überlassen könnte, die jeden Tag außer Sonntag kommt. Schon in der kurzen Zeit hier habe ich gemerkt, wie viel ihr dieses Haus bedeutet. *Sie* ist der Grund, warum es sich wie ein Zuhause anfühlt, und obwohl mein Vater genug Geld hat, dass sie nie einen Finger rühren müsste, genießt sie ihre Rolle.

»Guten Morgen, Tochter«, murmelt mein Vater und schafft es, sich für einen Moment von seinen Gedanken loszureißen. Wenn er erst einmal eine Idee für ein neues Buch hat, kann ihn nichts und niemand mehr aufhalten.

»Christina.« Imogen dreht sich mit einem Lächeln zu mir um. »Möchtest du Rührei? Ich habe eine Portion für dich warm gestellt.«

»Das wäre toll.« Ich schiebe mich auf den Stuhl links neben meinem Vater. Eliza sitzt auf meiner anderen Seite.

Sie klappt ihr Buch zu und greift nach ihrer Gabel. Dabei

mustert sie mich neugierig. »Du bist spät dran. Musst du heute nicht zur Arbeit?«

»Nein, es steht nichts im Terminkalender. Cary holt mich in einer Stunde ab. Wir gehen einkaufen.«

Winnie klappt die Kinnlade runter. »Cary White kommt hierher? *Zu uns nach Hause*?«

»Ähm, ja.« Ihre völlige Fassungslosigkeit bringt mich zum Grinsen. »Willst du ihn kennenlernen?«

»Machst du Witze?«, antwortet Eliza an ihrer Stelle und ihre grauen Augen leuchten. »Ich meine, Alfie wäre mir noch lieber, aber vielleicht beim nächsten Mal.«

»Alfie?«, quiekt ihre Schwester. »Du bist echt die Einzige auf der Welt, die auf den abfährt.«

»Bitte schrei nicht so, Winifred.« Imogen rümpft die Nase, während sie einen Teller mit Rührei, Toast, Kartoffeln und Schinken vor mich stellt. »Und sei gefälligst netter zu deiner Schwester.«

Winnie schneidet eine Grimasse in meine Richtung. Natürlich erst, als ihre Mutter sich wieder umwendet, aber das Schmunzeln meines Vaters verrät, dass er sie sehr wohl gesehen hat.

Ich mache mich über mein Frühstück her, greife gierig nach der dampfenden Tasse Tee, die Imogen mir reicht, und lausche dem längst vergessenen Klang von Geschwisterkabbeleien. Es stimmt mich nicht so traurig wie erwartet. Wahrscheinlich, weil Winnie und Eliza Schwestern sind, nicht Brüder, oder weil ich mir alles schlimmer vorgestellt habe, als es ist. Es fällt mir nicht schwer, hier zu sein.

»Willst du zum Weihnachtskonzert kommen, Eliza?«, frage ich aus einem Impuls heraus.

»Warum gehen wir nicht alle?«, unterbricht der tiefe Bariton meines Vaters den Kreischausbruch am Tisch.

Mir bleibt der Mund offen stehen. »Du willst dir Pursuant anschauen?«

»Es ist Weihnachten.« Er erwidert meinen Blick. »Und das Konzert ist dir wichtig. Also sollten wir da sein, um dich zu unterstützen.«

Imogen tritt hinter ihn und legt ihm zärtlich eine Hand auf die Schulter. »Das ist eine wunderbare Idee. Was sagt ihr, Mädchen?«

Das Strahlen der beiden ist Antwort genug.

»Und wir hatten gehofft, dass du vielleicht zu unserem Mädelstag morgen mitkommst, Christina. Maniküre, eventuell eine Gesichtsbehandlung und Mittagessen? Außerdem wollen wir noch ein paar Einkäufe erledigen.«

»Da müsste ich Zeit haben.«

»Großartig.« Ihr aufrichtiges Lächeln zeigt, dass sie sich wirklich darauf freut, den Tag mit uns dreien zu verbringen. Diese Frau macht es mir unmöglich, auch nur eine einzige Sache zu finden, die ich an ihr nicht mag.

Baxters Schnauze schnüffelt auf der Suche nach Leckereien an meiner Hand. Ich stecke ihm ein paar Bratkartoffeln zu und kraule ihm die Ohren. Ich hatte ganz vergessen, wie fantastisch Hunde sind. Mein Dad hat Baxter schon, seit ich ein Kind war, und obwohl ich ihn immer nur im Sommer gesehen habe, liebe ich ihn über alles.

Ich schaue auf die Uhr und stehe auf. Während ich mein Geschirr zur Spüle trage, werfe ich einen sehnsüchtigen Blick auf die Teekanne. Noch eine Tasse wäre himmlisch, aber ich glaube, es wäre für niemanden eine positive Erfahrung, wenn ich Cary mit meinen Stiefschwestern allein lasse.

Ich springe kurz unter die Dusche, lege einen Hauch Make-up auf und schlüpfe in Jeans, Pulli und meine Lieblingsboots, bevor ich mir die Haare föhne. Ich lasse sie offen – direkt nach dem Duschen sitzen meine Locken immer gut. Als ich gerade roten Lippenstift auftrage, klingelt es an der Haustür.

So schnell ich mir auch meinen Mantel schnappe, das Allernotwendigste in meine Handtasche packe und die Treppe hinunterstürme, ich habe keine Chance, meinen Stiefschwestern zuvorzukommen. Sogar die sonst so ruhige, buchvernarrte Eliza drückt sich in der Diele herum.

Mein Vater ist nirgends zu sehen, was ich irgendwie seltsam finde, und auch Imogen macht sich rar.

Als Carys Augen mich über Winnies auf und ab wippenden Kopf hinweg entdecken, leuchten sie auf, und er lächelt. Die Mädchen drehen sich nach der Quelle seiner Ablenkung um.

»Du siehst umwerfend aus, Süße.«

»Ich hab geduscht.«

»Man muss auch die kleinen Erfolge feiern, sage ich immer.« Er richtet seine Samtaugen wieder auf Winnie und Eliza. »Und wer sind diese hinreißenden jungen Damen?«

»Meine Stiefschwestern Winnie und Eliza.« Ich deute erst

auf die eine, dann auf die andere, und beide strahlen und nicken. »Sie kommen zu eurem Weihnachtskonzert.«

»Cool! Das wird super.«

»Ich find's toll, dass ihr die gesamten Einnahmen des Silvesterkonzerts spendet«, sagt Eliza leise.

»Danke.«

Winnie schmollt, weil Eliza so viel Aufmerksamkeit bekommt, und schiebt sich näher an Cary heran. »Hat Cedric eine Freundin?«

»Okay, Zeit zu gehen.« Ich setze mich grinsend in Bewegung und scheuche meine Verabredung durch die Tür. »Cedric ist viel zu alt für dich, Winnie.«

Cary zwinkert. »Den Schwerenöter würde ich sowieso niemandem vorstellen, den ich mag.«

»Ja, Cary, lass ihn wie einen Bad Boy klingen, das schreckt sie bestimmt ab.« Ich verdrehe die Augen. »Bis später, ihr zwei. Sagt meinem Dad, er soll mir schreiben, wenn er sich Sorgen macht. Ich weiß noch nicht, wann ich zurück bin.«

Sie kichern, während wir in den windigen Morgen hinaustreten, und als ich einen Blick über die Schulter werfe, sehe ich, dass Cary eine schielende Grimasse schneidet. Ich boxe ihm in den Arm. »Hör auf damit!«

»Was denn? Einer von uns muss doch der Coole sein.«

»Bisher scheinen sie mich ganz gern zu mögen, vielen Dank.«

Er schlingt einen Arm um meine Hüfte, zieht mich an sich und vergräbt die Nase in meinem Haar. »Gott, du riechst himmlisch!«

Ich schmiege mich an ihn, nur für einen Moment, und atme tief ein. »Du riechst nach Zimt.«

Wir lösen uns voneinander, obwohl mein gesamter Körper protestiert. Mir ist jetzt schon kalt und ich sehne mich nach Carys Berührung wie eine Drogenabhängige auf Entzug.

»Hast du dich entschieden, wo du hinwillst? Der German Market ist echt malerisch, aber eigentlich darfst du auch die Oxford Street nicht verpassen.«

»Haben wir Zeit für beides?«

»In meinem Terminkalender steht heute nichts außer dir, Süße. Wir können machen, worauf du Lust hast.« Das verschmitzte Glitzern in seinen Augen verrät, dass er genau weiß, in welche Richtung meine Gedanken wandern.

Wir kommen uns gerade erst wieder näher. Es wäre dumm und gefährlich, in alte Muster, in unsere frühere Leichtigkeit zu verfallen. Warum, kann ich nicht genau sagen. Vielleicht versuche ich mir einzureden, dass wir einander erst neu kennenlernen müssen, auch wenn es sich anfühlt, als hätten wir uns nie entfremdet.

»Hast du Angst, dass noch mehr Fotos von uns auftauchen?« Er mustert mich mit zusammengekniffenen Augen und liest schon wieder meine Gedanken.

Ich habe ihm nicht erzählt, wie kurz Erica davor war, mich zu feuern, aber er ahnt wohl, dass wir eine Auseinandersetzung hatten. Die Stimmung zwischen uns war ziemlich angespannt. »Ja. Ich meine, du hast nichts zu befürchten, immerhin sorgst du für die Hälfte von BGGs Jahresumsatz. Ich bin entbehrlich.«

Er wirkt entrüstet. »Bist du nicht und das weiß Erica auch. Mir war von Anfang an klar, dass du in diesem Job Weltklasse sein würdest, und genauso ist es. Du bist kompetent, organisiert, redegewandt und, was am wichtigsten ist, nüchtern. Sie wird dich nicht rausschmeißen.«

»Aber sie hasst mich«, jammere ich. Diese Tatsache belastet mich mehr, als ich zugeben will.

Carys Ohrläppchen färben sich rot und er weicht meinem Blick aus, während wir weiterschlendern. »Sie steht auf mich. Deswegen ist es für sie wahrscheinlich nicht leicht, dass du hier bist.«

Ich spüre, dass er manches unausgesprochen lässt – Geschichten über Sex, von seiner Seite zwangloser als von ihrer, und bei der Vorstellung wird mir schlecht, obwohl ich selbst nicht gerade enthaltsam gelebt habe. Aber unser Sommer ist drei Jahre her und mein Freund ist inzwischen ein internationaler Rockstar.

Ich hole tief Luft und beschließe, die Enthüllung einfach an mir abprallen zu lassen. »Okay, wo gehen wir zuerst hin? Am liebsten würde ich ja eine Runde auf dem London Eye drehen, aber da oben gibt es vermutlich keine guten Läden.«

»Das könnte ein bisschen *zu* touristisch für mich sein.« Cary zuckt mit den Schultern. »Ich schlage vor, wir gehen jetzt auf den German Market und später in die Oxford Street. Die Lichter werden erst angeschaltet, wenn es dunkel wird.«

»Ich hatte ja keine Ahnung, dass du ein solcher Weihnachtsexperte bist, Cary White. Sag bloß, du hast eine geheime Vorliebe für diesen Feiertag?«

Er öffnet mir die Beifahrertür eines klassischen schwarzen Audis und lässt mich einsteigen, bevor er um das Auto herumläuft und sich ans Steuer setzt. Seine Ohren sind immer noch rot. »So geheim nun auch wieder nicht. Meine Mum ist total verrückt danach.«

Carys Eltern sind die britischsten Briten, die ich je kennengelernt habe. Sein Vater arbeitet als Bankkaufmann, seine Mutter ist Hausfrau und engagiert sich für wohltätige Zwecke. Sie begrüßt ihren Mann jeden Abend mit einem Kuss und einer Tasse Tee, und nach dem Essen unterhalten sich die beiden vor dem Kamin über Dinge wie Bücher oder das Weltgeschehen. Sie sind so normal, dass es schon unnormal ist.

»Also hat sie das alles früher mit dir gemacht?« Londons Straßen ziehen vor dem Fenster vorbei und der Himmel verdüstert sich weiter. »Wo warst du am liebsten?«

»Als Kind definitiv im Winter Wonderland. Das gehört zum German Market und ist wie ein kleiner Jahrmarkt. Bei den zusammengeschraubten Fahrgeschäften hat mein Dad fast einen Herzinfarkt gekriegt, aber meine Mum hat mich immer fahren lassen – sie ist sogar mitgefahren.«

»Das Leben eines Einzelkinds …« Obwohl ich es gar nicht will, klingt meine Stimme traurig. Ich bin nicht als Einzelkind aufgewachsen, aber seit drei Jahren trotzdem eins. Das ist ätzend.

»Deine Stiefschwestern wirken nett«, sagt Cary, als könnte er mir direkt in den Kopf gucken. »Ein bisschen quiekig, aber nett.«

»Sie sind Riesenfans.«

»Ja, von Ced. Was soll das überhaupt?«, fragt er gespielt beleidigt.

»Ach, keine Panik. Eliza steht eigentlich auf Alfie.«

»Echt? Wie alt ist sie?«

»Keine Ahnung. Vielleicht ein Jahr jünger als ich? Auf jeden Fall studiert sie schon.« Zu meiner eigenen Überraschung muss ich lächeln. »Ich glaube, ich könnte sie wirklich ins Herz schließen. Sie sind freundlich und offen und interessieren sich für mein Leben. Sie machen meinen Dad glücklich.«

»Und wie läuft es mit ihm?«

»Ich weiß nicht. Wir haben uns ausgesprochen und seitdem versuchen wir es. In mancher Hinsicht ist es gar nicht so schwer, ihn wieder um mich zu haben, und in anderer dafür umso mehr.« Ich beiße mir auf die Lippe und bemühe mich, meine Gedanken so zu ordnen, dass sie Sinn ergeben. »Er erinnert mich an Tim und das tut weh. Sehr.«

Carys Hand lässt den Schaltknüppel los. Er verschränkt unsere Finger und drückt tröstend meine Hand, unterbricht mich jedoch nicht. Das konnte er schon immer, einfach da sein, an meiner Seite, ohne etwas sagen zu müssen.

Man findet nur selten Menschen, die spüren, dass kein einziger Satz helfen würde.

Den Rest der Fahrt verbringen wir in einhelligem Schweigen. Ab und zu weist Cary mich auf eine Sehenswürdigkeit hin. Ich hatte schon von klein auf Fernweh, Lust zu reisen, und zum ersten Mal, seit ich hier bin, an diesem im Grunde genommen neuen Ort, bezwingt die Aufregung mein Gefühlswirrwarr.

Das Winter Wonderland ist genau so, wie ich es mir vorgestellt habe – ein süßer Jahrmarkt mit Losbuden voller billiger Preise, einem bunt blinkenden Riesenrad und anderen Fahrgeschäften, die von zwielichtig wirkenden Leuten betrieben werden, und Ständen, die köstlich riechende Dinge wie Currywurst und Feingebäck verkaufen.

Ich lasse mir von Cary eine Schokobrezel spendieren, bevor wir über den Weihnachtsmarkt schlendern. Hier gibt es viele schöne handgemachte Kleinigkeiten, noch mehr Essen, Holzschnitzereien, billige Souvenirs, die wahrscheinlich innerhalb einer Woche kaputtgehen, und ungefähr eine Million Bierkrüge.

Allzu viele gute Geschenke finde ich nicht, aber ich kaufe ein paar Tüten Popcorn, einige Karamelltoffees und drei Notizbücher für meinen Vater. Er sammelt Notizbücher. Sie liegen überall im Haus herum. Manche sind leer, in anderen sind zwei, drei Seiten bekritzelt und wieder andere hat er so vollgeschrieben, dass sie fast auseinanderfallen. Mein Vater ist wie ein Eichhörnchen, in den Notizbüchern versteckt er seine Nüsse – neue Ideen, Figurenentwürfe, einzelne Szenen, die in keine bestimmte Geschichte gehören, soweit ich das beurteilen kann –, deswegen kann er nie genug davon haben.

»Willst du hier was essen?«

»Ich hab eigentlich keinen großen Hunger. Vielleicht einfach eine Currywurst?«

Cary schüttelt den Kopf und ein Lächeln umspielt seine

vollen Lippen, als er auf mich herabblickt. Unsere Schultern berühren sich und ein Stromstoß durchfährt mich. »Du isst noch mehr Mist als ich und das will was heißen.«

»Ja, Dad«, ziehe ich ihn auf und verdrehe die Augen, während ich ihn in Richtung Currywurststand schleife. Obwohl Cary Musiker ist, war er noch nie der typische Rockstar. Ich war immer die Grüblerin, die Träumerin, die Draufgängerin von uns beiden. Er ist die Stimme der Vernunft, die Hand, die mich im letzten Moment zurückhält.

Außer bei der Sache mit dem Nacktbaden, aber dafür hatte er andere Beweggründe.

Zehn Minuten später sitzen wir mit unseren Pappschälchen in der Hand am Rand der Eisfläche und schauen den Leuten beim Schlittschuhlaufen zu, während wir essen. »Das schmeckt abartig gut!«

Cary beobachtet mich mit einem seltsam traurigen Ausdruck auf dem Gesicht.

»Was? Hast du Angst, dass ich deine Portion auch noch esse?«

»Nein, es ist nur … Ich habe so viel verpasst. Erzähl mir alles, Chris. Was du getrieben, wie du dich verändert hast. Ich habe das Gefühl, als würde ich dich immer noch kennen, aber was für ein anmaßendes Arschloch denkt so was?«

»Oh.« Ich kaue, schlucke und stecke mir das nächste Stück Wurst in den Mund, weil ich keine Ahnung habe, wo ich anfangen soll. »Na ja, du weißt ja, dass ich an der TCU studiere. Es war eine … interessante Umstellung, von der Westküste nach Texas zu ziehen, aber ich habe es nie bereut.

Ich liebe meine Verbindung und meine Mitbewohnerin, und ich glaube, es hat mir geholfen, genau herauszufinden, wo ich hinwill, beruflich gesehen.«

»Und das ist immer noch die Musikindustrie. Und die PR.« Er lächelt matt. »Hast du in letzter Zeit irgendjemanden inspiriert, Songs zu schreiben?«

Mir liegt die Frage auf der Zunge, die mir schon seit drei Jahren im Kopf herumspukt – ob seine Songs von uns beiden handeln. Aber am Ende stelle ich sie nicht. Vielleicht wegen der Spur Eifersucht in seiner Miene, als würde ihn der Gedanke umbringen, dass ich ihn nicht zum Schreiben gedrängt habe, weil ich ihn liebe, sondern weil ich sein Talent erkannt habe, und dass ich das Gleiche auch für andere tue.

Irgendwie genieße ich die Möglichkeit, dass Cary White eifersüchtig sein könnte. Es ist eine Genugtuung, denn egal wie wundervoll er heute zu mir ist, er hat mich auch schon schrecklich behandelt.

Wir werfen die Pappschälchen in den Müll und schlendern zurück zum Auto. Unsere Hände finden einander wie von selbst.

Ich erzähle ihm gerade, wie Jessica und ich uns kennengelernt haben und Freunde geworden sind, als er endlich einen Parkplatz in der Nähe der Oxford Street ergattert. Anschließend bummeln wir stundenlang durch die Edelboutiquen und die mindestens genauso teuren Geschäfte, die lokale Spezialitäten anbieten, und essen Suppe und Sandwiches, bis draußen auf der Straße die Weihnachtsbeleuchtung angeht.

Ich bin über und über mit Tüten beladen, obwohl Cary schon mehr als die Hälfte trägt. Als wir das Restaurant verlassen wollen, kommt ein Mädchen herüber, das den Großteil seines Abendessens damit verbracht hat, uns anzustarren, und jetzt anscheinend allen Mut zusammengenommen hat.

»Bist du Cary White?« Sie wirft mir einen neidischen Blick zu.

»Ich fürchte, ja«, antwortet Cary und schenkt ihr ein hübsches, aber aufgesetztes Lächeln.

»Würdest du mir ein Autogramm geben? Auf meinen iPod?«

»Klar.« Er zieht einen Permanentmarker aus der Tasche und kritzelt seinen Namen auf die Rückseite des silbernen Geräts. Das Mädchen kann sich nicht entscheiden, ob es ihn anschmachten oder mich mustern soll. Am Ende wirkt sie sehr verärgert, dass Cary mich ihr nicht vorgestellt hat. Wahrscheinlich hat sie gehofft, die Info für ein paar hundert Pfund verkaufen zu können.

»Sorry«, murmelt er und nimmt wieder meine Hand.

»Schon okay.« Das ist es wirklich. So ist Carys Leben nun einmal und plötzlich wird mir bewusst, dass wir den ganzen Tag fast nur über mich geredet haben. »Erzähl mir, wie deine letzten drei Jahre waren. Das muss ein verrückter Ritt gewesen sein.«

Er erzählt vom Tonstudio und den Wochen auf Tour, seinem ersten Auftritt in einer Talkshow und wie es sich angefühlt hat, in den Charts zu landen, während wir die Oxford

Street entlangschlendern, die magischer ist als noch vor einer Stunde. Laternen schaukeln an Kabeln, die über die Fahrbahn gespannt sind, und Kunstwerke aus Hunderten Lichterketten verzaubern den Abend. Alle Schaufenster sind erleuchtet, und am Ende der Straße stehen ein glitzernder Weihnachtsbaum und ein riesiges Schild, das allen Kunden frohe Weihnachten wünscht.

»Es war einsam. Das war die größte Überraschung«, beendet Cary seine Zusammenfassung und hält neben dem Weihnachtsbaum an. Die bunten Lichter offenbaren Schmerz auf seinem Gesicht und Sehnsucht und etwas, das Reue sehr ähnlich sieht.

»Einsam?«, frage ich atemlos. Es tut weh, mir vorzustellen, wie er gelitten hat. Als wäre er ein Teil von mir. Eine erschütternde Erkenntnis, nachdem ich mir doch monatelang gewünscht habe, dass es ihm genauso schlecht geht wie mir.

»Na ja, ständig neue Städte, andere Hotelzimmer. Die Jungs sind zwar da und wir sind echt gute Freunde, das weißt du ja, aber alle anderen sind nur aus einem bestimmten Grund dabei.« Er wendet den Blick nicht ab, während die ungeschönten Gefühle über sein Gesicht huschen. »Mir hat jemand gefehlt, mit dem ich so reden konnte wie mit dir. Natürlich waren da Mädchen, die es versucht haben, aber … die waren nicht du.«

Mein Magen krampft sich schmerzhaft zusammen, als ich an all meine Verabredungen mit wirklich netten Jungs denke, daran, wie viele potenzielle Beziehungen einfach im Sand verlaufen sind. Ich mache einen Schritt auf Cary zu, dann noch einen, wie magnetisch angezogen. Meine Hände landen auf seiner Brust, und durch Pulli und Jacke spüre ich sein Herz pochen.

Ich lege den Kopf in den Nacken, um ihm in die Augen schauen zu können. Ich sehne mich nach ihnen, als könnten sie mir das Leben retten. »Nur fürs Protokoll: Ich habe auch noch niemanden wie dich getroffen.«

Die Ehrlichkeit fällt mir schwer. Einzugestehen, dass es keinen anderen gegeben hat, lässt meine Wangen vor Scham glühen. Ich bin der Loser, der in die Wüste geschickt wurde und drei Jahre später immer noch sprungbereit dort wartet.

Als ich wegsehen will, umfasst er mein Gesicht und hebt mein Kinn. Die Berührung seiner Haut entzündet ein Feuer in mir und ich schmiege mich an ihn, hungrig nach mehr, während mir Tränen in die Augen steigen. »Chris, ich verdiene dich nicht. Ich verdiene diese zweite Chance nicht, aber ich werde es dieses Mal nicht versauen, das verspreche ich dir.«

Die Welt um uns herum hört auf, sich zu drehen. Der Geruch nach Zimt und Mann, nach Cary, umhüllt mich wie ein warmer Mantel, und das Verlangen verzehrt mich von innen. Er befeuchtet sich die Lippen, den Blick auf meinen Mund geheftet, und keine noch so laute Stimme der Vernunft kann das hier aufhalten.

Seine Finger, rau und schwielig von all den Instrumenten, an denen er seit Jahren herumzupft, streichen über mein Gesicht. Ich kralle mich in seine Jacke, als hinge mein Leben davon ab, während er meine Lippen öffnet, seine Zunge die meine sucht. Als sie sich endlich berühren, stöhnen wir beide auf.

Seine Hand wandert auf meinen Hintern und presst mich an ihn. Cary schmeckt nach Sommer und Liebe, nach Zimt und gebrochenem Herzen und einer Million anderer Dinge, an denen ich mich den Rest meines Lebens laben will.

Mit einem seltsamen Lichtblitz kehrt die Wirklichkeit zurück und Cary löst sich langsam von mir. Er lehnt die Stirn gegen meine und mein Herz hämmert so heftig, dass ich kaum Luft bekomme. Auch Cary atmet stoßweise; unsere offizielle Wiedervereinigung hat ihn nicht kaltgelassen.

Sein Daumen streichelt meine Wange und unsere Augen sind miteinander verschmolzen. »Wollen wir hier weg?«

Ich wünsche mir verzweifelt, mit Cary allein zu sein. Ihn überall zu berühren, um mich zu versichern, dass das hier real ist, dass wir real sind und nicht nur ein Traum. Es kommt mir gar nicht in den Sinn, dass es noch einen anderen Grund für seine Frage geben könnte, bis er mit dem Kopf leicht zur Seite deutet und mir auffällt, dass wir Zuschauer haben. Zuschauer mit Handykameras.

Ich bin so was von gefeuert.

★

Wir küssen uns den gesamten Weg nach oben in Carys Penthouse. Der Aufzug fährt zu schnell für mehr, aber gleichzeitig quälend langsam. Das Apartment ist dunkel, als wir durch die Tür stolpern. Nur die Lichter Londons dringen durch die

Fenster und keiner von uns verschwendet Zeit damit, irgendetwas anderes anzuschalten.

Carys Mund presst sich fordernd auf meinen, während unsere Zungen tanzen. Schon dieser Vorgeschmack lässt mich zittern. Er schiebt mich rückwärts in sein Schlafzimmer. Es ist ganz anders als beim letzten Mal, als ich mich nur auf das Körperliche konzentriert habe, um nichts zu fühlen. Jetzt haben wir keine Eile, keine Angst davor, was passiert, wenn es vorüber ist.

Das Bett, auf dem ich lande, ist riesig und weich. Ich streife meine Stiefel ab, während Cary sich und mir die Pullis über den Kopf zieht. Einen Moment lang bewundere ich einfach nur seinen Körper – die definierte Brust, den Waschbrettbauch und die blasse Haut, die bei Engländern inklusive ist.

Dann verschwindet meine Jeans, genau wie die seine, und wir nähern uns einander. Seine Hand wandert von meinem Hals über meine Brust bis zu meiner Hüfte und seine Lippen folgen dem Pfad seiner Finger. Ich fahre durch sein Haar und presse meinen Mund wieder auf seinen, als ich es keine Sekunde länger ertrage.

»Gott, du hast mir so gefehlt.« Das Stocken in seiner Stimme schnürt mir die Kehle zu und in seinem Blick liegt eine ungeschminkte Wahrheit, die keiner von uns je verleugnen konnte. Wir brauchen einander auf eine Art und Weise, die unerklärlich ist, unbestreitbar und erschreckend in ihrer Intensität, in der Leidenschaft, mit der sie uns verschlingt, und es verblüfft mich wieder, dass er damals die Kraft gefunden hat, einfach zu gehen.

Er beugt sich vor und küsst mich, bis ich meinen Namen und alles andere vergesse. Als er sich kurz umdreht, um ein Kondom aus der Nachttischschublade zu holen, lechzt mein Körper nach seiner Berührung. Cary stützt sich auf die Ellbogen und schiebt sich über mich. Einen Moment lang halten wir völlig still und starren einander an, vielleicht eine Ewigkeit, vielleicht nur einen halben Atemzug. Genau so lange, wie es dauert, mir endlich wirklich einzugestehen, dass dieser Neuanfang mir alles bedeutet. Die Mauern in meinem Inneren einzureißen und nach drei Jahren Dunkelheit wieder Licht und Wärme und Verlangen hereinzulassen. Ich bin überrascht, wie weh es tut. Ich schlinge die Arme um seinen Nacken und ziehe ihn zu mir, während wir anfangen, uns zu bewegen, und das Gefühl seiner Haut an meiner, vertraut, aber immer noch prickelnd, lindert den Schmerz.

Wenn die erste Nacht in London mir eins gezeigt hat, dann dass unsere Körper sich nicht vergessen haben. Wir lassen uns Zeit, erklimmen den altbekannten Hügel und stürzen uns gemeinsam hinab. Danach liegen wir aneinandergeschmiegt da und versuchen, wieder zu Atem zu kommen. Cary hat die Arme um mich geschlungen und meine Wange ist an seine Schulter gepresst, während ich darüber nachgrüble, wie unser Weihnachtsshopping nur so enden konnte.

»Was ist los?« Cary runzelt die Stirn und Sorge liegt in seinem Blick.

»Es ist nur … Ich komme mir einfach so blöd vor. Du bist ohne ein Wort gegangen, und trotzdem lasse ich mich nicht bloß einmal, sondern gleich zweimal auf dich ein, ohne dass du dich überhaupt richtig anstrengen musst.«

Er lacht und das Geräusch bringt meine Hand auf seiner Brust zum Vibrieren. Dann drückt er mir einen Kuss auf die Schläfe und löst sich ein Stück von mir, um mir in die Augen zu schauen. Seine Miene ist wieder ernst. »Ach, Süße, *ich* bin derjenige, der sich blöd vorkommen muss. Ich bin ein Idiot und ich habe Glück gehabt. So großes Glück, Christina. Egal, was passiert.«

»Hoffentlich noch mehr Nachmittage zu zweit«, necke ich ihn, um die Stimmung aufzuheitern.

»Also, damit kann ich dienen«, antwortet er im gleichen Tonfall, aber sein Blick bleibt eindringlich. »Solange du mich lässt.«

Bei der Art, wie er das sagt, so als würde er nur auf die nächste Hiobsbotschaft warten, krampft sich mein Herz vor Angst zusammen. Es wirkt fast, als wüsste Cary etwas, das ich nicht weiß, doch jetzt, wo ich in seinen Armen liege, habe ich keinerlei Kampfgeist mehr in mir.

Kapitel 10

Am Morgen meines Ausflugs mit der bösen Stiefmutter und ihren Töchtern werde ich ziemlich früh ziemlich unsanft geweckt, als würden sie ihre Rollen allmählich ernst nehmen und verlangen, dass ich ihnen Frühstück ans Bett bringe.

Nur ein Auge kommt der Aufforderung nach, sich zu öffnen, einen winzigen Spalt breit, und entdeckt Winnie, die in ihrem Schlafanzug am Fußende meines Betts auf und ab hüpft.

»Was treibst du da, du Irre? Es ist mitten in der Nacht.«

»Nein, du bist mitten in der Nacht heimgekommen. Es ist schon fast acht und Mum hat uns für neun einen Termin gebucht, also raus aus den Federn.«

»Du bist echt kein normaler Teenager.«

Sie strahlt. »Danke!«

Mein Auge fällt wieder zu, aber Winnie denkt gar nicht daran zu verschwinden. Im Nerven ist sie unschlagbar, also strecke ich mich und wälze mich aus dem Bett, um ins Bad zu stolpern. Ein paar Hände kaltes Wasser helfen gegen die verkrusteten Augen und die Mordgelüste, aber eine Dusche wäre noch besser.

Gestern Nacht hat sich angefühlt, als hätte sich nichts geändert, nur dass alles anders war. Cary und ich haben eine völlig neue Wertschätzung füreinander, für die Seltenheit dessen, was zwischen uns ist. Ich bin mir in seinen Armen so kostbar vorgekommen wie noch nie und anstatt mich zerbrechlicher zu machen, hat es mich gestärkt.

»Warum grinst du so blöd?« Winnie steht stirnrunzelnd im Türrahmen.

Ich funkle sie an und knalle ihr die Tür vor der Nase zu. Auch wenn ich sie unterhaltsam finde, ich brauche jetzt Privatsphäre.

»Warst du die ganze Nacht bei Cary? Was ist passiert?«, dringt ihre gedämpfte Stimme durch das Holz.

Ich lehne mich an und seufze, doch mein Grinsen ist wie festgetackert. »Ich erzähl's dir später, versprochen, aber bitte lass mich kurz duschen und mich fertig machen.«

»Na schön«, erwidert sie grollend.

Ihre Füße stapfen über den dicken Teppich zur Tür und ich drehe das Wasser auf. Ich muss mich so beeilen, dass meine Gedanken keine Zeit haben zu wandern, aber ein paarmal erhasche ich einen Blick auf mein Gesicht im Spiegel – ich sehe wirklich benommen aus.

Mein Vater und Imogen werden sofort merken, was los ist, wenn ich meine Züge nicht schnell unter Kontrolle bekomme.

»Guten Morgen!«, begrüßt mich Imogen fröhlich unten in der Diele, wo sie gerade in ihren Mantel schlüpft. »Tut mir leid mit der Uhrzeit. Ich wusste nicht, dass du so lange aus sein würdest.«

Mein Kopf schnellt nach oben und ich suche ihre Miene nach einem Tadel ab, finde allerdings nichts. Wenn überhaupt, wirkt sie ehrlich bedauernd.

»Schon okay, ich bin sowieso kein Langschläfer.« Ich lächle, um ihr zu versichern, dass ich es ernst meine. »Wie Dad immer sagt: Der frühe Vogel fängt den Wurm.«

»Ich hasse diesen Spruch«, murmelt Eliza, als sie sich zu uns gesellt und nach einer hübschen Designerhandtasche greift.

»Wo steckt deine Schwester?« Imogen pustet sich den aschblonden Pony aus der Stirn.

Eliza verdreht die Augen. »Die hängt an ihrem Handy und schaut sich Fotos von Cary und Christina an, wie sie neben dem Weihnachtsbaum auf der Oxford Street rumknutschen.«

Ich verschlucke mich an dem Becher Tee, den ich mir eben aus der Küche geholt habe, und meine Wangen werden so heiß wie die Flüssigkeit, die mir auf die Hand schwappt. Imogens graue Augen glitzern vor Belustigung, während ich um Fassung ringe, und Eliza wirkt erfreut, ausnahmsweise einmal diejenige zu sein, die den Klatsch verkündet.

»Na, das wird ja eine interessante Unterhaltung heute.«

»Können wir bitte erst beim Mittagessen darüber reden?«, frage ich, immer noch knallrot im Gesicht, während Winnie angehüpft kommt. »Ich will nicht, dass irgendjemand uns belauscht und der Presse Gesprächsstoff liefert.«

»Ach, die haben schon jede Menge Gesprächsstoff, aber stimmt, wer du bist, wissen sie noch nicht.« Winnie wirft sich ihren Mantel über, steckt das Handy in die Tasche und streckt die Hand nach dem Türgriff aus. »Gehen wir endlich?«

Imogen schüttelt den Kopf und folgt ihren Töchtern hinaus in den frischen Morgen. Der Himmel ist weiterhin grau, obwohl es gestern doch nicht mehr geschneit hat. Vielleicht ja heute.

»Dieses Mädchen kann keine Engländerin sein. Sie ist viel zu unverblümt«, witzelt Imogen. »Bestimmt ist sie ein Wechselbalg aus dem Feenvolk.«

»Hm. Für eine Fee ist sie nicht zierlich genug.«

Mein Scherz bringt meine Stiefmutter zum Lachen, ein Geräusch, das ebenso angenehm und wohlklingend ist wie alles an ihr. Alfred hat heute frei und der Schönheitssalon ist nicht weit entfernt, deswegen gehen wir trotz der Temperatur zu Fuß. Kalte Luft füllt meine Lunge und stärkt mich für den Tag und all die Fragen, aber als unsere Füße in heißem, wohlriechendem Wasser baden, stellt sich heraus, dass erstaunlicherweise sogar Winnie meinen Wunsch respektiert.

»Was studierst du eigentlich?«, frage ich Eliza, um sie ein bisschen aus ihrem Schneckenhaus zu locken. Sie erinnert mich an Tim, wohingegen ich früher eher wie Winnie war.

Tim war ein ruhiges Kind, deshalb wurde er oft in den

Hintergrund gedrängt oder als schüchtern und uninteressant abgestempelt, obwohl er in Wahrheit einfach eine unausstehliche und aufmerksamkeitssüchtige Schwester hatte.

Ihre sanften Augen leuchten auf. »Literatur. Ich will später mal Bücher schreiben, wie dein Vater. Also, nicht genau wie dein Vater. Keine Bestseller, sondern … du weißt schon.«

»Ich glaube, ja. Ernst zu nehmende Literatur?«

Ihr Blick huscht zu meinem Gesicht und sie beißt sich unsicher auf die Lippe. »So hab ich das nicht gemeint.«

»Vertrau mir, ich bin die Letzte, die das Geschreibsel meines Vaters als preiswürdig bezeichnen würde. Aber ich sollte dich wohl warnen, dass man mit ernst zu nehmender Literatur kein Geld verdient.«

»Na ja, dann muss ich mir wohl einen reichen Mann suchen. Du stellst mich ja in ein paar Tagen Alfie vor.«

Imogen reißt die Augen auf und klappt die Zeitschrift zu, in der sie gerade liest. »Eliza!«

Winnie und ich krümmen uns unterdessen vor Lachen, was die Frau, die versucht, meine Füße zu peelen, gar nicht lustig findet. Ich mache eine beschwichtigende Handbewegung in Imogens Richtung. »Keine Sorge. Ich würde niemals zulassen, dass eine meiner Stiefschwestern sich mit einem Musiker einlässt. Außerdem, Bands kommen und gehen, Eliza. Wenn du einen reichen Mann willst, schnapp dir lieber einen Arzt oder einen Banker.«

Eliza nickt, als hätte sie ohnehin schon einen zweckmäßigeren Kandidaten im Visier.

Nach der Mani- und Pediküre besuchen wir ein kleines, aber feines Café. Es ist eine Art Teestube, wie ich begeistert feststelle, und Imogen ordert eine Auswahl an Tee und Sandwiches und Gebäck für uns vier von der hübschen weißen Karte.

Als die Kellnerin weg ist und Winnie sich mit einem nicht sehr subtilen Blick durch den Gastraum versichert hat, dass uns niemand zuhört, dreht sie sich zu mir und sagt anklagend: »Okay, Christina, spuck's aus. Datest du Cary?«

Ich zupfe an der Tischdecke herum, aber das Lächeln in meinem Herzen lässt sich nicht von meinem Gesicht fernhalten. »*Daten* ist ein komisches Wort.«

Das ist es wirklich. Daten ist, was Menschen tun, um einander kennenzulernen. Um zu entscheiden, ob sie noch mehr voneinander wissen, miteinander schlafen, die Familie des anderen treffen und gemeinsam in den Urlaub fahren wollen. Diese Phase haben Cary und ich längst hinter uns.

Obwohl … vielleicht auch nicht. Vielleicht war das gestern ein Date. Wir sind zwar keine Fremden füreinander, aber wir sind auch nicht mehr dieselben Menschen, die sich vor drei Jahren am Strand ineinander verliebt haben, wie Cary betont hat.

»Warum?«, feuert Winnie die nächste ihrer hundert Fragen ab.

»Keine Ahnung. Wahrscheinlich, weil wir früher mal so was wie eine Sommerromanze hatten.« Der Satz *Weil wir uns früher schon einmal geliebt haben* liegt mir auf der Zunge, aber ich spreche ihn nicht aus. Diese Tatsache gehört nur mir. Ich habe mich die letzten drei Jahre lang daran festgeklammert und bin nicht bereit, sie loszulassen.

»Gott sei Dank sitzen wir hier bequem. Das klingt nach einer Hammergeschichte.« Auch Elizas Interesse ist geweckt, nachdem wir uns bisher nur über langweilige Themen wie Hauptfächer und Berufswünsche und Ehemänner unterhalten haben. Es ist schön zu sehen, wie sie auftaut, selbst wenn ich dafür einen Seelenstriptease hinlegen muss.

Imogen schweigt und der aufmerksame, aber nicht überraschte Ausdruck auf ihrem Gesicht bestätigt meine Vermutung, dass mein Vater sie in die Ereignisse meines letzten Sommers in England eingeweiht hat. Die Vorstellung, wie sie abends im Bett liegen und das Leben ihrer Kinder besprechen, ist ein bisschen gruselig, aber mein Herz schlägt höher, weil ich eins dieser Kinder bin. Und auch immer war, selbst während der vergangenen drei Jahre.

»So aufregend ist das Ganze eigentlich gar nicht«, fange ich an, um die Sache spannender zu machen. Es fällt mir so viel leichter, darüber zu reden, jetzt wo Cary wieder Teil meines Lebens ist. »Wir haben uns in Cornwall getroffen und waren gleich auf einer Wellenlänge. Wir haben den kompletten Sommer miteinander verbracht – die Band hatte damals schon kleinere Auftritte, deswegen kenne ich die Jungs so gut. Ich habe viel Werbung für sie gemacht, in dem Restaurant, in dem ich gejobbt habe, und anderen Läden in der Gegend.«

»Und was ist dann passiert?«, fragt Winnie mit großen Augen, während ihr Tee kalt wird.

Ich zucke mit den Achseln. »Tut mir leid, dich enttäuschen zu müssen, aber Sommerromanzen dauern normalerweise genauso lang wie die Jahreszeit, nach der sie benannt sind. Danach kehren die Leute nach Hause zurück, zu ihrem normalen Alltag, leben sich auseinander.«

So war es bei uns zwar nicht, nicht wirklich, und der wachsame Blick, den Imogen mir zuwirft, deutet darauf hin, dass sie das auch weiß, aber ich werde auf keinen Fall in allen scheußlichen Einzelheiten berichten, wie Cary mich abserviert hat, nur damit meine Stiefschwestern mich dafür verurteilen können, wie bereitwillig ich ihm eine zweite Chance gebe. Dass keine von den beiden irgendetwas gesagt oder getan hat, das auch nur ansatzweise in diese Richtung weist, lässt nur eine Schlussfolgerung zu: *Ich* verurteile mich dafür, dass ich Cary eine zweite Chance gebe, anstatt mehr Rücksicht auf mein eigenes Wohlbefinden zu nehmen.

»Wie traurig«, sagt Winnie so leise, wie ich sie bisher noch nie gehört habe. Doch ihre Miene hellt sich schnell auf. »Aber das *Schicksal* hat euch wieder zusammengebracht. Die Band ist berühmt geworden, du hast einen Job bei BGG bekommen, die haben dich nach London geschickt … Das ist ja fast wie in einem Film.«

Plötzlich legt sich Imogens Hand über meine. »Ich bin froh, dass du mit Cary neu anfangen konntest, weil diese Beziehung offensichtlich eine große Rolle in deinem Leben gespielt hat. Aber mein Lieblingspart an der ganzen Schicksalssache ist, dass wir uns endlich getroffen haben.«

»Meiner auch«, wirft Eliza ein und wird rot. »Ich wünschte, du könntest länger bleiben.«

Nachdem ich sie nun kenne und mein Vater seine Fehler zugegeben und versprochen hat, dass er mich in seinem Leben haben will, werde ich dieses Erweiterte-Familien-Ding auf jeden Fall ausprobieren. »Ach, wir besuchen uns jetzt bestimmt öfter.«

Das freut sie alle, und die Kellnerin kommt mit unseren Sandwiches und Kuchen und noch mehr Tee. Den Rest des Nachmittags verbringen wir mit Einkaufen und Kichern und Augenaufreißen, und als wir nach Hause zurückkehren, fallen die ersten Schneeflocken aus den dichten grauen Abendwolken.

Mein Vater sitzt mit Baxter im Wohnzimmer und starrt in ein flackerndes Feuer im Kamin, das er schon vor einer ganzen Weile angezündet haben muss, so viel Hitze verströmt es. Er dreht sich um und beim Anblick von uns vieren zusammen breitet sich ein glückliches Lächeln auf seinem Gesicht aus. Eliza und Winnie lassen ihre Tüten fallen und verschwinden, Winnie auf die Toilette, Eliza in ihr Zimmer. Imogen hebt die Tüten wieder auf und packt sie aus.

»Hattest du einen schönen Tag, Kleine?«

»Ja. Die Mädchen sind wirklich nett, Dad. Ich glaube, man kann sie gar nicht hassen, egal wie sehr man es versucht.«

»Ja, das sind sie. Aber du bist es auch, deswegen wusste ich, dass ihr euch gut verstehen würdet.« Er legt mir einen Arm um die Schultern und drückt mir einen Kuss auf den Kopf. »Es ist meine Schuld, dass alles so weit gekommen ist, und ich bin sehr froh, dass du sie nicht für meine Fehler bestrafst, denn dann würden euch ein paar tolle Freundschaften entgehen.«

Eliza schlüpft zurück ins Wohnzimmer, eine DVD in der Hand. Als mein Blick auf die vertraute Hülle fällt, wallen Nostalgie und Trauer in mir hoch wie Wasser in einem Springbrunnen.

»Dein Dad meinte, das sei dein Lieblingsfilm.«

Ist das Leben nicht schön? war der Lieblingsfilm meines Bruders, deswegen haben wir ihn jedes Weihnachten geschaut. Ich habe immer so getan, als würde er mich zu Tode langweilen, aber eigentlich ist es mittlerweile auch mein Lieblingsfilm.

»Er ist echt gut«, würge ich hervor.

»Sollen wir ihn gucken?«

Ich nicke. Imogen steckt den Kopf durch die Tür, um zu fragen, ob jemand einen heißen Kakao will, bevor wir anfangen, und ich muss wieder an das denken, was sie in der Teestube gesagt hat. Vielleicht hatte sie recht.

Wenn mich wirklich irgendeine unsichtbare Macht dieses Weihnachten zurück nach England geführt hat oder es mir sowieso schon immer bestimmt war, dann vielleicht nicht wegen Cary. Oder zumindest nicht *nur*.

Ein so großer Teil von mir wurde durch Verlust geformt. Cary hat mich ohne ein Wort verlassen. Tim ist verschwunden, ohne sich zu verabschieden. Er wusste nichts von seiner Krankheit. Die Ärzte meinten, er hätte vorher wohl nur harmlose Anfälle gehabt, ein paar Minuten, an die er sich nicht mehr erinnern konnte. Als er an jenem Tag gefahren ist, hatte er sein erstes Grand Mal. Und sein letztes.

Der Rückzug meines Vaters war der Tropfen, der das ohnehin schon mehr als volle Fass zum Überlaufen gebracht hat. Die windschiefen Mauern in meinem Inneren sind eingestürzt und haben mich mit einer nackten Seele zurückgelassen, die dem rauen Wind ungeschützt ausgeliefert war.

Ich habe sie wiederaufgebaut, dick und hoch, und lächelnde Gesichter auf ihre Fassade gemalt, die der Welt und meinen neuen Freunden an der Uni vorgespielt haben, dass Christina Lake ein glückliches Mädchen ist. Sie hat zwar ein paar Schicksalsschläge hinter sich, aber es geht ihr gut. Sie ist nicht kaputt, nein, kein bisschen.

Das war alles eine große Lüge und das Schlimmste daran ist, dass ich mich Cary und meinem Dad erst stellen musste, um zu erkennen, wie sehr sie mich zerbrochen haben. Jetzt, wo wir uns alle um Ehrlichkeit bemühen, scheint es möglich, dass ich ihnen irgendwann aufrichtig vergeben und die Scherben meines Herzens wieder zusammensetzen kann.

Möglich. Dieses Wort gefällt mir.

Imogen kehrt mit fünf dampfenden Tassen in der Hand zurück und wir machen es uns um den Fernseher gemütlich. George Baileys Leben flimmert über den Schirm und eine Wärme erfüllt das Zimmer, die nichts mit dem lodernden Feuer oder dem heißen Kakao zu tun hat.

Kapitel 11

Obwohl ich mir nach unserem Date meiner Gefühle für Cary sicher war, wurde ein Teil von mir auf dem Nachhauseweg die Angst nicht los, dass ich es bereuen würde. Aber die nächsten paar Tage, die wir in seinem unglaublich gemütlichen Penthouse verbringen, wischen die meisten Zweifel weg.

Cary liegt auf der Seite, mir zugewandt, und lächelt. »Ich fürchte, wir müssen heute noch nach draußen.«

Ich stoße einen theatralischen Seufzer aus. »Ich weiß. Ihr habt Soundcheck.«

»Wir könnten vorher irgendwo was essen gehen. Sonst gibt es in den nächsten sechs, sieben Stunden nur faden Cateringfraß.«

»Hmm.« Ich lege die Hand auf seine nackte Hüfte und lasse die Finger spielerisch wandern. »Wie lange brauchen wir dafür wohl?«

Es ist ungefähr zwei, glaube ich. Ich bin gegen neun hergekommen, die früheste vertretbare Uhrzeit, zu der ich von meinem Dad wegkonnte, und seitdem wälzen wir uns im Bett und dösen zwischendurch. Dieser Tag ist wahrscheinlich jetzt schon einer der besten meines Lebens, auch ohne dass ich einer von mir betreuten Band dabei zusehe, wie sie ein großartiges Interview gibt oder ein hammermäßiges Konzert spielt – die Dinge, die mich in den vergangenen drei Jahren am glücklichsten gemacht haben.

Sein Körper reagiert sofort auf meine sanfte Berührung und er schiebt sich näher. Seine weichen Lippen öffnen die meinen und ich schmiege mich an ihn. Meine Haut prickelt, der Kuss vertieft sich unwillkürlich und ich frage mich wieder einmal, wie ich so lange ohne Cary überleben konnte. Er neckt mich, zieht sich genau dann zurück, als ich ihn näher bei mir haben möchte, also schlinge ich ein Bein um ihn und rolle mich auf ihn, sodass ich die Zügel in der Hand habe.

Mit einem verruchten Grinsen greife ich zum Nachttisch und hole ein Kondom heraus, streife es ihm über und führe ihn dorthin, wo ich ihn haben will.

»Ich muss schon sagen, ein paar Dinge an der erwachsenen Christina gefallen mir ziemlich gut«, murmelt Cary, die Hände auf meinen Oberschenkeln.

»Ach ja?« Ich wiege langsam die Hüfte und beobachte genüsslich, wie seine Augenlider flattern und er sich auf die Unterlippe beißt, um sich zu beherrschen. »Und was, zum Beispiel?«

»Dein Selbstvertrauen. Nicht, dass du vorher schüchtern gewesen wärst, aber diese Frau hier weiß, wie sexy sie ist.«

Ich beuge mich vor, ohne meine Bewegung zu unterbrechen, und unsere Zungen spielen träge miteinander, bis unsere Körper das gemächliche Tempo nicht mehr ertragen. Seine Hände wandern, eine nach oben zu meinen Brüsten, eine nach unten zwischen meine Beine. Ich gebe der Lust nach und lasse mich fallen, bis das Zimmer um mich herum schwarz wird und ich alles vergesse außer Cary und mir.

Ich klammere mich an seine schweißnassen Arme und spüre, wie seine Muskeln hervortreten, als er mich festhält. Sein entrückter Blick hängt an meinem Gesicht. Während die Außenwelt allmählich zurückkehrt, brechen wir gemeinsam zusammen, in einem Gewirr aus Gliedmaßen und sich hebenden und senkenden Brustkörben, zerzaustem Haar und breitem Grinsen.

»Wir sollten mal bei Guinness anrufen. Ich glaube, wir haben einen Rekord aufgestellt.«

Carys Kinn ruht auf meinem Kopf. »Hm. Vielleicht warten wir lieber noch ein, zwei Tage, nur um sicherzugehen, dass wir das Ding wirklich eingetütet haben.«

Ich bekomme einen Kicheranfall und drücke ihm einen Kuss auf die Schulter, bevor ich aufspringe und ins Bad fliehe. Als ich wieder herauskomme, zieht er sich schon an und widerwillig folge ich seinem Beispiel. Wir müssen bald im Grouse sein und zwar pünktlich, vor allem, weil David sich nach wie vor benimmt, als wäre unser Liebesglück eine Art Affront gegen die Allgemeinheit. Und dann ist da ja noch Erica, die weiterhin nach einem Vorwand sucht, mich rauszuwerfen, obwohl das Büro in Dallas mir per E-Mail versichert hat, dass ich mir keine Sorgen um die Klatschpresse zu machen brauche – und diese Mail ging auch an sie.

Ersteres bereitet mir mehr Kopfzerbrechen als Zweiteres und ich runzle die Stirn, während ich meinen Pulli überstreife. »Sag mal, warum kann David mich eigentlich nicht ausstehen?«

»Was? Das stimmt doch gar nicht!«

Die Antwort kommt verdächtig schnell, aber womöglich wirkt es auch nur so, weil Cary sich gerade die Zähne putzt. Ich verdrehe die Augen, steige in Jeans und Boots und beschließe, die Sache für den Moment auf sich beruhen zu lassen. Wahrscheinlich will er nicht, dass ich denke, seine Freunde würden mich nicht mögen, was allerdings ziemlich albern wäre. Immerhin hat David nie ein Geheimnis aus seiner Meinung gemacht, dass ich nur ein Klotz am Bein wäre, sobald die Band ihren Durchbruch hätte.

Ich quetsche Zahnpasta auf die zweite Bürste und beobachte Cary und mich im Spiegel. Wenn er die angespannte Stimmung unter den Teppich kehren will, bitte schön. Manche Menschen kommen wohl einfach nicht miteinander klar und es bringt nichts, zu viele Gedanken daran zu verschwenden.

Als wir in unsere Jacken schlüpfen und uns von einem Wagen zu einem ruhigen, abgeschiedenen Restaurant in der Nähe des Grouse fahren lassen, habe ich David schon wieder aus meinem Kopf verbannt. Das Essen ist teuer und Cary lädt mich ein. Niemand belästigt uns. Wir leben wie in einer Blase, die die Wirklichkeit verzerrt und Probleme zu einem eher abstrakten Konzept macht. Ich bin nicht so naiv zu glauben, dass dieser herrliche, ungestörte Zustand ewig anhalten wird, aber was schadet es, ihn solange zu genießen?

Dieser Gedanke kommt gleichzeitig mit unserem Nachtisch – wir teilen uns einen Brotpudding – und ein seltsamer Stich durchfährt mich. Ich habe das ungute Gefühl, dass unsere Glücksblase kein natürliches Ende nimmt, sondern von etwas Dunklem zum Zerplatzen gebracht wird, das nur knapp außerhalb meines Sichtfelds lauert.

Als könnte ich es leicht erkennen, wenn ich nur lange genug die Augen öffnen würde.

»Woran denkst du?«

»Ich weiß nicht. Es ist nur … wahrscheinlich habe ich Angst. Das alles ist viel zu schön, um wahr zu sein.«

Panik huscht über sein Gesicht, ehe er ein Lächeln aufsetzt, das beruhigend wirken soll, mich aber nicht überzeugt. »Du machst dir viel zu viele Sorgen, Süße.«

»Vielleicht. Aber unsere Leben sind immer noch so verschieden. Was ist jetzt tatsächlich anders als vor drei Jahren?« Die Frage, die ich nicht stelle, hört er trotzdem: Was hält ihn davon ab, irgendwann zu beschließen, dass sein Leben ohne mich einfacher wäre? Noch einmal?

Dadurch, dass ich mich mit Cary und meinem Vater auseinandersetzen musste, habe ich zu meiner Überraschung erkannt, dass ich mir ein eigenes Leben aufgebaut habe. Ich habe meine Mutter. Ich habe Jessica und meine Verbindungsschwestern und meinen Job.

Es ist nicht perfekt und mit den beiden eindeutig besser,

heller, aber es war auch vorher nicht leer. Muss ich ganz von vorne beginnen, wenn ich sie abermals verliere?

»Ich gehe nirgendwohin, das ist anders. Ich habe keine Angst mehr, zumindest nicht vor dem, was zwischen uns ist, Chris. Ich will nie wieder ohne dich sein.« Doch seine Miene und der verzweifelte Unterton in seiner Stimme strafen seine Worte Lügen. Er *hat* Angst, das merke ich genau. »Egal was dieses Mal passiert, ich werde nicht davonlaufen.«

Bevor ich ihn fragen kann, was genau er damit meint, vibriert mein Handy. Eine Nachricht von Cedric.

Genug gevögelt. Bewegt eure Ärsche her. Der Soundcheck fängt in einer Viertelstunde an.

Ich schnaube. »Wir machen uns besser auf den Weg. Die Jungs sind schon da.«

Cary nickt, die Lippen zu einer dünnen Linie gepresst, die ihn älter wirken lässt. Dann hilft er mir in den Mantel, hakt mich bei sich unter und zieht mich kurz an sich, um die Nase an der weichen Haut hinter meinem Ohr zu vergraben, und alles ist wieder gut.

Die anderen warten auf der kleinen, abgewetzten Holzbühne und stimmen ihre Instrumente, während die Techniker ihnen die In-Ear-Mikros anpassen und die Lautsprecher hin und her schieben. Cary verabschiedet sich mit einem Kuss auf die Wange von mir und lässt lachend das Schubs-und-Box-Ritual seiner Freunde über sich ergehen, bevor er sich die Gitarre um die Schulter schlingt. Er fühlt sich auf der Bühne so wohl wie ein Fisch im Wasser. Als wäre er dafür geschaffen zu singen, zu unterhalten und die Massen mit seiner großartigen Musik zu begeistern, hoch konzentriert, das Haar hinters Ohr geklemmt. Die Schönheit des Ganzen verschlägt mir den Atem. Es ist ein Geschenk, eins, von dem ich niemals verlangen würde, dass er es aufgibt oder zurückstellt, auch wenn mich der Lifestyle noch so sehr abschreckt.

Der Soundcheck zieht sich hin. Die gleichen Songschnipsel und Riffs werden wieder und wieder gespielt, bis sie perfekt klingen. Ich hole ein Buch aus der Tasche und fange an zu lesen, und ehe ich mich's versehe, habe ich fast zweihundert Seiten geschafft. Als ich irgendwann aufschaue, weil es still geworden ist, packen die Jungs gerade zusammen.

»Bist du so weit?« Cary wischt sich mit einem Handtuch den Schweiß von der Stirn und das dünne T-Shirt klebt an seinem feuchten Oberkörper. Am liebsten würde ich es ihm vom Leib reißen. Was ist nur los mit mir?

Es liegt daran, wie seine Augen, sein Lächeln, seine Haut leuchten, so viel strahlender als an jedem anderen Ort, an dem wir bisher gemeinsam waren. Aber meine Lider sind schwer, ich brauche dringend eine Dusche und seit unserem Restaurantbesuch ist da etwas Zerbrechliches an Cary. An uns.

Er fährt mich nach Hause, gibt mir einen Gutenachtkuss und verspricht, dass wir uns an Heiligabend sehen. Seine Eltern sind mit der Familie seiner Mutter verreist, deswegen hat mein Vater darauf bestanden, ihn einzuladen. Meine Stiefschwestern waren hellauf begeistert, aber natürlich wäre es ihnen noch lieber, wenn die ganze Band käme.

Ich steige aus und schaue ihm von der Veranda aus nach.

Die Welt kommt mir irgendwie unwirklich vor. Schneeflocken schweben im Licht der Straßenlaternen vom Himmel und dämpfen alle Geräusche. Die Nachbarhäuser sind ebenso geschmackvoll dekoriert wie das meines Vaters, mit bunten Lichterketten, die eine festliche Stimmung verbreiten, meine Nerven jedoch nicht vollständig beruhigen können. Ich rede mir ein, dass ich der wachsenden Angst in meinem Bauch nicht nachgeben darf. Dass es nicht zu gut ist, um wahr zu sein.

Was auch immer ich befürchte, was auch immer ihn beschäftigt, wir finden eine Lösung. Zusammen. Das müssen wir einfach.

★

Der Heiligabend verläuft reibungslos, was vor allem Imogens unermüdlichem Einsatz zu verdanken ist. Es wirkt fast, als wollte sie irgendeinen Preis gewinnen. Oder als verfüge sie über ein geheimes Insiderwissen, wie man den Heiligen Petrus mit einem vorzüglichen Festmahl so beeindrucken kann, dass er einem später zügig Einlass durch die Himmelspforte gewährt.

Nur mein Vater und Cary benehmen sich seltsam. Sie beäugen einander den gesamten Abend, als würden sie versuchen, den nächsten Zug des anderen in einem Spiel vorherzusehen, das gar nicht gespielt wird. Das Ganze ist besonders merkwürdig, weil beide mich dazu ermutigt haben, auf den jeweils anderen zuzugehen … na ja, Cary mehr als mein Dad. Aber jetzt tun sie so, als wäre es eine Art stumme Folter, auch nur im gleichen Zimmer zu sein.

Oder als wüssten sie etwas, das ich nicht weiß.

Ich verdränge mein inneres Unbehagen, bevor es mir das Weihnachtsfest vermiesen kann.

Irgendwann sitzen wir alle im Wohnzimmer vor dem leise bullernden Kamin, viel zu vollgestopft mit Perlhuhn und Plätzchen, um uns zu unterhalten, geschweige denn unsere Gehirne für so etwas wie Denken zu benutzen. Alles an mir fühlt sich schwer an und mein Körper versinkt so tief im Sofa, dass er förmlich mit ihm verschmilzt.

»Hat jemand Lust, Karten zu spielen? Oder was anderes?« Imogen ist immer noch energiegeladen, allerdings als Einzige.

Eliza winkt nur matt ab. Sie ist sogar zu erschöpft, um das Buch aufzuklappen, das neben ihr auf dem Beistelltisch liegt. Winnie hat sich in einem Sessel zusammengerollt und starrt mit glasigen Augen auf den Fernseher, über den *Das Wunder von Manhattan* flimmert. Auch mein Vater tut, als würde er den Film schauen, doch ich merke wie sein Blick ständig zu Cary und mir herüberhuscht, während wir uns aneinanderkuscheln.

»Cary, Gerard hat mir erzählt, dass du und deine Eltern euch sehr nahesteht. Wo sind die beiden heute Abend?« Imogen setzt ihre Lesebrille auf und nimmt ihre Stickerei zur Hand.

»Die Familie meiner Mum fährt alle fünf Jahre über Weihnachten zusammen weg. Meistens irgendwohin, wo es warm ist. Dieses Jahr sind sie auf Bali. Normalerweise fahre ich mit, aber das Weihnachtskonzert und der Spendenmarathon sind eine einmalige Gelegenheit, das konnte sich die Band nicht entgehen lassen.«

»Das finde ich toll. Vor allem, weil ihr die Einnahmen an die *C.U.R.E. Epilepsy*-Stiftung spendet. War das deine Idee?«

Carys Wangen färben sich rot. »Ja. Ich hatte keine Ahnung, dass Chris hier sein würde, aber sie ... die ganze Familie ... war immer in meinen Gedanken.«

»Das ist sehr nett von dir, mein Lieber.« Imogen lächelt sanft, als wüsste sie, wie unwohl er sich dabei fühlt, so im Mittelpunkt zu stehen. »Viele Menschen vergessen, etwas zurückzugeben.«

Mein Vater schnaubt. »Ich habe schon immer dran gedacht, aber seit ich Imogen geheiratet habe, geben wir manchmal mehr zurück, als wir behalten.«

»Und trotzdem ist noch genug da«, erinnert sie ihn freundlich.

Mein Dad hat wirklich ein großes Sozialbewusstsein und spendet seit jeher für wohltätige Zwecke. Außerdem ist er ein gewiefter Geschäftsmann und dass er Spenden von der Steuer absetzen kann, tut seiner Großzügigkeit keinen Abbruch.

»Mir hat es als Kind nie an etwas gefehlt, aber die Summen, die wir gerade verdienen, sind vollkommen irrwitzig. So viel könnte ich selbst in zweihundert Jahren nicht verprassen. Also warum sollte ich es unter meiner Matratze verschimmeln lassen, wenn ich stattdessen Gutes damit tun kann?« Cary betrachtet seine Hände und meidet den scharfen Blick, mit dem mein Vater ihn fixiert. Erneut scheint es, als wüssten die beiden etwas, das dem Rest von uns entgeht.

Ich schmiege mich enger an Cary, greife nach seiner Hand und seufze, als sich seine Finger mit meinen verschränken. Imogen lächelt und mein Vater wendet sich wieder dem Fernseher zu.

»An was für ein Spiel hatten Sie denn gedacht, Mrs Lake?« Cary wirkt ein bisschen rastlos. Oder er hat nur keine Lust mehr, ausgefragt zu werden.

Imogens Miene hellt sich auf. »Ach, ich weiß nicht, mein Lieber. Binokel?«

»Das klingt lustig.« Er schaut zu mir herab. »Willst du meine Partnerin sein?«

»Was für eine Frage«, sage ich, obwohl ich so meine Zweifel habe, was das Von-der-Couch-Aufstehen angeht.

»Ich spiele mit dir, Mum«, bietet Eliza an. »Dann musst du nicht erst zwanzig Minuten lang versuchen, Gerard zu überreden.«

»Das weiß ich zu schätzen, Eliza«, sagt Dad. »Winnie und ich gucken einfach den Film zu Ende.«

»Und wir tun so, als würden wir euch nicht schnarchen hören.« Imogen legt ihre Stickerei beiseite. Auf dem Weg zum Geschirrschrank hält sie kurz bei meinem Vater an, schlingt ihm die Arme um den Hals und drückt ihm einen Kuss auf die Wange.

Es fühlt sich seltsam an, sich darüber zu freuen, dass mein Dad eine so nette, hingebungsvolle Frau gefunden hat.

Als würde ich meine Mutter verraten, obwohl es natürlich gar nicht so ist. Die beiden haben nicht zueinander gepasst, ihre Beziehung war nicht für die Ewigkeit gemacht. Tims Tod hätte sie auf keinen Fall überstanden, selbst wenn sie bis dahin gehalten hätte.

Cary steht auf und streckt mir die Hand hin, und ich befreie mich aus den Fängen des Sofas. Wir folgen Imogen und Eliza ins Esszimmer, wo meine Stiefschwester das Radio einschaltet, während Imogen die Karten verteilt. Die leise Weihnachtsmusik, das Rascheln der Karten, nur unterbrochen von gelegentlichen Kampfansagen an das gegnerische Team – es ist unheimlich gemütlich. Als das beeindruckende Schnarchen meines Vaters aus dem Wohnzimmer herüberdringt, müssen wir alle lachen, und nach ein paar Runden streichen wir die Segel. Winnie und mein Dad gesellen sich zu uns, und ich staune einmal mehr, wie einfach das alles ist. Wie mühelos Cary sich in diese Welt einfügt, wie leicht ich mich in diese Familie integriert habe.

Als ich erfahren habe, dass ich Weihnachten so weit weg von meiner Mum verbringen würde, hätte ich niemals geglaubt, dass ich irgendwann hier sitze, umringt von Fremden und Entfremdeten, und mich wie zu Hause fühle.

Kapitel 12

Am ersten Weihnachtsfeiertag kann ich nur ein paar Stunden mit meinem Vater und seiner Familie verbringen, bevor ich losmuss. Das Konzert fängt zwar erst um sieben Uhr an, aber ich schlage schon mittags im Grouse auf, um zu überprüfen, ob Equipment und Catering aufgebaut und die Räume für die Interviews vorbereitet sind. Ich gleiche meine Gästeliste mit der an der Abendkasse ab, um sicherzustellen, dass niemand vergessen wurde, dann kommen auch schon die Leiter der gemeinnützigen Organisation, die die Verteilung der Geschenke und des Gelds dieses Jahr übernimmt, und ich zeige ihnen ihren Aufenthaltsraum und gehe noch einmal den Terminplan mit ihnen durch.

Es bleibt kaum Zeit für eine Pause, aber wenn ich doch einmal eine Minute für mich habe, denke ich, wie sehr ich dieses Leben liebe. Meinen Job. Mit talentierten Musikern zu arbeiten, diejenige zu sein, die im Hintergrund alle Fäden für eine perfekte Show zieht … Wenn Cary dafür geboren wurde, auf der Bühne zu stehen, dann wurde ich für das hier geboren, und es fühlt sich absolut fantastisch an, dass man mich in meinem Alter und mit meiner begrenzten Erfahrung damit betraut.

Als Cary und die anderen um fünf eintreffen, kann ich gar nicht glauben, dass es schon in zwei Stunden losgeht. Ich sorge dafür, dass sie alles haben, was sie brauchen, und hetze herum wie ein kopfloses Huhn, damit alle bereit sind, nach dem Voract die Bühne zu stürmen. Das hier ist nur ein kleines Konzert, eine Privatveranstaltung für steinreiche Spender und ihre Familien, nicht zu vergleichen mit dem gigantischen öffentlichen Ereignis im O_2 nächste Woche.

Beim bloßen Gedanken daran, für eine Show in einer so riesigen Konzerthalle verantwortlich zu sein – auch wenn Erica dann zurück ist und mithilft –, packt mich die Aufregung.

Die Jungs sind wie immer großartig. Jeder Einzelne gibt sein Bestes und die Interviews sind so klug und sympathisch und witzig, dass die Leute den Händlern das neue Pursuant-Album aus den Händen reißen werden, wenn es nächsten Monat erscheint.

Ich habe die Band gerade zum finalen Garderobencheck gescheucht, als Winnie angelaufen kommt und mir um den Hals fällt. Sie trägt ein paillettenbesetztes rotes Top, schwarze Leggings und flache Schuhe und strahlt von Kopf bis Fuß. »Himmel, Christina, du bist ja klitschnass! Das hier ist echt das Coolste, was ich jemals erlebt habe. Danke, danke, danke!«

Ich winde mich aus ihren Armen, um wieder atmen zu können. »Gern geschehen. Du siehst übrigens sagenhaft aus!«

»Ich weiß.« Sie späht um mich herum und zerwuschelt kunstvoll ihr Haar, während sie nach den Jungs Ausschau hält. »Wo ist die Band?«

»Die muss gleich auf die Bühne.« Ich unterdrücke ein Grinsen und erwidere die Umarmung meines Dads. »Hey. Schön, dass ihr gekommen seid.«

»Danke, dass du uns die Tickets besorgt hast. Wir sitzen in der dritten Reihe. Wir wollten dir nur schnell Hallo sagen.« Imogens Wangen sind gerötet, anscheinend ist sie mindestens ein Zehntel so aufgeregt wie Winnie.

Auch Eliza bedankt sich und blickt sich mit großen Augen um.

»Hattest du viel zu tun, Kleine? Du bist wirklich verschwitzt.« Mein Dad rümpft gespielt angewidert die Nase. »Puh.«

»Tja, überraschenderweise muss ich tatsächlich arbeiten. Wenn die Jungs auf Tour wären, gäbe es noch mehr zu tun, aber so ein Weihnachtskonzert ist auch nicht ohne.«

Er reicht mir einen Pappbecher mit Tee. »Das war Elizas Idee, aber wir fanden sie alle gut. Wir sehen dich später, okay?«

Ich nicke und winke ihnen lächelnd hinterher. Der Duft von Zitrone und Honig hilft, mich ein bisschen zu entspannen. Ein paar Minuten später betritt der Voract die Bühne, eine aufstrebende junge Sängerin mit angenehmer Stimme und Akustikgitarre. Der anfangs eher höfliche Applaus wird mit jedem ihrer unaufgeregten, fröhlichen Songs begeisterter.

Dann gehen die Scheinwerfer aus, die ersten Töne von Pursuants Eröffnungsnummer erklingen und ich breche auf einem Stuhl im Greenroom zusammen.

Dort bleibe ich drei Viertel des Konzerts, genieße meinen Tee und verfolge den Auftritt auf dem Monitor. Es fühlt sich so unglaublich gut an, endlich zu sitzen und einfach an gar nichts zu denken. Ich bin mehr als bereit für den Feierabend und die dazugehörigen Drinks.

Das Schlussset beginnt und ich schlendere nach draußen zum Bühnenrand. Die Monitore liefern nur einen schwachen Abklatsch der Wirklichkeit. Von hier aus kann ich die Leidenschaft in den Gesichtern der Jungs sehen, das verschmitzte Lächeln, die Schweißtropfen, die aus den zerzausten Haaren auf die Instrumente fallen. Sie klingen fantastisch, alles greift perfekt ineinander. Ich platze fast vor Stolz – auf sie, auf mich, darauf, wie weit wir es alle gebracht haben, getrennt und zusammen.

Die Jungs laufen auf der gegenüberliegenden Seite von der Bühne und stürzen keuchend flaschenweise Wasser hinunter, während die Menge in der Dunkelheit draußen kreischt und klatscht und um ein paar Zugaben bettelt. Nach ein, zwei Minuten kehrt die Band zurück und stimmt einen ihrer älteren Hits an.

Zwei Songs später steckt Cary das Mikro in den Ständer, fährt sich mit der Hand durch das feuchte Haar und wartet, bis das Publikum sich beruhigt. Als es endlich leiser im Saal wird, zwinkert er, was natürlich einen erneuten Begeisterungssturm auslöst.

Meine Lippen verziehen sich zu einem trockenen Lächeln. Mein Freund, der Herzensbrecher.

»Zuerst einmal möchten wir euch allen danken, dass ihr gekommen seid und einen Teil eures Weihnachtsfests mit uns verbracht habt. Das bedeutet uns eine Menge und all den Kindern, die dank eurer Großzügigkeit in den nächsten Jahren schönere Feiertage haben werden, bedeutet es noch viel mehr. Ihr seid die Besten!« Die Menge applaudiert ekstatisch. »Wie ihr vielleicht gehört habt, erscheint bald unser neues Album.« Noch eine Pause, noch mehr Applaus. »Wir möchten diesen Abend mit unserer ersten neuen Single daraus beenden. Diesen Song widme ich einer ganz besonderen Person, die mich dazu inspiriert hat, ihn zu schreiben. Sie weiß, wer sie ist.«

Er zwinkert noch einmal, als das Publikum enttäuscht aufstöhnt. Offenbar hatten die Leute erwartet, dass er sie in unser kleines Geheimnis einweiht, aber sie verstummen, als das Lied beginnt. Und wie schon an diesem ersten Tag im Studio und später beim Radiosender setzt mein Herz aus.

Der Refrain ertönt, so quälend und wunderschön:

I never told you about the mistake I made

But you could never have forgiven me, anyway.

I walked away, I couldn't stay

Now you're my secret mistake.

Erinnerungen stürmen auf mich ein und mit ihnen diese seltsame, hartnäckige Angst, dass ich nach wie vor nicht die ganze Wahrheit über den Sommer vor drei Jahren kenne. Dem Song nach zu urteilen, war es mehr als nur ein dummer Junge, der vor der Tiefe seiner eigenen Gefühle davonläuft.

Dann ist das Konzert vorbei und Cary schlingt die schweißnassen Arme um mich. Er stützt sich schwer auf mich, so als hätte er jedes letzte bisschen Energie auf der Bühne gelassen und könnte sich ohne mich gar nicht mehr aufrecht halten. Ich befreie mich und rümpfe die Nase. »Bah. Hier gibt es auch Duschen, weißt du?«

»Kommst du mit?«

Ich lache, erfüllt von Glück und Licht und Luft, wie ein Ballon kurz vorm Platzen. In Carys Augen funkelt dieselbe ungläubige Begeisterung und er beugt sich herunter und küsst mich, als würde nicht die gesamte Band, die halbe Crew und ein Haufen Menschen mit funktionierenden Smartphones zuschauen.

Als er sich schließlich von mir löst, sind die meisten in Unterhaltungen vertieft und tun, als würden sie uns nicht beobachten, aber die anderen Jungs stehen immer noch um uns versammelt, kippen Wasser in sich hinein, analysieren, was gut lief und was man verbessern könnte, und feiern den insgesamt tollen Auftritt.

»Hey, White, machen wir nach dem Spendenmarathon an Silvester eigentlich alle was zusammen?«, fragt Alfie. Mit den knallroten Flecken auf den Wangen sieht er aus wie Billy aus *Saw*. »Wenn ja, dann komme ich vielleicht in weiblicher Begleitung.«

»Als würde es ihn interessieren, ob du ein Mädel mitbringst. Guck dir den Trottel doch mal an! Der kriegt ja nicht mal mit, dass noch andere Leute im Raum sind.« Simon verdreht die Augen und wischt sich zum tausendsten Mal den Schweiß von der Stirn.

Cary wendet sich wieder mir zu. Dieses Mal hält er ein wenig Abstand, als wäre ihm mittlerweile aufgegangen, dass er tatsächlich stinkt, aber er legt mir die Hände auf die Oberarme. »Was meinst du, Süße? Hast du Lust, Silvester mit mir und den Idioten zu verbringen?«

Am liebsten würde ich Silvester nur mit ihm verbringen, aber in Anbetracht der Tatsache, dass er um Mitternacht noch auf der Bühne stehen wird, ist das eher unwahrscheinlich. »Wenn du dabei bist, bin ich auch dabei.«

»Alles klar.« Er dreht sich zurück zu den Jungs. »Wir sind dabei.«

»Es reicht.« Davids Augen glühen, und Ungeduld und Wut strömen aus jeder Zelle seines Körpers, während er Cary anstarrt und mich komplett ignoriert. »Hör endlich auf mit der Scheiße.«

»Nicht, David«, stößt Cary zwischen zusammengebissenen Zähnen hervor. Er ist kalkweiß. »Lass es gut sein. Das ist nicht derselbe Streit wie vor drei Jahren.«

Verwirrung erfasst mich, gefolgt von Angst und Schrecken. Der Ausdruck auf Carys Gesicht beruhigt mich kein bisschen. Er ist panisch. Krank vor Sorge. Meidet meinen Blick und fixiert stattdessen seinen zweiten Gitarristen mit einer Verzweiflung, die mir den Atem verschlägt.

»Doch, das ist es. Seit sie in dieses Studio marschiert ist, führst du dich auf wie ein kompletter Vollidiot, und das werde ich mir nicht länger anschauen. Wir haben hier was richtig Gutes am Laufen. Ein neues Album in der Pipeline und einen Haufen Kohle auf der Bank. Ich lasse nicht zu, dass du das alles wegschmeißt, um ihr nach Hause zu folgen, auch dieses Mal nicht.«

Dieses Mal?

»Cary, wovon redet er da?« Mir ist eiskalt, meine Lippen sind wie erstarrt, als wollte mein Körper mich vor dem beschützen, was da kommt.

Cary sieht mich an, und Kummer und Reue ringen auf seinem Gesicht miteinander. »Chris, ich –«

»Du hast es ihr immer noch nicht erzählt? Himmel, was bist du für ein Schlappschwanz.« David macht einen Schritt auf mich zu, so bedrohlich, dass ich zurückweiche.

Dann wird mir klar, dass er einen verbalen Angriff plant, keinen körperlichen.

»Cary hat sich damals nur mit dir getroffen, weil dein Vater ihn dafür bezahlt und uns ein Meeting mit einem anständigen Label versprochen hat. Ziemlich krank, oder? Er hat dir vorgespielt, dass er in dich verliebt wäre und alles, für ein bisschen Starthilfe und einen dicken Geldbeutel, aber irgendwann war der Sommer vorbei und damit auch das mit dir.« Er verschränkt die Arme. »Ich vermute mal, das erklärt so einiges.«

Der Schmerz durchbohrt mich, reißt mein Herz in kleine Fetzen und schaltet die Welt um mich herum stumm. Die

Stille dröhnt in meinen Ohren, denn die Scham auf Carys Gesicht bestätigt Davids Geschichte.

Perverses Vergnügen spiegelt sich in der Miene des zweiten Gitarristen und seine Lippen verziehen sich zu einem machtgeilen Lächeln. »Erica meint, du bist unantastbar. Wahrscheinlich hast du drüben in den Staaten der halben Firma einen geblasen, aber wenn du nach Silvester nicht ein für alle Mal abhaust und diese Band in Ruhe lässt, werden wir schon sehen, ob dein PR-Talent dem Label wichtiger ist als mein Wohlbefinden.«

Damit dreht er sich um und stolziert davon. Ich wende mich zu Cary, der sich hütet, mich jetzt zu berühren. Schweigend steht er eine Armlänge von mir entfernt, eine Mischung aus Reue und Verzweiflung in den Augen, die mein Innerstes in Eis verwandelt.

»Du bist für Geld mit mir ausgegangen? Um den Ruhm zu bekommen, von dem du genau wusstest, dass ich ihn verachte? Hast mir meine Unschuld für ein paar Scheine genommen? Was für ein Mensch bist du?« Meine Worte werden immer leiser, verklingen mit jeder Silbe, bis ich mich frage, ob er mich überhaupt noch hört. Ob es einen Unterschied macht. »Wie konntest du mich so anlügen?«

»Chris, warte. Es … es ist nicht so, wie David behauptet. Eigentlich –«

»Spar's dir. Ich bin fertig mit dem Bullshit, der aus deinem Mund kommt. Wenn es nicht um eine PR-Krise geht, halt dich gefälligst von mir fern.« Ich wirble herum und pralle prompt mit meinem Vater zusammen. Meine Stiefschwestern beobachten die Szene mit offenem Mund und Imogens sanfte Züge sind entsetzt.

Der starre Ausdruck auf dem Gesicht meines Vaters, irgendwo zwischen Panik und Verlegenheit, verrät mir alles, was ich wissen muss. Wortlos dränge ich mich an ihm vorbei.

Meine Beine tragen mich aus dem abgewrackten Provinztheater, bevor mir klar wird, dass ich gar nicht nach Hause komme. Alfred hat mich heute Mittag hergebracht, aber der ist jetzt natürlich nicht hier, und ich habe meine Handtasche im Greenroom vergessen. Es ist eiskalt. Der Schnee liegt mittlerweile ein paar Zentimeter hoch und durchweicht meine Strumpfhose. Ich habe ein Kleid und Ballerinas angezogen, weil ich dachte, ich wäre den ganzen Tag drin.

»Brauchst du eine Mitfahrgelegenheit?«, fragt Elizas Stimme leise hinter mir.

»Ja.«

Mit einem Schluchzer, der sich anfühlt, als würde etwas in mir zerreißen, strömt alle Kraft aus mir heraus. Cary hat mich angelogen – von Anfang an, aber dieser zweite Verrat schmerzt viel mehr.

Was springt diesmal für ihn raus?

Ich verdränge die Frage.

Das ist egal. Es interessiert mich nicht.

Eliza nimmt mich in den Arm und drückt mich kurz, bevor sie mich zur Vorderseite des Gebäudes führt. Ich habe meinen Mantel nicht dabei, aber mein Zittern hat wenig mit der Temperatur zu tun.

Meine Stiefschwester reicht mir ihre Mütze und ihren

Schal und besteht darauf, dass ich beides anziehe. »Na los. Du kannst nicht mehr rein und mein Auto steht ein paar Straßen entfernt. Das Letzte, was wir brauchen, ist, dass dich jemand von den Fotos im Internet erkennt.«

Sie hat recht, also stülpe ich mir die Mütze über den Kopf und wickle den Schal um meinen Hals, sodass er Mund und Nase bedeckt. »Warum bist du nicht mit den anderen gekommen?«

»Ich wollte hinterher noch weg.« Sie hebt die Hand, um meinen Protest im Keim zu ersticken. »Schon okay. Es macht mir nichts aus, dich nach Hause zu bringen.«

»Können wir vielleicht erst noch ein bisschen rumfahren? Ich will nicht zurück, bevor mein Dad im Bett ist.«

»Klar. Ich hab sogar eine Tasche mit Wechselklamotten im Kofferraum.« Als ich ihr einen fragenden Blick zuwerfe, zuckt sie mit den Achseln. »Ich bin eine Chaosqueen und das macht meine Mum völlig verrückt, also verstecke ich meine Dreckwäsche und die ungefalteten sauberen Sachen im Auto.«

Besagtes Auto ist ein dunkelblaues Spielzeugding, das nur entfernt Ähnlichkeit mit einem Fahrzeug hat, aber dafür wird es schnell warm. Ich halte die Hände vor die Lüftungsschlitze, während heiße Tränen über meine Wangen rollen. Ich verstehe das alles nicht. Kann der Wahrheit nicht ins Auge sehen, aber auch nicht bestreiten, dass die letzte Woche eine wertlose, herzzerreißende Lüge war.

»Hast du Lust auf ein Bier?«

»Hm?«

»Mir ist gerade aufgefallen, dass du noch gar nicht viel von London hattest, und eins meiner Lieblingspubs liegt direkt neben der London Bridge.« Sie zögert. »Oder wir können einfach am Fluss entlangspazieren, wenn dir das lieber ist.«

»Bier klingt gut.«

Sie fährt los und überlässt mich meinen Gedanken und der weihnachtlichen Stadt vor dem Fenster. Das Pub hat geschlossen, als wir ankommen. Eigentlich hat fast alles geschlossen, immerhin ist es Weihnachten und schon ziemlich spät, aber ein Laden namens The Scoop hat noch Stühle und Tische draußen stehen. Mit Handtüchern aus Elizas Kofferraum wischen wir den Schnee weg und setzen uns. Trotz der tausend Klamottenschichten bibbern wir.

»Normalerweise ist hier superviel los. Lauter Märkte und Essensstände. Du musst unbedingt in ein paar Tagen noch mal herkommen …«

Bei der Enttäuschung in ihrer Stimme meldet sich mein Gewissen und ich lächle und nicke in Richtung der hell erleuchteten Brücke. »Es ist trotzdem wunderschön. Und friedlich.«

Tränen brennen in meinem Hals, sammeln sich in meinen Augen und lassen die Schönheit dieser fremden Stadt verschwimmen. Ich schaue schnell weg, aber Elizas behandschuhte Finger greifen nach den meinen und drücken sie fest.

»Tut mir leid, was da gerade passiert ist«, fängt sie an. »Totaler Riesenmist.«

»Danke«, flüstere ich und schlinge die Arme um meinen Oberkörper, um nicht zu zerbrechen. »Ich hätte es wissen müssen.«

Eine ganze Weile sitzen wir einfach da und starren aufs Wasser. In den letzten Tagen habe ich Winnies Energie und Frohsinn lieb gewonnen, aber Elizas Fähigkeit und Bereitschaft, mit mir schweigend in der Kälte auszuharren, berühren mich ebenso sehr. Sobald wir aufbrechen, nach Hause fahren, muss ich mir eingestehen, dass das im Theater wirklich geschehen ist. Im Moment kommt es mir noch so vor, als könnte ich die Zeit zurückdrehen und alles ändern.

»Christina?«

»Mhmm?«

»Es geht mich nichts an und ich kenne dich noch nicht lange, aber ... ein so guter Lügner kann Cary unmöglich sein. Wie er dich ansieht ... als wäre er nur glücklich, wenn er mit dir zusammen ist. Und es ist ihm egal, ob die blöden Paparazzi es mitkriegen. Er liebt dich so sehr, dass er es kaum aushält. Keine Ahnung, was vor drei Jahren war oder seitdem, oder ob du ihm vergeben solltest. Ich dachte nur, du solltest das hören.«

Ihre Worte schmecken nach bitterer Wahrheit, aber meine wunde Seele ist noch nicht bereit dafür. Also halte ich den Blick auf die älteste Brücke Londons gerichtet und lasse die vertrauten Mauern mein Herz wieder umschließen.

Kapitel 13

»Bitte mach die Tür auf, Kleine. Wir müssen darüber reden!«

Die Musik, die aus meinen Kopfhörern dröhnt, kann seine Stimme nicht ganz übertönen. Und nichts kann Carys Nachrichten aufhalten. Sie kommen täglich, nicht oft genug, um zu nerven, nur eine morgens, eine abends, immer mit dem gleichen Inhalt. Eine wartet jetzt gerade auf meinem Handy und ich klicke darauf, damit das *Es tut mir leid. Lass es mich bitte erklären. Du fehlst mir!* verschwindet.

Auch Jessica hat mir eine Nachricht geschickt.

Bist du immer noch im Bett? Du musst mit ihm reden. Das ist verrückt!!!!!

Ich lege das Handy weg. Für so viele Ausrufezeichen bin ich zu erschöpft. Ich habe versucht, wieder ins Inn zu ziehen, aber sie hatten kein Zimmer mehr frei, genauso wenig wie die anderen drei Hotels in der Nähe des O_2, die ich auf dem Rückweg vom Theater angerufen habe. Es ist frustrierend, wie ein schmollender Teenager hier festzusitzen, aber es sind nur noch ein paar Tage, dann kann ich in mein richtiges Leben in den Staaten zurück.

Die Schritte meines Vaters entfernen sich und werden von leisem Tapsen und hartnäckigem Kratzen abgelöst. Ich öffne die Tür einen Spalt, um Baxter hereinzulassen, und er springt mit seinen dreckigen Pfoten auf mein Bett. Ich kraule ihm den Bauch. Er riecht nach Draußen und ich vergrabe das Gesicht in seinem Fell, damit mein Kopf mich nicht länger zwingt, über all die Dinge nachzudenken, die ich so gerne vergessen würde.

Ich *will* ja mit meinem Vater reden, und mit Cary und vielleicht sogar mit David, denn es gibt immer noch Teile der Geschichte, die fehlen, Lücken, die nur sie füllen können. Doch allein bei der Vorstellung, einem von ihnen gegenüberzutreten, würde ich am liebsten sterben.

Ungefähr eine Stunde später klopft es erneut. Ich ignoriere es.

»Ich bin's nur«, verspricht Elizas Stimme. »Und ich habe Essen dabei.«

Mein Magen knurrt bei der Aussicht auf Frühstück – immerhin ist es fast Mittag – und ich mache die Tür auf. Meine Stiefschwester steht mit einem Tablett Scones und Tee davor.

»Du bist meine Rettung.«

Sie drängt sich an mir vorbei, als ich versuche, ihr das Tablett abzunehmen, stellt es auf den Schreibtisch und geht hinüber zum Fernseher, um eine DVD einzulegen. Anschließend wirft sie sich bäuchlings auf mein zerwühltes Bett.

Ich ziehe eine Augenbraue hoch und will schon protestieren, entscheide dann aber, dass es das nicht wert ist, vor allem, wenn ich stattdessen einen Scone vertilgen kann, also schließe ich die Tür und schnappe mir einen. Er ist mit Zimt und der Geruch erinnert mich so stark an Cary, dass ich ihn in den Mülleimer fallen lasse, als hätte ich mich verbrannt.

»Du musst dringend dein Bett neu beziehen. Hier stinkt's nach Hund und dreckigem Menschen.« Eliza rümpft die Nase, bricht aber trotzdem ein Stück Scone für Baxter ab.

»Ich weiß. Ich bade im Selbstmitleid. Lass mich in Ruhe.« Der Vorspann eines ziemlich kitschig aussehenden Films erscheint auf dem Fernsehschirm. »Was ist das?«

»*Another Cinderella Story*. Die beste von den Cinderella-Storys, da kannst du jeden fragen.«

»Der mit Selena Gomez?« Mein Tonfall verrät meine Skepsis. »Wirklich?«

»Wirklich. Und jetzt halt die Klappe und schau zu. Du brauchst Ablenkung, genau wie ich. Kein Job, die Uni fängt erst in ein paar Wochen an … es ist seltsam, wieder zu Hause zu sein, wenn man länger weg war.«

»Okay, okay.« Ich mache es mir neben ihr gemütlich, einen Teller Erdbeerscones und eine Tasse Tee auf dem Knie. Überraschenderweise bin ich dankbar für ihre Gesellschaft. Jessica und ich haben dieses ganze Chaos bis zum Erbrechen durchgekaut, aber es gibt nichts zu lösen und telefonieren ist einfach nicht dasselbe.

Die Scones füllen meinen Magen während des ersten Teils des Films. Selena Gomez ist die Zofe-Schrägstrich-Stieftochter, die im kleinsten Zimmer des Hauses schlafen muss, doch irgendwann geht sie auf einen Schulball und verführt einen waschechten Popstar, natürlich verkleidet. Wir sind gerade an dem Punkt angelangt, wo ihr MP3-Player als gläserner Schuh fungiert, als Winnie ins Zimmer schneit, ohne anzuklopfen, und mir zu spät auffällt, dass ich die Tür nicht wieder zugesperrt habe. Sie lässt sich zwischen uns aufs Bett plumpsen und mein Geschirr landet auf dem Boden. »Was guckt ihr da?«

»*Another Cinderella Story*.«

»Uff, und Eliza hat bestimmt versucht, dir einzureden, dass das der Beste ist, oder? Dabei ist der Hauptdarsteller im dritten viel heißer. Und Brite.«

»Dann müssen wir wohl beide schauen und Christina entscheiden lassen.«

Ich schüttle den Kopf und frage mich, wie ich da bloß hineingeraten bin und wie zum Teufel ich um den zweiten Film herumkomme.

Another Cinderella Story läuft eine weitere Dreiviertelstunde, während der Selena Gomez' wahre Identität enthüllt wird, der Popstar sie trotzdem mag und eine fiese Zicke aus der Schule sie auseinanderbringen will. Es ist die lächerlichste Geschichte der Welt, aber mir kommen fast die Tränen. Was, wenn das bei Cary und mir auch so war?

»Jetzt mal im Ernst, Christina.« Winnie schnippt mit den Fingern vor meinem Gesicht, bis sie meine Aufmerksamkeit hat. »Du musst endlich aufhören, Trübsal zu blasen. Steig unter die Dusche, zieh dir was an und stell dich diesem Mist.

Nimm Cary zurück oder nicht, aber tu irgendwas, anstatt hier zu hocken und rumzuheulen.«

»Was?« So eine Predigt hätte ich von Winnie nicht erwartet.

»Die Sache ist die: Ich habe mir schon immer eine ältere Schwester gewünscht, zu der ich aufschauen kann, und du bist im Moment eine ziemliche Enttäuschung.«

»Hey, ich sitze direkt neben dir«, brummt Eliza und funkelt sie an.

»Ich meine ja nur, Eliza ist super bei Büchern und Schule und moralischem Kram, aber du bist anders. Du bist mutig und aufregend und du hast coole Freunde. *So* will ich sein. Die Christina hier riecht komisch.«

»Noch mal, ich sitze direkt neben dir und meine Freunde sind auch cool!« Eliza pustet sich den Pony aus der Stirn. »Aber davon mal abgesehen, hat sie nicht ganz unrecht. Dich in deinem Zimmer zu verstecken ... das bist nicht du.«

»Ich war darüber hinweg, wisst ihr. Über *ihn* hinweg. Habe mich weiterentwickelt. Akzeptiert, dass ich nie erfahren werde, was passiert ist. Dann bin ich hergekommen und er hat mir ins Gesicht gelogen.«

»Wirklich?«

Eliza hat anscheinend eine Weile über die Situation nachgedacht, denn sie stellt eine Frage, die ich nicht beantworten kann. Dass Cary Geld genommen hat, um sich mit mir anzufreunden, dass mein Dad ihm alles versprochen hat, was er wollte, wenn er mich davon abhält, wieder nach Hause zu fahren, erklärt nicht, warum er einfach so, ohne ein Wort, verschwunden ist.

Und erst recht nicht, warum er mir diesen Zettel geschrieben hat, um mir zu sagen, dass ich die Eine bin, oder warum all seine Songtexte von Reue handeln. Vielleicht ist er tatsächlich gegangen, weil er Angst vor dem hatte, was zwischen uns war – nur aus anderen Gründen, als ich dachte.

Plötzlich ändert sich die Atmosphäre im Zimmer und als ich den Kopf hebe, sehe ich meinen Dad in der Tür stehen. Meine Stiefschwestern treten unaufgefordert den Rückzug an. Eliza wirft mir einen entschuldigenden Blick zu, bevor sie mich mit meinem Dad allein lässt.

Ich verschränke die Arme vor der Brust. »Ich will nicht mit dir reden.«

»Das macht nichts. Ich rede. Du musst nur zuhören.«

Die Art, wie er das Kinn reckt und mir den Weg versperrt, zeigt deutlich, dass er mir keine Wahl lassen wird. Ich überlege kurz, trotzdem einen Fluchtversuch zu wagen, aber Winnies Worte bringen mich dazu, hierzubleiben und mich ihm zu stellen.

»Dann kann ich dich wohl nicht aufhalten.« Ich kralle die Finger in Baxters Fell, doch selbst er lässt mich im Stich, springt vom Bett und folgt Eliza und ihrem Tablett mit Scones in den Flur.

»Okay.« Mein Dad räuspert sich und seine Entschlossenheit verwandelt sich in Schuldbewusstsein. »Ich habe Cary wirklich dafür bezahlt, mit dir auszugehen, und ich habe ihm auch das Treffen mit der Plattenfirma versprochen, das David erwähnt hat. Mittlerweile ist mir klar, wie gemein und kränkend das war, aber du wolltest ohne deinen Bruder nicht kommen und ich hatte Angst, dass du den ganzen Sommer nur in deinem Zimmer hocken und mich am Ende dafür hassen würdest.«

»Sehr erwachsen von dir.«

Er verzieht das Gesicht. »Das habe ich wohl verdient. Ja, es war egoistisch, aber ich konnte doch nicht ahnen, was sich zwischen euch beiden entwickelt, Chrissie. Dass ihr euch ineinander verliebt und es dich so aus der Bahn wirft. Dass es dein Leben verändert.«

So sehr ich mich auch bemühe, ich kann die Tränen nicht zurückhalten. »Wie konntest du nur zulassen, dass ich mich wieder mit ihm treffe? Jetzt sehe ich aus wie eine Idiotin, die ihm hinterherrennt, obwohl er sie nie wollte.«

Mein Dad macht einen Schritt auf mich zu und streckt die Hand aus, um mir über die Wange zu wischen. Seine Finger haben keine Chance gegen die Tränen, was mich an Cary und die Stofftaschentücher seiner Oma erinnert und noch mehr zum Weinen bringt.

»Chrissie, das stimmt nicht. Ich habe nichts gesagt, weil dieser Junge völlig verrückt nach dir ist. Er liebt dich seit jenem Sommer vor drei Jahren, das ist offensichtlich.« Er hebt mein Gesicht an, bis ich ihm in die Augen schaue. »Er hat mir das Geld zurückgegeben. Am Ende des Sommers. Bevor er verschwunden ist. Hat gesagt, er könne es nicht annehmen. Dass er für deine Gesellschaft bezahlen müsste, nicht umgekehrt. Der Gedanke, dass du es herausfinden könntest, hat ihn fertiggemacht.«

»Aber das Treffen mit dem Label, das der Band zum Durchbruch verholfen hat, das hat er nicht zurückgegeben, oder?« Obwohl der Ruhm eine Versöhnung noch unmöglicher machen würde.

»Irgendwie schon. Ich habe Beziehungen zu Sony. BGG hat Pursuant kontaktiert, bevor ich ein Treffen arrangieren konnte, und die Zeit hat gezeigt, was für ein Glücksfall das war. Sie haben sich ihren ersten Plattenvertrag allein erarbeitet und ihr Talent hat das Übrige getan.« Er legt den Kopf schief. »Du kennst sie besser als jeder andere, Chrissie. Dir muss doch klar gewesen sein, dass sie es schaffen würden.«

»Ich weiß nicht, was ich sagen soll.« Vom Fühlen ganz zu schweigen. Ein Teil von mir jubelt, weil unsere Beziehung nicht von Anfang an eine Lüge war. Das ändert zwar nichts an meiner Verlegenheit darüber, dass ich ein Fall für die Wohlfahrt war und anscheinend die gesamte Band Bescheid wusste.

Aber es ändert *etwas*.

»Ich kann dir auch nicht sagen, was du davon halten sollst, dass Cary dir das alles verschwiegen hat. Was du jetzt tun sollst oder ob du es bereuen wirst, dich von ihm abzuwenden. Aber du bist ihm nicht egal, Chrissie. Das warst du nie.« Er lächelt traurig. »Ich war nicht begeistert davon, dass du dich auf jemanden einlässt, der ein solches Leben – *mein* Leben – führt, aber trotz allem, was passiert ist, ist er ein guter Kerl. Er geht besser mit seiner Berühmtheit um, als ich es in seinem Alter je gekonnt hätte. Und eins *kann* ich dir sagen: Wenn du ihn nicht anhörst … *das* wirst du bereuen.«

Die Tränen fließen und fließen, als würden sie aus einer nie versiegenden Quelle gespeist. Mein Dad drückt mir einen Kuss auf die Stirn und lässt mich mit meinen Gedanken allein.

Kann ich Cary vergeben?

Wird er mich überhaupt darum bitten?

Oder ist es zwischen uns endgültig aus?

Mit Sicherheit weiß ich nur: Meine Stiefschwestern brauchen sich keine Sorgen darüber zu machen, dass ich mich noch länger in diesem Zimmer verstecke. Ich muss morgen arbeiten. Und das bedeutet, dass ich Cary gegenübertreten werde, auch wenn ich keine Antwort auf die Fragen habe, die mir im Kopf herumschwirren.

★

Meine Nerven liegen blank, als ich im O_2 ankomme, um mit den Vorbereitungen für das Silvesterkonzert zu beginnen. Mein erster Tag in London war nichts dagegen. Ich bin vor Erica da, was an sich schon ein kleiner Sieg ist, aber es soll heute nicht der einzige bleiben, dazu bin ich fest entschlossen. Obwohl mein Herz gebrochen ist, obwohl die tief in mir verankerte Angst vor dem Verlassenwerden vor nur zwei Tagen erneut geweckt wurde, gebe ich auf keinen Fall meinen Job auf. Ich bin hier, um zu arbeiten, und das werde ich auch tun, selbst wenn der Gedanke daran, Cary zu sehen und nicht über die Dinge zu sprechen, die mir auf der Seele brennen, mich beinahe umbringt.

»Du bist früh dran.« Unter Ericas strahlend grünen Augen zeichnen sich dunkle Ringe ab. Anders als jeder normale Chef scheint sie meine Pünktlichkeit nicht zu schätzen. Allmählich glaube ich, sie ist halb Mensch, halb schreckliches Biest.

»Na ja, wenn man nicht zehn Minuten zu früh ist, ist man zu spät«, witzle ich, bevor mir auffällt, dass ich ihr damit gerade Unpünktlichkeit unterstellt habe. Ich räuspere mich. »Ähm, du siehst nicht gut aus. Bist du krank?«

»Ja, das bin ich tatsächlich. Bei meinen Eltern ist über die Feiertage die Seuche ausgebrochen. Wie weit sind wir?«

Ich informiere sie, welche Pressemitglieder sich angekündigt haben, wie viele Freiwillige wir für den Telefondienst rekrutiert haben, wie viele Namen bisher auf der Gästeliste stehen und eine Million andere Dinge. Währenddessen besorge ich ihr eine Tasse Tee, die sie gierig und mit einem aufrichtigen Dankeschön entgegennimmt.

Gegen Ende meines Berichts tauchen die Jungs auf und fangen an, die Instrumente auszupacken, während ihre Roadies – keine Ahnung, ob die auch so heißen, wenn die Band gar nicht *on the road* ist – für den Soundcheck aufbauen. Cary versucht mehrmals, Blickkontakt herzustellen, aber ich denke mir noch mehr Dinge aus, die ich Erica sagen muss. Sie und die anderen schauen verwirrt zwischen mir und Cary hin und her. Keiner weiß, wie er mit dieser erneuten Änderung des Status quo umgehen soll. Ich blende alles aus, bis Pursuant auf die Bühne verschwinden und sich warm spielen.

Dann hole ich tief Luft und konzentriere mich darauf, dass ich backstage im verdammten O_2 bin und gerade ein riesiges Konzert und Wohltätigkeitsevent vorbereite, aber damit lässt Ihre Biestigkeit mich nicht davonkommen.

»Ärger im Paradies?«, fragt sie mit erhobenen Augenbrauen.

»Ich will nicht darüber reden. Es hat nichts mit meiner Arbeit zu tun.«

»Na schön.« Sie sieht der Band eine Weile zu und macht sich Notizen. Irgendwann bedeutet sie mir mit einer Kopfbewegung, ihr zu folgen, und wir entfernen uns ein Stück von der Bühne. »In den nächsten Tagen musst du dich um die Interviews kümmern, die noch nicht bestätigt worden sind, und einen Terminplan für den Silvesterabend erstellen. Außerdem müssen wir uns mit den anderen Moderatoren des Marathons abstimmen und mit den anderen Musikern. Am Montag haben die Jungs ein Fitting und am dreißigsten einen letzten Soundcheck. Das war's.«

»Ach, das war's?« Mit einem Lächeln mildere ich den Sarkasmus in meiner Stimme ab. Es wird Stunden dauern, mich mit allen in Verbindung zu setzen und den Plan zu finalisieren, aber das heißt auch, dass ich den Großteil der Zeit bis zum Konzert im Büro verbringen werde, und das ist gut.

»Chris, kann ich mit dir reden?«

Carys Stimme lässt mich erstarren. Als ich mich umdrehe, steht er in der Tür zum Greenroom. Er ist völlig nassgeschwitzt. Mit blassem Gesicht wartet er auf meine Antwort. Mein Herz hämmert schmerzhaft gegen meinen Brustkorb und mein Magen droht, alles wieder loszuwerden, was ich heute gegessen habe – zum Glück nicht viel –, aber ich bemühe mich, mir nichts davon anmerken zu lassen.

»Dafür ist jetzt nicht der beste Zeitpunkt, Cary. Wenn ihr hier fertig seid, würde ich mich verabschieden und morgen mit deiner To-do-Liste anfangen, Erica.«

Meine Chefin entlässt mich mit einem Nicken und einem unprofessionell zufriedenen Lächeln. Ich schnappe mir meinen Mantel und verschwinde, so schnell ich kann, wobei ich angestrengt ignoriere, wie sehr sich mein Körper Carys bewusst ist, als ich mich an ihm vorbeidränge.

Die Miene meines Exfreunds verrät, dass ich besser nicht nach Hause fahre. Er ist fest entschlossen, mich zu einer Unterhaltung zu zwingen, zu der ich noch nicht bereit bin, genau wie mein Vater gestern. Und wenn er mich findet, werden wir sie führen.

Anstatt also den Wagen meines Vaters zu nehmen, bitte ich Alfred, meiner Familie zu sagen, dass ich ein wenig die Stadt besichtige, und lasse mich von einem Taxi zum London Eye bringen.

Kapitel 14

Ich kaufe mir ein Ticket für das grotesk große Rad mit Käfigen, dann schaue ich auf die Uhr. Es ist kurz nach vier und laut dem Schild an der Wand schließt das London Eye um halb neun, also drehe ich mich zurück zu der Frau hinter dem Schalter. »Wie lange dauert eine Fahrt?«

Das Ganze funktioniert bestimmt wie bei einem Riesenrad auf dem Jahrmarkt, das alle zehn Sekunden anhält, damit die Fahrgäste aus einer Gondel aus- und die nächsten einsteigen können, was bedeutet, dass eine Runde auf diesem gigantischen Teil gut und gerne eine halbe Stunde dauern könnte.

»Zwanzig bis dreißig Minuten. Warum? Haben Sie nicht so viel Zeit?«

»Doch, ich hätte gerne …« Mein Kopf kämpft mit den Zahlen. »Neun Tickets.«

»Wie bitte?«

»Ich will so lange fahren, bis Sie schließen.«

»Also ich weiß nicht, ob …«, stottert sie und wird rot, und mein Wunsch, von ihr wegzukommen, wächst.

»Ich habe genug Geld. Sie können mir entweder jetzt neun Tickets verkaufen oder sich alle halbe Stunde mit mir herumschlagen. Ihre Entscheidung.«

Sie schürzt die Lippen, eindeutig verärgert über meinen Tonfall, schiebt mir aber die Tickets hin. Ich stelle mich an und als ich an der Reihe bin, erkläre ich dem Kontrolleur, einem älteren Herrn, mein Vorhaben. Der scheint weniger argwöhnisch, zuckt nur mit den Achseln und zerreißt alle Karten auf einmal. Anschließend mustert er mich genau, wahrscheinlich, um sich mein Aussehen einzuprägen.

Dann tätschelt er mir die Hand. »Ein so hübsches Gesicht kann man gar nicht vergessen. Nehmen Sie sich so viel Zeit, wie Sie brauchen.«

Zusammen mit meiner Gruppe, insgesamt vielleicht fünfzehn Leuten, finde ich heraus, dass das Rad gar nicht anhält. Die Fahrgäste steigen auf der einen Seite aus und wir auf der anderen ein, während die Gondel langsam neben der Plattform herfährt. Die erste Runde dauert eine knappe halbe Stunde und ich starre durch die Glasscheiben, vollkommen überwältigt vom atemberaubend weiten Blick über den Tower, das Parlament, Westminster Abbey und den ganzen Rest. Im Verlauf der dritten Runde setze ich mich im Schneidersitz auf die Bank in der Mitte der Gondel und versinke in meinen Gedanken.

Die Zeit verfliegt, während ich im Himmel über London kreise, und die Sonne ist längst untergegangen, als ich bemerke, dass die Zahl der anderen Fahrgäste abnimmt. Irgendwann bin ich allein. Das letzte Pärchen unten an der Plattform hat mich schief angesehen und beschlossen, auf die nächste Gondel zu warten. Ein Blick auf die Uhr verrät, dass es kurz vor acht ist, also habe ich nur noch eine Runde, bevor ich hier raus muss, zurück zum Haus meines Vaters oder irgendwo anders hin. Es ist nicht so, als hätte ich alle Probleme der Welt gelöst – oder meine eigenen –, aber auf eine seltsame Art und Weise schwebe ich jetzt ein Stück über ihnen, als wäre ich nicht in einer Gondel an einem gewaltigen Riesenrad, sondern in einer anderen Dimension, weit weg von der Realität.

Natürlich nur bis zu dem Moment, als die Türen sich ein letztes Mal öffnen und Cary in meine Gondel tritt. Ich will schon aufspringen, davonlaufen, doch dann erinnere ich mich an Winnie und Eliza und meinen eigenen Stolz und halte die Stellung.

»Wie hast du mich gefunden?«

Cary schüttelt den Kopf und lässt sich an eins der Fenster gelehnt zu Boden sinken. »Ich kenne dich, Christina. Wann geht das endlich in deinen sturen Schädel?«

Na ja, ich *habe* bei unserem Shoppingdate erwähnt, dass ich mit dem London Eye fahren will, und Alfred vorhin gesagt, dass ich die Stadt besichtige. Trotzdem. An wie vielen Orten war er wohl vorher?

Er fährt sich durchs Haar. Es ist zum Verzweifeln, wie gut er aussieht. Wie gebrochen. Wie sehr es mir in der Seele schmerzt, dass ich ihm das angetan habe.

Aber er hat es auch mir angetan. Wir haben einander zerstört. Was für eine Art von Liebe macht so etwas?

»Du hast offensichtlich beschlossen, dass wir reden müssen. Also rede«, sage ich und versuche, mutig zu klingen. Das Mädchen heraufzubeschwören, das allein klarkommt, das dieses begehrte Praktikum ergattert hat, zu dem Winnie aufschauen will. Ich hatte nie eine kleine Schwester oder einen kleinen Bruder und bemerke jetzt, dass es neben der Verantwortung auch eine seltsame Art von Vergnügen mit sich bringt, ein Vorbild zu sein.

»Es tut mir leid, dass ich dich so überfalle, aber ich kann diese Worte nicht länger unterdrücken. Und ich bin es leid, Songs darüber zu schreiben, Chris. Ich will es dir erzählen, alles, offen und ehrlich. Es stimmt, dass dein Vater mich gebeten hat, mich mit dir ... anzufreunden, als du nach Cornwall gekommen bist. Er hatte Angst, dass du direkt wieder nach Hause fährst, und ich habe auf ein Auto gespart und wollte unbedingt mit Pursuant durchstarten. Aber das alles war sofort vergessen, als ich dich kennengelernt habe.« Seine Hände ballen sich zu Fäusten, als er näher rutscht, bis ich Zimt und Angst rieche. »Gott, Chris, ich habe mich gleich am ersten Tag in dich verliebt. In deine Schlagfertigkeit, deine kratzbürstige Art. Wie du mir zugehört und das, was ich von mir gegeben habe, für lohnenswert erachtet hast.«

»Du hast viel mehr zu bieten als deine Musik, Cary. Ich habe mich nicht in den Rockstar verliebt.« Keine Ahnung, wieso ich das sage, warum ich versuche, ihm seine lang gehegte Angst zu nehmen, dass er irgendwie ein weniger wertvoller Mensch ist, weil er Gitarre spielt, statt Krankheiten zu heilen oder hungernde Kinder zu retten.

»Ich weiß. Du hast dir nie was von mir gefallen lassen, du bist schlauer als ich und du bringst mich dazu, darüber nachzudenken, was wichtig ist.« Sein Lächeln wird unsicher. »Du hast mich unterstützt. Mir das Gefühl gegeben, dass ich alles schaffen kann. Ich habe das Geld nicht behalten, weil ich mir deswegen schmierig vorgekommen bin. Widerwärtig. Ich wusste, dass du mich verlassen würdest, wenn du es je herausfindest, und nichts hat mir mehr Angst gemacht.«

Das alles erklärt nicht, warum er gegangen ist, aber ich frage ihn nicht noch einmal. Was, wenn er mir noch eine Lüge auftischt? Oder die Wahrheit sagt?

»Ich wollte mich an einer Uni in den USA bewerben, um in deiner Nähe zu sein. Selbst als BGG uns einen Vertrag angeboten hat. Ich dachte, wir könnten noch warten. Nach Amerika gehen und da an unserem Durchbruch arbeiten.« Seine Ohrläppchen werden rot, und er ringt die Hände, als wüsste er nicht, was er sonst mit ihnen anfangen soll. »David ist durchgedreht. Er hat gedroht, dir alles zu erzählen und es richtig schrecklich klingen zu lassen. Ungefähr so wie im Theater. Da habe ich gedacht … keine Ahnung, was ich gedacht habe. Dass du besser dran bist ohne einen Vollidioten, der Geld dafür nimmt, Zeit mit einem Mädchen zu verbringen. Dass es dich so tief verletzen würde, wenn du es erfährst, dass es alles zwischen uns – auch das Schöne und Gute – trüben würde, und das konnte ich nicht ertragen.«

Mein Herz tut so weh, dass ich es mir am liebsten herausreißen würde. Das ist so ungerecht. »Es hat mich genauso tief verletzt, dass du einfach abgehauen bist.«

»Ich weiß. Ich weiß das alles und ich wünschte, ich hätte es dir gesagt und mich deinem Urteil gestellt wie ein Mann. Aber ich kann die Zeit nicht zurückdrehen, Süße. Ich kann nicht den siebzehnjährigen Cary und die siebzehnjährige Christina wieder zusammenbringen. Ich kann nur eins tun: Ich kann dir versichern, dass ich dich liebe. Ich habe dich immer geliebt, und dass ich eine zweite Chance bekommen habe, dich in den Arm zu nehmen und mit dir zu lachen, war das Beste, was mir je passiert ist.« Seine Augen suchen die meinen und halten sie fest. »Wir haben *jetzt* etwas, Chris. Vergiss damals. Vergiss David, vergiss die Unsicherheit deines Dads und ob du einen berühmten Freund willst oder nicht – nichts davon ist so wichtig wie die Tatsache, dass wir verdammt noch mal füreinander geschaffen sind.«

Seine Worte schwirren um mich herum, streifen meine Wange und streichen mir beinahe tröstend durchs Haar. Sie pieken wie Bienenstiche, kurz und schmerzhaft, und öffnen mir die Augen für die Wahrheit – für uns. Er ist ehrlich. Kein Zögern, keine Angst vor der nächsten Enthüllung liegt in seinem Blick. Er ist entschlossen. Er leidet.

Aber er lügt nicht.

»Ich weiß nicht, was ich sagen soll«, flüstere ich schon zum zweiten Mal. Das ist alles viel zu viel, wie er dasitzt und aussieht wie ein Engel und mir noch einmal das Herz bricht.

Er beobachtet mich und seine Augen glühen wie die

Sonne. Das London Eye hält an, unsere Gondel öffnet sich und der Kartenabreißer späht mit besorgter Miene herein. »Alles in Ordnung, Miss? Wir schließen für heute.«

»Mir geht's gut«, versichere ich und steige auf der anderen Seite der Plattform aus. Cary folgt mir schweigend, die Hände in den Taschen seiner engen Jeans vergraben.

»Ich gebe dir ein bisschen Zeit für die tausend Gedanken in deinem hübschen Kopf. Aber das hier ist noch nicht vorbei.«

Ich weiß nicht, ob er uns oder die Unterhaltung meint, aber als ich in ein Taxi zu meinem Dad steige, beschleicht mich das Gefühl, dass er recht hat. Vor allem, weil ich ihm schon in ein paar Tagen wieder gegenübertreten muss.

Und so, wie ich Cary kenne, geht er nicht ohne eine Antwort. Nicht dieses Mal.

Kapitel 15

»Dir ist schon klar, was das bedeutet, oder?« Jessicas Blick trifft meinen im Badezimmerspiegel. Sie reißt die Augen auf, während sie eine zweite Schicht Mascara aufträgt.

Ich runzle verwirrt die Stirn. »Sorry, anscheinend war ich gerade woanders. Wovon redest du?«

»Du hast alles ruiniert. Du hast Disney ruiniert!«

»Hä? Hast du in Irland einen Feenfluch oder so was abbekommen?«

Sie schüttelt den Kopf. »Feen benutzen keine Flüche. Na gut, außer in Dornröschen. Ich meine nur, dass deine Stiefmutter und deine Stiefschwestern ziemlich großartig sind.«

»Und …?«

»Na ja, also könnte auch alles andere bei Disney eine Lüge sein. *Alles*!«

»Nur weil man eine These widerlegt, widerlegt das nicht automatisch alle. Vielleicht solltest du den Statistikkurs noch mal besuchen.«

»Niemals! Den habe ich gleich im ersten Semester hinter mich gebracht. Aus den Augen, aus dem Sinn.« Sie stylt sich fertig und lehnt sich gegen den Waschtisch. »Und ich behaupte ja auch nicht, dass sie bei allem lügen. Aber deine Familie bringt einen zum Nachdenken.«

Ich schenke ihr das Lächeln, auf das sie abzielt. »Sie sind nicht übel.«

Die nächsten paar Minuten beobachtet sie mich schweigend, und die Fröhlichkeit verschwindet aus ihrer Haltung und ihrem Gesicht. »Willst du Cary echt zum Teufel jagen?«

Meine Schultern sacken nach unten. »Ich weiß es nicht, Jessica. Ich meine, bei allem, was er gesagt hat, sollte ich ihm wahrscheinlich verzeihen, aber ich habe auch keine Lust, mir den Rest meines Lebens wie eine Vollidiotin vorzukommen, weil mich derselbe Kerl *drei Mal* verarscht hat. Wer einmal lügt …«

»Ich glaube nicht, dass er dich verarscht. Das solltest du in Betracht ziehen, bevor du ihn endgültig verlässt.«

Cary endgültig verlassen. Kann ich das überhaupt? Die einzige Beziehung, in der ich mich je gefühlt habe, als könnte ich die Welt im Sturm erobern?

»Wovor hast du Angst?«

»Vor *allem*! Ich habe Angst, ihn zu verlieren. Ich habe Angst, ausgenutzt zu werden, ihm den Eindruck zu vermitteln, dass er machen kann, was er will, und ich ihn trotzdem zurücknehme. Als das Dummchen zu gelten, weil ich mich in einen Kerl verliebe, der dafür bezahlt wurde, mit mir auszugehen.« Ich schüttle den Kopf und schlucke. »Ich bin eine

Lachnummer. Wie kann ich den anderen Jungs jemals wieder in die Augen schauen? Und dann ist da noch das kleine Problem mit meinem Job.«

Ich habe weder Davids Drohung vergessen noch die realistische Möglichkeit, dass er sie in die Tat umsetzen könnte und würde. Egal wie gut ich als PR-Agentin bin, egal wie viel Vertrauen die hohen Tiere bei BGG in mich haben, als Mitglied einer ihrer angesagtesten Bands hat David einfach die besseren Trümpfe.

»Jetzt hör mir mal zu, Christina.« Jessica wartet, bis ich den Blick hebe. »Du darfst dich nicht darum kümmern, was andere Leute denken. Es wird noch andere Jobs geben, aber vielleicht keine solche Liebe mehr. Du kannst die Vergangenheit nicht ändern, aber die Kontrolle über deine Zukunft übernehmen. Du musst rausfinden, was du willst. Was dich glücklich macht. Womit du leben kannst und womit nicht. Alles andere ist Zeitverschwendung.«

»Ach, na dann. Kinderspiel.«

Sie zuckt mit den Achseln, stößt sich ab und verschwindet in Richtung Schlafzimmer. »Ich habe nicht gesagt, dass es leicht wird. Aber überleg schnell. Es ist schon nach zehn.«

Pursuant moderiert die Hälfte der vierundzwanzig Stunden des Spendenmarathons, von zwölf Uhr mittags bis Mitternacht. Die letzten beiden Stunden nimmt das Konzert ein. Wir sollen um elf im Studio sein, was bedeutet, dass wir definitiv jetzt losmüssen.

Mein Handy vibriert, aber es ist nicht die allmorgendliche Nachricht von Cary, sondern Erica.

Du bist hoffentlich auf dem Weg und alles ist vorbereitet.

Ja. Ich fahre gerade los.

»Bereit?«, fragt Jessica.

Keine Ahnung, ob sie unseren Aufbruch oder Cary meint, aber so oder so: Für ein Nein ist es zu spät.

★

Der Verkehr ist ein Albtraum. Nach einem Stau durch eine Massenkarambolage mit sieben Autos ist Alfred reif für die Klapse und ich bin zu spät. Jessica und Grady besuchen ein paar Freunde und gehen danach essen, bevor sie mich im O_2 treffen. Nach dem Konzert wollen wir eigentlich irgendwo zusammen was trinken, aber ich arbeite an einer guten Ausrede. Ich meine, welches gebrochene Herz will schon mit einem glücklichen Pärchen um die Häuser ziehen?

Ich halte dem Türsteher meinen Ausweis unter die Nase, kritzle meinen Namen auf die Anmeldeliste und sprinte zum Greenroom.

Die Band ist schon da. Als ich durch die Tür platze, sitzen sie in ihren besten Hipster-Outfits auf den Sofas. Ich mache eine schnelle Bestandsaufnahme, um sicherzustellen, dass alle annehmbar aussehen. Cary streife ich nur ganz kurz.

»Sorry, dass ich so spät dran bin. Ihr seht gut aus. Irgendwelche Probleme? Fragen? Seid ihr bereit?«

»Alles ist gut, beruhige dich.« Cedric zieht die Ärmel seines Hemds zurecht. »Wir haben unsere Skripte und sind sie mit Erica durchgegangen. Wir sind bereit.«

»Okay, gut. Gut.« Ich hasse es, mich unvorbereitet zu fühlen. Sie hängen gelassen, meine Arbeit nicht erledigt zu haben wie ein dummes Riesenbaby. »Tut mir leid.«

»Hör auf, dich ständig zu entschuldigen. Das nervt.« Simon schaut vielsagend in Richtung Cary und mein Blick huscht zu meinem ... was auch immer er gerade ist.

Er starrt mich an. Der scharfe Schmerz in seinen blauen Augen verschlägt mir den Atem, als hätte mir jemand in den Magen geboxt, und es dauert eine Weile, bis ich mich abwenden kann. Es hat sich nichts geändert, seit ich hier gelandet bin und Erica versprochen habe, dass Carys und meine Vergangenheit keinen Einfluss auf meine Leistung nehmen würde. Wir haben nur einen kurzen Abstecher auf Wolke sieben gemacht. Kurz und vorbei.

»Okay, wir haben nur noch fünf Minuten. Vielleicht sollten wir schon mal rausgehen?«

»Gute Idee. Ich kümmere mich in der Zwischenzeit um eure Interviews und alles Weitere – es sind auch gemeinnützige Organisationen da, die gern ein paar Minuten mit euch hätten.«

Sie rappeln sich auf, werfen ihre leeren Wasserflaschen in den Mülleimer und greifen nach ihren zerknitterten Skripten, bevor sie nacheinander an mir vorbei aus dem Zimmer marschieren, Simon und Alfie vorneweg. David bleibt wie angewurzelt stehen, als die Worte, die ich nicht hören will, hinter ihm ertönen.

»Kann ich kurz mit dir reden?«, fragt Cary mit rauer Stimme.

»Ihr müsst auf die Bühne«, antworte ich, ohne ihn anzusehen. Ich kann ihn nicht ansehen, sonst breche ich zusammen, und dafür habe ich jetzt keine Zeit. Ich weiß immer noch nicht, ob ich das noch einmal schaffe. Mich zu öffnen. Ihm zu verzeihen.

»Es ist mir scheißegal, ob ich rechtzeitig da draußen bin oder nicht. Nur du bist mir wichtig.«

»Komm schon, Mann, hör auf, mit deinem Schwanz zu denken.« David dreht sich um und zerrt Cary weiter. Als ich nicht protestiere, schiebt er ihn durch die Tür.

Cedric hält mit verschränkten Armen vor mir an und tippt mit dem Fuß, bis ich aufblicke. Mein Hals brennt, aber meine Augen sind trocken. Ein Fortschritt.

Die Enttäuschung auf Ceds hübschem Gesicht lässt mich das Kinn recken. »Was?«

»Tu ihm das nicht an, Chris. Egal wie du dich entschieden hast, sag's ihm einfach. Die Unwissenheit bringt ihn um. Was er auch getan hat, er bedeutet dir etwas.« Er funkelt mich an. »Also verhalt dich verdammt noch mal auch so.«

Die Welle aus Scham und Schmerz, die mich bei seinen wütenden Anschuldigungen überrollt, lässt die Welt vor meinen Augen verschwimmen, während ich Pursuant den Flur hinunter bis zur Fernsehbühne folge, wo der Spendenmarathon aufgezeichnet wird. Es sind Tribünen für die Zuschauer aufgebaut, die alle zwei Stunden wechseln, und Stühle für die etwa zwei Dutzend Telefonisten. Weitere fünf Dutzend sitzen hinter der Bühne, damit auch jeder, der für einen Kinderhilfsverein anruft, eine offene Leitung erreicht.

Die Jungs betreten die Bühne, stellen sich vor und machen ein paar lockere Scherze, bevor sie darüber sprechen, wie großartig sie es finden, dass sie einen so guten Zweck unterstützen dürfen. Das Übliche, aber in der aufrichtigen und ernsthaften Art, die ihnen schon Millionen Fans eingebracht hat.

In den Werbepausen beobachtet Cary mich nachdenklich und mit jeder Unterbrechung steigt meine Anspannung. Ich verfolge den Marathon vom Bühnenrand aus, aber er kommt nicht zu mir herüber, auch nicht, als ich mir ein Stück weiter hinten einen Stuhl suche. Irgendetwas passiert heute noch. Ich lasse ihn schmoren und man sieht, dass er kurz davor ist zu explodieren.

Ich kann jetzt nicht mit ihm reden, selbst wenn ich wüsste, was ich sagen soll, aber allmählich befürchte ich, dass er mitten in der Livesendung ausrastet und BGG mich feuert, weil ich ihren Goldesel tollwütig gemacht habe.

Sie spielen ein paar Songs, dann erzählen sie nacheinander von ihrer Kindheit, wie sie früher Weihnachten gefeiert haben und dass sie sich nicht vorstellen können, wie es ist, ohne solche Erinnerungen aufzuwachsen, ohne Gesundheit und Liebe.

Der Tag verstreicht. Um kurz nach acht nimmt Cary das Mikro. Beim Klang seiner Stimme zieht sich mein Magen zusammen. Die Geschichten über seine perfekten Eltern zaubern mir ein Lächeln aufs Gesicht. Schließlich schaut er zu mir herüber und mein Herz setzt aus.

»Ich habe mir etwas Besonderes für euch alle ausgedacht.

Ich weiß, dass es seit ein paar Wochen viele Spekulationen darüber gibt, wer die geheimnisvolle Frau in meinem Leben ist. Eins kann ich euch schon mal verraten: Sie ist ein großartiger Mensch, der meine Welt jeden Tag bereichert, und ohne sie zu sein, zeigt mir erst, was wirklich wichtig ist.« Er hält inne und schluckt. »Wir haben uns für diese zwölf Stunden des Marathons ein Ziel von fünfhunderttausend Pfund gesetzt. Wenn ihr es schafft, noch hunderttausend mehr zu spenden – also sechshunderttausend Pfund –, dann werde ich nicht nur noch einmal hunderttausend drauflegen, sondern auch um Punkt Mitternacht die Liebe meines Lebens auf der Bühne küssen.«

Mein Handy klingelt, bevor er zu Ende geredet hat. Es ist Jessica, aber ich hebe nicht ab. Ich bin wie erstarrt. Ich habe keine Ahnung, was da gerade in ihn gefahren ist, aber der Zielstrebigkeit nach zu urteilen, mit der er auf mich zumarschiert, als die nächste Werbepause beginnt, werde ich es gleich herausfinden.

★

Dieses Mal renne ich davon und zwar direkt in den Greenroom, wo ich auch erst mal bleibe. Das zählt nicht als Verstecken, schließlich wissen sie, wo sie mich finden, wenn sie mich brauchen. Aber ich muss nachdenken. Alles verarbeiten. Die Splitter meines Herzens und meiner Würde und meines Muts zusammennehmen, die gar nicht so weit verstreut sind, wie ich dachte.

Carys Worte, die Wahrheit über uns, haben angefangen, mich zu heilen.

Er will mich heute Nacht küssen, vor Millionen von Menschen.

Allein beim Gedanken daran wird mir schlecht. Tief in mir weiß ich, dass ich ihn auch küssen will. Anspruch auf ihn erheben, aller Welt zeigen, was wir haben, die Vergangenheit hinter mir lassen. Aber kann ich das? Habe ich einfach nur Angst oder gibt es noch einen anderen, stichhaltigeren Grund für mein Zögern?

»Oh. Mein. Gott. Ich schwöre, etwas so Dramatisches habe ich in meinem ganzen Leben noch nicht gesehen.« Jessica stürmt herein. Um ihren Hals baumelt ein Besucherausweis. Ein großer, attraktiver Typ mit Wahnsinnsgrübchen folgt ihr, die Hände in den Hosentaschen vergraben. »Ach ja, das ist Grady.«

Ich schüttle ihm die Hand. »Sorry, dass du wegen Carys Spontanaktion nur die zweite Geige spielst.«

Er verzieht die Lippen zu einem Lächeln und schlingt einen Arm um die Hüfte meiner Mitbewohnerin. »Ach, das bin ich mittlerweile gewohnt. Und ich genieße jede Minute davon.«

Jessica knufft ihn in die Seite und tut, als sei er ihr peinlich, doch ihre Augen leuchten. »Hör auf, so süß zu sein. Das will Christina gerade nicht sehen.«

»Schon okay.«

»Was wirst du tun?«

»Keine Ahnung. Ich denke noch darüber nach.«

»Wenn ein Kerl dir so ’ne Liebeserklärung im Fernsehen macht, meint er es ernst.« Grady hebt die Hände. »Ich sag ja nur.«

Ungefähr das Gleiche hat Eliza vor ein paar Tagen im Auto auch gesagt und ich bezweifle ja gar nicht, dass Cary ehrlich ist. Er ist genau wie ich davon überzeugt, dass wir füreinander geschaffen sind. Ich bereue es, mich ihm nicht direkt auf dem London Eye in die Arme geworfen zu haben, denn je länger ich warte, desto mehr Zeit habe ich, um mir Sorgen darüber zu machen, dass ich wie eine Idiotin dastehen werde. Live im Fernsehen.

Wenn *ich* ehrlich bin, muss ich zugeben, dass er recht hat. Unsere Sommerromanze damals war toll, aber was wir in den vergangenen Tagen hatten, ist noch viel besser. Stärker. Wir wissen mittlerweile, wer wir sind, und wir spornen einander trotzdem noch an, helfen einander voranzukommen, zu wachsen, unsere Ziele zu erreichen.

Also sollte mich die Meinung anderer eigentlich nicht interessieren. Ich meine, wenn ich mal alt und grau bin, werde ich dann bedauern, was irgendwelche Leute fünf Minuten lang über mich gedacht haben oder dass ich meine Chance auf wahre Liebe vertan habe?

Die Antwort auf diese Frage ist ziemlich einfach.

Ich umarme Jessica und mein Herz sprudelt über. »Danke, dass du da bist. Und dass du mir sagst, wenn ich Scheiße baue.«

»Irgendjemand muss es ja machen«, flüstert sie mir ins Ohr. »Danke, dass du mich lässt.«

Wir grinsen uns dümmlich an und Grady schüttelt den Kopf. »Frauen und ihre seltsame Geheimsprache … Was soll das denn jetzt heißen?«

»Das heißt, dass sie sich nicht länger den Kopf zerbricht, sondern es einfach tut«, antwortet meine Mitbewohnerin.

»Mit Cary?«, fragt Grady verschmitzt.

Ich muss lachen. Grady ist ein typischer Kerl, ganz anders als Brennan, mit dem Jessica letztes Jahr zusammen war. »Ich mag dich, Grady. Ihr zwei passt zueinander.«

»Das finden wir auch.« Und als er Jessica anstrahlt, denke ich plötzlich, dass vielleicht nicht nur Cary und ich am anderen Ende der Welt dem perfekten Menschen begegnet sind.

»Habt ihr Hunger?« Mein Magen ist mal wieder ein einziger Knoten. Ich würde keinen Bissen runterbekommen, aber das bedeutet ja nicht, dass Grady und Jessica auch fasten müssen. »Nebenan steht ein Büfett.«

»Danke. Wir haben schon gegessen.«

Die nächsten paar Stunden fühlen sich an wie die längsten seit Menschengedenken. Wir verfolgen das Konzert mit hochgelegten Beinen aus dem Greenroom und versuchen, nicht auf den Zählerstand zu achten, der immer höher klettert. Es ist fast Mitternacht, als er über sechshunderttausend springt.

Jede Zelle in meinem Körper erstarrt, als Cary direkt in die Kamera schaut. »Wir haben es geschafft, Großbritannien! Ihr seid die Besten. Und wie versprochen, erhöhe ich eure großzügigen Spenden in genau diesem Moment um weitere einhunderttausend Pfund.«

Irgendjemand aus dem Publikum ruft etwas. Die Worte sind unhörbar, aber Carys roten Ohrläppchen nach zu urteilen, hat er sie verstanden. »Ich weiß noch nicht, ob ich den zweiten Teil meines Versprechens halten kann …« Seine Stimme geht in einem Chor Buhrufe unter.

»Schwing deinen Hintern auf die Bühne, Lake. Alles oder nichts!«, treibt Jessica mich an.

»Ganz oder gar nicht, wie ich immer sage«, wirft Grady ein. »Was? Ich wollte nur helfen.«

»So heißt doch dieser britische Film mit den Strippern.« Jessica hebt herausfordernd die Augenbrauen.

»Die Show kriegst nur du zu sehen, Jessie.«

»Okay, das war mein Stichwort«, murmle ich und bemühe mich, nicht daran zu denken, dass ich gleich kotzen muss.

»Na los!« Ich bin schon halb aus der Tür, ehe meine Mitbewohnerin die zweite Silbe ihres Befehls ausgesprochen hat. Durch das Labyrinth von Gängen stolpere ich zur Bühne und bleibe hinter einem der Vorhänge stehen. Beim Anblick des schmerzerfüllten, verlegenen Ausdrucks auf Carys Gesicht regt sich mein schlechtes Gewissen. Mir ist immer noch flau im Magen, aber je länger ich ihn anschaue, desto sicherer bin ich mir, dass das hier die richtige Entscheidung ist.

Als wir uns anfangs wieder angenähert haben, war da diese Zurückhaltung zwischen uns. Als wäre es zu gut, um wahr zu sein. Jetzt kenne ich den Grund dafür. Wir sind abgestürzt, den gesamten Weg dorthin zurück, wo alles begonnen hat, doch anstatt ins Bodenlose zu fallen, sind wir auf dem Fundament unserer Beziehung gelandet.

Und ich staune darüber, dass dieser Grundstein, gelegt am Tag, als wir uns zum ersten Mal begegnet sind, nie gewackelt hat. Wir sind ganz unten angelangt, aber wir stehen überraschend sicher.

Das Publikum fängt an zu zählen, von zehn rückwärts. Cary lässt langsam das Mikro sinken und versucht nicht einmal, seinen Schmerz zu verbergen. In seinen Augen glänzen Tränen, aber ich bin euphorisch, als ich bei sieben die Bühne betrete.

Die Menge bricht in Jubel aus. Cary dreht sich um und als er mich entdeckt, leuchtet er von innen heraus auf und eilt mir entgegen.

Wir prallen zusammen, und seine Arme heben mich hoch und pressen mich an seine Brust, während ich über den unglaublichen Rausch dieser … Sache, dieses Wirs lache.

»Kannst du mir mal erklären, was zur Hölle du dir dabei gedacht hast zu versprechen, dass wir uns vor laufender Kamera küssen? Ist dir in den Sinn gekommen, dass ich das vielleicht gar nicht tun will?«

»Es ist für einen guten Zweck«, sagt Cary und schaut mich mit großen Hundeaugen an.

»Du bist ein Arsch«, ist alles, was mir dazu einfällt. Er kennt mich viel zu gut. Er weiß, dass ich keine Asse im Ärmel habe, keine Tricks auf Lager, die er nicht schon gesehen hat. Es ist ein befreiendes Gefühl, aber nicht die beste Voraussetzung, um zu bluffen.

»Ich weiß. Aber *dein* Arsch, wenn du mich nimmst.«

Ich schlucke und die Zärtlichkeit in seinem Blick ermutigt

mich, ihm zu geben, was er sich wünscht. »Ich liebe dich, Cary White. Mit all deinen Fehlern.«

»Da ich ein totaler Idiot bin, werde ich wahrscheinlich noch ein paar mehr machen. Deswegen bin ich sehr glücklich, das zu hören.«

Seine Lippen finden meine, als die Uhr Mitternacht schlägt. Sie sind weich und salzig und sanft und hungrig, und wir klammern uns aneinander, während Konfetti auf uns niederregnet. Das Publikum johlt und jubelt, und die ganze Welt schaut uns zu, aber für mich zählen nur Cary und ich und die Tatsache, dass wir endlich da sind, wo wir hingehören.

Epilog

Carys Lippen lösen sich nur widerwillig von meinen. Ich schmiege mich noch enger an ihn und genieße seine Wärme, während der Portier nun schon zum dritten Mal klingelt.

»Du weißt, dass das deine Freunde sind, oder?«, murmelt er an meinem Mund. »Wir sollten eigentlich längst fertig sein.«

Ich stöhne und schiebe schmollend die Unterlippe vor. »Ich will hierbleiben.«

»Nichts lieber als das, aber du hast dich mit ihnen verabredet, schon vergessen? Außerdem habe ich eine Überraschung für dich.«

Sofort bin ich hellwach. Seine Augen funkeln und seine Haare fallen ihm so sexy in die Stirn, dass mein gesamter Körper anfängt zu kribbeln. »Was für eine Überraschung?«

»Das verrate ich dir erst, wenn du aufgestanden bist und dich angezogen hast. Wir haben keine Zeit mehr zu duschen, das ist sowohl gut als auch schlecht. Gut, weil ich deine nackte Haut den ganzen Tag an mir riechen werde. Schlecht, weil alle anderen es wahrscheinlich auch tun.«

Ich schüttle den Kopf. »Bei dir klingen selbst die schrägsten Sachen noch heiß.«

»Das ist eine Gabe.« Er verpasst mir einen Klaps auf den Hintern, als ich mich aus dem Bett wälze und frische Klamotten aus meiner Tasche krame. »Ich mache auf.«

»Vielleicht solltest du dir erst eine Hose überziehen.«

»Gute Idee.« Er schlendert zum Schrank hinüber und ich ergötze mich am Anblick seines festen, muskulösen Körpers.

Mit einem Rockstar zusammen zu sein, hat auch seine Vorteile. Ich bekomme das zu sehen, was alle sehen wollen, und es ist köstlich.

Natürlich sehe ich es nur noch einen Tag lang. Dann kehrt Cary in seine Welt zurück und ich in meine. Darüber haben wir noch nicht viel geredet und ich versuche, mich damit zu trösten, dass ich bald mit der Uni fertig bin. Was sind schon ein paar Semester verglichen mit den letzten drei Jahren?

Als ich angezogen bin und ein wenig Make-up aufgelegt habe, damit nicht jeder gleich merkt, dass ich mich den ganzen Tag im Bett gewälzt habe, sitzen Jessica und Grady bereits auf der Couch im Wohnzimmer und unterhalten sich mit Cary.

»Hi, ihr zwei. Sorry.«

»Kein Problem. Wir kennen das ja.« Meine Mitbewohnerin wirft ihrem Freund einen neckenden Blick zu und der wird tatsächlich rot.

»Wo wollen wir hin?« Ich nehme eine Tasse Tee von

Cary entgegen und schmunzle, als ich den Zimt am Rand entdecke.

»Heute ist der letzte Tag, an dem überall die Weihnachtsdeko und die Lichter hängen, und deine Mitbewohnerin war noch nie in London. Vielleicht Santa Land und Covent Garden und danach irgendwo was essen?« Er lächelt meine Freunde an. »Ich freue mich darauf, euch besser kennenzulernen. Ihr seid die Ersten, die ich aus Christinas neuem Leben treffe.«

»Und wir freuen uns darauf, den Tag mit dir zu verbringen«, erwidert Jessica. »Ich habe noch nie einen echten Rockstar getroffen.«

»Rock ist ein dehnbarer Begriff«, sagt Cary.

»Genau wie Star«, witzle ich und weiche seinem Ellbogen aus.

»Ihr seid bestimmt total aus dem Häuschen wegen diesem Sommer, oder? Da werdet ihr euch ja öfter sehen, mit der Tournee und allem …« Gradys helle Augen wandern zwischen Cary und mir hin und her, und er zieht eine Grimasse. »Oder habe ich da was falsch gelesen?«

»Was meinst du?« Ich schaue meinen Freund an. »Wir, ähm, haben in letzter Zeit keine Nachrichten geguckt.«

»Damit ist deine Überraschung wohl aus dem Sack«, seufzt Cary. »Aber immerhin hast du dich angezogen. Pursuant geht im Sommer auf Amerikatour.«

Ein Grinsen breitet sich auf meinem Gesicht aus. Ich wäre zwar überall hingefahren, um ihn zu sehen, aber das sind großartige Neuigkeiten. »Super!«

»Ja, aber unsere Crew steht schon fest, inklusive PR-Praktikanten.«

Mein Lächeln verblasst, selbst wenn es schon an ein Wunder grenzt, dass David mich noch nicht hat feuern lassen. »Oh.«

»Wir hatten vor zwei Tagen eine Telefonkonferenz mit BGG, wer alles mitkommen soll und was für PR wir machen wollen.« Er unterbricht sich und wirft Grady einen Blick zu. »Können wir uns vielleicht in ein paar Minuten unten treffen?«

»Na klar, Mann.«

»Lasst euch ruhig Zeit«, fügt Jessica hinzu und drückt mir kurz die Hand, bevor sie und Grady die Tür hinter sich zuziehen.

»Also ist es nicht nur eine gute, sondern auch eine schlechte Überraschung?«

»Nein, nur eine gute. Ich hab dich verarscht.«

»Was?«

»Ich habe ihnen sofort gesagt, dass du die einzige Praktikantin bist, die ich dabeihaben will.« Er hebt die Hände, als ich versuche zu protestieren. »David ist einverstanden. Er glaubt, dass ich weniger abgelenkt bin, wenn du da bist, weil ich dann nicht die ganze Zeit an dich denken muss. Natürlich ist er ein Idiot, denn ich denke immer an dich.«

Er nimmt mich in die Arme und vergräbt die Nase an meinem Hals. Ich wehre mich ein bisschen, als Strafe dafür, dass er so fies zu mir war, gebe aber bald auf. »Du bist ein Spinner. Völlig durchgeknallt.«

»Ich weiß. Das liegt an diesem Mädchen, das ich einfach nicht mehr aus dem Kopf kriege.«

Ich löse mich ein Stück von ihm. Ich bekomme gar nicht genug davon, ihn anzuschauen. Hoffentlich ändert sich das nie. »Du kannst einen echt um den Finger wickeln, Cary White. Aber wie kommst du darauf, dass ich Lust habe, euch den ganzen Sommer hinterherzudackeln? Ich habe es auf die goldene Gans der Praktikumsplätze im New Yorker Büro abgesehen, damit ich dort nach dem Abschluss eine Vollzeitstelle ergattern kann.«

»Soll das heißen, du willst nicht mit uns auf Tour gehen?« Die Enttäuschung auf seinem Gesicht bringt mich zum Kichern, und er packt mich und zieht mich wieder an sich. Seine Finger bohren sich in meine Rippen.

Ich winde mich aus seinem Griff, weiche einen Schritt zurück und stemme die Hände in die Hüften. »Das soll heißen, dass ich mir nichts mehr wünsche, als für den Rest meines Lebens jeden Tag bei dir zu sein, aber ich werde auch nicht alles wegwerfen, was ich mir in den letzten drei Jahren erarbeitet habe. Also nehme ich den Job auf eurer Tour, aber nur, wenn sich nicht noch was Besseres ergibt.«

Cary lächelt und das gesamte Zimmer wird heller. »Das klingt fair. Vielleicht dackle ich nach der Tour dann *dir* hinterher.«

»Ha. Du willst mir bloß auf den Hintern glotzen.«

»Das will ich doch immer.« Er haucht mir einen Kuss auf die Lippen, der sofort Hunger nach mehr weckt. »Dieses Mal wirst du mich nicht los, kleiner Floh. Nie wieder.«

Sein nächster Kuss ist wilder, liebevoll und aufrichtig und heiß. Mein Herz pocht, kitzelt meinen Brustkorb mit flatternden Flügeln. Ich schaue Cary tief in die Augen, dann lasse ich den Blick über die fantastische Skyline von London schweifen, während mein Rockstar sich für unser heutiges Abenteuer fertig macht. Es schneit leicht und die funkelnden Kristalle hüllen die Dämmerung in ein Spitzendeckchen. Die Stadt wirkt wie verzaubert, genau richtig für einen Neuanfang.

Das Jahr ist noch jung und ich habe keine Angst mehr, weder vor unserer Vergangenheit noch vor unserer Zukunft noch vor der Frau, zu der mich Schmerz und Einsamkeit und Ehrgeiz und Liebe und Vergebung gemacht haben.

Ich glaube, ich mag sie. Ich mag sie sogar sehr.

Danksagung

Ich bin allen zu unendlichem Dank verpflichtet, durch deren Hilfe diese beiden Romane in so kurzer Zeit Wirklichkeit geworden sind – angefangen mit dem County Clare in Irland, das mich inspiriert hat, und dicht gefolgt von seinen Bewohnern (vor allem den McCormacks, die uns in ihrem Bed and Breakfast, der Donour Lodge, beherbergt haben). Ihr wart so freundlich, herzlich und stolz darauf, uns in die Fakten und Geheimnisse eures Heimatlands einzuweihen. Das werde ich niemals vergessen.

Gleich danach kommt meine Agentin Kathleen Rushall, die mehr als eine Idee mit mir gewälzt hat, bevor wir auf ein paar gestoßen sind, die funktionieren könnten. Sie ist schnell – mit ihrem Verstand, ihren E-Mail-Antworten, ihrer Zunge –, und ich muss mich hin und wieder kneifen, um fassen zu können, wie sehr sie mein Schreiben und meine Karriere vorangebracht hat. Danke, dass du dich vor eineinhalb Jahren auf das Wagnis eingelassen hast.

Meredith Rich, meine Lektorin bei Bloomsbury Spark – das hier ist unser erstes gemeinsames Projekt, aber wir wissen jetzt schon, dass es nicht unser letztes sein wird. Deine Anmerkungen und Gedanken und Verbesserungen haben diese Romane zu so viel mehr gemacht, als sie ohne dich je hätten sein können. Danke, dass du an mich geglaubt hast.

Ein riesengroßes Dankeschön geht auch an alle anderen bei Bloomsbury, die ich noch nicht kennengelernt habe: Coverdesigner, Assistenten, Setzer. Ohne eure harte Arbeit würde dieses Buch nicht in den Händen der Leser liegen. Nachdem ich das alles über zwei Jahre lang selbst erledigt habe, weiß ich, wie viel eurer wertvollen Zeit ihr für mich geopfert habt.

Danke an meine Familie. Dafür, dass ihr fragt, wie es läuft und wann mein nächstes Buch erscheint, obwohl ihr nur ein undeutliches Brummen hinter einem Vorhang aus fettigen Haaren zur Antwort bekommt und ich nicht mal im Urlaub von meinem Laptop aufschaue. Und an meine Freundinnen und Kritikerinnen Leigh Ann Kopans und Denise Grover Swank, die immer involviert sind und innig geliebt werden, auch wenn sie gerade nicht involviert sind und innig geliebt werden.

Last, aber niemals least: Danke, Paul. Dass du die Küche aufräumst, wenn ich alles stehen und liegen lasse, dass du mir Essen bringst (das du manchmal sogar mühsam eigenhändig sammelst), und für deine ungemein höflichen Erinnerungen, dass vielleicht mal wieder eine Dusche nötig wäre. Selbst ich muss zugeben, dass du damit ab und zu recht hast.

LYLA PAYNE

UNTERM MISTELZWEIG MIT Mr Right

BUCH 1

Weihnachten im verschneiten Irland, dann der College-Abschluss und später eine Traumhochzeit mit Brennan – Jessica hat ihre Zukunft bis ins kleinste Detail geplant. Doch auf ihren weihnachtlichen Überraschungsbesuch bei seiner Familie reagiert Brennan alles andere als begeistert. Jessicas Traum von Spaziergängen im Schnee und Küssen unterm Mistelzweig platzt endgültig, als auch noch Brennans charmante Exfreundin auftaucht. Einziger Lichtblick: der attraktive, tiefgründige Stallhelfer Grady. Und auf einmal muss Jessica sich entscheiden – zwischen ihren langjährigen Plänen und dem, was ihr Herz sagt …

Lyla Payne liebt es, Geschichten zu erzählen und dabei zu entdecken, welche kleinen Dinge des Lebens dazu führen, dass Menschen sich ineinander verlieben. Sie schreibt für Jugendliche und junge Erwachsene und arbeitet nonstop an neuen Ideen. In ihrer Freizeit krault sie am liebsten ihre zwei Hunde und gibt vor, Sport zu machen, damit sie so viel essen kann, wie sie will.

LYLA PAYNE

UNTERM MISTELZWEIG ★ MIT ★ Mr Right

Aus dem Englischen von Katrin Segerer

Ravensburger

Als Ravensburger Taschenbuch
Band 54472
erschienen 2019

MIX
Papier aus verantwortungsvollen Quellen
FSC® C111262

1 2 3 4 5 E D C B A

Die englische Originalausgabe von »Unterm Mistelzweig mit Mr Right« erschien 2014 unter dem Titel »Mistletoe and Mr Right« als E-Book bei Bloomsbury Spark.

Die englische Originalausgabe von »Zimtküsse am Christmas Eve« erschien 2015 unter dem Titel »Sleigh Bells and Second Chances« in einem Doppelband mit »Unterm Mistelzweig mit Mr Right« unter dem gemeinsamen Titel »Mistletoe and Mr Right« bei Bloomsbury Children's Books.

Umschlaggestaltung »Zimtküsse am Christmas Eve«: Anna Rohner unter Verwendung von Fotos von Shutterstock/Oliver Hoffmann, IgorAleks, wenani und Fotolia/Westend61 und Jan Engel/AdobeStock
Umschlaggestaltung »Unterm Mistelzweig mit Mr Right«: Sarah Buhr unter Verwendung von Fotos von Letlice und Shutterstock/Supertrooper, lunalexx, Joy Brown, kozirsky, wenani und Jan Engel/AdobeStock
Schneeflocken im Innenteil: Fotolia/31moonlight31

Redaktion: Carla Felgentreff

Printed in Germany

ISBN 978-3-473-54472-1

www.ravensburger.de

Für Mary McCormack und ihre Familie, die Eigentümer der Donour Lodge in Fanore, Irland, die uns auf unserer Reise letzten Sommer so wunderbar beherbergt (und herumgeführt und bekocht und mit Buchempfehlungen versorgt) haben. Euer Enthusiasmus, euer Humor und eure Schönheit machen dem Burren Konkurrenz.

Euer kleines Stück Irland hat mein Herz erobert.

Kapitel 1

Das Irland aus meinen Tagträumen ist grün – limettengrün, olivgrün, smaragdgrünes Gras unter einem stürmischen Himmel. Die Wirklichkeit enttäuscht mich: Grau und Weiß, so weit das Auge reicht, ein paar Brauntupfer und eine trübe lilafarbene Schliere an der Steilküste. Vielleicht hatte ich auch zu hohe Erwartungen für Dezember. Es wäre nicht das erste Mal.

Mein Herz schlägt einen Salto nach dem anderen, als wollte es sich für *Britain's Got Talent* bewerben, weil der Regen, der über die Windschutzscheibe des kleinsten Mietwagens aller Zeiten strömt, die sowieso schon schwierige Fahrt in einen Albtraum verwandelt. Die Straßen in Westirland winden sich wie Schlangen und sind von hüfthohen Steinmauern gesäumt, die direkt aus der Erde gewachsen zu sein scheinen. Die steilen Hügelhänge sind mit Findlingen übersät, die so groß sind, als hätten Riesen sie dort fallen gelassen, was ich noch seltsamer finde als die Tatsache, dass

ich zum ersten Mal in meinem Leben in einem fremden Land bin.

Ich bin noch nie auf der falschen Seite der Straße gefahren und hinter dem Steuer eines Schaltwagens habe ich zum letzten Mal bei der Führerscheinprüfung gesessen. Meinem amerikanischen Fahrstil sind schon mehr als nur ein paar Äste zum Opfer gefallen, seit ich den Flughafen in Shannon verlassen habe. Die Sintflut, die da vom Himmel stürzt, gepaart mit meinen selbst unter vertrauten Bedingungen eher bescheidenen Fahrkünsten, könnte durchaus dafür sorgen, dass ich Fanore nicht lebend erreiche.

Das würde der Weihnachtsüberraschung für meinen Freund – meinem unangekündigten Besuch im Bed and Breakfast seiner Familie – einen ziemlichen Dämpfer versetzen.

Ich biege ab und versuche, mich zurückzulehnen und den Klammergriff um das Lenkrad ein wenig zu lockern. Bis zu Brennans kleinem Heimatdorf – *wiiinzig*, wie er es mit seinem irischen Akzent genannt hat – sind es noch fünfzig Kilometer.

Beim Gedanken an die letzten vier Monate mit meinem Freund verziehen sich meine Lippen zu einem Lächeln, das glücklich sein will, sich aber gezwungen anfühlt. Nervös. Der Abend, an dem wir uns kennengelernt haben, spukt mir im Kopf herum und erinnert mich an die Hoffnungen, die ich anfangs hatte.

Und wie sie allmählich schwinden …

Alles war perfekt, wie in einem Film. Als würde mein Le-

ben genau zum geplanten Zeitpunkt die entscheidende Wendung zu »bis dass der Tod uns scheidet« nehmen.

★

Die Uni hat vor einer Woche begonnen, aber wir hatten so viel mit dem Anwerben der neuen Gamma Sigmas zu tun, dass wir das noch gar nicht genießen konnten. Für Verbindungsmitglieder startet das Semester immer früh und Partys gibt es erst, wenn die Zusagen verteilt sind und wir den Anwärterinnen bewiesen haben, dass wir uns wie echte Damen benehmen können.

Ich bin jetzt schon total fertig, obwohl die Kurse gerade erst angefangen haben, und will die Party der Lambdas eigentlich am liebsten ausfallen lassen, aber meine Mitbewohnerin Christina akzeptiert mein Nein nicht als Antwort. Wie immer.

»Na los, Jessica. Wir sitzen seit über zwei Wochen in diesem Haus, essen Erdnussbuttersandwiches, starren auf Lebensläufe und lächeln falsch. Wir müssen hier raus. Mal richtig lächeln. Vielleicht sogar lachen.«

»Ich weiß nicht, irgendwie habe ich keine Lust.« Als mein Blick auf mein Ethikbuch fällt, überdenke ich meine Entscheidung noch mal. »Was soll ich überhaupt anziehen?«

»Ist doch egal. Irgendwas. Hauptsache, du kommst endlich in die Gänge.« Sie schiebt meine Beine vom Schreibtisch und stellt sich vor den Spiegel, wo sie Lipgloss aufträgt und sich falsche Wimpern anklebt, während ich ein einfa-

ches dunkelblaues Sommerkleid aus unserem gemeinsamen Schrank hole.

»Das hier?«

»Klar, das betont deine Augen.« Sie betrachtet mein Spiegelbild. »Und du könntest dir die Haare glätten.«

Ich stöhne, aber der Anblick des dunkelbraunen Vogelnests auf meinem Kopf erstickt jeden Protest im Keim.

Keine Stunde später sind wir fertig gestylt und auf dem Weg. Die Verbindungshäuser liegen auf dem Campus und das heißt keine Partys, egal ob wild oder nicht, deswegen feiern wir in der Wohnung eines Lambdas.

Es ist eine ganz normale Party mit ganz normaler Musik, die aus den Lautsprechern dröhnt, und den ganz normalen roten Plastikbechern, die bis zum Rand mit wässrigem Bier vom Fass gefüllt sind. Chris schnappt sich einen und zerrt mich raus in den Garten. Jeder Zentimeter meines Körpers ist mit Schweiß benetzt und das Haar klebt mir im Nacken. Alle um mich herum schütten verzweifelt ihre Drinks in sich hinein, um möglichst schnell zu vergessen, wie unwohl sie sich fühlen. Aber für mich ist die Vorstellung, die Kontrolle über meinen Mund oder meinen Körper zu verlieren, viel schwerer zu ertragen als die schwüle texanische Augusthitze. Oder irgendetwas anderes.

Ich nippe an meiner Wasserflasche, lache, wenn mir danach ist, aber hauptsächlich halte ich Ausschau nach Jeremy, in den ich verknallt bin, seit er letztes Semester bei unserem Wohltätigkeitsfußballturnier mitgespielt hat.

Stattdessen kreuzt mein Blick immer wieder grasgrüne

Augen drüben an der Feuerstelle, eingerahmt von verwuscheltem rotbraunem Haar und einem absurd hübschen Gesicht. Der Typ ist mir noch nie aufgefallen und irgendwie wirkt er auch nicht wie ein superreicher Lambda-Poloshirtträger, also muss er wohl neu sein. Die Uni ist zu groß, um jeden zu kennen, aber klein genug, um alle irgendwann mal gesehen zu haben.

»Gehst du jetzt endlich da rüber?«, lallt Chris. »Ihr starrt euch schon eine halbe Ewigkeit lang an.«

Ich zucke verlegen mit den Achseln. »Ich weiß nicht … ich find's besser, wenn der Mann den ersten Schritt macht.«

»Wie bitte?« Sie reißt übertrieben die Augen auf und fasst sich an die Brust, die halb aus ihrem hautengen schwarzen Oberteil quillt. »Jessica MacFarlane, Selbst-ist-die-Frau und Feministin vor dem Herrn, glaubt, dass ihr Zehnjahresplan aufgeht, wenn sie darauf wartet, dass ein Mann den ersten Schritt macht? Träum weiter, Schätzchen!«

Ich boxe ihr in den Arm, kann mir allerdings ein Lächeln nicht verkneifen. Chris und ich sind Freundinnen, seit wir im ersten Semester Gamma Sigma beigetreten sind, aber eigentlich sind wir so verschieden wie Tag und Nacht, angefangen mit der Tatsache, dass sie meinen Plan für gequirlte Scheiße hält.

Trotzdem hat sie nicht ganz unrecht. Wenn ich spätestens ein Jahr nach dem Abschluss verlobt sein will, damit ich noch die Welt bereisen und Karriere machen kann, bevor ich das erste von zwei Kindern bekomme, wird es vielleicht allmählich Zeit zu handeln.

Und wer sagt überhaupt, dass der Mann den ersten Schritt machen muss?

Ich streiche mein Kleid glatt, werfe das Haar zurück und bete, dass die Luftfeuchtigkeit mich nicht in einen Pudel verwandelt hat. Dann atme ich tief ein. »Okay, ich geh hin.«

Der Weg durch den kleinen Garten kommt mir kilometerweit vor, vor allem, weil Mr Grüne Augen mich auf halber Strecke bemerkt und mir ein atemberaubendes Lächeln schenkt.

»Ich muss schon sagen, es gefällt mir, dass ausnahmsweise mal jemand auf mich zukommt«, begrüßt er mich mit einem unglaublichen Akzent und schaut mir tief in die Augen. »Ich bin Brennan Donnelly.«

»Jessica MacFarlane«, bringe ich heraus. Meine Finger umklammern die schweißnasse Plastikflasche noch fester. Sie knackt und Brennans Augenbrauen schnellen in die Höhe. Sein ganzes Gesicht grinst.

»Toller Akzent. Kalifornisch?«

Er lacht. Zum Glück hat er kapiert, dass das ein Witz war. Meine Anspannung lässt ein wenig nach. Das hier ist gar nicht so schlimm.

»Leider nein. Irisch.«

»Was hat dich nach Texas verschlagen?«

Und so unterhalten wir uns über ihn und mich und Banalitäten aus unserem Leben, bis er genug aufgetaut ist, um mich nach meiner Nummer zu fragen, und jeder wieder seiner Wege geht. Nach den traditionellen drei Tagen ruft er mich an, wir verabreden uns für die nächste Party und die

Geschichte nimmt ihren Lauf. Alles ganz gewöhnlich, nichts Besonderes, bis auf die Tatsache, dass Brennan jeden Punkt auf meiner Liste zu erfüllen scheint.

★

Anders als die meisten hat Brennan nie einen dummen Spruch darüber gemacht, dass ich nicht trinke. Er findet es nicht seltsam, dass ich alles bis ins kleinste Detail planen muss. Er akzeptiert mich so, wie ich bin, und das ist toll.

Oder besser gesagt, das *war* toll. Ich runzle die Stirn und zwinge mich, in die Gegenwart zurückzukehren, als das Ortsschild von Fanore am Straßenrand auftaucht. Nach vier Monaten Spaß ohne klaren Richtungsweiser für die Zukunft frage ich mich allmählich, ob Brennans Desinteresse für die Art, wie ich Dinge tue, auf einen generellen Mangel an Interesse hinweist.

Ich meine, ich werde schließlich nicht jünger.

Ein Windstoß peitscht gegen das Auto und ich konzentriere mich wieder auf die Straße. Brennan hat mal gesagt, wenn man im falschen Moment blinzelt, würde man Fanore übersehen, und das war anscheinend kein Witz. Von der Hauptstraße gehen vielleicht vier kleinere Straßen ab. Es gibt zwei Pubs, ein Postamt-Schrägstrich-Dorfladen-Ding und noch ein paar andere Geschäfte, die ich durch die Rinnsale auf der beschlagenen Windschutzscheibe nicht erkennen kann.

Das Schild THISTLE FARMHOUSE B&B erscheint wie

aus dem Nichts. Die Räder blockieren, als ich voll in die Eisen steige, um die Abzweigung nicht zu verpassen, aber ich schaffe es, den Wagen auf der Straße zu halten. Die tiefen Schlammpfützen auf dem unbefestigten Weg zum Bed and Breakfast der Donnellys lassen meine Zähne klappern und meine Knochen vibrieren. Ich umklammere das Lenkrad so fest, dass meine Finger schon ganz taub sind, und versuche, langsam durch die Nase zu atmen. Ich bin fast da. Vor dem Uniabschluss irgendwo im irischen Nirgendwo zu sterben, ist nicht Teil des Plans.

Kühe und Schafe weiden in aller Seelenruhe neben der Straße, als würden sie den eiskalten Regen gar nicht bemerken, und es scheint auch keine Zäune zu geben, die sie vor meinem Kamikaze-Fahrstil beschützen. Zumindest kann ich keine entdecken. Ein paar andere Bed and Breakfasts schälen sich aus dem Nebel – eins namens White House und die Donour Lodge. Fanore liegt mitten auf dem Land, mit den krachenden Wellen und dem felsigen Strand auf der rechten und nichts als Weiden und vereinzelten Häusern auf der linken Seite. Den Donnellys muss das hübsche weiße Farmhaus am Ende des Wegs gehören.

Ich versuche gerade zu schätzen, wie weit es noch ist, als plötzlich etwas Weißes und Pelziges vor dem Auto auftaucht.

Dieses Mal reagieren die Bremsen auf meine hektischen Tritte und die Reifen geben ihr Bestes, um auf dem rutschigen Matsch Halt zu finden, aber sie können es nicht verhindern. Ein dumpfer Aufprall durchschneidet das Heulen des Winds, gefolgt von einem mitleiderregenden Quieken.

Kapitel 2

Ich nehme mir nicht einmal die Zeit, mir einen Regenschirm zu schnappen, bevor ich die Wagentür aufstoße. Hier ist Eile geboten, aber was um Himmels willen *ich* für ein tödlich verwundetes Tier tun soll, weiß der Teufel.

Eine Ziege liegt vor dem Auto, die Beine unter der Stoßstange. Ich sehe kein Blut, allerdings ist die Straße auch so voll Matsch und Wasser, dass das nichts heißen muss.

Die Ziege schaut mich verwirrt an und meckert.

Wenigstens lebt sie noch.

Mit hämmerndem Herzen und einem Riesenknoten im Bauch hocke ich mich in den Schlamm. Innerlich zucke ich zusammen, weil ich meine beste Jeans ruiniere, und hasse mich gleichzeitig dafür.

»Das tut mir so leid! Nicht sterben, okay? Bitte! Das kann ich im Moment echt nicht gebrauchen.«

Meine bewährte Krisenbewältigungsstrategie: sinnloses Geplapper. Mit einer Ziege.

Jetzt reiß dich zusammen, Jessica. Denk nach.

Es könnte gefährlich sein, die Ziege zu bewegen, wie bei einem Menschen, der einen Unfall hatte. Und mein Halbwissen zum Thema Landleben sagt mir, dass querschnittsgelähmte Tiere ziemlich sicher eine Kugel in den Kopf und keinen Elektrorollstuhl bekommen.

Der Regen tropft mir in die Augen und kullert über meine Wangen wie Tränen, aber ich bin viel zu panisch, um mich daran zu stören. Mir wird ganz flau bei dem Gedanken, dass ich gerade eine Ziege getötet habe und, was noch schlimmer ist, dass das mein erster Eindruck bei Brennans Familie sein soll.

Hi, ich bin eure triefende und psychotische zukünftige Schwiegertochter. Wie geht's?

»Na, das ist ja ein Ding ...«

Eine tiefe Stimme dringt aus der Dunkelheit und jetzt quieke ich erschrocken und rutsche fast aus, als ich hochfahre.

»Ich hätte geschworen, die alte Dame würde nie den Löffel abgeben.«

Beim zweiten Versuch schaffe ich es, mich aufzurichten, und stehe schwankend mit wackeligen Knien da, während ich durch den Regen blinzle, um das Gesicht des Fremden zu erkennen. Er ist groß, mindestens zehn Zentimeter größer als Brennan, vielleicht eins fünfundneunzig, aber niemand würde ihn als schlaksig bezeichnen. Sogar mit dem dicken Parka ist unübersehbar, dass er einen beeindruckenden Körper hat. Dunkle Strähnen lugen unter der schief sitzenden Wollmütze hervor und kleben ihm an der Stirn. In seinen

strahlend blauen Augen, die mich unverwandt anblicken, liegt Sorge und so etwas wie Verachtung, gemischt mit einem Hauch Belustigung.

Ich schalte sofort auf Verteidigungsmodus, obwohl ich das, dessen er mich beschuldigt, ja wirklich verbrochen habe. »Ich glaube nicht, dass ich sie *umgebracht* habe.«

Noch nicht.

»Noch nicht«, knurrt er anklagend, als könnte er meine Gedanken lesen, und kauert sich neben die verletzte Ziege.

Ich beiße die Zähne zusammen und versuche angestrengt, nicht loszuheulen. Meine Tränen fließen nicht nur, wenn ich traurig bin, sondern mit Vorliebe, wenn ich wütend werde oder mir etwas peinlich ist – oder einer meiner ausgeklügelten Pläne fehlschlägt. Und es gibt nichts Schlimmeres als Leute, die einem tröstend die Schulter tätscheln, während man ihnen am liebsten eine verpassen würde.

Die Ziege meckert noch einmal. Mein Herz krampft sich zusammen und meine jämmerlichen kleinen Probleme verziehen sich wieder in den Hintergrund. Da gehören sie auch hin, schließlich bin nicht ich von einer winzigen Schrottkiste niedergemäht worden. Aber ich sollte keine Witze über das Ding machen. Wenn ich meinen alten *Ford Exploder* gefahren hätte, wäre die Ziege jetzt platt.

»Kommt sie wieder in Ordnung?«, frage ich und wage einen Blick über die Schulter des Typen.

Er antwortet nicht, sondern hebt die Ziege vorsichtig an, bis sie sich aufgerappelt hat. Sie schüttelt sich und bespritzt meine Jeans und die olivgrüne Jacke des geheimnisvollen Un-

bekannten mit Schmutzwasser, bevor sie über die Wiese davonhoppelt.

»Humpelt sie?«

»Wahrscheinlich. Sie ist gerade überfahren worden.« Er steht auf und wischt mit dem Ärmel seines Parkas die teuer aussehende Kamera sauber, die um seinen Hals hängt.

Ich hole tief Luft und zähle bis vier. Fünf wäre auch zu viel gewesen, denn der Typ hat sich schon umgedreht und will gehen. »Hey! Danke. Ich meine … wie heißt du? Ich schulde dir was!«

»Nein, die *Ziege* schuldet mir was. Ich hab ihr ja nicht dir zuliebe geholfen.« Er schüttelt den Kopf, eindeutig genervt. Vielleicht ist sie seine Lieblingsziege oder so was. »Pass nächstes Mal besser auf. Hier laufen ständig Schafe auf der Straße rum und bei dem Wetter sind die Sichtverhältnisse echt scheiße.«

»Also ideal fürs Fotografieren, was?«, blaffe ich zurück, bevor ich es mir verkneifen kann.

Der Typ – der auch Batman sein könnte, so ein Geheimnis macht er um seine Identität – mustert mich abschätzend, als hätte er soeben wider Erwarten festgestellt, dass sich zwischen meinen Ohren möglicherweise doch ein funktionierendes Gehirn befindet.

»Was treibst du überhaupt hier? Touristen verirren sich eher selten zu uns.«

Ich recke das Kinn. »Nicht, dass es dich was angehen würde, aber ich besuche meinen Freund. Als Überraschung zu Weihnachten.«

»Und da hast du dir gedacht, du schneist einfach so vorbei? Toller Plan. Jungs lieben so was.« Er grinst mich an, als hätte er einen urkomischen Witz gerissen. »Wie heißt dein Freund?«

Ich zögere. Ich weiß nicht einmal, warum ich eigentlich mit diesem Kerl rede. Im Regen. Obwohl er sich gerade über meinen genialen Plan lustig gemacht hat. Aber ihn zu ignorieren, geht gegen meine gute Erziehung.

»Brennan Donnelly. Kennst du ihn?«

Irgendetwas huscht über sein Gesicht – ein Schatten, der wieder verschwindet, bevor er antwortet: »Klar. In diesem Dorf wohnen weniger als zweihundert Leute. Außerdem arbeite ich für die Donnellys.«

Er arbeitet für die Donnellys? Das ist seltsam.

Ich wische mir den Pony aus der Stirn und blinzle. »Ach? Dann läufst du nicht Vollzeit durch die Gegend und fotografierst nächtliche Wolkenbrüche? Das überrascht mich jetzt.«

Ich bin wirklich überrascht. Und wie immer verbeißen meine Gedanken sich sofort in das Rätsel und versuchen, es zu lösen. Warum sollte ein Typ, der ungefähr so alt ist wie ich, auf einer Farm arbeiten, anstatt sich für die Uni oder eine Ausbildung zu entscheiden?

Hör auf! Nicht jeder ist clever genug, um zu erkennen, wie wichtig eine gute Lebensplanung ist.

»Du bist diejenige, die bei diesem Wetter durch die Gegend fährt und zwar mit einem völlig bescheuerten Plan«, schießt er zurück. Dann kneift er die Augen zu, als würde er

ebenfalls bis vier zählen, bevor er eine behandschuhte Hand ausstreckt. »Grady Callaghan.«

Wir stehen beide in der Kälte herum und werden klitschnass, also beschließe ich, nicht das zickige Verbindungsmädchen zu spielen, und schüttle sie, ehe ich wieder ins Auto steige und die trockene Wärme genieße, die aus der Lüftung strömt.

Kalte Wassertropfen fliegen von meinem Mantel und landen auf dem Armaturenbrett. Die Ziege ist in der Dunkelheit verschwunden. Durch die regenschlierenüberzogene Windschutzscheibe schaue ich Grady Callaghans Rücken nach und unterdrücke die Sorge, dass er mir einen unvorhergesehenen Strich durch die Rechnung machen könnte.

★

Die restlichen zwei Minuten der Fahrt verlaufen ohne Zwischenfälle, aber mein neurotisches Gehirn lässt sich nicht von der Vorstellung abbringen, dass Brennans Familie irgendwie herausfindet, was gerade passiert ist, und mich für immer hasst. Ich kann nur hoffen, dass Grady Callaghan seine heldenhafte Ziegenrettung für sich behält.

In Anbetracht seines Mangels an Benehmen und Freundlichkeit im Allgemeinen sollte ich wohl nicht darauf wetten, und das ist wirklich schade, denn sonst läuft jetzt, wo ich die Anreise endlich hinter mir habe, wieder alles nach Plan.

Ich kann mich nicht daran erinnern, jemals etwas Schöneres gesehen zu haben als das weiße, warm erleuchtete

Farmhaus vor mir. Mein Herz meldet sich erneut, perfektioniert seine Saltos und kann selbst mit den tiefsten, langsamsten Atemzügen der Welt nicht dazu überredet werden, eine Pause einzulegen. Ein Blick in den Rückspiegel offenbart die nächste Katastrophe: Mein nasses Haar hängt herunter wie schlaffe Linguini, und mit der verschmierten Mascara und dem Schmutz an Stirn und Wangen sehe ich aus wie ein ertrunkener Waschbär. Zusammen mit den Nachwirkungen eines Neunstundenflugs quer über den Atlantik, der mir gerötete Augen und vollkommen zerknitterte Klamotten eingebracht hat, ähnele ich eher einer überarbeiteten Prostituierten, die sich auf Sex im Freien spezialisiert hat, als einer anständigen Freundin. Ein großartiger erster Eindruck!

Aber Brennan freut sich bestimmt trotzdem.

Ich hole ein paar Abschminktücher aus meinem Kulturbeutel auf dem Rücksitz und wische mir den Dreck aus dem Gesicht, dann ziehe ich den schlammbespritzten Mantel aus und binde mir das Haar zu einem tropfenden Pferdeschwanz. Meine Jeans ist zwar immer noch widerlich und nass, aber vorzeigbarer werde ich nicht. Also rufe ich mir lieber in Erinnerung, warum ich hier bin – nämlich um herauszufinden, ob ich alles auf diese Beziehung setzen oder aussteigen soll –, anstatt mich darüber aufzuregen, und sprinte zur Haustür.

Das Bed and Breakfast ist zweistöckig und hat eine schmutzig weiße Verkleidung und schlichte schwarze Fensterläden. Licht fällt durch die Scheiben auf die breite hölzerne Veranda und wärmt meine Wangen, während der kalte Regen und der beißende Wind weiter meinen Rücken mal-

trätieren. Meine Hände zittern, als ich klopfe, aber wie immer verflüchtigt sich meine Angst, sobald die Aufgabe erledigt ist und es kein Zurück mehr gibt.

Eine Frau mittleren Alters öffnet die Tür mit so viel Schwung, dass der hübsche Stechpalmenkranz gegen das Holz knallt. Sie ist mindestens fünf Zentimeter kleiner als ich mit meinen eins siebzig und auch ein wenig rundlicher, aber auf eine hübsche Art. Ihre blauen Augen sind mehr als nur ein bisschen misstrauisch und sie streicht sich eine verirrte Strähne des graumelierten rötlichen Haars aus dem Gesicht.

»Ja bitte?«, fragt sie und mustert mich von oben bis unten mit einem verkniffenen Ausdruck, der die Falten um ihre Lippen offenbart.

Mein Mund ist trocken und meine Zunge klebt am Gaumen. Irgendwie habe ich bei all meinen Plänen und Tagträumen nie bedacht, dass jemand anderes als Brennan aufmachen könnte.

»Ich, ähm …« *Ganze Sätze, Jessica.* »Ist Brennan da?«

Bei meiner Frage werden ihre Augen größer und Neugier gesellt sich zur Verärgerung. Gäste sind zwei Tage vor Weihnachten anscheinend nicht willkommen, aber Freunde ihres Sohns haben zumindest eine Chance.

»Ja, er ist –«

»Jessica?« Brennans Kopf schiebt sich in die Diele und seine Stimme ist vor Überraschung ein paar Töne höher als sonst. Mein Herz schlägt wie immer schneller, als ich ihn sehe – er ist wirklich irre attraktiv mit dem rotbraunen Haar,

dem kantigen Kinn, auf dem im Moment genau die richtige Menge Dreitagebart sprießt, und den breiten Schultern, die jeden Zentimeter seines Flanellhemds ausfüllen.

Sein Erstaunen verwandelt sich erst in Schock, dann in die gleiche Art von Missfallen, die eben auch aus dem Gesicht seiner Mutter gesprochen hat. Schließlich setzt er ein leicht argwöhnisches Lächeln auf. Es dauert mindestens zehn Sekunden, ehe er mich in den Arm nimmt.

Trotz seiner Begrüßung ist mein Innerstes kalt und irgendwie glitschig, doch ich ignoriere das ungute Gefühl und schmiege mich an ihn. Vor lauter Verblüffung hat er einfach noch nicht daran gedacht, wie viel Spaß wir hier in Irland über Weihnachten zusammen haben werden. Wie viel Spaß wir immer zusammen haben.

»Was machst du hier?«, murmelt er. Seine Lippen streifen mein Ohr und mein Rücken fängt an zu kribbeln.

Ich löse mich von ihm, leicht benommen und optimistischer gestimmt dank des glücklichen und beinahe ehrlichen Funkelns in seinen Augen. Er ist nach wie vor so blass, als hätte er einen Geist gesehen – ob ich der Geist der vergangenen Weihnacht oder der Geist der gegenwärtigen mit Option auf die zukünftige bin, bleibt abzuwarten.

»Überraschung!« Ich breite die Arme aus und strahle, wie ich es einstudiert habe. »Ich habe dich vermisst und ich hatte noch keine Pläne für die Feiertage, und du weißt ja, dass ich schon immer mal nach Irland wollte.« Meine Erklärung klingt ziemlich lahm, viel weniger überzeugend als bei den tausend Übungsrunden vor dem Spiegel.

Brennan schüttelt den Kopf. Er ist geplättet – ob positiv oder negativ, kann ich nicht erkennen, aber das ist bei uns nichts Neues, und er erholt sich schnell und schlingt einen Arm um meine Taille. »Mum, das ist meine Freundin Jessica. Jessica, das ist Maeve Donnelly, meine Mutter.«

»Es ist so schön, Sie kennenzulernen«, sage ich überschwänglich und schenke ihr mein bestes Bewerbungsgesprächslächeln.

Sie erwidert es deutlich weniger begeistert und wirft ihrem Sohn einen ungehaltenen Blick zu. »Ja, sehr schön, aber ich muss gestehen, dass das Ganze etwas plötzlich kommt. Wir wussten gar nicht, dass Brennan eine feste Freundin hat.«

Mir rutscht das Herz in Richtung Magen. Er hat seinen Eltern nichts von uns erzählt?

Genau in diesem Moment spaziert ein Mann in die Diele und rettet mich vor der erstickenden Lawine an Betretenheit, die sich auf der Veranda ausbreitet. Wahrscheinlich hat er sich gefragt, woher der kalte Luftzug kommt. Das muss Brennans Vater sein – er sieht seinem Sohn unglaublich ähnlich mit den rotbraunen Haaren, den grasgrünen Augen, den Sommersprossen und dem unbeschwerten Lächeln, das wirkt, als könnte keine Sorge der Welt es trüben. Hinter ihm taucht ein Mädchen im Teenageralter auf, mit verschränkten Armen und neugierigem Gesicht.

»Wir haben einen Gast!«, begrüßt Mr Donnelly mich mit einem ausgeprägten Akzent, der sehr viel schwieriger zu verstehen ist als der seines Sohns, und streckt mir die Hand entgegen. »Colin Donnelly.«

»Jessica.«

»Schön, dich kennenzulernen, Jessie.«

Meine Hand verschwindet in seiner wettergegerbten Pranke. Schwielen, die Geschichten vom Heuernten und Holzmachen erzählen könnten, kratzen über meine Haut. Bestimmt haben sie auch das eine oder andere Junge der Ziege, die ich beinahe umgebracht hätte, auf die Welt geholt.

»Jessica, wenn es Ihnen nichts ausmacht. Und ebenso.«

»Ich bin Molly«, schaltet sich das Mädchen ein und kneift Brennan so fest in den Arm, dass er zusammenzuckt. »Seine Schwester.«

Als Brennan sich wieder gefasst hat, schaut er mich genauer an und bemerkt auf einmal, dass mein Erscheinungsbild nicht so makellos ist wie sonst immer. »Du siehst ziemlich mitgenommen aus, Chicken.«

»Es regnet.«

»Ja, es schifft schon den ganzen Tag, als wären die Höllenhunde los«, bestätigt Mr Donnelly nickend und schiebt seine Frau ein Stück zur Seite. »Schnell raus aus der Kälte mit dir!«

Licht und Wärme umhüllen und trösten mich. So habe ich mir immer eine mütterliche Umarmung ausgemalt. Meine Laune bessert sich schlagartig, als Mr Donnelly die Tür hinter mir schließt. Nach dem Unwetter draußen fühlt man sich in diesem Haus, als wäre man in Watte gewickelt.

Überall hängen Kreuze und Bildchen der Jungfrau Maria und anderer Heiliger, die meine ungeübten Augen nicht erkennen. Obwohl ich mich tagelang über Irland und seine Geschichte informiert habe, bevor ich losgeflogen bin, weigert

sich mein Gehirn, sich an die Probleme des irischen Volks zu erinnern, den Grund für die Kriege, die es entzweit haben, oder auch nur, welches Land zum Vereinigten Königreich gehört. Das Ganze hatte irgendwas mit der Spaltung der katholischen und der protestantischen Kirche zu tun. Glaube ich.

Was nützt meine Hyperorganisiertheit, wenn sie mich im ungünstigsten Moment im Stich lässt?

Auch Familienfotos und Bibelzitate schmücken die Wände, und Erstere zaubern ein Lächeln auf mein Gesicht. Brennan hat sich in den letzten fünfzehn Jahren kaum verändert. Beim unverkrampften Strahlen der Donnellys, der Art, wie sie einander berühren, ohne darüber nachzudenken, durchfährt mich der Neid mit blanker Klinge. Würde ich sie herausziehen und genauer unter die Lupe nehmen, käme der wahre Grund für meinen Plan, mein Kommen zum Vorschein. Aber das Thema ist tabu.

Mrs Donnelly hat sich offenbar vom Schock erholt, den meine Ankunft ihr versetzt hat, und scheucht uns in Richtung Küche. »Herein in die gute Stube. Wir wollten uns vor dem Schlafengehen noch einen kleinen Imbiss gönnen.«

Eine dampfende Kanne Tee mit einem gestrickten Wärmer steht in der Mitte eines alten Eichentischs, und rundherum sind Tassen und Untertassen aus dünnem, kunstvoll bemaltem Porzellan verteilt. Auf einer hübschen, weihnachtlichen Platte liegen Törtchen und Kuchen und Plätzchen.

Das ganze Arrangement sieht aus wie eine Weihnachten-in-Irland-Karte. All der Charme und die Faszination, die mich in Brennans Leben gelockt haben, erfüllen den Raum,

machen es sich um mich herum gemütlich und mich überfällt der beinahe schmerzhafte Wunsch, mehr zu wissen, zumindest genug zu verstehen, dass ich so tun kann, als würde ich zu dieser Familie gehören. Ich blinzle die Tränen weg, die sich in meine müden Augen gestohlen haben, und bin mir sicherer denn je, dass das hier genau die richtige Entscheidung für Brennan und mich war.

Komm wieder runter, Jessica. Du bist erst seit fünf Minuten hier. Deine Durchgeknalltheit darfst du frühestens in ein paar Tagen rauslassen.

»Setz dich doch, meine Liebe, und nimm dir ein Plätzchen. Und dann erzählst du uns, warum du so klitschnass bist.« Mrs Donnelly hält sich allerdings nicht an ihren eigenen Rat. Während wir Platz nehmen, eilt sie geschäftig hin und her, um sicherzustellen, dass wir auch alles haben, was wir brauchen. Bei ihrem Herumgerenne – und ihren Fragen – macht sich mein Herz warm für eine weitere Runde Saltos.

Mr Donnelly rettet mich zum zweiten Mal in zehn Minuten. »Bei allen Heiligen, Maeve, jetzt setz dich endlich hin. Du wuselst schon seit vier Uhr morgens durchs Haus, irgendwann kriege ich noch einen Herzinfarkt.«

»Na schön.« Sie verpasst ihm einen Schlag mit dem Geschirrtuch und schiebt sich lächelnd auf den Stuhl rechts neben ihm, links neben mir. »Bitte erzähl uns von dir, Jessica. Brennan ist ein typischer Mann, was das angeht, also hat er uns gründlich im Dunkeln gelassen. Woher kommst du? Wie heißt du mit Nachnamen?«

Ich werfe Brennan einen gereizten Blick zu, den er gar

nicht bemerkt, weil er zu sehr damit beschäftigt ist, selbst gebackene Weihnachtsleckereien auf den Teller vor sich zu stapeln. »Also, ich heiße MacFarlane –«

Molly verschluckt sich an ihrem Tee und versprüht hustend bernsteinfarbene Tröpfchen auf der mit Stechpalmen bestickten Tischdecke. Mrs Donnelly versucht, ihre Bestürzung hinter einem gekünstelten Lächeln zu verbergen, und ich frage mich, was zum Teufel mit meinem Nachnamen nicht stimmt. Brennan klopft seiner Schwester ein bisschen fester als nötig auf den Rücken und sie haut ihm auf den Arm. Ihre Kabbelei lenkt die Aufmerksamkeit – zumindest für den Moment – von mir ab.

»Im Ernst, Kinder? Ihr seid gerade mal seit zwei Minuten im selben Zimmer«, tadelt Mr Donnelly, bevor er sich wieder mir zuwendet. »Sprich weiter, Jessica.«

Irgendwas an der Art, wie er meinen Namen sagt, lässt mich befürchten, dass er meine Abneigung gegen Abkürzungen lächerlich findet, aber in seiner erwartungsvollen Miene liegt nichts als ehrliches Interesse. Wahrscheinlich bilde ich es mir nur ein, weil ich jahrelang jeden verbessern musste.

»Ähm, ich komme ursprünglich aus Missouri und studiere Journalismus an der TCU.« Alle Augen sind auf mich gerichtet. Meine Wangen glühen, aber das habe ich mir selbst eingebrockt, so wie ich hier hereingeschneit bin.

»Warum bist du so dreckig?« Molly rümpft die Nase. Ihr Gesicht ist immer noch rosa von ihrem kleinen Erstickungsanfall und ihr Haar ist leicht zerzaust.

Natürlich muss sie unbedingt alle daran erinnern, dass ich

Mrs Donnellys erste Frage noch nicht beantwortet habe. Lügen geht gegen meine Prinzipien, aber ich habe auch keine Lust, ihnen zu verraten, dass ich auf dem Weg hierher beinahe ihren Viehbestand verringert hätte. »Ich, ähm, musste aussteigen, um einen Ast von der Straße zu räumen.«

»Wie habt ihr euch kennengelernt, du und Brennan?«, löchert Molly mich zwischen zwei Bissen Cranberryscone weiter.

»Bei einer Verbindungsparty«, brummt Brennan. »Nichts Besonderes.«

Ich warte darauf, dass er noch etwas Nettes hinzufügt, in der Art, dass es sich seitdem zu etwas Besonderem entwickelt hat oder wie gut wir uns von Anfang an verstanden haben, aber er schweigt und Stille senkt sich über das Zimmer, nur unterbrochen vom Kratzen der Gabeln auf dem Porzellan und einer gelegentlichen Bemerkung darüber, ob wir wohl weiße Weihnachten bekommen.

Irgendwann schlägt eine Kuckucksuhr an der Wand und Mrs Donnelly schaut auf und lächelt müde. »Auf jeden Fall ist es sehr schön, dich kennenzulernen, Jessica.«

Sie gähnt herzhaft und steckt mich damit an. Immerhin bin ich seit fast vierundzwanzig Stunden auf den Beinen. Meine Augen brennen und mein Kopf ist völlig leer, bis auf den dringenden Wunsch, dass sie mir endlich mein Zimmer zeigt.

Ich vermute mal, der Katholizismus hat etwas dagegen, dass Brennan und ich uns eins teilen.

Keiner rührt sich und meine Zunge überkommt der ver-

zweifelte Drang, irgendwas zu sagen. »Ich weiß, es ist schrecklich unhöflich von mir, zwei Tage vor Weihnachten uneingeladen aufzutauchen, aber mir ist einfach kein gutes Geschenk für Brennan eingefallen und das hier hat sich richtig angefühlt.« Ich lächle unsicher und ernte viermal synchrones Kopfnicken, als säße ich einer Familie von Wackeldackeln gegenüber. »Na ja, so sind wir Amerikaner: Schrecklich unhöflich ist unser Landesmotto.«

Mein Witz legt eine Bauchlandung hin und Mrs Donnelly tätschelt mir die Hand. »Nicht doch, meine Liebe. Wir haben unseren Jungen furchtbar vermisst und es wird bestimmt erfrischend, von einer Freundin mehr über seine Zeit in den Staaten zu hören. Brennan ist nicht gerade geschwätzig.«

»Allerdings«, antworte ich, ein wenig verschnupft, dass sie mich als *eine Freundin* bezeichnet hat. Und dass er sie nicht verbessert.

Sie führt mich durch den Flur zu einem Zimmer und zeigt mir das Gästebad, überreicht mir einen Stapel Handtücher und wünscht mir eine erholsame Nacht. Kaum hat sie die Tür hinter sich geschlossen, falle ich aufs Bett und frage mich, wie viel ich wohl in die Tatsache hineininterpretieren sollte, dass ich meinem Freund nicht einmal ordentlich gute Nacht sagen durfte, bevor sie mich hinausgescheucht hat.

Vielleicht schleicht er sich gleich noch zu mir und erzählt mir, wie sehr er sich freut, mich zu sehen, wie froh er darüber ist, dass ich achttausend Kilometer weit geflogen bin, um ihn zu überraschen, und entschuldigt sich für seine kühle Begrüßung.

Ich schlafe ein, ehe ich überhaupt darüber nachdenken kann, mich umzuziehen. Falls Brennan also tatsächlich an meine Tür klopft, stößt er auf taube Ohren. Geister spuken durch meine Träume, doch im Gegensatz zu denen des alten Ebenezer Scrooge kommen meine alle aus der Vergangenheit. Über die Zukunft haben sie nichts Gutes zu verkünden.

Aber das haben sie ja nie.

Kapitel 3

Die Sonne linst viel zu früh durch die Vorhänge an meinem Fenster, aber zumindest scheint sich das Unwetter von gestern Abend aufgelöst zu haben. Mein Körper schreit nach Kaffee, obwohl er genau weiß, dass es von jetzt an eher Schwarztee geben wird. Na ja, besser als völliger Koffeinentzug.

Ich schlüpfe in frische Unterwäsche, eine saubere Jeans und einen Pulli, bevor ich in den Flur spähe. Es ist so still, dass mir das Quietschen meiner Schuhe auf dem Hartholzboden ohrenbetäubend laut vorkommt, doch ich schaffe es aus der Haustür, ohne jemandem zu begegnen. Draußen hole ich tief Luft und atme die Meeresbrise ein.

Heute begrüßt mich Irland, wie ich es mir ausgemalt hatte. Der dichte Nebel schmiegt sich wie ein Schal an die felsige Küste und die Sonne glitzert auf den schäumenden grauen Wellen. Der Regen hat sich irgendwann in der Nacht in Schnee verwandelt, also ist immer noch kein Grün zu sehen, aber die unberührte weiße Decke über den Hügeln er-

zeugt die perfekte Atmosphäre für diesen Wintermorgen. Weiße Weihnachten in Irland. Diese Reise *kann* kein Fehler gewesen sein.

Die Tür hinter mir knarrt und ein verschlafener Brennan tritt neben mich, eine farbenfrohe Häkeldecke um die Schultern geschlungen. Seine Haare stehen in alle Richtungen ab und an seiner Wange prangen rote Kopfkissenabdrücke, doch als er mich anlächelt, ist er für mich der schönste Mensch der Welt.

»Morgen, Chicken.« Sein Akzent wird stärker, wenn er müde ist, aber an den Spitznamen habe ich mich mittlerweile gewöhnt. Am Anfang fand ich ihn echt seltsam. Für ihn ist er anscheinend normal.

»Morgen.« Ich beuge mich zu ihm, ohne mich daran zu stören, dass sich keiner von uns die Zähne geputzt hat. Mit dieser Formalität halten wir uns nicht mehr auf, seit wir angefangen haben, beieinander zu übernachten. Er verfällt wieder in Schweigen und entfacht meine schwelenden Zweifel neu. »Bist du sauer auf mich?«

»Weil du hergekommen bist?« Er schaut mich nicht an, sondern blinzelt aufs Meer hinaus. Eine gefühlte Ewigkeit vergeht, bis er mit den Achseln zuckt, sich umdreht und einen Arm um meine Schultern legt. »Nee. Ich meine, ich war schon ziemlich überrascht und meine Mutter ist eine Planerin wie du, also kriegt sie wahrscheinlich noch eine Panikattacke, aber es ist schön, dich zu sehen.«

»Na ja, wir sind seit vier Monaten zusammen. Es wurde Zeit, dass ich deine Familie kennenlerne.«

»Also hast du wie immer die Initiative ergriffen.« Er lächelt, um den Vorwurf in seiner Stimme abzumildern, und drückt mir einen Kuss auf die Nasenspitze. »Wie könnte ich sauer auf dich sein, nur weil du du bist?«

Und das war's. Das ist so typisch für Brennan. Er nimmt alles, wie es kommt, und nichts stört ihn. Nie.

Was *mich* jedoch langsam stört. Denn was sagt es über seine Einstellung mir gegenüber oder das Potenzial unserer Beziehung aus, dass ihm alles egal ist?

Chris würde jetzt die Augen verdrehen und schimpfen, dass ich die Klappe halten soll. Dass wir neunzehn sind und erst seit vier Monaten zusammen und noch nicht wissen müssen, ob wir irgendwann mal heiraten. Ob es für immer ist.

Ich schaue meinen süßen irischen Freund an, der sich wirklich bemüht, mich zu verstehen, und außerdem zufällig eine Granate im Bett ist, und beschließe, ausnahmsweise auf sie zu hören. Mich zu entspannen und die neue Erfahrung zu genießen.

»Hey, ihr zwei, das Frühstück ist fertig und Mum reißt euch den Kopf ab, wenn ihr nicht gleich reinkommt.« Molly steckt die rotblonden Wuschellocken durch die Tür und beäugt uns. »Uff, seid ihr ekelhaft!«

»Nicht so ekelhaft wie dein Mundgeruch«, schießt Brennan zurück und zwinkert mir zu, bevor er hinter seiner Schwester herjagt.

Ich lasse ein letztes Mal den Blick über die atemberaubende Umgebung schweifen, dann folge ich ihnen ins Esszimmer. Mittlerweile habe ich ein besseres Gefühl bei der

ganzen Sache als gestern Abend. Vielleicht sind Brennan und ich noch nicht da, wo ich uns gerne hätte, aber ich glaube, dass Weihnachten mit mir und seiner Familie, in seinem Heimatland, ihm einen Schubs in die richtige Richtung geben wird.

Die Familie versammelt sich um den alten, abgenutzten Eichentisch und ich entdecke ein neues Gesicht. Ein älterer Mann sitzt am Kopfende. Seine mit Altersflecken übersäte Glatze glänzt in der Sonne, die durch das Fenster hereinfällt. Er mustert mich skeptisch durch seine riesige, eulenartige Brille und rümpft die Nase, als wäre ich ein Stück Obst, das irgendwie komisch riecht.

»Ist das die Schottin?«, fragt er.

»Grandpa!« Mollys Wangen färben sich rosa.

Das erklärt zumindest, warum sie gestern so ein Gewese um meinen Nachnamen gemacht haben.

»Ich bin keine Schottin, sondern Amerikanerin. Und mein Vater hat auch nie irgendwelche schottischen Vorfahren erwähnt.« Nicht, dass ich mich an besonders viel aus der Zeit vor meinem neunten Geburtstag erinnere. Bevor er gestorben ist. Aber es erscheint mir als berechtigter Einwand.

»Die Augen und die Statur kannst du nicht verleugnen«, bemerkt Grandpa Donnelly mit einer geringschätzigen Handbewegung. »Und für 'nen Penny ist dir bestimmt auch kein Umweg zu weit.«

»Dad, es reicht.« Mr Donnelly greift nach einer Scheibe Brot, das die Farbe von Haferflocken hat. »Im Ernst, wir sollen doch jetzt so tun, als würden wir die Schotten mögen.

Und der Kerl, der dir in der Uni die Freundin ausgespannt hat, ist seit über zehn Jahren tot.«

»Zehn Jahre zu kurz«, knurrt Grandpa Donnelly und beäugt mich weiter, als würde er sich fragen, welche Verbrechen – wirklich oder eingebildet – ich wohl begangen habe. »Aber du bist hübsch, das ist ja schon mal was.«

Brennan wirft mir einen entschuldigenden Blick zu und lässt sich auf den Stuhl neben seinem Großvater fallen. Meine Wangen glühen vor Verlegenheit, obwohl es lächerlich ist, sich für seinen Nachnamen zu schämen. Schließlich habe ich ihn mir nicht ausgesucht und er bedeutet nichts – zumindest dem kläglichen Rest meiner Familie nicht.

Ich strecke die Hand aus. »Ich bin Jessica.«

Der alte Mann schaut darauf hinunter, schüttelt sie allerdings nicht, sondern grinst nur und entblößt seine Zahnlücken. »Michael Donnelly.«

»Können wir jetzt endlich essen?«, fragt Mrs Donnelly und mustert ihre Familie mit hochgezogenen Augenbrauen, die keinen Widerspruch dulden.

Ich nehme mir Joghurt, Müsli, Obst, ein bisschen Rührei und eine Frikadelle. Brennan reicht mir den Korb mit Brot und Scones und deutet auf den dicken haferflockenfarbenen Laib.

»Das ist Sodabrot. Eine irische Spezialität.«

»Danke.« Ich bestreiche eine Scheibe mit Butter und Marmelade und beiße vorsichtig hinein. Es schmeckt richtig gut und hat eine interessante Textur, schon wie Brot, aber irgendwie auch nicht. »Lecker!«

»Natürlich findest du's lecker. Alles ist besser als Haggis und Haferschleim«, sagt Grandpa Donnelly zwischen zwei Löffeln Joghurt.

»Was ist Haggis?«, frage ich mit meiner überzeugendsten Unschuldsmiene.

»Mum macht das beste Sodabrot in der ganzen Stadt«, verkündet Brennan schnell, bevor sein Großvater antworten kann.

»Das ist ein schönes Bild«, sage ich und nicke zu einem Schwarz-Weiß-Foto an der Wand hinüber. Es zeigt eine Frau am Strand, die mit dem Rücken zur Kamera steht. Der Wind lässt ihr dunkles Haar wehen und zieht den Saum ihres Kleids in Richtung der grauen Wellen. Moosüberwachsene, zerklüftete Felsen rahmen das stürmische Motiv. »Hat das einer von Ihnen geschossen? Oder ein Fotograf aus der Gegend?«

»Unser Farmhelfer Grady. Er knipst alles, was ihm vor die Linse kommt. Er ist ziemlich gut«, erwidert Mrs Donnelly mit einem nachsichtigen Lächeln.

»Ach«, würge ich hervor, während mein Gehirn versucht, den schroffen, unsympathischen Typen von gestern Abend mit dem Künstler zusammenzubringen, der die einzigartige Schönheit in diesem Foto eingefangen hat.

»Habt ihr Oma Ziege heute schon gesehen?«, wechselt Molly das Thema und stochert in ihrem Rührei herum. »Sie humpelt.«

Mein Herz setzt aus. Die plötzliche Stille im Zimmer rauscht mir in den Ohren und alles um mich herum wird langsamer, als wären wir unter Wasser. *Scheiße.*

»Gestern ging's ihr noch gut, da war sie temperamentvoll wie eh und je.« Mrs Donnelly schenkt mir nach, obwohl ich erst zwei Schlucke von meinem Tee getrunken habe. »Wollte mich beißen.«

Niemand zwingt mich, es ihnen zu sagen. Solange der blöde Grady Callaghan den Mund hält, werden sie es nie erfahren. Aber vielleicht muss die Ziege zum Tierarzt oder so. Und wenn sie es *doch* irgendwie herausfinden, wissen sie, dass ich hier gesessen und ihnen praktisch ins Gesicht gelogen habe. Und ich habe nur vier Tage, um einen guten Eindruck zu hinterlassen, da würde das mehr Schaden anrichten, als meinen Fehler einzuräumen.

»Ich habe sie angefahren«, murmle ich. Alle starren mich mit offenem Mund an, sogar Brennan. »Ich meine, ich weiß nicht genau, ob es *Oma* Ziege war, aber es war eine Ziege.«

»Was? Warum hast du das denn nicht gleich gesagt?« Mrs Donnelly durchbohrt mich mit ihrem vorwurfsvollen Blick.

Als sie ihn auf Brennan richtet, füge ich schnell hinzu: »Er hatte keine Ahnung. Ich hab's ihm nicht erzählt.«

»Du hättest es uns sagen sollen.« Mit den zusammengepressten Lippen wirkt Mr Donnelly längst nicht mehr so gutmütig. »Vielleicht braucht sie einen Tierarzt und zwei Tage vor Weihnachten kriegt man den hier nicht mehr so leicht raus.«

»Ach, so müssen wir wenigstens keinen Truthahn fürs Weihnachtsessen schlachten, Colin«, gluckst Grandpa Donnelly und verschluckt sich fast vor Lachen.

»Oma Ziege ist bald wieder auf dem Damm«, verkündet plötzlich die tiefe Stimme von gestern Abend.

Ich wirble herum. Grady steht in der Tür zur Küche, die Wollmütze in den Bärenpranken, und mustert mich. Ohne das grelle Licht der Scheinwerfer sind seine Augen eher grau als blau. Er sieht aus, als müsste er sich zurückhalten, um mich nicht anzuschnauzen, weil ich den Vorfall bisher verheimlicht habe. Ich unterdrücke den Drang, die Augen zu verdrehen. Immerhin hilft er mir gerade irgendwie.

»Hast du sie dir angeschaut?«, fragt Mrs Donnelly so besorgt, als hätte ich Molly erwischt und keine bissige Ziege.

»Ja, gestern Abend, gleich nachdem es passiert ist. Sie war ein bisschen benommen und hatte eine Prellung am linken Vorderbein, aber sonst war alles in Ordnung.« Er wirft mir noch einen Blick zu und ich bemühe mich, ihn dankbar zu erwidern.

Ich bin *wirklich* dankbar, dass er sich eingeschaltet hat, denn was den Gesundheitszustand einer Ziege angeht, wird die Familie eher auf seine Meinung vertrauen als auf meine – aber muss er deswegen schon wieder so ätzend und eingebildet sein?

»Ich habe gestern Abend nichts gesagt, weil es mir so peinlich war.« Meine Wangen brennen, was meine Geschichte gleich glaubwürdiger erscheinen lässt. »Und Grady hat gemeint, der Ziege würde nichts fehlen. Aber ich hätte es Ihnen trotzdem erzählen müssen.«

»Hast du schon gefrühstückt, mein Junge?«, fragt Mrs Donnelly Grady und ignoriert meine Entschuldigung.

Ihr Ehemann wendet sich wieder seinem Teller zu, aber sein Dauerlächeln ist einem missbilligenden Ausdruck gewichen. Grandpa Donnelly schnalzt mit der Zunge in meine Richtung und seine Augen funkeln mehr als nur ein bisschen schadenfroh. Und obwohl Brennan unter dem Tisch mein Knie drückt, wirkt er irgendwie durch den Wind, als wüsste er nicht, ob er mich verteidigen soll oder nicht.

»Ja, Maeve, vielen Dank.« Grady schenkt Mrs Donnelly ein honigsüßes Lächeln. »Ich wollte nur Bescheid geben, dass ich in die Stadt fahre. Brauchst du irgendwas?«

»Nein, danke. Obwohl, vielleicht ein paar Cranberrys? Du isst doch an Weihnachten mit uns, oder?«

»Teufel ja«, antwortet er und stapft wieder davon.

Jemand tätschelt mir die Hand. Grandpa Donnelly grinst mich an und seine wässrigen Augen glitzern verschwörerisch. »Warum holst du dir nicht einen Brandy aus dem Schrank? Du siehst aus, als könntest du einen Schluck vertragen.«

Ich schüttle den Kopf, da schaltet sich Mrs Donnelly ein: »Ich nehme auch einen Schuss in meinen Tee, meine Liebe. Mir will heute nicht so richtig warm werden.«

Na großartig! Gleich das nächste unangenehme Thema. »Ich trinke eigentlich keinen Alkohol.«

Der Satz klingt wie eine Entschuldigung. An der Uni muss ich mich auch andauernd erklären, aber es ist leichter, wenn man das Ganze mit unangemessenen Witzen ins Lächerliche ziehen kann.

»*Was?*« Grandpa Donnelly verengt die Augen. Ich bin wieder das potenziell faule Stück Obst.

»Sie mag nicht, wie sie sich dann fühlt«, sagt Brennan. Er versucht, mir zu helfen, und das ist wirklich lieb von ihm, aber jetzt wirke ich wie ein anstrengendes, neurotisches Nervenbündel.

»Bist du … wie heißt noch diese eine komische Religion? Mormonin?« Molly starrt mich an, als wäre ich ein Filmstar. »Wie John Travolta?«

Wie sehr ich auch strample, um mich über Wasser zu halten, dieses Gespräch wird mein Untergang. »Er ist bei Scientology. Und nein, ich bin keine Mormonin. Es ist bloß eine Entscheidung, die ich für mich getroffen habe. Ich fühle mich gerne wie ich selbst.«

»Hier geht's um einen Drink, Mädchen«, unterbricht mich Grandpa Donnelly. »Sogar Jesus hat Wein getrunken.«

»Jesus musste sich auch keine Sorgen um Vergewaltigungsdrogen machen«, erwidere ich scherzhaft und frage mich zu spät, ob Witze über Jesus überhaupt erlaubt sind. Ich persönlich glaube ja, dass der Typ bestimmt Humor hatte, aber die Donnellys scheinen den ganzen Kram ziemlich ernst zu nehmen.

Es sollte mich nicht überraschen, dass das mit dem Alkohol in Irland eine große Sache ist. Brennan trinkt fast immer zum Essen. Nicht so viel, dass es bedenklich wäre. Er ist kein Alkoholiker, es gehört einfach zu seinem Lebensstil.

Meine Abstinenz ist auch an der Uni eine große Sache, aber da will ich die Leute nicht unbedingt beeindrucken.

Statt weiterzureden und alles noch schlimmer zu machen, nehme ich einen Bissen Frikadelle. Meine Zunge schiebt ihn

hin und her, überrascht von Konsistenz und Geschmack, die anders sind als bei jeder anderen Frikadelle. Nicht schlecht, obwohl mein Magen sich noch nicht sicher ist, ob er sie bei sich behalten möchte.

»Was für ein Fleisch ist das?«, frage ich, nachdem ich es endlich geschafft habe runterzuschlucken. Jetzt bereue ich es, dass der Bissen so riesig war, aber Frikadelle im Mund ist immer noch besser als Fuß im Fettnäpfchen.

Niemand antwortet mir und als ich aufschaue, mustert Brennan mich mit einer Mischung aus Belustigung und Sorge auf dem hübschen Gesicht.

Grauen vermengt sich mit der geheimnisvollen Fleischmasse und ich fange an zu schwitzen. »Was ist?«

»Das ist kein Fleisch. Das ist Black Pudding.«

»Black Pudding?« Ich stochere mit der Gabel in dem trockenen Klumpen und bemühe mich, nicht allzu sehr wie eine ahnungslose Amerikanerin zu klingen. »Das sieht gar nicht aus wie Pudding.«

»Das liegt daran, dass er nicht aus Milch besteht.« Brennans Finger berühren sanft mein Bein.

»Aus was denn sonst?«

»Na ja … ein bisschen Schweineschmalz.« Er hält inne und wirft seiner Mutter einen schnellen Blick zu, gefolgt von einer Grimasse. »Aber hauptsächlich aus gekochtem Blut.«

Mir bleibt keine Zeit zu antworten. Bevor Brennans Worte überhaupt von meinem Ohr bis zum Gehirn gedrungen sind, schießt mir der Black Pudding schon die Speiseröhre hoch. Ich kann mich nicht einmal mehr entschuldigen oder um eine

weniger entsetzte Miene bemühen. Ich weiß nur, dass ich *nicht* auf Mrs Donnellys Esszimmertisch kotzen darf.

Brennan will aufstehen, aber ich strecke die Hand aus und schüttle den Kopf, so fest ich mich traue. »Nein. Bleib.«

Ich fliehe nach draußen in den frischen Schnee, weil das viel näher ist als das Gästebad. Trotzdem: Kaum habe ich mich auf die Knie fallen lassen, führe ich auch schon mein gesamtes Frühstück wieder Mutter Erde zu. Danach würge ich noch ein paar Minuten, weil mein Gehirn einfach nicht aufhören will, die Worte *gekochtes Blut* zu wiederholen.

»Und du hast es echt nicht bis zum Donnerhaus geschafft?«

Ich stöhne. Mittlerweile erkenne ich Grady schon an der Stimme. Vor allem, weil er immer dann auftaucht, wenn ich definitiv kein Publikum gebrauchen kann. Die gleißende Sonne blendet mich, als ich aufblicke. Gradys turmhohe Gestalt steht vor mir, das wettergegerbte Gesicht zu einer angewiderten Grimasse verzogen.

»Was ist ein Donnerhaus?«, frage ich.

»Na, eine Toilette. Ein WC oder wie auch immer ihr Amerikaner das nennt.«

»Nein, tatsächlich habe ich es *nicht* mehr bis zum Donnerhaus geschafft.« Warum haben die Leute in Großbritannien nur für alles so komische Begriffe? Das ist mir echt ein Rätsel. Wenn ich hier überhaupt in Großbritannien bin. Das muss ich dringend noch mal googeln.

Ich säubere mir das Kinn mit einer Handvoll Schnee und schiebe mir eine weitere in den Mund, um ihn auszuspülen. Normalerweise würde ich etwas so Ekliges nie vor jemand

anderem machen, aber bei Grady stört es mich seltsamerweise nicht.

»Du hast da noch was auf deinem Pulli.«

»Danke für den Hinweis.« Tränen steigen mir in die Augen, weil so ziemlich nichts wie geplant gelaufen ist, seit ich in Shannon gelandet bin. Brennans Eltern hassen mich und, was noch viel schlimmer ist, ich werde das Gefühl nicht los, dass er selbst mich eigentlich gar nicht hier haben will.

Vielleicht ist es einfach die traurige Wahrheit, dass er nicht der Richtige ist.

Die Tränen tropfen schneller und schneller, im Takt mit meinem in seine Einzelteile zerfallenden Plan, der mich immer weiter in Richtung eines unbeständigen, mit Tretminen gespickten Lebens drängt – und das wollte ich nie wieder führen.

»Ach, komm schon. So schlimm kann es doch nicht sein, Jessie.«

»Ich heiße Jessica«, fahre ich ihn an und rapple mich mit zusammengebissenen Zähnen auf. Grady ist so viel größer als ich, dass ich trotzdem noch den Kopf in den Nacken legen muss, um ihm in die Augen zu schauen, und als ich es tue, entdecke ich etwas in seinem Blick, bei dem sich mein Bauch zusammenzieht und mein Herz einen Satz macht. Ehrlichkeit. Anerkennung. Eine Spur Verlangen.

Es verschwindet sofort wieder, also habe ich es mir vielleicht auch nur eingebildet, aber meine verwirrende Reaktion auf seine Freundlichkeit bleibt.

»Und es ist sehr wohl so schlimm, geht dich aber nichts an.«

»Nein, du bist keine Jessica. Jessicas sind verklemmte Schulbibliothekarinnen oder Mütter, die ihren Stress in Pillen und Wein ertränken. Du bist eindeutig eine Jessie. Oder eine Jess?«

»Oh mein Gott, danke! Ich weiß nicht, wie ich bisher ohne deine Meinung zu diesem Thema auskommen konnte, schließlich kennst du mich ja in- und auswendig.« Mit zitternden Händen und nasser Hose stolziere ich zurück zur Haustür. Warum ärgere ich mich so über alles, was er sagt?

»Es ist keine Schande, von Black Pudding zu kotzen – das ist nichts für schwache Mägen!«, ruft er mir nach und bricht in tiefes Gelächter aus, das die Luft erfüllt wie süßer Honig.

Ich gehe nicht darauf ein. Das bringt nichts bei Typen wie Grady, die öfter über andere als mit ihnen lachen. Ich habe schon genug Probleme, da muss ich nicht auch noch versuchen, aus einem Kerl schlau zu werden, den ich nach Weihnachten ohnehin nie wiedersehe. Und es hat überhaupt keinen Sinn, darüber nachzudenken, warum mein Herz schneller geschlagen hat, als unsere Blicke sich getroffen haben. Wie es, wenn auch nur für einen Moment, so schien, als hätten wir etwas gemeinsam. Dass, als ich gespottet habe, er würde mich gar nicht kennen, eine leise Stimme in meinem Kopf *Wirklich nicht?* geflüstert hat.

»Warte.« Ich drehe mich um und schirme die Augen vor der Sonne ab. Grady beobachtet mich mit einer undurchdringlichen Miene, die mir einen Schauer über den Körper jagt. »Ähm, könntest du mir ein paar Sachen aus der Stadt mitbringen?«

»Teufel ja«, sagt er nickend. »Was brauchst du? Nen Schwangerschaftstest?«

»Haha, sehr witzig. Bist du neben Farmhelfer und Fotograf jetzt auch Komiker?«

»Vergiss Ziegenretter nicht. Das habe ich gerade in meinen Lebenslauf aufgenommen.«

»Dann schreib doch gleich noch professionelle Nervensäge dazu«, schieße ich zurück, muss mir aber ein Grinsen verkneifen, als ich ihm die kurze Liste von Lebensmitteln aufzähle, die zumindest das Potenzial haben, mir das Wohlwollen der Donnellys wieder zu sichern. Falls sie Kürbis-Pie mögen.

Ein Teil von mir – ein Teil, der mir Angst einjagt, weil er mich zu sehr an meine Eltern erinnert – würde am liebsten noch länger hier draußen bleiben und sich einen Schlagabtausch mit Grady liefern. Es zaubert mir ein Lächeln aufs Gesicht und eine Unbeschwertheit ins Herz, die den Ärger einfach auflöst. Aber in meinem Leben ist kein Raum für Ungewissheiten. Umwege. Alles hat seinen Platz, seinen Zweck, und am anderen Ende der Welt mit einem unambitionierten Künstlertypen zu flirten, passt da nicht rein.

Also wische ich die seltsame Anziehung zusammen mit den an meinem Pulli klebenden Schneeflocken weg und gehe zurück ins Haus, zu meiner richtigen Zukunft.

★

Das Esszimmer ist leer und ein Großteil des dreckigen Geschirrs und des restlichen Essens schon abgeräumt. Ein schneller Blick ins Wohnzimmer verrät, dass Grandpa Donnelly vor dem Fernseher sitzt und eine Nachrichtensendung schaut. Das Klappern von Tellern und das Rauschen eines laufenden Wasserhahns locken mich in Richtung Küche. Als ich zwei leise Stimmen höre, von denen eine meinem Freund gehört, werde ich langsamer. Vielleicht ist Lauschen nicht die beste Methode, um diese Reise zu retten, aber Wissen ist schließlich Macht oder so ähnlich.

»Kannst du ihr nicht wenigstens eine Chance geben? Du hast sie doch noch gar nicht richtig kennengelernt!«

»Es ist ja nicht so, als würde ich sie nicht mögen«, antwortet Mrs Donnelly über das Scheppern der Töpfe in der Spüle hinweg. »Aber wie soll eine Schottin, die keinen Alkohol trinkt, in diese Familie passen?«

»Wir sind erst seit vier Monaten zusammen, Mum. Ich will sie nicht gleich heiraten. Es geht um vier Tage.«

In meiner Kehle bildet sich ein Kloß und ich schlucke.

»Du bist kein kleiner Junge mehr, Brennan. Du musst jede deiner Beziehungen auf diese Weise bewerten, immerhin könnte es passieren.« Ihr Tonfall wird weicher. »Ich sehe doch, wie sie dich anschaut. Als wärst du genau das, worauf sie gewartet hat. Und wer kann es ihr verübeln? Aber mal abgesehen von ihrer Herkunft und dem Alkohol und unseren religiösen Unterschieden … tu nichts Unüberlegtes, mein Junge.«

»Das tue ich doch nie, Mum. Mach dir keine Sorgen um mich.«

»Damit werde ich nie aufhören«, erwidert Mrs Donnelly und das laute Schmatzen eines Kusses schallt durch den Flur.

Okay. Mrs Donnelly glaubt also nicht, dass ihr Sohn und ich füreinander geschaffen sind, und Brennan hat unsere Beziehung ohnehin nie so gesehen. Das tut weh und einen Moment lang fühle ich mich wie ein Ballon, dem die Luft ausgegangen ist, und hänge schlaff und traurig herum. Dann zähle ich bis fünf, atme tief ein und balle die Fäuste.

Denn ich will verdammt sein, wenn Jessica Anne MacFarlane sich von ein paar Steinen von ihrem Weg abbringen lässt.

Statt Brennan damit zu konfrontieren und alles in ein noch größeres Chaos zu verwandeln, versuche ich, mich den restlichen Vormittag über nützlich zu machen – oder wenigstens nicht zu stören. Ich helfe Mrs Donnelly beim Geschenkeeinpacken und verziehe mich mit einem Buch in den Wintergarten, während die Männer einen Truthahn fürs Weihnachtsessen schlachten und Molly und Mrs Donnelly die Nachbarn besuchen und Geschenke austauschen.

Irgendwann höre ich eine Tür und schwere Schritte aus der Küche. Vielleicht ist Grady vom Einkaufen zurück, dann habe ich etwas zu tun. Mehrere zum Bersten volle Tüten stehen auf der Theke und ich schnappe mir diejenige, in der die Zutaten für Teig und Kürbisfüllung nebst Schlagsahne stecken.

Und ein Schwangerschaftstest. Zum Totlachen.

Ich werfe ihn beiseite und mache mich an die Arbeit. Zutaten abmessen, Teig kneten und ausrollen – die vertrauten Arbeitsschritte lösen nach und nach die Verspannung in meinem Nacken und Rücken. Die verschneite irische Landschaft

verzaubert mich durch die Fenster, der Duft von Zimt und Nelken tanzt durch den Raum, und das Knacken des Holzofens vermischt sich mit Grandpa Donnellys leisem Schnarchen aus dem Wohnzimmer. Es ist schön. So wie Familie sein sollte, auch wenn es nicht meine ist.

Noch nicht.

Weihnachten war für mich nie mehr dasselbe, seit meine Eltern damals im Dezember, als ich in der ersten Klasse war, das Haus verloren haben. Aber gerade fällt es mir nicht schwer zu glauben, dass es dieses Jahr anders sein könnte. Dass mein Leben anders sein könnte.

Hoffnung erfüllt mich und das Backen ist so stupide, dass ich meine Gedanken zu den Punkten auf meiner Liste wandern lassen kann, die noch abgehakt werden müssen: die Uni abschließen, mich verloben, einen tollen Job bei einem regionalen Nachrichtensender mit haufenweise Aufstiegsmöglichkeiten finden, heiraten, eine fantastische Beförderung bekommen, Geld anlegen, ein Haus kaufen, das erste Kind kriegen.

Das ist der Zehnjahresplan. Einer, in dem kein Platz dafür ist, auf der Straße zu leben und mit einem handbeschriebenen Pappschild vor dem McDonald's zu sitzen. Kein Platz für einen leeren Magen oder einen leeren Pappbecher, in dem nie genug für ein Happy Meal liegt.

Egal wo Brennan steht oder was seine Mutter von mir hält, er ist nett und klug und solide. Der richtige Mann bedeutet Beständigkeit und das wiederum bedeutet, nie Angst davor haben zu müssen, was der nächste Tag bringt.

Und das ist doch wirklich nicht zu viel verlangt.

Kapitel 4

Ich stelle den fertigen Pie und die Schlagsahne in den Kühlschrank, dann mache ich einen Spaziergang ans Meer. Der Strand hier würde zwar keine Massen von Touristen anlocken – es gibt keinen Sand, nur moosüberzogene harte Felsen –, dafür ist er friedlich und wunderschön. Die Felsen sind nicht gerade bequem, aber das Rauschen der Wellen und die Sonne, die in Richtung Horizont sinkt, erfüllen mich mit einer Ruhe, die ich mir normalerweise schwer erarbeiten muss.

Mir bleibt noch Zeit. Das hier könnte immer noch funktionieren und überhaupt, wir leben im einundzwanzigsten Jahrhundert. Vielleicht sollte ich mal darüber nachdenken, meinen Plan umzuschreiben, sodass Verlobung und Heirat optionale Schritte sind. Aber irgendwie fühlt sich das wie eine Niederlage an.

Die Sonne sinkt noch tiefer und verteilt sich auf dem Wasser wie Marmelade auf einer Scheibe Toast. Ich bin schon

so lange hier draußen, dass mir meine Knochen ganz schwach und porös vorkommen, und meine Augen, als hätte ich Sand unter den Lidern. Langsam bahne ich mir einen Weg über die Felsen und Viehweiden, wobei ich sorgsam darauf achte, nicht in einen der riesigen Kackefladen zu treten. Die umherstreifenden Kühe und Schafe beachten mich gar nicht – anscheinend haben sie die Horrorgeschichten der Ziegen über mich noch nicht gehört –, und die Hofhunde der Donnellys mustern mich nur gelangweilt.

Brennan kommt mir entgegen und seine Umarmung verschlägt mir den Atem. »Hey, Chicken, ich hab dich schon gesucht. Meine Mum will nach Ennistymon für ein paar Last-minute-Einkäufe. Bis dahin ist es ein Stück, also sind wir wahrscheinlich erst nach dem Abendessen wieder da.« Er schaut auf die Uhr. »Du kannst gerne mitfahren, aber dann ziehst du dir besser schnell noch was anderes an.«

»Ich weiß nicht.« Ich schlucke. Keine Ahnung, warum ich ablehne. »Ich fühle mich irgendwie nicht so gut.«

»Das ist der Jetlag. Der kann ziemlich hart sein, wenn man nicht daran gewöhnt ist.« Er umarmt mich noch einmal und drückt mir einen Kuss auf den Kopf. »Spritz dir ein bisschen Wasser ins Gesicht und schlüpf in ein paar trockene Klamotten, dann fühlst du dich bestimmt besser.«

Ich nicke und verdiene mir damit einen weiteren Kuss, bevor ich im Haus verschwinde. Als sich meine Zimmertür hinter mir schließt, stoße ich einen erleichterten Seufzer aus. Das gemütliche Bett mit der kuscheligen Patchworkdecke zieht mich magisch an und ich lasse mich bäuchlings

daraufplumpsen. Es riecht nach Waschmittel und ich rolle mich auf den Rücken. Eigentlich will ich gleich wieder aufstehen und mich frisch machen. Wenn ich mich verkrieche und schmolle, werde ich Brennan nie davon überzeugen, dass ich die lustige, energiegeladene, sexy Frau seiner Träume bin. Aber kaum bin ich in der Horizontalen, fallen mir die Augen zu.

Außerdem klingt das Argument *Je weniger Zeit ich mit den Donnellys verbringe, desto seltener kann ich in irgendein Fettnäpfchen treten* echt überzeugend. Trotzdem sollte ich wohl mitfahren und sei es auch nur aus dem Grund, dass ich zum ersten Mal in Irland bin und mehr davon sehen will als nur dieses eine Kaff.

Und um meinen Plan endlich wieder in die richtige Richtung zu lenken.

Es klopft und ich öffne die Augen. Dafür, dass ich sie nur kurz zugemacht habe, ist alles ganz schön verschwommen. »'s offen.«

Brennan kommt herein und lässt sich neben mich aufs Bett fallen. »Bist du eingeschlafen?«

»Nein.« Ich werfe einen Blick auf die Uhr. Seit unserem Gespräch vor dem Haus ist fast eine Stunde vergangen. »Oh. Vielleicht.«

»Du siehst unglaublich süß aus, wenn du so zerzaust bist.« Er beugt sich vor und küsst mich. Seine Arme schlingen sich um meinen Oberkörper und ich schmiege mich an seine Brust.

Gewohnheitsmäßig vertiefen wir den Kuss, bis alle meine

Sinne in Alarmbereitschaft sind, während unsere Zungen und Finger den anderen erforschen. Brennans Hand schlüpft unter meinen Pulli und streicht über meinen Bauch. Ich stöhne, und meine Finger schieben sich in sein Haar. Wir sind kurz davor, uns zu vergessen, da klopft es noch einmal und Brennans Mutter steckt den Kopf durch die Tür, ohne auf ein *Herein* zu warten.

Egal wie schnell wir auseinanderfahren, ihr kann nicht entgangen sein, wie ich meinen Pulli runtergezogen und ihr Sohn sein Haar glatt gestrichen hat. Sie runzelt die Stirn, enthält sich aber Gott sei Dank jedes Kommentars. Fettnäpfchen Nummer siebenunddreißig.

»Seid ihr so weit?« Sie richtet die Frage an Brennan, kann sich aber einen skeptischen Blick in meine Richtung nicht verkneifen. Meine Aufmachung ist eindeutig nicht öffentlichkeitstauglich.

»Ich schon«, antwortet Brennan leichthin, als wäre ihm die Situation kein bisschen peinlich. »Jessica kommt nicht mit. Jetlag.«

Sie zögert und ihr Mund bewegt sich, als wollte sie noch etwas sagen, bis Brennan die Augen verdreht. »Geh schon mal vor, Mum. Ich komme gleich nach.«

Er grinst mich an, aber sosehr ich mich auch bemühe, meine Mundwinkel heben sich keinen Millimeter. Auf dieser Reise läuft einfach nichts nach Plan.

»Ach, Chicken.« Er nimmt mein Gesicht in beide Hände, sodass ich seinem eindringlichen Blick nicht ausweichen kann. »Die Meinung meiner Mum wird meine Gefühle zu

dir nicht ändern. Sie kennt dich nur noch nicht gut genug, das ist alles.«

»Ja, aber ich habe dich mit der ganzen Sache total überfallen und seit ich hier bin, tue ich nichts anderes, als mich zu blamieren und deiner Familie den Eindruck zu vermitteln, dass ich überhaupt nicht zu dir passe«, sprudelt es aus mir heraus und der Berg an Reinfällen türmt sich zwischen uns auf.

»Aber das *tust* du«, beteuert er und zieht mich noch einmal an sich. »Wenn sie dich erst besser kennen, werden sie deine kleinen Macken genauso lieben wie ich.«

Trotz seiner Worte fühle ich mich nicht besser, obwohl ich nicht genau weiß, warum. Ich schiebe ihn sanft von mir. »Lass deine Familie nicht warten. Ich packe noch ein paar Geschenke ein und gehe früh ins Bett. Morgen ist ein neuer Tag.«

Er verabschiedet sich mit einem flüchtigen Kuss. »Okay, dann bis morgen.«

Erst als er weg ist, wird mir mit einem Mal klar, weshalb seine Aufmunterungsrede nicht die gewünschte Wirkung hatte – weil er die Dinge, die mich ausmachen, als Macken betrachtet, über die man hinwegsehen muss.

★

Ich verpacke die Geschenke, die ich mitgebracht habe – hauptsächlich Klamotten mit dem TCU-Logo und Mrs Donnellys Lieblingstee, den Brennan mal erwähnt hat –, und

überlege, tatsächlich einfach wieder ins Bett zu schlüpfen. Aber so lauschig mein Zimmer auch ist, die Vorstellung, bis morgen früh hier festzusitzen, klingt ungefähr so erstrebenswert, wie ohne mein Smartphone in einer Kohlengrube verschüttet zu werden.

Vielleicht finde ich ja den Stall. Dann kann ich nach der dummen Ziege schauen, die mir einen so großartigen ersten Eindruck beschert hat.

Aber zuerst schaue ich nach meinem Pie, nur um festzustellen, dass ein schmales Stück fehlt. Normalerweise würde mich diese Verstümmelung ärgern. Heute bringt sie mich zum Lächeln. Wenigstens ein Mensch in diesem Haus weiß mein Friedensangebot zu schätzen.

Draußen ist es eiskalt. Ein böiger Wind verwandelt den Schnee in kleine Zyklone aus weißer Spitze, die durch den sternklaren Abend wirbeln. Das Knirschen meiner Stiefel und die frische Luft, die in meine Lunge rauscht und über meine tauben Lippen wieder hinausströmt, stimmen mich ein bisschen fröhlicher.

Die Landschaft ist auch im Dunkeln wunderschön. Jetzt, wo ich die felsübersäten Hügel und das endlose Meer bei Tageslicht gesehen habe, sind sie im Mondschein leichter zu erkennen. Mehrere Nebengebäude heben sich auf dem fünf Morgen großen Grundstück gegen den schwarzen Himmel ab und obwohl ich mein Leben lang in der Stadt gewohnt habe, ist der Stall nicht schwer auszumachen – er ist am größten.

Drinnen ist es warm, fast zu warm nach der beißenden

Kälte. Der Geruch ist deutlich weniger angenehm als die anderen, mit denen mich Irland bisher verwöhnt hat, und das Heu, das auf dem Boden verteilt und in den Ecken und auf dem Speicher gestapelt ist, wirkt nicht gerade sauber. Ein paar Schafe blöken, während sie die spröden Halme beschnüffeln, und die dicken Glocken um ihre Hälse bimmeln, als sie sich hin und her wälzen, um sich ein bequemes Nachtlager zu schaffen. Die Hunde der Donnellys liegen in der Nähe des breiten Eingangstors und schenken mir und meinen Bewegungen ungefähr genauso viel Aufmerksamkeit wie heute Nachmittag.

Die Kühe sind anscheinend noch auf der Weide und ich sehe auch keine Pferde. Auf Zehenspitzen spähe ich in die Boxen. In der dritten entdecke ich Oma Zieges schmutziges Fell.

Zumindest glaube ich, dass es Oma Ziege ist. Das Tier ist weiß und hat einen komischen Bart und kleine Hörner, genau wie das gestern Abend unter meiner Stoßstange.

Ich schiebe die Tür auf. Am hinteren Ende der Box steht eine Lattenkiste unter einer Schicht Heu begraben und ich setze mich und ziehe einen Beutel Karotten aus der Tasche. Die waren hoffentlich nicht fürs Weihnachtsessen gedacht, aber es kam mir irgendwie nicht richtig vor, nach meinem Fauxpas hier ohne eine Wiedergutmachung aufzukreuzen.

»Na du?« Die Ziege beäugt die Plastiktüte in meiner Hand mit mäßigem Interesse. Heuhalme hängen zwischen ihren dicken Lippen. »Lust auf ein paar Karotten?«

Sie macht einen zögerlichen Schritt auf mich zu, dann

noch einen. Das leichte Humpeln lässt mich schlucken, aber obwohl ich kein Experte bin in Sachen … na ja, alles, was auf einer Farm lebt, sieht es nicht allzu schlimm aus. Nicht schlimm genug, um sie abzuknallen.

Ich halte ihr eine Karotte hin und es dauert nicht lange, bis ihr Appetit siegt. Ein Kichern entfährt mir, als ihre weichen Lippen meine Finger berühren. Die Karotte verschwindet und Oma Ziege starrt mich mit ausdruckslosen Augen an. Wie tiefe Seen, leer, aber von einfacher Schönheit. Ohne zu fragen, schnappt sie sich eine weitere Karotte.

»Hey!«, schimpfe ich, bevor ich den Kopf schief lege und noch einmal darüber nachdenke. »Okay, gut. Ich habe dich angefahren, also nimm dir so viele Karotten, wie du willst.«

Sie gestattet, dass ich ihr die Ohren kraule, während sie geräuschvoll kaut. Ihr Fell ist eher borstig als weich, aber irgendwie schließe ich das komische Vieh allmählich trotzdem ins Herz.

»Du bist gar nicht so übel«, stelle ich fest. »Du müffelst ein bisschen, aber auch nicht schlimmer als ein Verbindungshaus nach einer besonders ausschweifenden Party.«

Die Ziege lässt das so stehen und wir schweigen eine Weile einträchtig. Nur das Mahlen ihrer Zähne und das gelegentliche Rascheln des Heus unterbrechen die Stille. Meine Gedanken wandern zurück zu meinem Gespräch mit Brennan vor ein paar Stunden. Zu allem, was passiert ist, seit ich in Fanore aufgetaucht bin.

Zu Chris, wie sie versucht hat, mir diesen verrückten Trip

auszureden, als wir am Abend nach der letzten Prüfung vom Feiern nach Hause gekommen sind.

»Damit ver-hicks-graulst du ihn doch bloß«, lallt sie und stolpert in unser Zimmer.

»Aber dann ist er sowieso nicht der Richtige, oder?«

»Bist du eigentlich noch nie jung gewesen? Hast dich einfach treiben lassen? Die Schuhe von deinen Füßen geschleudert?« Sie kickt ein Bein nach vorn und ihr Flip-Flop prallt vom Spiegel ab und landet auf dem Fensterbrett.

»Doch, klar.«

»Glaub ich nicht.«

Ich schleudere einen Ballerina weg, aber er fliegt nur einen halben Meter weit, bevor er richtig herum im Schrank landet, genau wo er hingehört.

Chris lacht sich kaputt und ich runzle die Stirn. »Ich liebe dich, Christina, aber du verstehst das nicht.«

»Was verstehe ich nicht? Dass du so viel Angst davor hast, mal wie deine Mutter zu enden, dass es dich in einen totalen Lahmarsch verwandelt, der gerade dabei ist, eine einigermaßen anständige Beziehung mit einem scharfen Iren zu ruinieren?«

»Das Komische daran ist, dass ich gar nicht das Gefühl habe, irgendwas zu verpassen«, erzähle ich Oma Ziege. »Ich meine, das ist es einfach nicht wert. Impulsiv zu sein, in den Tag hineinzuleben. Nicht, wenn man irgendwann nicht mehr weiß, wo man schlafen soll oder die nächste Mahlzeit herbekommt, oder?« Oma Ziege sagt immer noch nichts, aber sie schaut mich an, als würde sie meine Worte überdenken, wäh-

rend sie ihren Abendimbiss genießt. Vielleicht spricht sie nicht gern mit vollem Mund.

»Ich kann doch auch ohne Ehemann eine berühmte Nachrichtensprecherin werden, bevor ich dreißig bin, oder? Wahrscheinlich sogar früher.«

Ich hatte eigentlich nicht vorgehabt, im Hauptfach Journalismus zu studieren, aber seit ich es im ersten Semester eher zufällig als Wahlfach belegt habe, lässt es mich nicht mehr los. Die Nachrichten haben etwas so Solides, Verlässliches an sich, jeden Abend um zehn.

»Tut mir echt leid, dass ich dich gestern angefahren habe, Oma Ziege. Du hast bestimmt einen fürchterlichen Schreck gekriegt, als diese verrückte Amerikanerin direkt auf dich zugehalten hat.« Ich kraule sie noch einmal und jetzt wirkt es sogar, als würde es ihr gefallen. »Hat der blöde alte Grady dir wenigstens was gegen die Schmerzen gegeben? Wir könnten dein Bein ja ein bisschen kühlen und einen Verband drumwickeln.«

»Den würde sie innerhalb von fünf Minuten auffressen.« Grady steht in der Boxentür, einen langen Heuhalm zwischen den vollen Lippen. Er stützt die Arme auf die Holzlatten und seine Augen funkeln, als hätte er zwei Sterne verschluckt.

Ich ignoriere den Satz, den mein Herz bei seinem Anblick macht. »Wie lange stehst du da schon?«

»Lange genug, um zu wissen, dass du mit Ziegen redest.« Er grinst. »Aber ich habe nicht gelauscht. Ich mache nur meine Arbeit.«

»Die um diese Uhrzeit woraus genau besteht? Mir auf die Nerven zu gehen?«

Er wirft mir einen tadelnden Blick zu, aber die Fältchen um seine Augen strafen ihn Lügen. »Also, andere wären mir ja dankbar für die Hilfe gestern Abend. Und heute Morgen. Warum hast du den Ziegenzwischenfall eigentlich ausgerechnet beim Frühstück auf den Tisch gebracht?«

»Ich habe ihn nicht *auf den Tisch gebracht*. Ich bin in die Ecke gedrängt worden.«

»Hier ist anscheinend jede Ecke für dich reserviert.« Grady zwinkert mir zu, was gleichermaßen nervig und vertraut und überraschend sexy ist, dann kommt er herein und streichelt Oma Ziege den Kopf. Und die treulose Tomate scheint ihn auch noch viel lieber zu mögen als mich.

Ich meine, okay, ich habe sie angefahren, aber ich habe ihr auch Karotten geschenkt. Mein finsterer Blick beeindruckt sie nicht, aber Grady grinst, als ich wieder aufschaue.

»Was?«, fauche ich.

»Nichts. Nur ... du weißt schon, dass Ziegen ziemlich doof sind, oder? Sie hat keine Ahnung mehr, was gestern Nacht passiert ist, und in zehn Minuten hat sie auch vergessen, dass du ihr Leckereien hier reingeschmuggelt hast.« Er lässt sich auf die Kiste neben mir fallen, ein bisschen näher, als mir lieb ist.

Und das scheint er genau zu wissen, deswegen rücke ich nicht von ihm ab. Dieses kleine Einschüchterungsspiel können auch zwei spielen. Normalerweise ist das zwar nicht

mein erster Reflex, aber Grady hat ein Händchen dafür, mich aus meiner Komfortzone zu holen.

»Wie du meinst. Vielleicht rede ich ja gerne mit Ziegen, weil sie nicht antworten.«

»Außer, du hast schon ein paar Pints intus.« Plötzlich wird er ernst und mustert mich so eindringlich, dass ich wegschauen muss. »Alles okay mit dir, Jessie? Lief der Schwangerschaftstest nicht gut?«

Ich beiße mir auf die Zunge, um ihn nicht noch einmal wegen des Spitznamens zu verbessern. Nein, mit mir ist gar nichts *okay*, aber es ist wohl nicht gerade schlau, ausgerechnet Grady Callaghan mein Herz auszuschütten. »Mir geht's gut. Kein Schwangerschaftstest nötig, danke der Nachfrage.«

Als würde ein Mädchen wie ich sich nicht doppelt und dreifach absichern, auch verhütungstechnisch.

»Hm.« Grady zieht den Halm aus dem Mund, wirft ihn weg und schiebt ihn mit der abgewetzten Spitze seines Stiefels in einen Haufen auf dem Boden. »Lass mich vorausschicken, dass ich eigentlich nicht so scharf darauf bin, meine Nase in die Angelegenheiten anderer Leute zu stecken.«

»Ich habe so das Gefühl, da kommt noch ein *Aber*, also red am besten gar nicht erst weiter.«

»Siehst du? Wenn du beim Rest der Familie nur halb so schlagfertig wärst wie bei mir, dann hätten sie sicher weniger Probleme damit, dass du ihren heiß geliebten Jungen flachlegst.«

Mir klappt die Kinnlade runter. »Das geht dich ja wohl mal gar nichts an!«

»Ich weiß. Aber das alles ist echt schwer mit anzusehen.« Er blickt mir direkt in die Augen und nichts an seiner Körperhaltung oder seiner Miene deutet darauf hin, dass er mich nur aufzieht. »Und wenn du wirklich lieber Single wärst, warum bist du dann hergekommen?«

Er muss schon eine ganze Weile im Dunkeln gestanden haben, wenn er gehört hat, wie ich die Ziege – und mich selbst – davon überzeugen wollte, dass mein Plan geändert werden kann. Wut kocht in mir hoch, beruhigt sich aber schnell wieder zu einem leisen Sieden. Vielleicht bietet sich mir hier eine einmalige Gelegenheit. Immerhin kennt Grady Brennan ziemlich gut. Und mehr Informationen könnten helfen, diese Sache noch zu retten.

»Ich wäre lieber nicht für immer einsam und Single«, gebe ich zu. »Also schätze ich mal, ich versuche herauszufinden, wo das alles hinführt.«

»Ja, aber du bist doch erst neunzehn oder so. Wozu die Eile?«

Irgendwie enttäuscht es mich, dass er genau wie alle anderen ist – zumindest, was dieses Thema anbelangt. »Ich überlasse nur ungern was dem Zufall.«

»In wen man sich verliebt, ist doch immer Zufall.«

Normalerweise würde ich das Gespräch an dieser Stelle beenden. Mit einem Seufzer akzeptieren, dass er es nicht versteht und auch nie verstehen wird. Aber das ehrliche Interesse in seinem Gesicht und seine offenen graublauen Augen beweisen, dass er die Antwort tatsächlich hören will. Also spreche ich weiter.

»Sich zu verlieben und die Person zu finden, mit der man den Rest seines Lebens verbringen will, sind zwei verschiedene Dinge.«

»Wirklich?« Er runzelt die Stirn. »Also, klar, in gewisser Weise kann ich das nachvollziehen. Mit der einen Art von Mann wälzt man sich vielleicht ein paar Wochen im Bett herum, aber man heiratet den, der jeden Tag zur Arbeit geht und jeden Abend nach Hause kommt.«

»Bei dir klingt das so oberflächlich.«

»Na ja, es ist nur … noch mal, wozu die Eile? Ist jetzt nicht eigentlich die Zeit, um sich mit der falschen Art von Mann im Bett zu wälzen?«

So sehr ich auch möchte, ich bin nicht bereit, mit Grady über meine Vergangenheit zu reden.

Nur ein Mensch kennt die ganze Wahrheit darüber, wo ich herkomme, warum mir mein Stipendium so viel bedeutet und weshalb es mir so wichtig ist, nach dem Abschluss für mich selbst sorgen zu können, und das ist Christina. Brennan weiß ein paar Kleinigkeiten, mehr nicht, denn sonst würde er jedes Mal, wenn er mich anschaut, nur noch einen Fall für die Wohlfahrt sehen und das würde alles kaputt machen.

Irgendwie habe ich das Gefühl, dass Grady nicht die Flucht ergreifen würde. Trotzdem zucke ich mit den Achseln. »Ich plane eben gern.«

Der ernste Ausdruck in seinen Augen überrascht mich, als unsere Blicke sich treffen. Sie sind wie miteinander verschmolzen, kleben aneinander, und auch wenn es mir unan-

genehm sein sollte und ich mich schnell abwenden müsste, tue ich es nicht.

»Ich plane auch gern. Aber Leute wie die Donnellys, die noch nie unerwartet vom Kurs abweichen mussten, begreifen den wahren Wert von Plänen nicht. Wenn du also mit dieser Familie warm werden willst, musst du dich entspannen. Ihnen deine witzige Seite zeigen, dein gutes Herz.« Er nickt in Oma Zieges Richtung. »Nur verrat ihnen besser nicht, dass du lieber mit Ziegen als mit Menschen redest.«

Grady weicht meinem Hieb aus und lächelt. Das Glitzern in seinen Augen verwandelt sich in aufrichtige Sorge, die mit sanften Fingern über meine Wangen zu streicheln scheint.

Es klingt, als würde er wissen, was es bedeutet, alles zu verlieren, weil man nicht vorbereitet war, und der Gedanke, dass ich hier, am anderen Ende der Welt, womöglich jemanden getroffen habe, der mich versteht, und zwar *wirklich*, verschlägt mir den Atem. Ich will alles erfahren, in seinem Kopf kramen und seine Seele durchwühlen, aber Grady ist nicht mein Freund. Er ist nicht derjenige, der Verständnis haben, dem ich mich anvertrauen sollte. Ganz zu schweigen davon, dass ein fast erwachsener Mann ohne Ausbildung und Karrierepläne nicht gerade meine Anforderungen an einen festen Freund erfüllt.

Trotz all dieser Tatsachen wird mir heiß in seiner Nähe. Bei seinen Worten. Den Komplimenten, die er mir macht, und der Zeit, die er sich nimmt, damit es mir besser geht. Jede meiner Körperzellen ist sich seiner so sehr bewusst wie noch keines anderen Menschen. Ich räuspere mich und ver-

suche angestrengt, mich wieder unter Kontrolle zu bekommen. »Danke. Fürs Zuhören.«

»Gern geschehen.« Er zögert, als wüsste er nicht, ob er weitersprechen soll. »Brennan ist kein schlechter Kerl. Wenn dich irgendwas bedrückt, solltest du mit ihm reden. Trau ihm ein bisschen mehr zu.«

»Seid ihr befreundet?«

»Wir sind gleich alt und beide in Fanore aufgewachsen, also ja, wir sind befreundet, seit ich denken kann.« Er richtet den Zeigefinger auf mich. »Aber nicht vergessen: kein schlechter Kerl, aber immer noch ein Kerl.«

»Genau wie du.«

»Wie nett, dass dir das auffällt, Jess.«

Ich verdrehe die Augen. »Das machst du doch nur, um mich auf die Palme zu bringen.«

»Was?«, fragt er mit Unschuldsmiene.

Ich muss lächeln und Stille senkt sich über den Stall. Die Behaglichkeit lullt mich ein, schafft einen Puffer zwischen uns und der Welt da draußen, so als wären hier drin Dinge möglich, die in der Kälte nicht einmal ausgesprochen werden könnten.

»Warum willst du Nachrichtensprecherin werden?«, fragt Grady plötzlich und scheucht mich aus meinem schützenden Kokon. Ich funkle ihn an, aber er hat nicht einmal den Anstand vorzugeben, es täte ihm leid, dass er gelauscht hat.

»Ich weiß nicht. Es ist ein sicherer Job und eine Dienstleistung, die jeder braucht.«

»Hm.« Allmählich wird mir klar, dass Grady zwar ein gu-

ter Beobachter und ein guter Zuhörer ist, aber dass er wahrscheinlich gar nicht merkt, wie er mich ansieht, während sein Gehirn damit beschäftigt ist, Informationen zu sammeln – als wäre ich völlig bescheuert. »Mit dem Internet und der Tatsache, dass die meisten Leute die Nachrichten lieber meiden, weil sie sie nur an all die Dinge erinnern, die sie nicht ändern können – glaubst du nicht, dass der Job ein bisschen ... überholt ist?«

»Na ja, wenn du es so formulierst ...« Ich will ihn knuffen und er packt mein Handgelenk, um den Angriff zu vereiteln. Ein Prickeln schießt durch meinen Arm und verwandelt sich in einen Schauder, als es meinen Oberkörper erreicht.

Grady lässt meine Hand los, als wäre sie mit Säure bedeckt, schluckt und rutscht verlegen ein Stück weg. Ich bemühe mich verzweifelt, die plötzliche Spannung aufzulösen, die Behaglichkeit von vorhin zurückzuholen, aber seine Berührung hat meine Hirnfunktionen anscheinend auf ein Minimum reduziert, und meine Zunge stolpert über *Ähms* und *Hms*, bevor ich den Rest meiner Erklärung hervorbringe.

»Ich glaube, du hast recht. So wie das Internet das Nachrichtenwesen verändert, werden die Leute in unserem Alter und jünger alles tun, um die großen Sender zu umgehen. Die berichten einseitig. Stehen auf der Gehaltsliste von Politikern. Der Journalismus muss unmittelbarer werden, am besten über die sozialen Medien. Jeder Sender, der nicht in der Bedeutungslosigkeit versinken will, wird mehr Reporter einstellen und sie mit ihren Smartphones überallhin schicken.«

Das alles sprudelt mühelos aus mir heraus, denn über dieses Thema habe ich schon viel nachgedacht – und sogar eine ausführliche Forschungsarbeit geschrieben. Wäre ich ein anderer Mensch, dann wäre die Idee, die Welt zu bereisen und live und ohne Filter Bericht zu erstatten, unglaublich verlockend.

»Das kann ich mir gut vorstellen, immerhin hat es schon angefangen. Die sozialen Medien sind der Ort, wo die Leute sich darüber informieren, was angesagt ist.« Er nickt. Sein Blick ist nachdenklich, vorsichtiger als noch vor einer Minute. »Aber du, Jessie MacFarlane, willst trotzdem jeden Abend in einem Nachrichtenstudio hocken und die Worte eines anderen von einem dieser Dinger ablesen.«

»Teleprompter«, sage ich automatisch und fühle mich angegriffen. »Und es würde bestimmt nicht die Welt verändern, wenn ich mich irgendwo in die Luft sprengen lasse oder für einen Hungerlohn arbeite und keine Ahnung habe, wo ich die nächste Nacht verbringe.«

»Ich glaube, wir wissen nie, wer oder was die Welt verändern wird«, erwidert Grady mit einem seltsam traurigen Lächeln. »Sie ändert sich einfach und anschließend suchen wir die Ursache. Den Moment, in dem die Erdachse sich verschoben hat.«

Meine Fragen bleiben mir im Hals stecken. Er ist tief in eine Erinnerung versunken. Als jemand, der selbst einen ganzen Schrank voll Geheimnisse in seinem Inneren verbirgt, werde ich mich hüten, die Tür gewaltsam aufzubrechen. Aber dass dieser Typ, den ich gerade erst kennengelernt

habe, glaubt, dass die Welt verändert werden kann – dass *ich* die Welt verändern kann –, stößt zahllose Fenster vor meinen Augen auf. In meiner Seele.

Sie lassen zu viel Licht herein, zu viele Möglichkeiten, deshalb schlage ich sie wieder zu.

»Vielleicht. Allerdings weiß ich, dass ich für ein solches Projekt nicht mutig genug bin.«

»Gehört nicht zum Plan, was?« Er lächelt, aber was auch immer seine Melancholie ausgelöst hat, schwingt mit.

»Nein. Leider nicht.«

Gradys Schultern verkrampfen sich, als er den Arm ausstreckt. Schwielige Finger streichen über meinen Handrücken. Mein Gehirn schreit, dass ich die Hand wegziehen muss, dass es falsch ist, mich von einem anderen Typen als meinem Freund trösten zu lassen, aber mein Körper weigert sich.

»Tut mir leid, dass das mit deiner Überraschung nicht so gelaufen ist wie geplant. Aber wenn es dich tröstet: Die Donnellys werden nie eine Freundin von Brennan gutheißen, die nicht Katie McBride ist. Also ist es nicht *nur* deine Schuld.« Er zögert und dieses Mal gelingt ihm ein vertrauteres, neckendes Lächeln. »Mal abgesehen vom versuchten Ziegenmord.«

»Pah!« Unter dem Vorwand, meinen Pferdeschwanz festzuziehen, nehme ich die Hand weg. »Warte, wer ist Katie McBride?«

»Brennans Highschool-Freundin. Seine erste Liebe. Maeve hatte schon Namen für alle sechs Enkelkinder ausgesucht,

die die beiden ihr schenken sollten.« Eine Falte erscheint zwischen seinen Augenbrauen. »Hat er sie nie erwähnt?«

Eins muss man Grady Callaghan lassen: Er weiß, wie man die Stimmung ruiniert.

Als ich mich vom gemütlichen, warmen Stall losgerissen habe und über den kalten, harten Schnee zurück zum Haus stapfe, werde ich von den Donnellys empfangen. Sie stürzen aus zwei Autos, und beim Anblick des bleichen, schweißüberströmten und halb bewusstlosen Mr Donnelly, der sich auf Brennan und ein mir unbekanntes Mädchen stützt, bleibt mir die Begrüßung im Hals stecken.

Kapitel 5

»Um Himmels willen, was ist mit ihm?«, frage ich keuchend, nachdem ich die letzten paar Meter zum Haus gesprintet bin, meinem Freund und dem geheimnisvollen Mädchen hinterher.

»Er hatte eine allergische Reaktion«, ächzt Brennan, während er seinen Vater auf die Couch im Wohnzimmer verfrachtet. »Ihm geht's gut, er ist nur ein bisschen zugedröhnt von den Medikamenten.«

»Was? Wie ist das passiert?«

Brennan zieht eine schuldbewusste Grimasse und meine Hände werden feucht. »Bitte flipp jetzt nicht aus, Chicken, aber mein Dad ist allergisch gegen Muskatnuss. Er hat gedacht, dein Pie im Kühlschrank wäre mit Süßkartoffeln, denn das essen wir normalerweise an Weihnachten, und ein paar Bissen genascht.«

Ich spüre förmlich, wie mir alles Blut aus dem Gesicht weicht.

»Oh Gott, das tut mir so leid. Das wusste ich nicht, ehrlich!«

»Natürlich nicht, meine Liebe.« In Mrs Donnellys Züge haben sich Falten eingegraben, die heute Morgen noch nicht da waren, und obwohl die Müdigkeit mir immer noch die Sicht verschleiert, erkenne sogar ich, dass sie nicht gut aussieht. »Es war ein Unfall, schlicht und ergreifend. Gott sei Dank war Katie da.«

Katie?

Ich drehe mich zu dem unbekannten Mädchen. Sie ist ungefähr in meinem Alter. Seidig glänzende schwarze Locken wallen unter einer hinreißenden grünen Strickmütze mit einer rosafarbenen Blume an der Seite hervor. Die Mütze kann sich allerdings nicht mit ihren Augen messen, die die Farbe eines Smaragds haben und genauso funkeln. Sommersprossen sprenkeln eine freche Nase und ihr strahlendes Lächeln könnte wahrscheinlich diese ganze verdammte Insel mit Energie versorgen.

Wenn das Katie McBride ist, ist sie ein Albtraum. Meiner zumindest.

»Ach ja, richtig.« Brennan räuspert sich. »Jessica, das ist eine alte … Freundin von mir, Katie McBride.«

»Die Heldin des Tages«, flötet Molly, nachdem sie sich auch die letzte Schneeflocke von den Stiefeln gestampft und sie an der Haustür ausgezogen hat.

Ich blicke nach unten und sehe, dass meine eigenen dreckige Pfützen auf dem blitzblanken Eichenboden hinterlassen. War ja klar.

»Hört schon auf! Ich habe doch nur erkannt, was los ist, und einen EpiPen aus meinem Erste-Hilfe-Kasten geholt.« Sie errötet sehr vorteilhaft und wirft mir einen entschuldigenden Blick zu. »Ich bin bei der freiwilligen Feuerwehr, deswegen habe ich immer einen im Auto. Es war wirklich keine große Sache.«

Fantastisch. Ich versuche quasi, Mr Donnelly zu ermorden, und Katie McBride taucht auf, um ihm das Leben zu retten.

»Was für ein Glück, dass du gerade da warst«, erwidere ich und zwinge mich zu einem halbwegs netten Lächeln.

»Ja, oder?« Molly strahlt bis über beide Ohren. »Und sie feiert Weihnachten mit uns.«

Brennan schlingt einen Arm um meine Taille und in seinen Augen glänzt eine Entschuldigung, die er vor den anderen entweder nicht aussprechen kann oder will. Wenigstens erkennt er, dass das für mich vielleicht unangenehm sein könnte. »Wir sind ihr in der Stadt zufällig über den Weg gelaufen und als Molly gehört hat, dass ihre Familie über die Feiertage in Afrika ist, hat sie darauf bestanden – oder besser gesagt, ihr gedroht, sie in Handschellen herzuschleifen, wenn sie Nein sagt –, dass sie die nächsten paar Tage bei uns bleibt.«

»Es ist schön, dich endlich kennenzulernen, Jessica«, bemerkt Katie sanft. »Brennan hat die ganze Fahrt über von dir erzählt.«

»Die ganze Fahrt über? Wow.« Die schnippische Antwort rutscht mir einfach heraus und überrascht alle, inklusive mir selbst. Am liebsten würde ich noch hinzufügen, dass Bren-

nan mir von *ihr* nie was erzählt hat, aber das hat Grady mit seinem Rat, ein bisschen relaxter zu werden, bestimmt nicht gemeint. »Freut mich auch.«

»Könnte einer von euch Satansbraten jetzt vielleicht mal die verfluchte Haustür zumachen? Ich friere mir hier den Arsch ab«, knurrt Grandpa Donnelly und gibt seiner Enkeltochter einen Schubs mit dem Gummifuß seines Gehstocks.

Mit einem breiten Lächeln hüpft Molly aus dem Zimmer. Tatsächlich lächelt die gesamte Familie. Ich bin nicht so egoistisch, dass ich Katie ein einsames Weihnachtsfest wünschen würde. Aber ein Teil von mir fragt sich, ob die Donnellys von vorneherein geplant hatten, Katie einzuladen, ehe mein unangekündigtes Auftauchen ihnen einen Strich durch die Rechnung gemacht hat.

Es muss einen Grund geben, warum Brennan mir nichts von ihr erzählt hat. Wir haben über frühere Beziehungen gesprochen und er hat ein paar Mädchen aus der Highschool erwähnt, aber als ich ihm gestanden habe, dass er mein erster richtiger Freund ist, hat er mich in dem Glauben gelassen, dass auch hinter Tor Nummer zwei keine ernst zu nehmenden Exfreundinnen lauern.

Mr Donnelly und sein mürrischer Vater schlurfen bald ins Bett, nachdem alle ihre Jacken und Schals und Schuhe ausgezogen haben, und auch Molly verdrückt sich auf das Drängen ihrer Mutter hin in ihr Zimmer. Es ist schon spät – nach Mitternacht – und Katie gähnt. Ich bin ebenfalls todmüde, aber Brennan nimmt mich beiseite, als seine Mutter einen

drallen Arm um ihren heroischen Gast legt und mit Katie verschwindet.

»Ich muss dir was erzählen«, fängt er an und schneidet eine Grimasse, als würde er befürchten, dass ich gleich ausraste.

»Lass mich raten: Katie ist deine hinreißende erste Liebe und deine Eltern hoffen insgeheim immer noch, dass ihr wieder zusammenkommt, heiratet, diese Insel mit hübschen Babys bevölkert und glücklich und zufrieden bis ans Ende eurer Tage lebt?«

Er beäugt mich unsicher. »So ziemlich, ja. Woher weißt du das?«

»Geraten.« Ich seufze, als er genervt das Gesicht verzieht. »Grady.«

»Ihr zwei begegnet euch anscheinend ständig zufällig, wenn ich nicht da bin, was?«, fragt Brennan mit einem schmallippigen Lächeln. »Glaub ihm nicht alles, was er über mich sagt.«

»Aber seine Beschreibung deiner Vergangenheit mit Katie trifft den Nagel auf den Kopf?«

»Jein. Es stimmt, dass meine Eltern sie anbeten, und eine Zeit lang war es wirklich ernst zwischen uns. Aber wir waren praktisch noch Kinder, Jessica. Irgendwann wird man erwachsen. Lebt sich auseinander. Entwickelt sich weiter. Du weißt schon.«

Obwohl alles, was er sagt, absolut Sinn ergibt, wirkt er selbst nicht ganz überzeugt von seinen Worten. Aber daran lässt sich im Moment nichts ändern und morgen früh, nach

einer Runde Schlaf, wird alles schon viel besser – oder zumindest klarer – aussehen. Hoffentlich.

Bevor ich einschlafe, schießt mir noch durch den Kopf, dass ich zwar Gradys Rat befolgt und Brennan offen die Meinung gesagt habe – wenn auch hauptsächlich aus Versehen –, mein Verhältnis zu den Donnellys aber kein bisschen wärmer geworden ist.

★

Die Zeitverschiebung macht mir auch am nächsten Morgen noch zu schaffen und meine verstellte innere Uhr weckt mich viel zu früh. Meine Augen brennen, als stünden sie in Flammen, und meine Lider sind bleischwer, doch sosehr ich mich auch bemühe, ich kann nicht wieder einschlafen.

Mein knurrender Magen erinnert mich daran, dass ich gestern nichts zu Abend gegessen habe. Selbst wenn es bis zum Frühstück noch dauert, kann ich vielleicht ein paar Scheiben von diesem Sodabrot auftreiben. Oder etwas für die Donnellys vorbereiten, etwas Amerikanisches, um ihnen zu zeigen, wie lecker es sein könnte, mich in ihre Familie aufzunehmen.

Ich binde mir das widerspenstige – und anscheinend schottische – Haar zu einem Pferdeschwanz, wobei ich eine halbe Packung Haarnadeln brauche, um alle losen Strähnen festzustecken, und nachdem ich mir Jeans und einen frischen Pulli angezogen, die Zähne geputzt und ein bisschen kaltes Wasser ins Gesicht gespritzt habe, fühle ich mich fast wieder wie ein Mensch.

Da meine Uhr behauptet, es sei erst kurz nach sechs, wundert es mich nicht, dass der Rest des Hauses noch dunkel und ruhig ist. In meiner Fantasie sind Mütter am Tag vor Weihnachten immer schon in aller Herrgottsfrühe wach und verzieren letzte Plätzchen oder Pies, aber sechs Uhr ist wohl selbst für Fantasien ambitioniert.

Deswegen überrascht es mich, dass Katie McBride auf einem Barhocker an der Kücheninsel sitzt. Sie trägt einen Schlafanzug und selbst gestrickte Wollsocken. Eine Hand hat sie um eine dampfende Tasse Tee geschlungen, in der anderen hält sie eine ziemlich zerlesene Taschenbuchausgabe von *Sturmhöhe.*

Kurz gesagt: Dieses Mädchen sieht aus, als würde es genau hier hingehören.

Sie schaut auf und lächelt. Ihre grünen Augen funkeln hinter einer Brille, gegen die sie ihre Kontaktlinsen getauscht haben muss. »Morgen, Jessica. Ich hab Tee aufgesetzt, wenn du welchen magst.«

»Danke.« Kaffee wäre mir zwar lieber, aber der Tee, den sie mir einschenkt, riecht ganz anders als der von Mrs Donnelly gestern, nach Honig und Nelken und Zimt. Mir läuft das Wasser im Mund zusammen.

Der Gedanke, mich mit der Tasse wieder in mein Zimmer zu verziehen, ist mehr als verlockend, aber das käme mir wie Weglaufen vor.

Trotz ihrer Schönheit, trotz ihrer Vergangenheit mit Brennan – Katie kennt meinen Freund wahrscheinlich besser als jeder andere und ich bin mir nicht zu schade dafür, sie un-

ter dem Vorwand eines netten Gesprächs ein wenig auszuhorchen.

Und ja, vielleicht will ich herausfinden, ob sie auch weiß, dass es vorbei ist.

Als ich mich auf einen Hocker am anderen Ende der Insel schiebe, schließt sie ihr Buch, ohne die Seite zu markieren, nimmt einen Schluck Tee und nickt in Richtung des Romans. »Hast du das schon mal gelesen?«

»Klar. *Sturmhöhe* ist eins meiner Lieblingsbücher.« Ich habe mich immer gefragt, was es über mich aussagt, dass tragische Liebesgeschichten mich eher ansprechen als glückliche. Noch so ein Punkt, mit dem man sich am besten nicht zu intensiv beschäftigt.

Katie nickt. »Ich lese es jedes Weihnachten.«

»Ich auch«, gestehe ich, obwohl ich mir lieber die Augen ausstechen würde, als zuzugeben, dass wir etwas gemeinsam haben.

»Und ich würde Heathcliff gern eine saftige Ohrfeige verpassen, quasi als Weihnachtsgeschenk«, fährt sie fort und ihr Lachen bringt das Porzellan in der Vitrine zum Klingen. »Aber ich habe so das Gefühl, er ist einer von den Typen, die nie dazulernen.«

»Na ja, ich bin mir ziemlich sicher, dass Catherine wusste, worauf sie sich einlässt.« Ich trinke selbst einen Schluck. Der Tee schmeckt genauso gut, wie er riecht.

»Wahrscheinlich hast du recht. Frauen wissen meistens, in was für einen Schlamassel sie sich mit dem Mann ihrer Wahl hineinmanövrieren … oder heraus«, fügt sie leiser

hinzu und ihr Blick ist in die Ferne gerichtet, als wäre sie plötzlich zehn Jahre in die Vergangenheit gereist. Sie sieht so traurig aus, wie sie an diesem nebligen Morgen hier sitzt – wie ein Kobold, der aus dem Fabelreich vertrieben worden ist, weil er einen Topf Gold zu viel verschenkt hat.

Eine Spur Mitgefühl mischt sich in meine Neugier. Es gibt keinen Grund, warum ich, Brennans aktuelle Freundin, mich dafür interessieren sollte, was seine Ex bereut, aber das müsste mal jemand meinem Herzen sagen.

Ich bin nicht bereit, Brennan aufzugeben, wohl aber, ihr zuzuhören. Seltsamerweise.

Mit dem nächsten Schluck Tee weicht Katies Melancholie allerdings einem verschwörerischen Grinsen. »Molly hat mir erzählt, dass Grady Callaghan dir ständig aus der Patsche hilft, seit du hier bist. Was hältst du bis jetzt von Irland? Und von den Donnellys?«

»Oh Mann, das mit Grady stimmt total. Wie ist er eigentlich hier gelandet?« Ich würde mir am liebsten die Zunge abbeißen, weil mir diese Frage herausgerutscht ist. Ich sollte mehr über Brennan herausfinden. Meinen Freund. Nicht meine immer schwerer zu ignorierende Besessenheit von seinem Sandkastenkumpel ausleben.

Das Glitzern in Katies Augen verrät, dass sie das flüchtige Entsetzen in meinem Gesicht bemerkt hat. »Das ist eine traurige Geschichte, fürchte ich, und er redet nicht gern darüber. Es hat seine Gründe, warum er in Fanore festsitzt. Er und Brennan wetteifern ständig miteinander, aber er ist ein guter Kerl. Ein *wirklich* guter.«

»Irland ist wunderschön«, sage ich, um das Thema zu wechseln, und dieses Mal wähle ich meine Sätze mit Bedacht. »Ich meine, selbst schneebedeckt und klirrend kalt.«

»Du kommst aus Missouri, oder? Das ist einer der wenigen Staaten in den USA, in denen ich noch nie war«, bemerkt sie leichthin. »Aber da kriegt ihr doch auch einiges ab im Winter, oder?«

Mein Herz wird munter, als sie mein Zuhause erwähnt. Ich hatte nicht damit gerechnet, dass es mir so sehr fehlen würde, vor allem, weil dort keine von Weihnachtsdüften erfüllte Küche auf mich wartet. »Also warst du schon oft in Amerika?«

»Ja. Meine Eltern sind beide Lehrer und international tätig, deswegen sind wir viel herumgekommen und in den Sommerferien waren wir meistens in den Staaten.«

»Wie … schön«, ist meine absolut lahme Antwort, aber ich will einfach nicht hören, wie viel kultivierter und mutiger als ich sie ist.

»Bist du auch viel gereist?«

»Nein. Ich bin zum ersten Mal im Ausland.«

»Echt? Wow. Ich könnte dir eine ganze Liste von Orten aufzählen, die du unbedingt sehen musst, aber die wäre hundert Städte lang.« Freudige Erregung strömt von ihr aus und versucht, mich anzustecken.

Ich bin so neidisch, dass meine Hände sich zu Fäusten ballen. Nicht, weil sie an all diesen Orten war, sondern weil ich dort niemals sein werde. »Ich glaube, viel weiter als bis hier schaffe ich es nicht mehr. Ich habe ziemliche Reiseangst.«

»Echt? Hm. Brennan hat mir erzählt, dass du Journalistin werden willst.« Sie beugt sich leicht vor und mustert mich über den Rand ihrer Tasse hinweg. »Muss man da nicht am Anfang erst mal ein paar Jahre rumreisen und sich einen Namen machen?«

Ich sollte mich wohl darüber freuen, dass Brennan im Auto wirklich von mir gesprochen hat und ihre Bemerkung nicht nur eine höfliche Floskel war, um mich nach ihrem plötzlichen Auftauchen zu beschwichtigen. Allerdings liegt in ihrem Tonfall eine gewisse Schärfe. Eine Herausforderung, die ich nur allzu gerne annehme. Wenn das mit mir und Brennan nicht funktioniert, schön. Aber es wird nicht an diesem Mädchen scheitern.

»Ich will tatsächlich Journalistin werden, aber eher der langweilige Typ, der bei einem der großen Sender im Studio sitzt, das ist mehr mein Ding.« Ich lächle, damit meine Worte nicht wie eine Rechtfertigung klingen. Sie darf auf keinen Fall merken, wie sehr sie mir zu schaffen macht mit ihrem perfekten Gesicht und ihrem fröhlichen Lachen und ihrer langen Vergangenheit mit dieser Familie. »Das kriegt Brennan irgendwie nicht in seinen Kopf.«

»Brennan ist ein Kerl, Jessica. Die würden nur zuhören, wenn ihr Jonny Ohren hätte.«

»Und mit Jonny meinst du Penis, oder?«, würge ich hervor.

Sie nickt und wir brechen in einhelliges Gelächter aus. Mit einem Mal wird mir bewusst, wie sehr ich meine Verbindungsschwestern vermisse, und in meiner Brust meldet sich

ein schmerzhaftes Ziehen. Katie schenkt uns nach und es entsteht eine kurze Gesprächspause, die erstaunlich angenehm ist, wenn man bedenkt, dass wir zwei uns kaum kennen.

Ich unterdrücke meine instinktive Sympathie für sie und rufe mir in Erinnerung, warum ich hier bin. »Erzähl mir von dir und Brennan.«

Sie macht eine abwehrende Handbewegung und ihr Blick wird wieder traurig. Vielleicht war er es unter der Oberfläche die ganze Zeit. »Das willst du doch nicht hören. Das ist Schnee von gestern.«

Ich verdrehe die Augen. »Komm schon. Wir sind noch nicht mal zwanzig. Das kann höchstens drei Jahre her sein.«

»Nicht mal eins, um ehrlich zu sein.«

Die Überraschung setzt meiner neutralen Miene zu. Ich bin davon ausgegangen, dass sie sich getrennt haben, bevor er in die USA gegangen ist. »Wow. Dann hat er also beschlossen, im Ausland zu studieren, als ihr noch zusammen wart?«

Ihr Gesicht verschließt sich, sperrt mich aus, als hätte ich einen wunden Punkt getroffen. Die Beziehung zu Brennan ist anscheinend ein Thema, über das Katie nicht gern redet, so als wollte sie die Wahrheit darüber unbedingt für sich behalten, als etwas ganz Persönliches, das nur zwei Menschen wissen. Als sie antwortet, ist die Vertrautheit zwischen uns verschwunden, ihr Ton distanziert. »Wir haben es versucht, aber wahrscheinlich haben wir beide nicht daran geglaubt, dass es wirklich funktioniert.«

»Warum das?«, hake ich nach, obwohl die Art, wie sie

sich auf die Lippe beißt, bis sie weiß wird, verrät, wie unwohl sie sich fühlt.

»Na ja, der übliche Fernbeziehungskram. Du weißt schon, wir sind jung, die Welt ist groß und so weiter. Aber wir waren zu verliebt, um einfach aufzugeben, und ich habe immer gedacht, wir würden am Ende doch wieder zueinanderfinden.« Sie zuckt mit den Achseln und reckt das Kinn. »Nichts für ungut.«

»Nein, nein. Bestimmt war es ein ziemlicher Schock für dich, als er plötzlich Schluss gemacht hat.«

»Oh, er hat nicht Schluss gemacht. Ich habe mich von ihm getrennt.«

Dieser Satz saugt alle Hoffnung aus meinem Körper, verschlingt die Erwartungen, die ich in den vergangenen vier Monaten insgeheim gehegt habe. Ein schlimmeres Szenario kann man sich gar nicht vorstellen – dass Brennan mich nicht will, weil er immer noch in seine Exfreundin verliebt ist.

Besagte Ex rutscht vom Barhocker und spaziert hinüber zur Theke, wo sie die Utensilien und Zutaten wegräumt, die sie für den Tee benutzt hat. Ihr beschwingter Schritt zeigt, dass sie überzeugt ist, diese Runde gewonnen zu haben. Die Luft vibriert, als hätte jemand eine unsichtbare Gitarrensaite gezupft, die quer durchs Zimmer gespannt ist. Was weiß ich noch alles nicht über Brennan?

»Warum wollte er überhaupt in die USA?« Die Worte bleiben mir fast im Hals stecken, verlieren an Selbstvertrauen, während sie sich weiterzwängen, und purzeln schließlich dünn und zerbrechlich heraus.

»Das war eigentlich meine Idee, aber seine Eltern waren voll und ganz dafür. Brennan ist noch nie von der Insel runtergekommen und war sich schon immer sicher, dass er irgendwann Gradys Job und die Farm übernehmen will. Wir fanden, dass er vorher mehr von der Welt sehen sollte.«

Redet sie von demselben Jungen, der im Hauptfach Wirtschaft und im Nebenfach Deutsch studiert und nie ein einziges Wort darüber verloren hat, wie tief er mit der Landwirtschaft und Irland verwurzelt ist? Okay, er hat auch nie davon gesprochen, ein Visum zu beantragen, damit er nach dem Abschluss in den USA bleiben kann, aber wir sind ja erst seit vier Monaten zusammen.

»Manche Menschen müssen nicht erst reisen, um herauszufinden, was sie wollen«, murmle ich. Mein Herz brennt und sticht, weil es genau weiß, was ich nicht aussprechen kann, was Katie McBride nicht zugeben möchte. Ich spüre sie, die Verbindung zwischen den beiden. Sie ist immer noch da und ihre Intensität erfüllt mich mit einer Eifersucht, von der ich keine Ahnung hatte, dass sie in mir steckt.

Sie lacht über meine vermutlich elende, todernste Miene. »Ach bitte, Jessica MacFarlane. Wir sind nur einmal jung. Später können wir uns noch lange genug den Kopf über die Zukunft zerbrechen.«

Das schmerzhafte Stechen wird stärker und facht meine Wut an. Was haben bloß immer alle mit diesem bescheuerten Spruch?

Doch statt vor der heiligen Katie auszuticken und den Donnellys noch einen Grund zu liefern, mich als Eindring-

ling zu betrachten, lächle ich und springe ebenfalls von meinem Hocker, um meine Teetasse auszuspülen.

»Dann mache ich mich mal gesellschaftsfähig«, verkündet Katie und streicht sich über das perfekt verwuschelte Haar. »Ich habe nicht damit gerechnet, so früh schon jemanden zu treffen.«

»Okay. Ich glaube, ich mache Frühstück. Irgendwie muss ich mich ja wieder einschmeicheln.«

»Bemüh dich nicht zu sehr. Das können die Iren nicht leiden«, erwidert Katie mit einem säuerlichen Lächeln, bevor sie aus dem Zimmer rauscht.

Hm. Ich muss mir irgendetwas nicht allzu Kompliziertes einfallen lassen, denn ein Großteil meines Gehirns grübelt noch über das Gespräch mit Katie McBride nach. Ich wäre ja fast geneigt, sie zu mögen, wenn sie es nicht offensichtlich auf meinen Freund abgesehen hätte.

French Toast. Die Zutaten dafür hat jeder in der Küche, auch die Donnellys. Keine Ahnung, ob die Iren French Toast essen, aber es ist süßes Brot. Wem schmeckt das nicht?

Kapitel 6

Anscheinend den Donnellys. Brennan und Grandpa Donnelly schaffen es zumindest, ein paar Gabeln runterzuwürgen. Mr und Mrs Donnelly stochern nur in ihren French Toasts, die zugegebenermaßen besser wären, wenn es Ahornsirup geben würde. Darüber habe ich vorher gar nicht nachgedacht, aber mit Obst, Honig und der Schlagsahne, die mit dem Pie ihren ursprünglichen Zweck verloren hat, sind sie auch nicht übel.

»Die sind köstlich, Jessica!«, ruft Katie ein wenig zu bemüht. »Im Ernst, das süße Frühstück finde ich mit am besten an Amerika.«

»Mit Ahornsirup wären sie noch besser.« Ich versuche, nicht eingeschnappt zu klingen, aber was soll's.

»Ja. Das hat sich hier leider nie durchgesetzt.« Sie schenkt mir ein möglicherweise falsches Lächeln und nimmt einen weiteren Bissen.

»Ich bringe ein paar Flaschen mit, wenn ich das nächste

Mal heimkomme.« Brennan beugt sich zu mir und gibt mir einen Kuss auf die Wange, süße Unterstützung, die mich einwickeln soll. »Dann haben wir fürs nächste Mal einen Vorrat.«

Die Andeutung, dass ich irgendwann noch einmal hier sein und French Toast machen könnte, hat nicht die gewünschte Wirkung. Ich weiß nicht genau, was sich geändert hat, seit ich durch die Haustür der Donnellys getreten bin. Wahrscheinlich ist es eine Kombination aus allem – der Tatsache, dass seine Eltern mich nicht mögen, meinen ganzen Macken, die mich so inakzeptabel machen, seiner im wahrsten Sinne des Wortes heldenhaften Exfreundin.

Und Grady, flüstert eine leise Stimme in meinem Kopf.

Nein. Grady bringt mich vielleicht dazu, meine Grenzen neu auszuloten, zum ersten Mal seit Langem ein bisschen anders zu denken, aber es ist ja nicht so, als könnte er Brennans Platz in meiner Zukunft einnehmen.

Ich werfe meinem Freund einen Blick zu und meine Zweifel türmen sich wie Kieselsteine zu einem immer höheren Haufen. Womöglich gehört er ebenso wenig an die Seite meines zukünftigen Ichs.

Aber das *sollte* er. Es gibt keinen vernünftigen Grund für meine Zweifel.

Ich brauche Zeit, um nachzudenken, um die ganze Situation losgelöst von meiner Enttäuschung zu analysieren, doch morgen ist Weihnachten und mein Rückflug geht erst am sechsundzwanzigsten, also sitze ich hier fest. Und das habe ich mir selbst eingebrockt.

Meine Stimmung fällt so schnell in den Keller, dass es mir in den Ohren rauscht. Ich höre nicht einmal mehr die widerwilligen Kaugeräusche ringsum, als plötzlich Grady in der Tür steht.

Der Typ hat echt einen Jessie-in-Nöten-Radar.

Arg, jetzt nenne ich mich schon selbst Jessie. Das hat niemand mehr getan, seit mein Vater vor zehn Jahren gestorben ist. Noch ein Beweis dafür, wie sehr der süße, nervige, faszinierende Farmhelfer mir unter die Haut geht.

»Morgen«, bellt er, bevor er ungläubig unsere Teller beäugt. »Was zum Henker esst ihr da?«

Mrs Donnelly schaut ihn tadelnd an, was ihn noch mehr zu verwirren scheint. »Das ist French Toast. Ein traditionelles amerikanisches Gericht. Jessica hat ihn für uns gemacht.«

»Wirklich lecker, dieser French Toast«, fügt Mr Donnelly hinzu und als Grady mit hochgezogenen Augenbrauen sein beinahe unangerührtes Frühstück mustert, funkelt er ihn böse an.

»Aha, French Toast«, bemerkt Grady. »Kommt der nicht aus Frankreich?«

Brennan prustet in seine Serviette. Katie grinst.

Ich muss selbst ein Kichern unterdrücken, reiße mich aber zusammen und verschränke die Arme vor der Brust. »French Toast wird in vielen Ländern gegessen. Nur hier offensichtlich nicht.«

»Okay, nachdem wir das jetzt geklärt hätten: Die McCormacks haben mich gebeten, mich um ihre Pferde zu kümmern, während sie unten in Dingle sind und ihre Tochter und

deren Blagen besuchen. Hat irgendwer Lust auf einen Ausritt, damit ich nicht den ganzen Tag brauche, um sie zu bewegen?« Er lässt den Blick um den Tisch schweifen. Als er Katie entdeckt, fallen ihm fast die Augen aus dem Kopf. »Na, wenn das nicht die kleine Katie McBride ist. Was treibst du denn hier?«

»Ich wollte eigentlich nur ein paar harmlose Einkäufe erledigen, als eine zwielichtige Bande Bed-and-Breakfast-Besitzer mich gekidnappt und hierhergeschleift hat«, sagt Katie naserümpfend. Ihr Lächeln ist ansteckend.

Grady erwidert es, genauso bezaubert von ihr wie alle anderen. »Ein typischer Dienstagabend in Ennistymon, was?«

»So ziemlich. Aber ich hab mir ein paar Euro fürs Taxi gespart.«

»Ach, hört schon auf, ihr zwei«, schnaubt Mrs Donnelly. »Wir konnten doch nicht zulassen, dass unsere Katie an Weihnachten ganz allein ist.«

Grady beugt sich vor und drückt ihr einen Kuss auf die gerötete Wange. »Schon klar, Maeve. Gott bewahre, dass du auch nur einen einzigen Streuner am Straßenrand stehen lässt.«

Sie gibt ihm einen Klaps, aber es ist offensichtlich, dass sie sich über seine Aufmerksamkeit freut und dass ihre Liebe sich auf alle Personen an diesem Tisch erstreckt. Abgesehen von meiner Wenigkeit wahrscheinlich, aber wenn ich ehrlich bin, hat sie mein unangekündigtes Auftauchen hier und meine zahlreichen Schnitzer und Missgeschicke wohlwollender aufgenommen, als man erwarten kann – und ihre Vorbe-

halte gegen mich gestern Morgen waren nur die normale Reaktion einer Mutter, die sich Sorgen um ihren Sohn macht.

Über diese Dinge sollte ich auch nachdenken, wenn es mir mit Brennan ernst ist. Bei der Suche nach dem Richtigen geht es nicht nur um Motivation und zukünftiges Einkommen, wie Grady sagt. Wir müssen auch in anderer Hinsicht zusammenpassen.

»Also: Ist jemand für ein, zwei Ausritte zu haben? Katie? Du würdest mich zwar alt aussehen lassen mit deinen Reitkünsten, aber die Pferde würden sich freuen.« Grady zeigt ihr seine verlockenden Grübchen. »Komm schon, das wird super.«

Sie schüttelt den Kopf. »Alles mit dir ist super, Grady, aber ich glaube, ich bleibe heute lieber vor dem Kamin und lese.«

»Na gut. Brennan? Grandpa Donnelly?«

»Sei nicht albern, kleiner Scheißer«, knurrt der alte Mann.

Brennan schüttelt den Kopf und seine Eltern reagieren gar nicht erst, was anscheinend auch niemand erwartet.

»Ich hätte Lust«, sage ich. Das ist die perfekte Gelegenheit, den dringend nötigen Abstand zu bekommen, selbst wenn ich streng genommen natürlich nicht allein sein werde.

Außerdem muss ich dann nicht Katie und Brennan dabei zuschauen, wie sie über alte Zeiten reden und in glücklichen Erinnerungen schwelgen. Schon die Vorstellung fühlt sich an wie eine besonders schreckliche Foltermethode.

Andererseits – vielleicht ist es doch keine so gute Idee, sie allein zu lassen.

»Bist du sicher, dass du nicht mitkommen willst, Brennan?«, schmeichle ich.

»Du kannst reiten?«, fragt Grady mich ungläubig und unterbricht damit, was auch immer mein Freund gerade antworten wollte – eine Ausrede, seiner Miene nach zu urteilen. Unterdessen mustert mich der Farmhelfer der Donnellys, als wäre die Vorstellung von mir auf einem Pferd ungefähr genauso verrückt, als würde ich auf dem Mond herumspazieren.

»Ich hab's schon mal gemacht, ja.« Okay, ich bin nicht gerade ein Frischluftfanatiker und auf dem Rücken eines Pferds habe ich das letzte Mal in der ersten Klasse gesessen, aber die Redewendung *Das ist wie Reiten* muss ja irgendwo herkommen.

Oder heißt es *Das ist wie Fahrradfahren*?

Na ja, jetzt ist es zu spät.

»Gut, dann los. Wir müssen bis heute Abend fünf Pferde durch die Gegend jagen.«

»Ich muss erst noch die Küche aufräumen.« Katie und Mrs Donnelly protestieren, aber ich bleibe hart. »Nein, nein, ich habe das Chaos schließlich fabriziert. Gib mir eine Viertelstunde, Grady.«

Er nickt und wirkt schon jetzt genervt, was irgendwie komisch ist. Immerhin dachte ich, da wäre gestern im Stall so etwas wie eine Verbindung zwischen uns gewesen. Sein plötzlicher Stimmungsumschwung zieht den Knoten der Verwirrung in meinem Bauch noch fester.

»Ich warte draußen. Schönen Tag euch allen.«

»Ach, Moment mal.« Katie ist aufgestanden, um Teller und Besteck abzuräumen, und berührt Grady am Arm.

»Ja?«

»Ein paar von der alten Gang sind über die Feiertage hier. Wir treffen uns heute Abend in Ballyvaughan, so um acht. Kommst du mit? Brennan ist dabei und Jessica auch. Das wird bestimmt lustig.«

Mein Kopf schnellt zu Brennan herum, der diesen kleinen Ausflug mit keinem Wort erwähnt hat, aber er weicht meinem Blick aus und konzentriert sich auf ein Stück Black Pudding. Mir dreht sich schon beim Zusehen der Magen um.

»Oh ja, ganz bestimmt.« Grady schüttelt verdächtig amüsiert den Kopf, bevor er verschwindet.

★

»Sicher, dass du nicht mitwillst?«, frage ich Brennan noch einmal. Ich will ihn dabeihaben, aber ich bin nicht bereit zu betteln.

»Ich hab keine Lust auf Muskelkater und Stallgeruch«, erwidert Brennan und umfasst meine nackte Taille, während ich versuche, in das Flanellhemd zu schlüpfen, das Molly mir geborgt hat. »Aber du siehst unglaublich heiß aus in diesem Cowgirloutfit.«

»Gewöhn dich lieber nicht dran«, necke ich ihn und knöpfe das Hemd zu. Brennan und ich haben uns darauf geeinigt, die Regeln seiner Mutter zum Sex unter ihrem Dach

nicht zu verletzen, also wäre es keine gute Idee, nackt – oder halb nackt – vor ihm herumzutanzen.

Als fromme Katholikin ist Maeve Donnelly Anhänger dieser Enthaltsamkeit-vor-der-Ehe-Sache, und obwohl ihr Sohn und ich es definitiv nicht sind, ist das hier ihr Haus und es ist mir wichtig, ihren Glauben zu respektieren. Ich bin bloß froh, dass ich daran gedacht habe, diesen bescheuerten Schwangerschaftstest in meinen Koffer zu packen, bevor ihn irgendwer gefunden hat.

Brennan zieht mich an sich und ich wehre mich nicht, auch wenn ich gerade nicht in Stimmung bin. Seine Zunge fährt über meine Unterlippe und entlockt mir das Stöhnen, auf das sie abgezielt hat, und ich vergesse einen Augenblick lang, wie verkorkst alles ist, und erwidere den Kuss.

»Du bringst mich um, Jessica MacFarlane. Ich will dich so sehr.«

»Mhmm«, murmle ich und wünschte, ich würde nicht ganz so schwer atmen. »Aber es sind bloß ein paar Tage. Stell dir einfach vor, wie gut es danach wird.«

Er seufzt und drückt mich noch einmal, bevor er mich loslässt und mir einen Klaps auf den Hintern gibt, als ich mich in Richtung Spiegel wende. »Ich weiß nicht, wie es noch besser werden soll, aber okay.«

»Du bist echt süß, wenn du schmollst, hat dir das schon mal jemand gesagt?«

»Vielleicht.« Er schiebt die Unterlippe vor und seine Augen glänzen vor Verlangen. »Und, funktioniert's?«

Wir lachen beide und es fühlt sich so gut an, dass aus-

nahmsweise keine seltsame Spannung zwischen uns herrscht. Unsere Beziehung wird gerade zum ersten Mal auf die Probe gestellt und wir werden uns da durchkämpfen.

»Was ist das eigentlich für ein Treffen heute Abend?«

»Ach ja. Sorry, dass ich es nicht erwähnt habe. Katie hat uns gestern eingeladen, aber bei dem ganzen Drama mit Dad habe ich es irgendwie vergessen.«

»Klingt gut. Ich würde gern deine alten Freunde kennenlernen.«

Ich beobachte ihn im Spiegel und erhasche die flüchtige Grimasse auf seinem Gesicht. Mein Herz hämmert und in meinem Magen winden sich tausend Würmer, so verzweifelt will ich das hier – uns – retten. Doch wie lange ich mir auch die Haare flechte, mir kommt einfach keine zündende Idee.

Ich verdecke die dunklen Ringe unter meinen Augen mit einem Hauch Make-up, dann drehe ich mich mit ausgebreiteten Armen um. »Und, wie sehe ich aus?«

»Viel zu gut, um mit jemandem wie Grady Callaghan auszureiten«, knurrt Brennan.

Ich zögere und überlege kurz, wie er wohl auf meine nächste Frage reagieren wird, bevor ich beschließe, dass es mir egal ist. Wenn ich nicht alle Figuren kenne, werde ich nie herausfinden, wo mein Platz auf dem Spielfeld der Donnellys ist. »Hast du irgendein Problem mit ihm?«

»Mit Grady? Nein. Aber damit, dass meine Freundin den ganzen Tag mit ihm allein ist.«

Diese Antwort macht sein Schmollen schon sehr viel weniger süß und der unterdrückte Ärger platzt aus mir heraus.

»Du könntest ja mitkommen. Aber anscheinend verbringst du deine Zeit lieber woanders.«

»Was soll das wieder heißen?«

»Keine Ahnung, vielleicht, dass du lieber mit deiner Ex vor dem Kamin kuschelst, als mit deiner Freundin reiten zu gehen.«

Er springt auf. Seine Augen blitzen und sein Kiefer mahlt. »Niemand hat dich gezwungen, mit Grady auszureiten. Zum Teufel, niemand hat dich gezwungen, überhaupt herzukommen, und jetzt soll ich alle Pläne mit meiner Familie über den Haufen werfen, weil es dir nicht gefällt, wie sich deine kleine berechnende Überraschung entwickelt?«

Seine Worte sind wie Paintballkugeln, die auf meine Brust, meine Arme, meinen Hals einprasseln und hässliche, schmerzhafte, stinkende Flecken hinterlassen. Ich blinzle die Tränen weg, die mir in die Augen steigen. »Wenn es so schrecklich für dich ist, mit mir zusammen zu sein, dann weiß ich nicht, was das Ganze hier noch soll.«

Seine Schultern sacken nach unten. »Das ist es doch gar nicht. Ich bin bloß ... das hier ist ... keine Ahnung. Nicht das, was ich erwartet habe.«

Nicht das, was ich gewollt habe, scheint er wohl eher zu meinen.

Er schaut mich an und in seinem Blick spiegelt sich die gleiche Verwirrung, die auch mich ständig aus dem Konzept bringt.

»Trotzdem mag ich die Vorstellung nicht, dass du mit einem anderen Typen allein bist.«

»Ich werde bestimmt nicht den ganzen Tag hier rumsitzen.« Ich warte darauf, dass er seine Meinung ändert und mitkommt, und als er das nicht tut, hole ich tief Luft und wische mir mit dem Handrücken über die Wangen. »Dann gehe ich jetzt.«

Ich halte noch einmal inne, gebe ihm Gelegenheit, sich zu entschuldigen, aber er schweigt, also mache ich mich auf den Weg hinaus in die Kälte.

Kapitel 7

»Fertig?«, brummt Grady, als ich aus der Tür trete und in die grelle Sonne blinzle. Dann schaut er mich genauer an. Seine Miene wird noch finsterer und er macht einen Schritt auf mich zu. »Weinst du?«

»Nein.« Nicht mehr.

Mein Tonfall und die verschränkten Arme zeigen, dass ich keine Lust auf Fragen habe, obwohl die Anteilnahme in seinen schönen Augen in mir den Wunsch weckt, mich an seine Brust zu werfen und mir alle Sorgen von der Seele zu schluchzen. Er respektiert die stummen Signale, verzieht jedoch angewidert das Gesicht.

Der kalte Wind trübt die Schönheit des graublauen Himmels kein bisschen. Das unberührte Weiß hat rein gar nichts mit dem schwarzen Matsch gemein, der in den Städten zu Hause als Schnee gilt, und das Grau und Violett, das an den Hügelhängen durchschimmert, erinnert mich daran, dass ich, auch wenn die Staaten im Winter wunderschön sein können,

gerade nicht dort bin. Ich bin an einem neuen, faszinierenden Ort und das hier ist ein Abenteuer, das ich nicht vergeuden sollte, egal wie die Dinge zwischen Brennan und mir stehen.

Ich gucke zu Grady hinüber. Er streckt die Arme über den Kopf und lässt den Blick so ehrfürchtig über die Umgebung schweifen, wie ich es eher von jemandem erwarten würde, der nicht jeden Morgen hier aufwacht.

Allmählich bricht sich meine Aufregung Bahn durch den Kummer. »Ich bin so weit. Wie kommen wir hin?«

»Die McCormacks wohnen nur ein paar Häuser weiter. Wir laufen, wenn du nichts dagegen hast.« Seine Augen, blauer als der Himmel heute, blitzen herausfordernd.

In meinem Kopf sehe ich schon kalte, nasse Füße in einen dieser Schlammhaufen treten – zumindest rede ich mir ein, dass es Schlammhaufen sind. Die Natur und ich haben eine respektvolle Beziehung. Was bedeutet, dass ich sie weitestgehend meide und sie sich dafür nicht übermäßig bemüht, mich umzubringen.

Aber ich werde Grady auf keinen Fall den Beweis liefern, dass ich diesem Ausflug nicht gewachsen bin, noch bevor wir überhaupt richtig aus der Tür sind. »Klar, los geht's.«

Er hebt die Augenbrauen, sagt jedoch nichts, sondern stapft wortlos davon. Mit ein paar Laufschritten habe ich ihn eingeholt, aber ich muss praktisch joggen, um im wadentiefen Schnee mit ihm mitzuhalten.

Mein Atem geht immer schwerer und quillt in dicken Wolken über meine Lippen, die sich auflösen, ehe Grady sie

bemerken kann. Doch schon nach einem halben Kilometer dreht er sich nach mir um und verlangsamt kommentarlos das Tempo. Ich würde erleichtert aufseufzen, hätte ich auch nur einen Milliliter Luft übrig.

»Danke, dass du wenigstens versucht hast, mich auf Katie vorzubereiten«, keuche ich. Irgendwie habe ich Lust zu reden, obwohl ich vor einer Stunde noch allein sein wollte. Na ja, und ich hoffe, dass Grady mir eine – irgendeine – Erklärung liefert, warum Brennan seine Vergangenheit vor mir verheimlicht hat.

»Nichts kann einen auf die Schönheit von Katie McBride vorbereiten.« Grady beäugt mich. »Und es wäre die Aufgabe deines Freunds gewesen, nicht meine.«

Okay, vielleicht ist zwischen mir und Brennan gerade nicht alles eitel Sonnenschein, aber ich werde bestimmt nicht hinter seinem Rücken über ihn herziehen. »Sie ist wirklich schön. Und ich mag sie sogar.«

Grady schnaubt. »Aber natürlich. Jeder mag Katie. Absolut jeder.«

»Ist sie auch hier aufgewachsen?«

»Ja. Wir haben sie alle mit Schlamm beworfen, als wir klein waren, und sind ihr nachgelaufen, als wir größer wurden. Aber sie hatte nur Augen für Brennan, schon immer.«

»Verziehst du deswegen ständig den Mund, als hättest du in eine Zitrone gebissen, wenn du seinen Namen sagst?«

Grady stolpert. »Was? Nein! Ich meine, das tue ich doch gar nicht.« Es ist das erste Mal, dass er überrumpelt oder zumindest nicht ganz so selbstbewusst wirkt. Das ist irgendwie

süß. »Ich habe kein Problem mit Brennan. Und ich habe mir nie Illusionen gemacht, was Katie angeht.«

»Na klar«, gebe ich vor Sarkasmus triefend zurück.

»Glaub mir, jeder von uns hat darüber nachgedacht. Aber die zwei waren unzertrennlich.«

»Was ist passiert?«

Grady hat mir gestanden, dass er Pläne fast so sehr schätzt wie ich, und eben im Haus hat er noch so getan, als hätte er viel zu viel um die Ohren, um es rechtzeitig zum Treffen mit seinen Freunden zu schaffen. Und trotzdem stehen wir jetzt hier, zwei unentspannte Menschen mit Deadlines im Hinterkopf, und lassen uns alle Zeit der Welt.

Das ist ein so großer Erfolg, dass ich ihn eigentlich ausgiebig feiern müsste, aber Gradys Miene macht deutlich, dass ich eine unsichtbare Grenze überschritten habe.

»Sie hat entschieden, dass es vorbei ist, um Brennans willen.«

»Das klingt, als würdest du es nicht glauben. Dass es vorbei ist«, sagt er.

Grady wirft mir einen entnervten Blick zu. »Warum willst du darüber reden, ob die Dinge zwischen Katie und Brennan vorbei sind oder nicht? Willst du lieber leiden, als deine Reise zu genießen?«

»Nein. Ich will nur … mehr über euer Dorf erfahren und Brennans Leben, bevor ich ihn kennengelernt habe. Das ist alles.«

»Na schön. Es geht mir nicht darum, ob es vorbei ist oder nicht.« Gradys Stimme ist jetzt sanfter. Nachgiebiger.

»Sondern darum, dass sie es allein entschieden hat. Ohne ihn.«

In seinen Worten schwingt etwas mit, eine versteckte Andeutung, dass er mehr darüber weiß, was schiefgelaufen ist, als er zugibt. Vielleicht sogar mehr, als er will. Das Rätsel flattert vor meiner Nase, ehe der Wind es davonträgt.

Den Rest des Wegs legen wir in einträchtigem Schweigen zurück. Ab und zu hält Grady an, um mir etwas zu zeigen. Die Lamas der Nachbarn. Einen Regenbogen in der Ferne. Die wie von Riesen hingeworfenen Steine auf den Hügelhängen. Das alles ist neu und wunderschön, und zum ersten Mal erobert Irland wirklich mein Herz.

Der robuste Stall der McCormacks ist eher grau als braun, ähnlich verwittert wie der der Donnellys und drinnen genauso warm. Anstelle von Schafen und Ziegen stehen hier allerdings fünf stattliche Pferde – zwei junge braun-weiße Stuten, zwei ausgewachsene Palominowallache und ein prächtiger schwarzer Hengst.

Vor der letzten Box dreht Grady sich um und lehnt sich an das verbogene Holz. »Okay, Jessie. Wie lange ist dein letztes Mal her?«

Ich schaue auf und frage mich, ob ich mir die Doppeldeutigkeit nur einbilde, doch das Funkeln in seinen Augen raubt mir den Atem. Statt zu kneifen, schenke ich ihm ein verführerisches Lächeln. »Zu lange, Mr Callaghan. Viel zu lange.«

★

Grady hat die frohe Botschaft, wie lange es tatsächlich her ist, überraschend gut aufgenommen und mir einen Auffrischungskurs gegeben, während wir die Pferde gesattelt haben – okay, während *er* die Pferde gesattelt hat –, aber jetzt, wo ich neben dem Palomino namens Bach stehe, einen Fuß im Steigbügel, flattern mir gehörig die Nerven.

»Du musst doch nicht kotzen, oder?«

»Nein.« Als das Pferd vor mir wegtänzelt, nervös, weil ich es auch bin, überdenke ich meine Antwort noch einmal. »Ich glaub's zumindest nicht. Aber du hast mir ja schon mal dabei zugesehen, beim zweiten Mal ist es bestimmt nur noch halb so peinlich.«

»Aber genauso widerlich.« Er grinst und seine Grübchen glitzern in der Mittagssonne. Dann legt er die Hände an meine Hüften und alle anderen Gedanken lösen sich in Luft auf. Seine Berührung fühlt sich seltsam vertraut an. »Du musst ruhig bleiben. Pferde werden zu zappeligen Idioten, wenn sie durchdrehen. Auf drei, okay?«

Ich schaffe es kaum zu nicken, bevor er fertig gezählt hat und mich in den Sattel befördert. Mein Atem geht ziemlich zitterig und das hat nichts mit dem Pferd zu tun.

»Na siehst du? Super.« Er schwingt sich mit einer Leichtigkeit auf den zweiten Palomino Garth, die gleichermaßen beeindruckend wie attraktiv ist. Was mich wiederum verwundert, denn auf einem Pferd sitzen zu können, stand bisher nicht auf meiner Must-have-Liste für Typen. »Halt die Zügel ein bisschen lockerer – sehr gut. Wenn du die Fersen zusammendrückst, läuft er vorwärts, je fester, desto schneller.«

»Alles klar.« Vielleicht. »Wo reiten wir hin?«

»Raus auf die Weide, ein, zwei Hügel hoch. Schade, dass der Schnee nicht noch ein paar Tage gewartet hat, dann hätten wir tolle Ruinen gesehen.«

»Das wäre schön gewesen.«

Ich lasse Bach ein, zwei Meter hinter Garth herzuckeln und versuche, die Pferde nicht merken zu lassen, wie sehr sie mich einschüchtern. Sie könnten mir mit einem gut platzierten Huftritt den Schädel zertrümmern, wenn sie an diesem schönen Morgen Lust darauf hätten, aber Gradys lässiges Selbstvertrauen nimmt mir die Angst. Als wir den Fuß des ersten Hügels erreichen, fühle ich mich beinahe wohl im Sattel. Wohl genug, um mich umzuschauen, tief einzuatmen und Gradys Frage zu beantworten, wie Brennan und ich uns kennengelernt haben.

»Auf einer Verbindungsparty.«

»Du siehst gar nicht aus wie jemand, der auf Verbindungspartys geht.«

Die Bemerkung klingt fast wie eine in ein Kompliment verpackte Beleidigung, als könnte Grady sich weder für das eine noch für das andere entscheiden. Ich beschließe, nur das Kompliment zu hören. Der Tag ist zu schön für Beleidigungen. »Ich hab Neuigkeiten für dich, Grady: Man muss keinen Alkohol trinken, um Spaß auf einer Party zu haben.«

»Nur damit du's weißt, ich trinke selbst nicht viel. Für einen Iren.«

»Oh mein Gott, Grady Callaghan – hast du gerade einen Witz gemacht?«

»Das kommt hin und wieder vor.« Er lacht und der honigsüße Klang überzieht meine Haut.

»Meine Gründe für die Abstinenz kennst du ja. Was ist deine Ausrede?«

Er zuckt mit den Achseln und dieser verschlossene Ausdruck befällt wieder sein Gesicht. Er schweigt, bis ich schon glaube, dass er gar nicht mehr antwortet. Als er es schließlich doch tut, ist klar, dass seine Worte nicht zum unbeschwerten Tonfall meiner Frage passen werden.

»Mein Dad hat getrunken. So viel, dass er eines Tages den Weg nach Hause vergessen hat und nicht mehr zurückgekommen ist.«

Bei der Wut, die wie Donner in seiner Stimme grollt, pocht mein Herz. Katie hat ja gesagt, dass Gradys Geschichte traurig ist. »Das tut mir leid. Das muss schwer für dich gewesen sein. Auf seinen Dad sollte man sich verlassen können.«

Mein Dad ist so gewesen. Eine Zeit lang.

»Ohne ihn war es besser, zumindest für mich. Aber meine Mum hätte ihn gebraucht, als sie krank geworden ist.«

Der Schmerz in seinem Blick geht mir durch und durch. Allmählich ergibt alles einen Sinn. Deshalb also bleibt ein so kluger, junger Kerl in einem so kleinen Dorf wie Fanore. Aus Selbstlosigkeit. Eine Eigenschaft, die heutzutage nicht viele Menschen besitzen.

»Wie geht es deiner Mutter jetzt?«

Ein Muskel in seinem Kiefer zuckt, als hätte er die Zähne zusammengebissen, um die Wahrheit nicht herauszulassen,

und sein Griff um die Zügel wird fester. »Sie ist letzten Sommer gestorben. Eine seltene Gefäßkrankheit.«

Bei dieser ruhigen Offenbarung blutet mir das Herz. Natürlich stehen ihm die Donnellys nahe, wenn die Familie seit seiner Kindheit eine der wenigen Konstanten in seinem Leben ist. Durch die Arbeit als Farmhelfer konnte er bestimmt Geld verdienen und sich gleichzeitig um seine Mutter kümmern. Aber das erklärt nicht, warum er immer noch hier ist.

»Es tut mir leid, dass du das alles allein durchmachen musstest, Grady.«

Sein schiefes, irgendwie zufriedenes Lächeln durchbohrt mich wie ein Pfeil. »Ich war nicht allein. Ich hatte meine Mum.«

Mit Tränen in den Augen lächle ich zurück, denn dieser Moment zeigt, dass Schönheit in allem steckt, selbst im Verlust. Ich analysiere gern, versuche, alle potenziellen Hürden und Fallstricke in der Zukunft aufzuspüren, doch manche Dinge können nicht geplant werden. Und wenn Grady einen dankbaren Schimmer in das grausame Licht seines Schicksals mischen kann, was mag dann noch möglich sein?

»Du hast Glück, dass du eine Mum hattest, die dich geliebt hat.« Der Satz ist kaum mehr als ein Flüstern, losgebrochen von einem Ort tief in mir, der jahrelang vor sich hingerostet hat. In ihm schwingt Hoffnung mit. Rau, schmerzhaft, gut versteckt. Aber da.

Grady reißt überrascht die Augen auf. »Ich bin mir sicher, dass deine Mum dich auch geliebt hat, Jessie.«

Ich schüttle den Kopf und es dauert ein paar Minuten, bis

ich den feuchten Kloß in meinem Hals heruntergeschluckt habe. Die Güte in seinen Worten, die Zuversicht in seinem Tonfall sind schwer zu ertragen. »Vielleicht. Auf ihre Art.«

»Was ist mit deinem Dad?« Grady dreht sich nach mir um, während er sein Pferd durch eine Lücke in einer der Steinmauern lenkt.

Bach folgt ihm ohne mein Zutun, die Schnauze einen guten Meter hinter Garths Schweif.

»Er ist gestorben, als ich neun war. Krebs.«

»Das tut mir leid.«

Ich zucke mit den Achseln. »Es ist lange her. Ich kann dir also versprechen, dass es irgendwann leichter wird.«

»Hat es deine Mum nicht fertiggemacht? Dass er gestorben ist?«

Er drängt mich. Hebt Stein um Stein mit sanften Fingern an in der Hoffnung, dass keine Schlange darunterliegt, und auch wenn solche Neugier mich normalerweise stört, will ich ihm alles erzählen.

»Es hat sie fertiggemacht, als er krank geworden ist – das Sterben hat fast drei Jahre gedauert.« Ich schlucke, zwinge mich, es zum ersten Mal wieder zu fühlen. Wenn ich die Geschichte bisher erzählt habe – bei den wenigen Gelegenheiten –, war es ein mechanischer, gut geschmierter Bericht über die Zerstörung einer glücklichen Kindheit. »Alles lief super. Mein Dad hat Unmengen von Geld verdient – er war Künstler, Bildhauer –, aber meine Eltern konnten nicht damit umgehen. Sie hatten so viel, dass sie nicht wussten, wohin damit, also haben sie alles zum Fenster hinausgeworfen.

Als mein Dad krank wurde, konnte er nicht mehr arbeiten. Wir hatten keine Ersparnisse, keine Versicherung. Keine Möglichkeit, ihn behandeln zu lassen.«

Ich schaue zu Grady hinüber. Sein Pferd steht ganz still auf dem Hügelkamm, und er mustert mich mit einer Mischung aus Verständnis und Mitgefühl. Diese Kombination heilt meine Seele auf eine Art, wie ich es noch nie erlebt habe. Als würde er die Löcher in mir flicken, nur indem er zuhört. Es ist das erste Mal seit … ach, einer Ewigkeit, dass mir jemand nicht einfach rät, ich solle darüber hinwegkommen.

Ich atme tief ein und saubere Luft füllt meine Lunge. Von hier oben sieht man nichts als noch mehr Hügel, mehr standfeste gewundene Mauern, mehr kleine Bauernhöfe, die Rauchwolken aus windschiefen Schornsteinen spucken. Irland ist wie ein Versprechen, dass das Leben nicht so kompliziert sein muss. Dass eine Familie und ein Dach über dem Kopf, ein bisschen Land und ein paar Freunde alles sind, was ein Mensch zum Glücklichsein braucht.

»Nachdem er gestorben war, hatten wir nichts. Meine Mum hatte noch nie gearbeitet, nie auch nur eine Sekunde darüber nachgedacht, was sie mit ihrem Leben anstellen will. Wir hatten unser Haus verloren. Sie saß mit mir an Straßenecken und bettelte um Essen, schleifte mich von einer Obdachlosenunterkunft zur nächsten, wenn es draußen zu kalt wurde, bis eine Lehrerin in der neunten Klasse das Sozialamt eingeschaltet hat.« Ich halte den Blick auf den Horizont gerichtet, während die vertraute Scham mich überrollt.

»Das hat geholfen, selbst wenn die verschiedenen Pflegeeltern nicht die allerbesten waren. Aber sie waren auch nicht schrecklich. Ich habe viel gelernt und ein Stipendium für die Uni bekommen.«

»Wo ist deine Mum jetzt?«

»Keine Ahnung.« Ich schlucke, nehme allen Mut zusammen und schaue zu ihm auf.

Da macht Grady etwas Seltsames: Er lächelt. Grübchen graben sich in seine Wangen und er streckt eine Hand aus, mit der Handfläche nach oben. Die Bestärkung in seiner Miene bringt meine Hand dazu, sich auf seine zu legen. Unsere behandschuhten Finger verschränken sich, und Grady drückt die meinen fest.

»Darauf, ohne Eltern in dieser Welt zu überleben. Du bist eine Inspiration, Jessie. Eine verdammt starke Frau.«

Kein *Kopf hoch*, kein *Das Leben geht weiter.* Nur eine Anerkennung dessen, was ich durchgemacht habe. Und wie unglaublich es ist, dass ich es bis hierhin geschafft habe. Es ist nicht leicht, mein Leben aus dieser Perspektive zu betrachten. Ich habe nur getan, was ich musste.

Zum ersten Mal erfüllt mich Stolz statt Scham. Er strafft meine Schultern und bald lächle auch ich.

»Wir sollten zurückreiten und die nächsten zwei Pferde holen. Wenn die Sonne untergeht, wird es hier draußen richtig frisch.«

»Okay.«

Bach folgt Garth den Hügel hinunter; ein normaler, glücklicher Tag im Pferdeland. Im Jessie-Land steht alles kopf,

wirbelt durcheinander und ist verdreht, aber allmählich glaube ich, dass das, was ich in den letzten zehn Jahren für richtig herum gehalten habe, es eigentlich gar nicht ist.

Als die Wärme des Stalls mich umfängt, wird mir erst bewusst, wie spröde und kalt meine Wangen sind. Grady erbarmt sich und sattelt beide Pferde ab, während ich herumwandere. Mein Kopf ist viel zu voll, um einen klaren Gedanken zu fassen. Als ich einen waschechten Pferdeschlitten in der Ecke entdecke, wallt Aufregung in mir auf und sprudelt direkt aus meinem Mund.

»Oooh, können wir die Pferde anspannen und eine Schlittenfahrt machen?«

Gradys Blick folgt ungläubig meinem Zeigefinger. »Hast du eine Ahnung, wie lange das dauert?«

»Nein.«

»Ziemlich lange. Und es würde nur zwei Pferde bewegen, aber es sind noch drei übrig. Außerdem liegt nicht genug Schnee. Vielleicht nach dem nächsten Sturm.«

Ich schiebe enttäuscht die Unterlippe vor, protestiere aber nicht. Schließlich weiß ich nicht, wie viel Schnee liegen muss, um einen riesigen Schlitten zu tragen.

»Schmollst du etwa?«

»Was? Nein!«

»Aber so was von!« Grady lächelt, während er die zweite braun-weiße Stute sattelt. »Das ist Peig. Sie ist ein bisschen temperamentvoll, also brauchst du eine feste Hand. Du hast nicht zufällig noch ein paar Karotten dabei? Für die hat sie nämlich eine Schwäche.«

»Nö, sorry, Peig.«

Wir reiten wieder los, dieses Mal nicht hügelaufwärts, sondern runter ins Dorf. Leute eilen vom Postamt-Schrägstrich-Dorfladen in die Pubs, die Füße in dicken Stiefeln, die Gesichter von Kapuzen und Schals verhüllt, aber alle halten einen Augenblick an, um zu winken und Grady zu begrüßen und sich mir vorzustellen. Und die ganze Zeit über denke ich, wie seltsam es doch ist, dass diese Menschen die alte Jessica sehen, während sich in mir dieses neue Mädchen freikämpft.

Als die Damen bewegt und abgesattelt sind, helfe ich Grady, sie zu bürsten. Dann führt er den Hengst Uaine aus seiner Box.

»Was bedeutet sein Name?«

»Krieger«, ächzt Grady, während er den Sattel auf den Pferderücken hievt. Uaine knabbert mit den weichen Lippen an seinen Fingern. »Warte, du Schnorrer.«

Grady holt eine Reiswaffel aus seinem Rucksack neben der Tür und gibt sie ihm, schaut ihn an, seufzt und holt noch eine. Dabei wirft er mir einen verlegenen Blick zu. »Er ist ein sanfter Riese.«

»Du magst ihn.«

Er schnaubt. »Er ist ganz okay.«

Ich grinse, tanze durch den Stall, hüpfe von einem Fuß auf den anderen und rudere wie eine Verrückte mit den Armen. »Das war der beste Tag aller Zeiten!«

Irgendwann treffen sich unsere Blicke und die Welt bleibt stehen, einfach so. Wir sind wie Magneten, gegensätzliche

Pole, die sich anziehen, bis wir keinen Schritt mehr voneinander entfernt sind. Mein Atem kommt in flachen Stößen und an den Rändern meines Sichtfelds wird alles schwarz. Es gibt nur noch ihn und mich, zwei Menschen, die sich eigentlich niemals begegnet wären, allein in einer Scheune am anderen Ende der Welt.

Noch nie in meinem Leben wollte ich jemanden so dringend berühren und die qualvolle Sehnsucht auf Gradys Gesicht verrät, dass er gegen dasselbe Verlangen ankämpft. Doch am Ende tun wir beide das Richtige.

Grady räuspert sich und der Moment zerschellt. »Ich habe gedacht, wir könnten zu zweit auf Uaine zum Bed and Breakfast reiten, dann setze ich dich dort ab und bringe ihn wieder zurück.«

»Okay.«

Wir steigen auf und ich spüre nur noch Gradys feste Brust an meinem Rücken, die Innenseite seiner Oberschenkel an der Außenseite der meinen, seinen Schritt an meinem Hintern. Seine Berührung schickt Stoßwellen durch meinen Körper, mein Magen macht einen Satz nach dem anderen und meine Hände, die sich in die Mähne des Pferds krallen, sind schweißnass. Gott sei Dank scheint Grady nichts von alledem zu bemerken, während er Uaine aus dem Stall lenkt. Es ist mittlerweile später Nachmittag und deutlich grauer, windiger und kälter als heute Morgen. Wolken ballen sich am Horizont zusammen wie schmutzige Wattebäusche und kündigen mehr Schnee an. Vielleicht genug für eine Schlittenfahrt.

»Und, wie geht es für dich weiter?«, frage ich und hoffe, dass meine Stimme nicht verrät, wie ich mich fühle. Und dass ich noch mehr Hinweise sammeln kann, um das große Rätsel namens Grady zu lösen.

»Darüber habe ich nachgedacht.« Sein Tonfall ist locker, die Schultern entspannt, als er sich leicht vorbeugt. »Du hast dich heute übrigens gut angestellt beim Reiten.«

»Das sagen alle Jungs«, erwidere ich, ohne nachzudenken. Solche Scherze sind normalerweise meinen Verbindungsschwestern vorbehalten, höchstens noch Brennan, und meine Wangen glühen, als Grady schallend loslacht. Die Vibration überträgt sich auf meinen Rücken und überzieht mich mit Gänsehaut.

»Das kann ich mir vorstellen, Jessie MacFarlane.« Seine Arme schließen sich enger um mich, als er das Pferd nach rechts dirigiert. »So viel habe ich seit Monaten nicht gelacht. Danke.«

»Worüber hast du nachgedacht?«, lenke ich das Gespräch zurück zum Thema, unsicher, wie ich mit seinem Kompliment umgehen soll. »Uni?«

»Irgendwann, ja. Ich meine, ich liebe es, draußen zu arbeiten, ohne feste Zeiten, und den ganzen Tag irgendwo in einem Büro zu hocken, wird vermutlich nie mein Ding sein. Aber erst will ich reisen. Fotografieren.«

»Ach ja. Deine Unwetter-bei-Nacht-Fotos«, necke ich.

Er schnaubt. »Ich habe nie einen Kurs besucht oder so, aber es macht mir Spaß. Die Kamera hat früher meinem Dad gehört und vielleicht hat er mir auch sein Auge für ein inte-

ressantes Bild vererbt. Da soll noch mal einer sagen, der Typ war für nichts gut.«

»Fotografierst du eher Landschaften oder Menschen?«

»Ein bisschen von allem, aber mit Familienfotos oder Hochzeitsbildern kann ich nichts anfangen.«

»Also der Art von Fotos, mit der man Geld verdienen kann«, bemerke ich und lehne mich an ihn, um ihm zu verstehen zu geben, dass ich ihn nur aufziehe.

»Klar, dass das von dir kommt, Mrs Journalismus-der-Gehaltsschecks-statt-Auszeichnungen-einbringt«, schießt er zurück.

Und obwohl er es hauptsächlich als Witz meint, denkt die Jessie, die sich gerade mit Klauen und Zähnen aus der Vergangenheit befreit und darum bettelt, eine Zukunft zu haben, über die Konsequenzen eines Lebens – meines Lebens – hinter einem Studiotisch nach. Womöglich wäre es Verschwendung, einen Beruf auszuüben, den ich nicht liebe.

Den Rest des Wegs legen wir schweigend zurück. Mein Kopf schwirrt vor Möglichkeiten, läuft voll mit Angst und Unsicherheit wie ein löchriges Boot. Aber aus irgendeinem Grund hat dieser Tag mit diesem Jungen mir einen großen Eimer geschenkt, mit dem ich das Wasser abschöpfen kann.

Es ist in Ordnung, nicht in Ordnung zu sein.

Der Gedanke ist wie eine glänzende Murmel in meiner Hand, eine Münze, deren Wert in ihrer Unvollkommenheit liegt. Ich umschließe ihn sanft. Meine Finger sind schweißnass, aber entschlossen, ihn festzuhalten.

Als die Farm in Sicht kommt, bemerke ich zuallererst

Katie und Brennan, die auf der Veranda sitzen und die Köpfe zusammenstecken, tief in eine leise Unterhaltung versunken. Gleich danach sehe ich die Gewitterwolken auf dem Gesicht meines Freunds beim Anblick von Grady und mir auf einem Pferd. Sie lassen die am Himmel beinahe freundlich wirken.

Kapitel 8

Brennan springt auf und rennt mir entgegen, als hätte er sich den Hintern verbrannt oder würde sich wegen irgendetwas schuldig fühlen. Ich schaue zu Katie hinüber, die völlig ruhig dasitzt, und weiß, dass nichts passiert ist. Zumindest nichts, was man im engeren Sinne als Betrug bezeichnen könnte. Dafür ist ihr Glaube daran, dass Brennans und ihre Geschichte noch nicht zu Ende ist, zu unerschütterlich. Katie McBride betrachtet mich nicht einmal ansatzweise als ernst zu nehmende Gegnerin.

Noch vor ein paar Stunden hätte ich wie eine Wilde gekämpft, einen Plan ausgeheckt, um sie ein für alle Mal loszuwerden, aber die neue Jessie ist sich gar nicht mehr sicher, was sie eigentlich will.

»Hey«, begrüße ich Brennan und zupfe mir ein paar Heuhalme aus den Haaren.

»Selber hey.« Seine Stimme ist angespannt, die Worte sind gepresst und sein eisiger Blick folgt dem davongaloppie-

renden Grady. Als er sich auf mich richtet, stechen die Anschuldigungen darin auf mich ein wie Dolche. »Na, hattest du einen schönen Tag?«

Ich weiche einen Schritt zurück und schaue bedeutungsvoll in Richtung Veranda, von der aus Katie uns beobachtet. »Und selbst?«

Die Streitlust strömt aus ihm heraus und sammelt sich in einer Pfütze zu unseren Füßen, bis wir knietief in lauwarmer Apathie stehen. Er wirft mir ein schmales Lächeln zu, die Bitte um Waffenstillstand. »Du riechst nach Pferd.«

»Deswegen verschwinde ich jetzt auch unter die Dusche.« Ich zwinge mich, sein Lächeln zu erwidern. »Wann müssen wir los in die Stadt?«

»Bist du sicher, dass du mitwillst?«

»Bist *du* sicher, dass du mich dabeihaben willst?«, fauche ich. Dass er die Frechheit besitzt, so zu tun, als hätte ich etwas falsch gemacht, während er auf der Veranda mit seiner Ex kuschelt …

»Natürlich will ich dich dabeihaben.« Er streckt die Hände aus und drückt meine Arme. Sein Gesicht nimmt einen entschuldigenden Ausdruck an, der alle Unebenheiten glätten soll – das war ja von Anfang an sein besonderer Beitrag zu unserer Beziehung. »Wir fahren gleich nach dem Abendessen.«

Ich hole Luft und lasse mich von ihm besänftigen. »Okay. Ich bin rechtzeitig fertig.«

Brennan scheucht mich mit einer Hand davon und hält sich mit der anderen die Nase zu. Für jemanden, der auf einer

Farm aufgewachsen ist und sie mal übernehmen möchte, ist er echt empfindlich gegenüber Tiergerüchen.

Der heiße Strahl der Dusche wäscht den Gestank des Tages ab, aber das Gefühl, das er in mir ausgelöst hat, geht tiefer. Während ich mir die Haare glätte, starre ich mein Spiegelbild an und wundere mich darüber, dass ich immer noch aussehe wie gestern – dasselbe feine braune Haar, dieselben langen Wimpern, dieselben Sommersprossen.

Ich habe mich noch nicht verändert. Noch nicht entschieden, ob ich es wirklich kann. Aber schon die Überlegung lässt meine Augen leuchten. Meine Wangen glühen. Mein Lächeln strahlen.

Sogar meine Frisur sitzt und das hat Seltenheitswert. Zumindest werden Brennans Highschoolfreunde sich nicht das Maul darüber zerreißen, dass seine Freundin eine Vogelscheuche ist.

Das Abendessen verläuft ausnahmsweise ohne Zwischenfälle. Molly und die anderen sind entspannt und gut gelaunt, weil morgen Weihnachten ist, und Brennan und Katie schlingen ihre Portion Cornedbeef-Eintopf mit Kartoffeln herunter, damit wir schnell in die Stadt kommen. Wir sind uns einig, dass wir nicht lange bleiben – Brennan und Katie wollen nur kurz vorbeischauen und Hallo sagen, ein paar Bier trinken und wieder fahren, und mir ist das mehr als recht.

Brennan setzt sich ans Steuer, aber ich soll uns später zurückchauffieren. Das stört mich nicht, immerhin bin ich jetzt schon einmal auf der falschen Seite gefahren und diesmal regnet es nicht. Außerdem hat sich unter den Tieren

bestimmt herumgesprochen, dass man mir lieber aus dem Weg geht.

Peinliches Schweigen ist uns vom Esszimmer ins Auto gefolgt. Brennan und ich haben zwar Waffenstillstand geschlossen, also reden wir im Moment nicht über die Dinge, die uns wütend machen, aber das bedeutet im Endeffekt, dass wir gar nicht reden. Katie versucht ein, zwei Mal, uns in ein Gespräch zu verwickeln, gibt jedoch auf, als ich aus dem Fenster starre und Brennan kaum ein Grunzen zustande bringt.

Ich weiß ja nicht, wie es ihm geht, aber ich halte den Mund, damit ich nicht losschreie. Oder losheule.

Das Problem ist, dass ich keine Ahnung habe, worüber wir streiten. Über Katie? Über Grady?

Darüber, dass ich uneingeladen hier aufgetaucht bin und die bittere Wahrheit herausgefunden habe – dass Brennan mir seine Vergangenheit verschwiegen hat, seinen Plan, nach Fanore zurückzukehren und das Bed and Breakfast zu führen, und die Tatsache, dass ich nicht die Frau bin, die er an seiner Seite sieht, wenn er in die Zukunft blickt?

Ich bin mir nicht sicher, ob Brennan das überhaupt je tut, und ihn dazu zu zwingen, war einer der Hauptgründe für meine Reise. Dass mir vielleicht nicht gefällt, was er sieht, ist mir nie in den Sinn gekommen.

Ballyvaughan erweist sich als bezauberndes Städtchen, eine gute halbe Stunde von Fanore entfernt. Es gibt sogar ein paar Nebenstraßen und mehr als nur eine Handvoll Geschäfte nebst Bars und Restaurants. Als Brennan uns in ein traditionelles Irish Pub namens Greene's führt, fällt mir wie-

der einmal auf, wie attraktiv er ist, und ich spüre ein vertrautes Ziehen im Bauch.

Katie ist natürlich wunderschön in ihrem eng anliegenden, aber schlichten braunen Kleid, das ihre Knie umspielt und ihre Augen betont. Dazu trägt sie Stiefeletten mit einem kleinen Absatz, die nicht zu bemüht wirken. Mein eigenes Outfit, ein rotes Top über einem schwarzen Rock, setzt meine Kurven in Szene, während die Stiefel verhindern, dass ich zur Eisstatue erstarre, bis wir das Pub erreichen.

Drinnen empfängt uns drückende Wärme und eine Einrichtung wie aus dem Bilderbuch: abgewetztes dunkles Holz, kirschrotes Leder, schmale Sitznischen und flackernde Lampen, deren Licht nicht bis in die Ecken reicht. An der verspiegelten Wand hinter der Bar stehen Flaschen mit Hochprozentigem und die Männer, die mit dem Rücken zu uns an der Theke sitzen, sehen genauso aus, wie man sich Pub-Stammgäste vorstellt. Ich würde am liebsten ein Foto schießen, aber dann würde ich wie ein dummer Tourist wirken, also schließe ich stattdessen kurz die Augen und speichere ein Panoramabild des Greene's in meinem Gedächtnis ab.

»Donnelly und McBride, wie in alten Zeiten«, grölt ein stämmiger Typ mit dunkelbraunen Locken, knallt sein Glas Guinness auf die Bar und umarmt Brennan stürmisch.

»Lass mich runter, O'Brien.« Brennan befreit sich lachend aus den Bärenarmen und O'Brien schnappt sich Katie. Ein zweiter Junge, groß und schlank mit einem zerzausten blonden Wuschelkopf, kommt grinsend auf uns zugeschlendert, gefolgt von einem unglaublich kleinen Mädchen mit

stumpfen braunen Haaren, wässrig blauen Augen und einer Brille.

»Emer! Finn! Was geht?« Brennan umarmt die beiden ebenfalls und dann begrüßen sie Katie, also dauert es insgesamt mehrere Minuten, bis irgendjemandem auffällt, dass ich auch da bin.

»Das ist Jessie«, verkündet Gradys mittlerweile vertraute Stimme halb amüsiert, halb verärgert irgendwo hinter mir. »Brennans Freundin, auch wenn der anscheinend seine Manieren vergessen hat.«

Einen flüchtigen Moment lang spüre ich Gradys Hand auf meinem Rücken, bevor Brennan mich mit einem finsteren Blick an sich zieht. Grady sieht zum Anbeißen aus. Bisher bin ich ihm ja nur in Arbeitsklamotten begegnet und jetzt bemerke ich unwillkürlich, wie gut seine Jeans sitzt. Der Saum über den abgetragenen Stiefeln ist leicht ausgefranst und sein durchtrainierter Oberkörper zeichnet sich unter dem blaugrauen Flanellhemd ab, dessen Farbe so gut zu seinen Augen passt, dass mein Herz stolpert.

»Dazu wäre ich schon noch gekommen.« Brennans Miene verdüstert sich weiter. »Du weißt doch genau, dass O'Brien einem kaum Zeit zum Atmen lässt.«

Grady lächelt mich an, aber ich schüttle den Kopf. Ich habe keine Ahnung, was hier gerade passiert oder was passieren würde, wenn ich einen Wunsch frei hätte. Was möglich ist in dieser brandneuen Welt. Aber eins weiß ich ganz sicher: Ich werde meinen Freund nicht betrügen. Meine Zukunft mit Brennan muss für mich an erster Stelle stehen und

ich darf mich nicht von Grady ablenken lassen, so faszinierend er auch ist.

»Jessica«, sage ich zu O'Brien. Meinen Nachnamen verschweige ich.

Brennan erwähnt ihn ebenso wenig. »Jessica, das sind Danny O'Brien, Finn Gallaher und Emer Flannigan.«

»Schön, euch alle kennenzulernen.«

»Du bist Amerikanerin«, stellt Finn fest, während Danny Grady zur Begrüßung auf ähnliche Art und Weise anfällt wie vorher Brennan.

»Schuldig im Sinne der Anklage.«

»Willst du ein Bier?«

»Eigentlich trinkt sie –«

»Klar«, unterbreche ich Brennan und zucke mit den Achseln, als er mich fragend ansieht. Es bringt mich schließlich nicht um, ein Bier in der Hand zu halten und daran zu nippen, und am Ende des Abends wird sich sowieso niemand mehr daran erinnern, wie viel ich tatsächlich getrunken habe.

Als Danny sich zur Bar dreht und noch drei Guinness bestellt, beugt Brennan sich zu mir und flüstert: »Keiner trinkt, bis alle ihr Glas haben, dann stoßen wir an. Und schau jedem in die Augen.«

Ich nicke und präge mir diesen Brauch ein, während ich ein lauwarmes schwarzes Bier entgegennehme. Als alle eins haben, stimmt Finn einen Trinkspruch an: »Auf ein langes Leben und ein glückliches.«

»Einen schnellen Tod und einen leichten«, fügt Emer hinzu und erhebt ihr Guinness.

»Ein hübsches Mädel und ein ehrliches«, murmelt Brennan und sieht dabei wie absichtlich nicht in meine Richtung.

»Ein kaltes Pint ... und noch eins!«, ruft Danny und rammt sein Glas so fest gegen Katies, dass der karamellfarbene Schaum auf ihre Hände schwappt.

Ich stoße reihum mit allen an und schaue ihnen lächelnd in die Augen, bevor ich zwei große Schlucke des überraschend leckeren Biers trinke.

Zwanzig Minuten später bekomme ich noch immer nicht den glühenden Ausdruck in Gradys Augen aus dem Kopf, als sich unsere Blicke über den Rändern der Guinness-Gläser getroffen haben.

Oder wie ich kaum noch atmen konnte, als der seine langsam nach unten gewandert ist, über meinen Körper.

In einem armseligen – und vergeblichen – Versuch, dieses hartnäckige Bild auszulöschen, habe ich das erste Bier hinuntergestürzt und gleich ein zweites bestellt. Meine Gliedmaßen kribbeln und meine Wangen sind heiß und irgendwie taub. Es ist ein schönes Gefühl, als würden alle Probleme außer Reichweite des denkenden Teils meines Gehirns schweben.

»Echt toll, euch beide wieder zusammen zu sehen«, schwärmt Danny, bevor ihm einfällt, dass ich auch da bin. Er wird rot und stottert: »Ich meine, echt toll, euch alle zu sehen. Grady, Mann, was treibst du so, wir haben uns ja seit Ewigkeiten nicht getroffen!«

Er tut sein Bestes, um das Thema zu wechseln, und ich weiß, dass er es nicht böse gemeint hat, aber das war nicht die erste Bemerkung zu Katie und Brennan heute Abend, und

ich habe auch schon mindestens drei total süße Geschichten über die beiden in der Highschool gehört. Anfangs haben die anderen natürlich versucht, mich miteinzubeziehen, aber nachdem wir mit den langweiligen Standardfragen, wie Brennan und ich uns kennengelernt haben und wie mir Irland gefällt, durch waren, haben sie schnell das Interesse verloren.

Ich nehme es ihnen nicht übel. Schließlich ist dieser Abend dazu gedacht, mit alten Freunden zu feiern, nicht Small Talk mit Leuten zu machen, die man wahrscheinlich nie wiedersieht. Katie und Brennan rücken immer näher zusammen, ohne dass sie es überhaupt merken, und als ich zum zweiten Mal von der Toilette zurückkomme, ist mein Platz neben Brennan belegt. Mir schnürt sich die Brust zu und ich drehe mich zur Bar, um noch ein Guinness zu bestellen.

»Bist du sicher, dass du das tun willst?« Grady schiebt sich neben mich, eine Augenbraue bis zum Haaransatz hochgezogen. Sein Arm ist keinen Zentimeter von meinem entfernt.

Ich rücke ein Stück weg von seiner Wärme. Dem Prickeln seiner Haut. »Warum? Hoffst du nicht insgeheim, dass ich mich völlig zuschütte und oben ohne auf der Bar tanze?«

»Hm, darüber habe ich noch gar nicht nachgedacht.« Er beißt sich auf die Lippe und schaut schnell zu Brennan hinüber, dem meine Abwesenheit bisher nicht aufgefallen ist. »Aber wenn du nicht tatsächlich vorhast, deinem Abend damit die Krone aufzusetzen, solltest du vielleicht langsamer machen. Du bist Alkohol nicht gewöhnt und Guinness ist stärker als die meisten Biere.«

»Danke für den Ratschlag.«

Der Barkeeper reicht mir mein Glas und ich klatsche ein paar Euro auf die Theke und lasse Grady stehen. Dieser ganze Tag ist eine seltsame und unangenehme Mischung aus wunderschön und richtig beschissen, aber im Moment hält der Alkohol meine Gefühle davon ab, das letzte bisschen Vernunft über den Haufen zu werfen.

Ich bahne mir mit der Schulter einen Weg in den Kreis und versuche, mich nicht zu freuen, als Grady sich neben mich drängt. Sein Bein streift meine Hüfte. Es ist süß, dass er auch die ... Freundschaft zwischen uns spürt und sich um mein Wohlbefinden sorgt. Oder den Mangel daran. Aber Brennan ist mein Freund. Brennan ist derjenige, der diese Dinge tun sollte. Ich schiebe meine Hand in seine und spüre eine Welle der Erleichterung, als er den Druck erwidert.

Die Zeit vergeht und wir trinken weiter. Aus den ein, zwei Stündchen werden drei, bis meine Augen schwer sind, mir die Beine vom Stehen schmerzen und die angenehme Benommenheit sich in Schwindel verwandelt. Ich trinke den Rest des Biers in meiner Hand aus und stelle das leere Glas auf die Theke, bevor ich zur Toilette stolpere. Mittlerweile war ich schon so oft, dass ich es aufgegeben habe mitzuzählen. Mir ist schlecht.

Warum habe ich so viel getrunken? Wer bin ich?

Dumme neue Jessie.

»Ich glaube, ich pack's dann mal«, sagt Grady und leert sein erst zweites Pint oder so.

»Och, Callaghan haut wieder als Erster ab«, beschwert sich Danny und boxt ihm gegen den Arm.

»Können ja nicht alle so verwöhnt sein wie du, O'Brien. Ein paar von uns müssen morgen arbeiten, Weihnachten hin oder her.«

»Ist doch klar.« Emer stellt sich auf die Zehenspitzen und umarmt Grady ein paar Sekunden länger als nötig.

Der eifersüchtige Stich, der mich durchfährt, erschreckt mich. Natürlich hatte auch Grady seinen Anteil an Frauengeschichten; kein Mädchen mit Augen und einem funktionierenden Puls kann an diesem Kerl vorbeigehen, ohne zweimal hinzuschauen.

»Man sieht sich, Mann«, sagt er und verabschiedet sich per Handschlag von Finn, bevor er sich an Brennan wendet. »Wie kommt ihr nach Hause?«

»Katie fährt.« Brennan wirft mir einen spitzen Blick zu, eine nicht gerade freundliche Erinnerung, dass das eigentlich meine Aufgabe gewesen wäre, doch die prallt an meinem Alkoholpanzer ab.

Grady will schon in Richtung Tür stapfen, dreht sich dann aber noch einmal um, die Schlüssel schon in der Hand. »Soll ich dich mitnehmen, Jessie? Du siehst so stramm aus, als würdest du gleich umkippen.«

»Ist das ein anderes Wort für hübsch?«, lalle ich und taumle, sodass er mich am Ellbogen packen muss.

Brennan runzelt die Stirn. »Es heißt betrunken. Und das bist du.«

»Vielleicht ein bisschen. Ein *wiiinziges* bisschen«, schnaube ich mit falschem irischem Akzent. Und ich bin müde. Hundemüde. »Bleibst du noch?«

»Ja. Das ist schließlich mein einziger Abend mit allen hier.«

Na klar. Scheißegal, dass wir uns einig waren, nicht lange zu bleiben. Scheißegal, dass ich seine Freundin bin und ins Bett muss. Und anscheinend auch scheißegal, dass er es nicht mag, wenn ich mit Grady Callaghan allein bin.

»Schön, dann fahre ich mit Grady.«

»Schön.«

Aber nur, weil ich muss, denke ich, als Grady meine Hand nimmt und mich nach draußen in die Kälte zieht.

★

»Da hast du dich ja in einen schönen Schlamassel reingeritten.« Grady legt einen Arm um meine Taille und hilft mir, die wenigen Straßen bis zu seinem verrosteten grünen Pick-up zu laufen.

Ich würde ihn ja wegstoßen, aber einen Fuß vor den anderen zu setzen, erweist sich als sehr viel schwieriger als noch vor ein paar Stunden. Das unebene, mit vereistem Schnee bedeckte Kopfsteinpflaster ist spiegelglatt und meine verschwommene Sicht tut ihr Übriges, damit ich mich eng an Grady lehnen muss.

»Keine Ahnung, wovon du redest, aber selbst wenn, würde es dich nichts angehen.«

Er seufzt, öffnet die Beifahrertür und schiebt mich hinein. Die Welt draußen dreht sich, mein Magen schlingert und überzieht meine Zunge mit einem widerlichen Geschmack. Ich schließe die Augen. Das hilft, aber nur ein bisschen.

»Du kotzt mir jetzt aber nicht ins Auto, oder?«

»Ich weiß nicht.«

Er seufzt noch einmal, lässt den Motor an und wartet, bis die Luft, die aus der Heizung bläst, lauwarm ist. Dann fährt er los und wir holpern schweigend durch die Nacht. Was gut ist. Keine Ahnung, was aus meinem Mund kommen würde, wenn ich ihn aufmache.

»Harter Abend?«, fragt er, dieses Mal sanfter. Er späht wieder unter die Steine.

Ich bin zu erschöpft, um die wütende Schlange zu mimen. »Kann man wohl sagen.«

»Warum redest du nicht mit Brennan, anstatt mit ihm zu streiten?«

»Das würde nichts bringen.« Ich rutsche tiefer in den Sitz und lege die Füße aufs Armaturenbrett.

»Ach, aber dich volllaufen lassen schon?«

Meine Mundwinkel wandern wie von selbst nach oben und ein Lachen sprudelt aus meinem Inneren hervor. Er hat recht, ich benehme mich lächerlich, und dabei treffe ich sonst nie Entscheidungen im Eifer des Gefechts. Diese hier hat sich als ziemlich bescheuert entpuppt, aber ob man's glaubt oder nicht, ich hab's überlebt.

»Du bist echt nicht einfach, Jessie MacFarlane«, brummt Grady, doch ein schneller Blick zur Seite verrät, dass auch er grinst. »Ich bin froh, dass du nach Irland gekommen bist.«

»Wirklich?« Ich setze mich auf und schlage die Beine übereinander. Die Welt dreht sich wieder und ich kneife stöhnend die Augen zu.

»Ja. Aber wenn du mir ins Auto kotzt, ändere ich meine Meinung vielleicht.«

»Meinetwegen.«

Die Straße windet sich träge durch die Landschaft und mir fallen die Steinmauern ins Auge, die mich schon die ganze Zeit neugierig machen. »Was hat es eigentlich mit diesen Mauern auf sich? Erst habe ich gedacht, sie würden Grundstücke oder Weiden abgrenzen, aber dafür wirken sie zu beliebig.«

»So hochtrabend kannst auch nur du daherreden, wenn du besoffen bist.« Grady hält das Lenkrad fester, als er um die nächste Kurve biegt. »Aber du hast recht. Heute werden sie so benutzt, aber entstanden sind sie aus einem praktischeren Grund. In dieser Gegend gab es schon immer viele Steine und damit das Land bestellt werden konnte, mussten sie aufgesammelt werden. Also haben die Leute sie gestapelt.«

»Ach. Das hatte ich mir irgendwie aufregender vorgestellt.« Ich hickse und kichere. »Aber es erklärt, warum sie aussehen, als wären sie direkt aus dem Boden gewachsen.«

»In anderen Teilen Irlands sehen sie anders aus. Unser County ist da was Besonderes.«

»War ja klar.« Ich hickse noch einmal und dieses Mal lacht Grady. Der honigsüße Klang fließt über meinen Körper und sammelt sich zwischen meinen Beinen.

»Eine andere Geschichte besagt, dass während der Großen Hungersnot die Leute, die keine Arbeit hatten, die Mauern für Pfarrhäuser und Kirchen aufgeschichtet haben,

im Austausch für Essen.« Er lächelt. »Wir Iren wollen keine Almosen.«

»Danke«, platze ich heraus. Mir ist viel zu heiß von seiner Nähe. Seiner Stimme, seinem Lachen.

»Wofür?«

»Dass du mich zurückfährst. Dir mein Gebrabbel anhörst. Dafür sorgst, dass ich mir nicht wie ein totaler Versager vorkomme. Such's dir aus.«

Mittlerweile haben wir das Bed and Breakfast der Donnellys erreicht und Grady parkt den Wagen. Er schnallt sich ab und dreht sich zu mir. In seinen Augen brennt ein Versprechen, das ich nicht sehen will.

»Du bist echt nicht ganz bei Trost, oder?« Grady hält meinen Blick gefangen.

»Was?«

»Diese Sachen, alles. Ich tu das gern für dich. Du machst mein Weihnachten einzigartig, auch wenn deins ziemlich beschissen ist.«

Mein Atem geht stoßweise und mein Herz schlägt schneller. »Wenn du nicht wärst, hätte ich mich wahrscheinlich schon von einer eurer berühmten Klippen gestürzt.«

Grady greift herüber und öffnet meinen Gurt, dann packt er meine Hände und zieht mich zu sich, bis wir dicht nebeneinander in der Mitte der Sitzbank sitzen. Seine rauen, schwieligen Finger streichen über meine Wange und mir wird schwindelig. Keine Ahnung, ob das immer noch vom Alkohol kommt oder ob Gradys Berührung mich aus dem Gleichgewicht bringt.

»Du bist völlig in Ordnung, so wie du bist, Jessie, und es ist auch völlig in Ordnung, sich Sicherheit für die Zukunft zu wünschen, aber gönn dir mal eine Pause. Brennan Donnelly ist nicht der einzige Mann auf der Welt. Wenn er nicht der Richtige ist, findest du jemand anderen.«

»Jemanden wie …?« Ich bin betrunken genug, dass es mir egal ist, wie unangebracht diese Frage ist. Dass ich ihn manipuliere, ihn dränge, dieser Spannung, dem knisternden Verlangen zwischen uns einen Namen zu geben.

Er legt den Kopf schief und fährt mit dem Daumen über meine Unterlippe. »Du bist ein kluges Mädchen. Ich vertraue darauf, dass du es erkennst, wenn du ihn siehst.«

Unsere Gesichter sind nur ein paar Zentimeter voneinander entfernt, unsere Augen ineinander versunken. Sein Atem vermischt sich mit meinem und beide gehen viel zu schnell. Die Luft, die aus den Schlitzen im Armaturenbrett strömt, ist drückend warm. Mein Blick fällt auf seinen Mund und ich lecke mir über die Lippe bei der Vorstellung, wie er sich auf meinem anfühlen würde. Wie ein Feuerwerk, aber auch behaglich, der Beweis, dass ich tatsächlich noch andere Möglichkeiten habe.

Seine Hand schiebt sich in mein Haar und zieht mich langsam näher, wie um mir die Chance zu geben, ihn aufzuhalten.

Halt ihn auf, Jessie. Du hast einen Freund. Das hier ist falsch. Selbst die Stimme in meinem Kopf lallt. Mein Magen torkelt.

Ich will ihn nicht aufhalten.

Kapitel 9

Das Klopfen an meiner Tür ist so laut wie ein Presslufthammer, der auf meinen Schädel einschlägt.

Die Sonne sticht heller in mein Zimmer als an den letzten beiden Morgen. Sie malträtiert meine schmerzenden Augen, während ich vergeblich versuche, genug Spucke zu sammeln, um zu reagieren. Schließlich schaffe ich es, ein »Herein!« hervorzuwürgen.

Brennan kommt durch die Tür, frisch geduscht und angezogen. Er sieht so gut und gepflegt aus, dass ich mich noch schlechter fühle als ohnehin schon. Das dünnlippige Lächeln, mit dem er sich auf die Bettkante setzt, bessert meine Laune auch nicht gerade. Ich rapple mich mühsam auf.

»Harte Nacht, was, Chicken?« Er deutet mit dem Kinn auf meinen Körper.

Ich schaue an mir hinab und entdecke die Klamotten von gestern, die verrutscht an meiner verschwitzten Haut kleben. Es riecht nach Alkohol, als würde er direkt aus meinen Poren

strömen, und das flaue Gefühl in meinem Magen wird stärker. Meine Erinnerung an den Abend ist wie ein Puzzle, in dem viele Stücke fehlen, und jeder Muskel in mir versteift sich, als mir wieder einfällt, wie ich mit Grady im Auto gesessen habe. Irgendwas mit anderen Müttern, die auch schöne Söhne haben, und mein Körper, der in Flammen stand, als er sich vorbeugte.

Danach ist alles schwarz. Ich weiß nicht mehr, wie ich ins Haus und ins Bett gestolpert bin. Oder woher das Glas Wasser und die Kopfschmerztabletten auf dem Nachttisch kommen.

»Ja, ziemlich«, erwidere ich vorsichtig. Mein Kopf dröhnt und ich greife nach einer Tablette. »Tut mir leid, dass ich dich so angeschnauzt habe. Keine Ahnung, was da in mich gefahren ist.«

Brennan zuckt mit den Achseln. »Kann schon mal passieren. Vor allem, wenn man Guinness in sich reinschüttet, als wäre es Wasser in der Wüste.«

»Das muss ich mir fürs nächste Mal merken.«

»Wie ich sehe, hat Grady dich wohlbehalten nach Hause gebracht.« Bei seinem Ton – als wollte er andeuten, dass da etwas gelaufen ist – sinkt mir das Herz in die Hose.

Weil ich es nicht weiß. Es könnte *wirklich* etwas gelaufen sein.

»Ich sag's ja nur ungern, aber du hättest mich auch nach Hause bringen können«, fauche ich, um mein Unbehagen zu überspielen. Und weil ich mich beschissen fühle. »Aber du hast dich für Katie entschieden. Schon wieder.«

»Ich habe mich nicht für *Katie* entschieden. Ich bin bei meinen Freunden geblieben, die ich seit Monaten nicht gesehen habe.« Er holt tief Luft und schließt die Augen, als würde er bis zehn zählen. »Deswegen bin ich nicht gekommen.«

»Ach?« Wachsam beiße ich mir auf die Unterlippe. »Weswegen dann?«

»Ich hatte ein schlechtes Gewissen, dass ich dir nichts von Katie erzählt habe. Dass sie hier ist.«

»Schon okay. Es war richtig, sie einzuladen, wenn sie sonst nirgendwo hinkann.«

»Nein, nicht das.« Seine Finger streicheln meinen Arm, aber aus irgendeinem Grund nervt mich seine Berührung eher, als mich zu beruhigen. »Ich meine, dass ich dich mit ihrer Existenz so überfallen habe. Wir haben ja nicht viel über unsere Vergangenheit geredet, weil wir die Gegenwart genießen wollten, oder? Aber wenn ich gewusst hätte, dass du kommst, hätte ich dir von ihr erzählt.«

»Grady sagt, dass deine Eltern sie anbeten. Im Sinne von: Sie haben schon Namen für eure Kinder ausgesucht.« Ich beiße mir noch fester auf die Lippe und wünschte, es würde einen höflichen Weg geben, ein wenig Abstand zwischen uns zu bringen. Ich fühle mich eklig. Außerdem habe ich vielleicht vor ein paar Stunden einen anderen geküsst.

Das glitschige, ölige Gefühl in meinem Bauch steigt in Richtung Kehle.

Brennan zieht eine Grimasse, als ich Grady erwähne, aber sein Schweigen ist Antwort genug. Zusammen mit den Nachwirkungen von gestern Nacht schlägt mir die von ihm aus-

strömende Verlegenheit so auf den Magen, dass ich kurz davor bin, zur Toilette zu sprinten.

»Sie lieben sie. Ich habe sie auch geliebt. Katie und ich …« Er verstummt, als würde er darüber nachdenken, was er sagen soll. Ob er ehrlich sein oder die Sache schönreden will. Aber Brennan besitzt kein einziges Paar Samthandschuhe. »Das war keine alberne Highschoolromanze. Es war echt und das war allen klar.«

»Was ist passiert?«

»Ich bin nach Amerika gegangen. Sie hat beschlossen, dass jeder von uns sein eigenes Leben leben sollte.« Er dreht den Kopf, sodass er mich anlächeln kann. »Ich habe dich getroffen.«

»Ja, aber was ist *passiert*?« Ich frage mich, ob er es überhaupt weiß, ob Katie es ihm erzählt hat. Mir kommt wieder in den Sinn, wie Grady sich bei dem Thema gewunden hat. Vielleicht kennt er die Wahrheit.

»Das ist Schnee von gestern. Es ist egal, warum sie diese Entscheidung gefällt hat, ich bin darüber hinweg. Es war ein bisschen komisch zwischen uns, seit du hier angekommen bist – die Überraschung, Katie, dann ging alles drunter und drüber. Aber es hat sich nichts geändert, oder?«

Es ist verrückt, dass er dasitzt und so etwas behauptet, als würde er es tatsächlich glauben. Ich habe mich letzte Nacht betrunken. Ich! Ich fühle mich, als wäre ich zwei Menschen gleichzeitig – die alte Jessica verblasst, während die neue darum kämpft, an Kontur zu gewinnen. Herauszufinden, was all diese Möglichkeiten bedeuten.

Ich weiß nicht, was es über Brennan aussagt, dass er das nicht sieht. Nicht merkt. Vielleicht hat er mich noch nie wirklich gesehen.

Mein Haar bleibt an meinem Arm kleben, als ich nicke. Schließlich ist es nicht fair, von ihm zu erwarten, dass er meine Gedanken liest. Wir müssen dringend ein anderes Gespräch führen, ein grundlegenderes, aber dafür ist jetzt nicht der richtige Moment. Heute ist Heiligabend und ich habe das Weihnachtsfest der Donnellys schon genug gestört.

»Genau.« Mein gezwungenes Lächeln scheint ihn zu überzeugen.

»Gut.« Er drückt mir einen Kuss auf die Lippen. »Mum und Katie sind in der Küche und zaubern noch irgendwas zum Nachtisch. Ich soll dich fragen, ob du mithelfen willst.«

Ich nicke, dankbar für die Chance, aus diesem Zimmer rauszukommen. Weihnachten mit den anderen Frauen in der Küche zu verbringen. »Klar. Ich geh mich nur schnell übergeben, bin gleich da.«

★

Ich brauche fünf Minuten, um mein Haar zusammenzubinden, ein bisschen Make-up aufzulegen und mir die Zähne zu putzen. Anschließend schlüpfe ich in einen roten Pullover, eine dunkelgraue Hose und schwarze Ballerinas. Weihnachtsstimmung kriecht in meine Adern und verbreitet Freude und Behaglichkeit in meinem Körper.

Die Wärme der Küche umwickelt mich wie die Bänder

der Schürze, die Mrs Donnelly mir reicht, als ich mich zu ihr und Katie an die Kücheninsel geselle. Die gesamte Fläche ist mit Äpfeln in Dosen und typischen Kuchenzutaten bedeckt. Ich erkenne auch ein paar von den Gewürzen, die ich für meinen Kürbis-Pie verwendet habe – nur keine Muskatnuss, versteht sich.

»Was backen wir?«

»Apfelkuchen«, antwortet Katie und schiebt mir ein Blatt Papier zu. »Normalerweise schätzen wir die Mengen einfach ab, aber ich habe mir gedacht, du hättest vielleicht gern das Rezept. Das ist einer von Brennans Lieblingskuchen.«

Mir läuft schon das Wasser im Mund zusammen, als ich nur die Zutatenliste lese, aber das wahre Highlight kommt zum Schluss. »Oooh, Vanillesoße?«

Mrs Donnelly zwinkert mir zu. »Das ist das Beste daran.«

Die Unterhaltung fließt locker dahin und wir lachen viel. Am Ende bin ich durch und durch von der Glückseligkeit erfüllt, das Weihnachten meiner Träume zu erleben – die Männerprobleme einmal ausgenommen.

Als der Kuchen im Ofen ist, entschuldigen sich Katie und Mrs Donnelly. Sie wollen duschen und sich zurechtmachen.

Brennan kann ich nirgendwo finden, also ziehe ich Mantel und Stiefel an und mache einen Spaziergang durch den frisch gefallenen Schnee. Die kalte Luft ist genau das, was ich brauche. Sie schafft Klarheit in meinem Kopf und beruhigt meinen Magen, und als das Farmhaus wieder in Sicht kommt, freue ich mich einfach auf den Abend. Auf die Geschenke und das Essen, ein warmes Kaminfeuer und alles, was dafür

sorgt, dass es mir besser geht. Mit der ganzen Sache hier. Dem Leben.

Und besonders der Zukunft, was sie auch für mich bereithalten mag.

Bevor ich mich allerdings in das weihnachtliche Haus flüchten kann, taucht plötzlich Grady auf, die Arme voll Feuerholz. Das teuflische Glitzern in seinen Augen bringt mich unwillkürlich zum Grinsen. Dann schneide ich eine Grimasse.

»Wie fühlst du dich?«

»Gut.« Ich versuche, um ihn herum zur Haustür zu gelangen, aber er versperrt mir den Weg. »Mir ist kalt.«

»Nein, ist dir nicht.« Er sieht mich misstrauisch an. »Was ist los?«

»Falls du vorhast, mir bis ins kleinste schmutzige Detail zu erzählen, wie ich gestern Nacht meinen Freund betrogen habe – ich will es echt nicht hören.« Tränen steigen mir in die Augen, aber als ich zu ihm aufschaue, wirkt er wütend. »Was?«, frage ich.

»Es ist nichts passiert. Du bist quasi mitten im Satz in Ohnmacht gefallen, ich habe dich ins Bett getragen und dir ein Glas Wasser und Kopfschmerztabletten besorgt. Dann bin ich gegangen.« Er umklammert den Holzstapel fester. »Aber gut zu wissen, dass du eine so hohe Meinung von mir hast. Man sieht sich.«

Er schiebt sich an mir vorbei, und ich massiere mir mit Daumen und Zeigefinger den Nasenrücken, weil die Kopfschmerzen mit Pauken und Trompeten zurückkehren.

»Grady, warte!«

Zu spät. Er verschwindet mit langen Schritten und was sollte ich überhaupt sagen? Was auch immer das gestern Nacht – und die gesamten letzten Tage über – war, kann nichts bedeuten. Ich habe einen Freund und Grady ist nur ein Farmhelfer in Fanore, Irland.

Außerdem hasst er mich jetzt. Das sollte die Sache vereinfachen.

Ich schüttle das seltsame Verlustgefühl ab und gehe hinein. In der Diele schlüpfe ich aus dem Mantel, schleudere die Stiefel auf den Vorleger und nehme einen tiefen Atemzug, der mich daran erinnert, dass Heiligabend ist.

Das Haus der Donnellys riecht großartig, genau so, wie Weihnachten riechen sollte: nach Gewürzen und Zucker und einem vor sich hinbratenden Truthahn. Der tröstliche Duft vertreibt die flauen Gefühle wegen Grady und weckt in mir ein winziges Fünkchen Hoffnung, dass die Feiertage vielleicht ohne Zwischenfälle verlaufen.

Das hier ist mein erstes richtiges Weihnachten in einem richtigen Zuhause mit einer richtigen Familie, seit ich fünf war. Wahrscheinlich sollte ich das Fest deswegen in schlechter Erinnerung haben, aber das tue ich nicht. Von einem solchen Abend mit einem solchen Baum, solchen Geschenken und einer Familie wie den Donnellys habe ich zillionenfach geträumt.

Diese Träume werden jetzt wahr und auch wenn das Leben ein bisschen weniger perfekt ist, als ich es mir wünschen würde, ist es tausendmal besser als die letzten dreizehn Jahre.

Ich schlucke, überwältigt von Dankbarkeit, und Tränen verschleiern mir die Sicht.

»Bist du das, Molly?«, ruft Mrs Donnelly aus dem Wohnzimmer. »Es wird Zeit, die Kerze anzuzünden, und du bist immer noch die Jüngste.«

»Nein, ich bin's, Jessica«, antworte ich und trete mit meinem fröhlichsten Lächeln durch die Tür. Mrs Donnelly steht am Fenster neben einer dicken Wachskerze, eine Schachtel Streichhölzer in der Hand. Im Kamin knistert ein Feuer, und Grandpa Donnelly sitzt in seinem Lehnstuhl und schnarcht mit offenem Mund vor sich hin.

Brennans Mutter trägt noch ihre Schürze, hat allerdings die Hausklamotten darunter gegen ein smaragdgrünes Kleid getauscht, das ihr hübsches Gesicht zur Geltung bringt. Das Zimmer scheint selbst ohne die Kerze zu leuchten. Es ist ein Anblick wie aus dem Bilderbuch. Die Lampen in den Ecken tauchen den Raum in ein gedämpftes Licht, auf dem stumm geschalteten Fernseher läuft ein Schwarz-Weiß-Film und überall sind saftige Stechpalmenkränze verteilt. Der Duft nach Zimt und Nelken liegt in der Luft und Mrs Donnelly schenkt mir ein aufrichtiges Lächeln.

»Ach, hallo, meine Liebe. Höchste Zeit, dass du wieder da bist – du willst dich doch fürs Abendessen bestimmt noch umziehen.« Sie presst die Lippen zusammen, aber das Glitzern in ihren Augen verrät, wie glücklich sie gerade ist. »Kinder! Colin! Schafft eure Hintern hier rein, damit wir die Kerze anzünden können, bevor der Truthahn zum Teufel geht.«

Dumpfes Getrappel und Geschlurfe kündigt an, dass ihre Aufforderung angekommen ist, und ihre Schultern entspannen sich. Ihre gute Laune steckt mich an und ich fühle mich zum ersten Mal richtig wohl in diesem Haus. »Warum zünden Sie die Kerze an?«

»Das ist eine alte Tradition. Die Kerze ist ein Zeichen der Geborgenheit, ein Symbol, dass Maria und Josef in diesem Haus willkommen sind, während wir die Geburt ihres Sohnes feiern.«

»Wie schön!« Das ist es wirklich. Eine wunderbare Erinnerung daran, worum es bei diesem Fest ursprünglich ging, ehe der Einzelhandel es für sich entdeckt hat. »Und dass das jüngste Mädchen sie anzündet, gehört dazu?«

Mrs Donnelly nickt. »Zur Zeit der Penal Laws gegen die Katholiken war eine brennende Kerze im Fenster außerdem ein Signal, dass katholische Priester hier einen Unterschlupf finden.«

Allmählich gleitet die Unterhaltung auf unsicheres Terrain ab, aber in diesem Moment kommt der Rest der Familie durch die Tür und rettet uns. Brennan und Molly schubsen sich grinsend.

»Gebt Ruhe, ihr zwei«, schimpft ihre Mutter und reicht Molly die Streichhölzer. Bestimmt malt sie sich gerade aus, wie irgendwann Brennans oder Mollys Tochter das Kerzenanzünden übernimmt, wie ihre Familie wächst und ihre Liebe auch die nächste Generation umfängt.

Daran denke ich zumindest an Weihnachten immer – wie es sich anfühlen wird, von meiner eigenen Familie umringt

zu sein, sollte ich das Glück haben, eine zu bekommen. Dieser perfekte, leuchtende Moment macht es möglich, daran zu glauben, dass der Traum in Erfüllung geht und dass diese Menschen vielleicht sogar ein Teil davon sein könnten.

Molly entzündet die Kerze mit einer dramatischen Geste und Mrs Donnelly bittet uns, die Köpfe zu senken, während sie ein Gebet spricht. Ich kann nicht anders, als die anderen heimlich zu beobachten, doch als Molly hochlinst und mich erwischt, schließe auch ich mit glühenden Wangen die Augen.

»Vater im Himmel, wir danken dir, dass du unsere Familie an diesem feierlichen Tag zusammengebracht hast. Dass Brennan wohlbehalten von der Uni nach Hause gekommen ist. Dass Katie zur rechten Zeit aufgetaucht ist und meinem Mann, dem alten Gierschlund, vor dem kein Kühlschrank sicher ist, das Leben gerettet hat. Aber vor allem danken wir dir, dass du uns deinen Sohn geschenkt hast, der an diesem heiligen Abend geboren ist, und wir versprechen, in seinem Namen stets unser Bestes zu geben. Amen.«

»Amen«, murmle auch ich, aber mir ist nicht entgangen, dass anscheinend niemand dankbar für meine Anwesenheit ist. Nur für Katies.

Ich versuche, nicht allzu viel darüber nachzudenken, meine Empfindlichkeit würde alles nur noch schwerer machen.

Als wir ins Esszimmer hinüberwandern, schiebe ich meine Hand in Brennans. Der Tisch ist mit feinem, aufwendig mit Stechpalmenzweigen bemaltem Porzellan gedeckt. Diese Pflanze scheint in der irischen Kultur eine wirklich große

Rolle zu spielen und sie schafft eine gemütliche Atmosphäre. Ich helfe Mrs Donnelly, Katie und Molly, den Truthahn, die Kartoffeln, die dampfenden Schüsseln mit grünen Bohnen, den Salat und die tausend anderen Leckereien aus der Küche zu holen.

Das Abendessen verläuft genauso entspannt wie der Rest des Tages, mit leisem Gelächter und freundlichen Neckereien zwischen Bruder und Schwester, zwischen Eltern und Kindern. Ich überlege, mir ein Glas Honigwein zu gönnen, als die zweite Flasche geöffnet wird, aber mein Magen weigert sich rigoros, diese Möglichkeit in Betracht zu ziehen. Grady lacht mit den anderen, schaut mich aber auch immer wieder an, als würde er mich vielleicht doch nicht hassen, und bei jedem seiner Blicke breitet sich eine beinahe unerträgliche Hitze in meinem Körper aus.

Nachdem wir den Tisch abgeräumt und das Geschirr gespült haben, reicht Molly mir zwei saubere Gedecke und deutet mit dem Kinn in Richtung Esszimmer.

»Wofür sind die?« Für irgendwelche Geister?

»Ach, das ist noch eine von Mums alten Traditionen«, erklärt Brennan, der hinter mir aufgetaucht ist und die Arme um meine Taille schlingt. »Sie nennt es den gedeckten Tisch. Ein weiteres Willkommenssymbol für alle Reisenden, die wie Maria und Josef in einer solchen Nacht unterwegs sind.«

»Wie schön«, wiederhole ich meine Bemerkung von vorhin. Es ist eine nichtssagende Antwort, aber meine Gedanken sind woanders, und mir schwirrt der Kopf vor Hormonen und Restalkohol.

Brennan haucht eine Spur von Küssen von meiner Schulter bis zu meinem Hals. Ich entwinde mich ihm unbehaglich und boxe ihm mit einem vorwurfsvollen Blick gegen den Arm. Molly verzieht gespielt angewidert den Mund, während sie letzte Hand an den Tisch legt.

»Ich mache mich fertig für die Kirche«, verkündet sie kichernd und rauscht zur Tür. »Aber ich bin ziemlich müde, Bruderherz, also kann deine Beichte hoffentlich noch bis zur nächsten Sonntagsmesse warten. Ich wäre gern vor morgen früh zu Hause.«

»Haha«, erwidert Brennan, doch als sie verschwunden ist, zieht er mich wieder an sich.

Ich genieße seine Nähe, seinen vertrauten Geruch. All die Hoffnungen und Träume, die ich während der letzten vier Monate gehegt und gepflegt habe, schimmern erneut auf. »Ihr geht Heiligabend in die Kirche?«

Er schaut mich an, als hätte ich ihn gerade gebeten, Oma Ziege zu schlachten. »Du nicht?«

»Nein, normalerweise helfe ich in einem Obdachlosenheim oder so.«

Nicht, dass ich ein Problem damit hätte, in die Kirche zu gehen. Meine beste Freundin in der Highschool war jüdisch und Christina besucht einen ökumenischen Gottesdienst in Fort Worth, zu dem ich sie ab und zu begleite. Die Dinge haben sich heute zum Besseren gewendet; eine weitere Familientradition wird der krönende Abschluss des Tages.

»Ich komme gerne mit«, sage ich lächelnd, gebe ihm einen Kuss und eile in mein Zimmer, um mich umzuziehen.

Doch währenddessen muss ich ständig an Grady denken, wie er mich über den Tisch hinweg angesehen hat, dass er mich möglicherweise doch nicht hasst. Vielleicht sollte ich mir das mit der Beichte auch mal überlegen.

Kapitel 10

Ich schlafe ungefähr so viel wie ein kleines Kind, das auf das Klipp-Klapp der Rentierhufe auf dem Dach lauscht, aber die Gedanken, die mir bis zum Morgengrauen durch den Kopf gehen, sind deutlich weniger unschuldig. Mein Freund ist einer der heißesten Typen auf dem gesamten Campus. Er stammt aus einer tollen, stabilen Familie. Heiliger Sankt Patrick, er ist Ire, mit Akzent und allem drum und dran. Wir haben schon vier Monate in diese Beziehung investiert, vier solide, sichere Monate.

Und ich liege hier und träume von Grady Callaghan.

Nicht sein Gesicht (eher interessant als hübsch) oder sein Körper (eindeutig durch harte Arbeit geformt) entfachen meine wachsende, unleugbare Anziehung, sondern die Tatsache, dass ich mehr über Grady weiß – wahre, wichtige Dinge – als über meinen eigenen Freund. Und Grady weiß diese Art Dinge über mich.

Das bringt mich ins Grübeln. Vielleicht gibt es ja doch

Wege zu einer sicheren Zukunft, ohne jedes Detail zu planen. Oder es zumindest zu versuchen.

Es ist schon verrückt … Ich bin hierhergekommen, damit Brennan mich in einem anderen, einem ernsthaften Licht betrachtet und der Plan für mein Leben aufgeht. Und zurück fliege ich mit einem ganz neuen Plan. Oder besser gesagt mit gar keinem, weil ich keinen mehr brauche. Ich muss mich nur selbst versorgen können, einen Job finden, der mich erfüllt, und jemanden, den ich liebe.

In mir breitet sich ein Gefühl der Freiheit aus. Ich kann alles tun. Überallhin gehen. Eine Außenreporterin sein, die mit nichts als ihrem Smartphone und ihrem Pass um die Welt reist, oder für einen der großen Sender arbeiten. Single bleiben oder mich verloben, wenn ich den Richtigen finde. Es ist egal. Es nicht zu wissen, bedeutet nicht, dass ich meinen Eltern in die Armut folge. Ich kann es richtig machen, mich absichern, aber trotzdem ein paar Risiken eingehen.

So wie Grady, flüstert die hartnäckige Stimme in meinem Hinterkopf.

Ich ignoriere sie und stehe auf, um mir ein Glas warme Milch zu holen. Meine Vorliebe für das typische Alte-Damen-Mittel gegen Schlaflosigkeit ist ein Running Gag bei meinen Verbindungsschwestern.

Es ist so ruhig, dass ich das Haus beinahe atmen hören kann. Ich schleiche geräuschlos durch den Korridor in die Küche, aber als das Kühlschranklicht Grady beleuchtet, der auf einem Hocker an der Kücheninsel sitzt, entfährt mir ein ganz und gar nicht geräuschloser Fluch.

»Das war nicht sehr ladylike.«

Ich schnaube und presse die Hand auf meine Brust, um mein Herz zu beruhigen. »Was ja mein Hauptziel im Leben ist.«

Ich nehme die Milch aus dem obersten Kühlschrankfach, fülle eine Tasse aus dem Schrank und stelle sie in die Mikrowelle, bevor ich mich ihm wieder zuwende.

»Was machst du hier?«

»Da zieht ein ziemliches Unwetter auf und bei Maeve fängt der erste Feiertag immer früh an.«

Ein Blick aus dem Küchenfenster offenbart die ersten feinen Flocken, die vom Himmel trudeln. Die Mikrowelle pingt, und ich rutsche auf den Hocker neben Grady und betrachte zufrieden den Schnee, während die Milch meinen Magen wärmt.

»Unglaublich, dass du warme Milch trinkst, wenn du nicht schlafen kannst. Ich dachte, das machen nur alte Leute.«

Die Bemerkung lenkt mich von der Schönheit draußen ab, aber der Anblick von Grady Callaghan erinnert mich daran, dass es auch hier drin einiges zu sehen gibt. Ehe ich etwas erwidern kann, kippt er seine Tasse leicht in meine Richtung – sie enthält das Gleiche wie meine.

»Ich nehme gern noch Zimt dazu«, sagt er mit einem Zwinkern.

Ich schüttle den Kopf und rufe mir wieder ins Gedächtnis, warum ich nach Irland gekommen bin. »Ich dachte, du wärst sauer auf mich, weil ich deine Ehre infrage gestellt habe.«

»Vielleicht war ich eher sauer, dass du deine eigene Ehre infrage gestellt hast.«

Bei dieser Andeutung erlahmt mein Versuch, ihn auf Distanz zu halten. Oder weiter um diese Spannung herumzutänzeln, die die Luft zwischen uns elektrisiert.

»Das würde ich normalerweise auch nicht«, erwidere ich, als ich meine Stimme wiederfinde. »Aber bei dir weiß ich nicht, ob ich mir trauen kann, Grady Callaghan.«

Das scheint ihn zu freuen, denn er grinst übertrieben lange in seine Tasse, nachdem er sie geleert hat. Als er aufschaut, liegt ein Schleier über seinen blauen Augen, der seine Gefühle verhüllt.

»Na, da haben wir uns ganz schön was eingebrockt. Aber du bist die Frau mit dem Plan, Jessie MacFarlane. Also bestimmst du, wo's langgeht.«

Wir sitzen so nah nebeneinander, dass ich den kalten Luftzug gar nicht spüre, der durch den Türschlitz und die alten Holzfenster dringt. Seine Körperwärme umfängt mich. Er riecht nach Zimt und Kiefer, nach frischem Wind und einer Spur Stall.

Das lockt mich noch näher, und er beugt sich zu mir und schiebt eine Hand über die Theke, bis unsere Finger sich berühren. Ich starre sie an und erwarte irgendwie, dass Funken sprühen. Dass einer von uns zurückweicht.

Schließlich kämpfe ich gegen das Magnetfeld an, das uns zueinander zieht, bringe Abstand zwischen uns. Ich habe einen Freund.

Die Tatsache, dass ich mir noch nie so sehr gewünscht

habe, Single zu sein, scheucht mich aus der Küche und in mein Zimmer. All die Worte, die ich nicht gesagt habe, schnüren mir die Kehle zu. Es ist merkwürdig, aber als ich wieder im Bett liege, eine Hand auf mein klopfendes Herz gepresst, kann ich einfach nicht glauben, dass ich gerade meine letzte Chance verpasst habe.

★

Meinen verquollenen Augen nach zu urteilen, kommt der Morgen viel zu früh. Keine Ahnung, wo all diese Offenbarungen mich noch hinführen – zuerst einmal jedenfalls ungefähr achttausend Kilometer weit weg. Und wer weiß, vielleicht findet diese neue, entspannte Jessie Brennan ja attraktiver denn je.

Ich tue mit Wasser und Make-up, was ich kann, und bin am Ende ganz zufrieden mit dem Ergebnis. Die Weihnachtsstimmung erfasst mich wieder und hilft mir, die sinnlosen Gedanken an Grady in die hinterste Ecke meines Gehirns zu verbannen, wo sie unter der freudigen Erwartung begraben werden, in einem nach Tee und frischem Immergrün duftenden Zimmer Geschenke zu verteilen und später am Nachmittag am großen Esstisch das Fest zu feiern, das ich jahrelang entbehrt habe.

Die Familie – plus Katie und Grady, obwohl die beiden ja quasi dazugehören – versammelt sich um den Baum. Grandpa Donnelly thront in seinem Lehnstuhl, während Molly, Brennan und Grady es sich im Schneidersitz vor dem flackernden

Kamin gemütlich machen. Katie und Mrs Donnelly rücken zusammen, damit ich mich mit auf die Couch setzen kann, und Mr Donnelly lässt sich in einen Sessel sinken.

»Frohe Weihnachten«, rufen wir im Chor, und das fröhliche Geräusch schallt von den vereisten Fenstern und den warmen Wänden wider.

»Ich hab Tee gemacht«, sagt Katie lächelnd und reicht mir eine Tasse. Sie trägt einen schwarzen Schlafanzug mit einem geknöpften Oberteil und sieht wie immer super aus, aber irgendetwas ist heute Morgen anders an ihr, zerbrechlich, als hätte ihre Hülle Risse bekommen. Sie schaut weg, bevor ich es ergründen kann.

»Danke.« Ich ziehe die Beine an und schlinge die kalten Hände um das Porzellan.

Brennan springt auf und drückt mir einen Kuss auf die Stirn. »Frohe Weihnachten, Chicken.«

»Dir auch.« Es fällt mir leichter als vermutet, so zu tun, als hätte sich nichts geändert.

»Na los, Molly, die Geschenke warten«, sagt Mrs Donnelly.

Molly stöhnt. Wahrscheinlich ist es als Jüngste ihre Aufgabe, die hübsch eingewickelten Päckchen unter dem Baum zu verteilen, aber Brennan springt nach einer Minute mit ein. Ich bin gerührt über den Stapel, der sich bald vor mir auftürmt. Er ist nicht so groß wie die anderen, kann sich aber mit Katies messen. Offenbar haben die Donnellys in Ennistymon ein paar Sachen für mich gekauft, bevor Mr Donnelly zusammengebrochen ist.

Ich spüre einen Blick auf mir. Grady beobachtet mich

und in seinen Augen spiegelt sich ein Gefühlschaos, das mein Herz schneller schlagen lässt. Mein Mund wird ganz trocken und erst als Katie sich räuspert, wird mir bewusst, dass Grady und ich uns schon viel zu lange anstarren.

Sie mustert uns mit hochgezogenen Augenbrauen und ich wende mich ab, um ihren Fragen auszuweichen. »Brennan, hast du meine Geschenke auch verteilt?«

»Die mit dem TCU-Papier? Jep.«

»Okay. Jessica, wir öffnen alle gleichzeitig die Geschenke von einer Person, damit wir sie uns zeigen können«, erklärt Molly. »Fangen wir mit Grandpas Geschenken an, die sind immer die besten.«

»Und jedes Jahr die gleichen«, fügt ihr Bruder mit einem Zwinkern hinzu.

»Ihr seid undankbare Satansbraten. Ich wette, Jessica weiß mein Geschenk zu würdigen.«

»Ganz bestimmt.«

»Vielleicht werden wir zwei doch noch Freunde, aber nur, wenn du aufhörst, immer so nett zu sein, da wird einem ja schlecht.« Er schenkt mir ein zahnloses Grinsen. »Wie von Black Pudding.«

Ich muss lachen. »Ich werd's mir merken.«

Wir wühlen in unseren Stapeln und ziehen etwas hervor, das wie ein in Zeitung eingeschlagenes Einmachglas aussieht. Als wir das Papier abreißen, kommt selbst gemachter Honig zum Vorschein.

»Danke!«, rufe ich und drücke das Glas an die Brust. Die anderen bedanken sich ebenfalls, stellen ihre Gläser je-

doch schnell beiseite, als hätten sie schon ein Dutzend davon im Schrank.

»Aber verschwende ihn nicht für deinen komischen French Toast«, erwidert Grandpa Donnelly in einem schroffen Ton, den sein freundliches Schmunzeln wieder aufwiegt.

»Grandpa«, stöhnt Brennan und wirft mir einen entschuldigenden Blick zu.

Ich schüttle den Kopf, um ihm zu bedeuten, dass es mir nichts ausmacht. In meinem Hals bildet sich ein dicker Kloß. Bei Grandpa Donnellys gutmütigen Neckereien fühle ich mich beinahe wie ein Teil der Familie.

Als Nächstes öffnen wir Mollys Geschenke – ein Exemplar ihres Lieblingsbuchs, zumindest in diesem Jahr – und selbst gestrickte Socken von Katie, genau wie die, die sie vorgestern in der Küche anhatte.

Sie stupst mich an und flüstert: »Ich musste dir ein Paar von meinen geben, weil ich nicht wusste, dass du kommst. Aber ich habe sie vorher gewaschen.«

»Ich hätte sie auch so genommen«, flüstere ich zurück. »Ich habe gar nichts für dich.«

Katie winkt ab und dreht sich um, um ihre Handarbeit an Mrs Donnellys Füßen zu bewundern. Irgendwie wirkt sie nicht wie sie selbst. Sie meidet jeden Augenkontakt und schwirrt von einem Gespräch zum nächsten, als wollte oder könnte sie ihren Kopf nicht zur Ruhe kommen lassen. Plötzlich durchfährt sie ein Zittern und sie schlingt die Arme um den Oberkörper.

»Brauchst du einen Pulli?«, frage ich, besorgt über die

tiefe Traurigkeit auf ihrem hübschen Gesicht. »Ich habe noch einen dabei.«

»Gern. Irgendwie wird mir heute nicht warm.«

Als ich aufstehen will, legt sie mir eine Hand auf den Arm. »Ich geh schon. In deinem Zimmer?«

»Ja, irgendwo in meinem Koffer. Ziemlich weit oben.«

Immer noch seltsam melancholisch schlüpft Katie in den Korridor, während Molly verkündet, dass jetzt Gradys Geschenke an der Reihe seien. Mit der Vorfreude einer Fünfjährigen greift sie nach dem in Zeitungspapier eingewickelten Päckchen. Grady wird rot und zieht den Kopf ein, als wollte er protestieren, aber er kann den Leuten ja schlecht verbieten, ihre Weihnachtsgeschenke aufzumachen.

Ich kriege gar nicht mit, was die anderen bekommen haben, so begeistert bin ich von meinem. Es ist ein gerahmtes Schwarz-Weiß-Foto von Oma Ziege mit einem Eisbeutel und einem Verband am Vorderbein … der in ihrem Mund verschwindet. Abgesehen vom Motiv ist es ein meisterhaftes Foto, von hinten beleuchtet durch die untergehende Sonne über dem Meer, die die grauen Steine unter Oma Zieges Hufen glitzern lässt.

»Das ist fantastisch!«, rufe ich. Als ich Gradys Blick suche, liegen Verlegenheit und Erwartung in seinen Augen, und eine Hoffnung auf etwas, das ich nicht zu benennen wage. »Vielen Dank.«

»Gern geschehen.«

Die anderen haben ebenfalls wunderschöne Bilder ausgepackt. Brennan eins von seinen lachenden Eltern an der

Küchenspüle, Molly einen tollen Schnappschuss von sich selbst, die Donnellys zwei verschiedene Fotos von ihren Kindern und Grandpa Donnelly ein Stillleben von einem Glas Guinness.

Alle öffnen gerade ihre TCU-T-Shirts und -Polohemden und Mrs Donnelly stößt einen Freudenschrei über ihren Tee aus, als ein seltsames Geräusch uns innehalten lässt.

Ich schaue auf und Entsetzen packt mich, zerquetscht meine Eingeweide, bis ich kaum noch Luft bekomme. Katie steht in der Tür und durchbohrt mich mit ihrem Blick. Tränen strömen über ihre Wangen.

In der Hand hält sie den Schwangerschaftstest.

»Es ist nicht so, wie es aussieht«, stammle ich und springe auf, um ihr die rosafarbene Schachtel zu entreißen, während die Familie mich mit offenem Mund anstarrt. Ich wende mich flehend an Grady. »Bitte erklär's ihnen.«

»Es stimmt«, bestätigt er schnell und hebt die Hände, als würde er sich ergeben. »Es war nur ein Witz. Ich hab ihr den Test vom Einkaufen mitgebracht, nachdem ich sie draußen beim Kotzen erwischt hatte. Vom Black Pudding.«

Mrs Donnellys Gesicht nimmt wieder ein bisschen Farbe an. Grandpa Donnelly kann gar nicht mehr aufhören zu kichern und Mr Donnelly wirkt ziemlich verwirrt von der ganzen Geschichte. Ich schaue zu meinem Freund und hoffe, dass er das alles nicht als das interpretiert, was es irgendwie ist – einen Insider zwischen mir und dem Farmhelfer, der nicht gerade sein Lieblingsmensch zu sein scheint.

Aber Brennans Augen hängen an Katie.

Ich folge seinem Blick. Sie kauert auf dem Boden, die Arme um die Knie geschlungen, und hemmungslose Schluchzer erschüttern ihren zierlichen Oberkörper. Sie hat offenbar völlig vergessen, dass wir überhaupt da sind, und fixiert Grady, die Anklage, die ursprünglich für mich reserviert war, jetzt gegen ihn gerichtet. »Wie konntest du nur so einen Witz machen?«

Alle beobachten sie wie gebannt, doch sie spricht nur mit ihm, als wäre er der einzige Mensch auf der Welt, der verstehen könnte, worum es geht.

»Katie, *a grhá*, wovon redest du? Alles in Ordnung?« Die Sorge in Brennans Gesicht, die Art, wie er sie ansieht, als würde er sich unter jeden herabstürzenden Felsen werfen, der ihr Kummer bereiten könnte, bricht mir aus so vielen Gründen das Herz.

Einen Wimpernschlag später kniet er neben ihr, doch sie weicht zurück, als er sie in den Arm nehmen will. »Nicht.«

»Warum? Was ist los?«

Sie weint noch immer und ihre grünen Augen glühen beinahe, als sie blind aus dem Fenster blickt. »Hast du dich nie gefragt, warum ich mit dir Schluss gemacht habe? Es war so leicht für dich zu glauben, dass ich eines Tages aufwache und all unsere Pläne über den Haufen werfe.«

»*Leicht*? Hast du den Verstand verloren? Es hat mich umgebracht! Aber du hast gesagt, du würdest das brauchen. Nicht wollen, *brauchen*. Was hätte ich da noch tun sollen?«

Brennans Worte verletzen mich, aber meine Gefühle verblassen im Vergleich zu dem Schmerz, der sich in Katies

wunderschöne Züge ätzt. Sie ist so bleich, dass ihre Sommersprossen in der frühen Morgensonne wie Kupfer wirken. Wir starren sie und Brennan fasziniert an, als wären sie Schauspieler auf einer Bühne. Niemand bewegt sich, um diese Aussprache nicht zu unterbrechen, die schon lange überfällig sein muss.

»Irgendwas! Du hättest es nicht einfach hinnehmen dürfen. Du hättest fragen müssen.«

Er zuckt zurück, als hätte er sich verbrannt, und seine Stimme wird noch verzweifelter, als würde sie ihm entgleiten, ihm wie Sand durch die Finger rinnen. »Was hättest du geantwortet, *a grhá*? Ich frage dich jetzt. Warum hast du Schluss gemacht? Was ist passiert?«

Katies Blick wandert wieder zum Fenster. »Ich habe sie verloren.«

»Wen? Ich verstehe nicht, was du meinst.«

»Das Baby. Unsere Tochter. Ich habe sie verloren.«

★

Müsste ich die Bestandteile von *Fassungslosigkeit* benennen, würde ich genau dieses Zimmer in genau diesem Moment wählen. Die Spannung in der Luft. Die Art, wie alle Farbe aus Brennans Gesicht weicht. Das leise Keuchen, das Molly entfährt, die schnelle Bewegung, mit der Mrs Donnelly sich die Hand vor den Mund schlägt. Die Faust, die sich um mein Herz schließt.

Das Entsetzen auf Gradys Zügen, als er begreift, dass sein

blöder Witz der Auslöser für diesen Gefühlsausbruch war, für die Preisgabe eines Geheimnisses, das vielleicht schon seit Monaten darauf wartet, herauszuplatzen.

Seine Miene verrät, dass er die ganze Zeit über von Katies Schwangerschaft gewusst hat. Aber womöglich nicht, dass sie sie Brennan verschwiegen hat. Wenn er geglaubt hat, sein Sandkastenfreund habe Katie in der Stunde ihrer Not allein gelassen, wäre das eine Erklärung für seine schroffe Abneigung ihm gegenüber.

Brennans Reglosigkeit dauert einen Augenblick zu lang und Katie kommt stolpernd auf die Beine. Brennan will ihre Hand packen, greift aber ins Leere. Ihr Schluchzen hallt in der Diele wider, wo sie kurz anhält – um sich Schuhe anzuziehen? –, dann fällt die Tür ins Schloss.

Brennan wirkt verloren. Wie eine Statue, die jemand am falschen Ort abgestellt hat.

»Wenn du jetzt nicht sofort deinen Arsch bewegst und ihr nachläufst, polier ich dir die Fresse, Mann«, knurrt Grady.

Die Drohung reißt Brennan aus seiner Erstarrung. Er springt auf und rennt los. Im Türrahmen dreht er sich noch einmal um, sucht mein Gesicht. Er bittet mich stumm um Erlaubnis – ich habe diesen Blick schon tausendmal gesehen, wenn er noch länger auf einer Party bleiben oder mit seinen Freunden zu einem Spiel wollte, aber dieses Mal geht es um mehr.

Er bittet mich nicht nur darum, Katie nachlaufen, sondern auch, *mich* verlassen zu dürfen.

Es fällt mir schwerer, als ich geglaubt hätte, schwerer, als

es in dieser Situation wahrscheinlich sollte, doch schließlich nicke ich. Und er ist fort.

»Wusstest du davon?«, fragt Mr Donnelly seine Frau leise und klingt vorwurfsvoller, als ich es in den vergangenen drei Tagen je gehört habe. Selbst bei der Sache mit Oma Ziege.

»Nein, natürlich nicht. Und ihren Eltern hat sie sich bestimmt nicht anvertraut. Die arme Kleine.«

»Ihre Eltern sind Missionare«, erklärt Molly mir leise. »Superstreng.«

Ich bin ehrlich überrascht, wie wenig es die Donnellys zu interessieren scheint, dass ihr Sohn die Gebote Gottes übertreten hat. Sie lieben Katie wie eine Tochter. Die Enttäuschung kommt vielleicht später, im Moment machen sie sich einfach nur Sorgen um sie.

»Du hast es gewusst«, sage ich zu Grady. Es ist eher eine Feststellung als eine Frage.

Er nickt, immer noch blass. »Ja. Dass sie schwanger war. Und dass sie das Baby verloren hat. Ich habe sie ein paarmal dabei erwischt, wie sie ihr Bier weggeschüttet hat, und sie hat ein großes Reitturnier abgesagt, da habe ich es mir zusammengereimt.« Er sieht die Donnellys an. »Aber ich dachte, Brennan hätte es auch gewusst.«

»Das arme Mädchen«, murmelt Mrs Donnelly noch einmal und betupft sich die Augen.

Danach sitzen wir schweigend da. Irgendwann fängt Molly an, das zerknüllte Geschenkpapier in einen riesigen Müllsack zu stopfen. Die bunten Farben und fröhlichen Schleifen

wirken fehl am Platz nach den erschütternden Ereignissen. Niemandem ist mehr nach Feiern zumute, Jesu Geburtstag hin oder her.

Nach und nach verschwinden alle, Mrs Donnelly und ihre Tochter in Richtung Küche, um sich ums Frühstück zu kümmern, und Mr Donnelly nach draußen, um mit Grady nach den Tieren zu schauen. Ich bleibe allein in der Diele zurück. Ich habe nichts zu tun, weil das hier nicht mein Zuhause ist. Nicht meine Familie.

»Ach komm, Mädel. Mit ’nem so langen Gesicht siehst du aus wie ein Pferd.«

Ich hatte ganz vergessen, dass Grandpa Donnelly auch noch da ist.

Er steht neben mir, auf seinen Gehstock gestützt, und mustert mich mit demselben entnervten Blick, mit dem ich meine Mitbewohnerin bedenke, wenn sie Pfefferminzschnaps ins Waschbecken kotzt.

»Ich mach mir bloß Sorgen.«

»Hmpf. Um dich selbst.« Er schüttelt den Kopf. »Manchmal führt einen das Leben nicht dorthin, wo man eigentlich hinwollte. Aber sei nicht zu blöd zu erkennen, wenn du trotzdem ankommst, wo du hingehörst.«

Damit stapft er zurück ins Wohnzimmer und einen Augenblick später ertönt das Geräusch von zerreißendem Papier. Beim Gedanken daran, wie er sich da drin allein über seine Geschenke hermacht, muss ich lächeln – obwohl er mich gerade Pferdegesicht genannt und auch sonst nur gequirlten Mist von sich gegeben hat.

Ich meine, es ist doch offensichtlich, dass die Geschichte zwischen Brennan und Katie noch nicht vorbei ist. Also hat mich das Leben mal wieder in eine sehr hübsche Sackgasse geführt.

Kapitel 11

Brennan kommt erst Stunden später zurück. Wir haben nicht einmal zusammen gegessen. Mrs Donnelly hat einfach alles in die Küche gestellt, damit sich jeder selbst nehmen kann, aber Mr Donnelly und Grady sind auch noch nicht wieder da, zumindest habe ich sie nicht gesehen. Vielleicht wollen sie dem Östrogenüberschuss aus dem Weg gehen.

Ich habe es mir auf der Veranda gemütlich gemacht, dick eingepackt in Mantel und Mütze und Decke, und lese *Sturmhöhe* in den letzten Strahlen der Weihnachtssonne. Sie glitzern auf dem schmelzenden Schnee, der in kleinen Tropfen von der Regenrinne auf den Boden klatscht und den Soundtrack meines Tages spielt. Der Wind hat aufgefrischt und am Horizont braut sich schon das nächste Unwetter zusammen, als Brennan sich neben mich auf die gepolsterte Hollywoodschaukel fallen lässt.

Er ist vollkommen durchnässt und vibriert vor Anspannung, die Finger verknotet, die Knie rastlos. Mein Freund

achtet normalerweise genauso sehr auf sein Äußeres wie ich, aber gerade ist alles an ihm aus der Fassung – zerzaustes Haar, Dreckstreifen auf Gesicht und Hose – und er tut mir unendlich leid.

Ich greife nach seiner Hand und er umklammert meine Finger wie einen Rettungsanker.

»Ich wäre Vater geworden.« Die Sanftheit, das Staunen in seiner Stimme können die raue Schärfe des Verlusts nicht übertönen. »Wie konnte sie mir das nicht erzählen?«

Es ist keine rhetorische Frage. Er wendet mir den Kopf zu auf der Suche nach Antworten, die ich nicht habe. Nicht ergründen kann. »Ich weiß es nicht. Das ist etwas ziemlich Persönliches und du hattest dich ja entschieden, in Amerika zu studieren. Das wollte sie dir nicht verderben.«

»Das hat sie auch gesagt, aber das macht es nicht besser für mich, sondern viel schlimmer, verdammt. Dass sie geglaubt hat, ich könnte nicht damit umgehen.« Seine Finger schließen sich noch fester um meine. »Ich hätte das Richtige getan.«

»Eben. Das weiß Katie auch. Sie wollte, dass du dein Leben lebst.«

»Aber das war nicht ihre Entscheidung!« Er zieht seine Hand weg und fährt sich damit durchs Haar, bis es in alle Richtungen davonsteht. »Ich wollte nie weg aus Fanore, nie weg von ihr. Ich bin bloß nach Amerika gegangen, damit alle endlich die Klappe halten.«

Ich schlucke. Nur der allergrässlichste Mensch würde sich jetzt angegriffen fühlen, aber es tut trotzdem weh zu hören,

dass er besser dran wäre, glücklicher, wenn er mich nie getroffen hätte.

Auch Brennan merkt, was er da gerade gesagt hat, und Entsetzen huscht über sein bereits tief gezeichnetes Gesicht. »Tut mir leid …«

Er verstummt, weil es nichts hinzuzufügen gibt. Es tut ihm leid, dass er meine Gefühle verletzt hat, dass die Wahrheit ungefiltert herausgesprudelt ist. Dass alles so gelaufen ist.

Es tut ihm leid. Aber das ändert nichts.

»Mir auch.«

Einigkeit breitet sich zwischen uns aus, die Anerkennung, dass das mit uns echt war, aber vorbei ist. Dass es vielleicht sowieso nirgendwohin geführt hätte.

»Weißt du, warum ich wirklich hergekommen bin?«, frage ich.

»Nein. Warum?«

»Weil ich mir Sorgen gemacht habe, dass das alles nicht schnell genug geht. Ich wollte dir zeigen, dass ich nach dem Abschluss die perfekte Ehefrau für dich wäre.«

In seinem Blick liegt die typische Mischung aus Belustigung und Frustration. »Ach, Chicken. Dir muss doch klar gewesen sein, dass ich noch nicht einmal ansatzweise so weit war.«

Ich nicke. »Ich glaube schon. Das Ganze war so was wie ein Verzweiflungsakt. So werde ich nun mal, wenn die Dinge mir entgleiten. Wenn ich den Ausgang nicht vorhersehen kann.« Ich lache kurz. »Das hier habe ich definitiv nicht vorhergesehen.«

»Na ja, ich hätte dir diesen Sommer zwar noch keinen Ring gekauft, aber die Sache hat mich auch kalt erwischt, das kann ich dir versprechen.« Er schaut mich an und umarmt mich fest.

»Dann ist es also vorbei?«, murmle ich in seinen Pulli. Er riecht nach Schweiß und den Tränen einer anderen.

Brennan löst sich von mir und streicht mir eine lose Strähne hinters Ohr. »Ich komme nicht zurück an die TCU. Keine Ahnung, was das mit Katie und mir wird, aber sie ist völlig durch den Wind. Hat das alles nie richtig verarbeitet, weil niemand Bescheid wusste, und ihre Eltern werden es nicht gut aufnehmen. Sie braucht mich.«

Ein Stich durchfährt meine Brust. Eines Tages werde ich einen Mann finden, der so für mich fühlt. Der versteht, was ich brauche, und es mir gibt, egal wie sehr ich ihn verletzt habe.

Der Gedanke bringt mich zum Lächeln. »Du bist ein guter Kerl, Brennan. Sie kann sich glücklich schätzen, dich zu haben, und ich fresse einen Besen, wenn ihr zwei nicht wieder zusammenkommt. Genau wie das halbe Dorf, nach allem, was ich gehört habe. Vielleicht sogar das ganze.«

Er erwidert mein Lächeln, doch er wirkt traurig. Abgelenkt. »Du findest jemand Besseren als mich, versprochen.«

Und seltsamerweise blitzt in diesem Augenblick Gradys Bild in meinem Kopf auf. Es begleitet mich zurück ins Haus und bis in mein Bett, wo ich den Tränen freien Lauf lasse. Um das weine, was ich verloren habe. Nicht Brennan, sondern meine sichere Zukunft. Ich habe noch keinen Plan B,

aber zum ersten Mal in meinem Leben glaube ich, dass das okay ist. Ich bin klug. Ich mache meinen Uniabschluss.

Alles wird gut.

★

Bevor ich schlafen gehe, buche ich mein Flugticket um, auf den frühesten Flug am nächsten Tag. Der startet von Knock statt von Shannon, was ein gutes Stück weiter von Fanore entfernt liegt, also breche ich auf, bevor die anderen wach werden. Ich habe den Donnellys einen Zettel geschrieben und mich für ihre Gastfreundschaft bedankt. Brennan habe ich gestern Abend noch Bescheid gegeben und er hat nur gesagt, ich solle vorsichtig fahren, weil ein Unwetter aufziehe.

Noch ein Grund mehr für mich, schleunigst von hier zu verschwinden.

Der Mietwagen steht noch da, wo ich ihn geparkt habe, und als ich den Motor anlasse, springen die Hunde auf und jagen davon – die einzige Bewegung an diesem verschneiten Morgen. Ich muss warten, bis die Heizung die Windschutzscheibe von Schnee und Eis befreit hat. Als ich mich an die Straßenverhältnisse beim Herweg erinnere, überlege ich, doch erst später zu fahren, aber das Wetter wird vielleicht noch schlimmer. Es hat gerade erst angefangen zu schneien. Später komme ich womöglich gar nicht mehr weg.

Damit ist die Entscheidung gefallen und ich gebe Gas. Langsam steuere ich über den kurvigen Weg. Die Tiere halten sich von meinem Wagen fern, aber meine Reifen kom-

men mehr als einmal von der Fahrbahn ab und rutschen in hohe Schneeverwehungen. Mit schweißnassen Händen umklammere ich das Lenkrad und bete, dass ich es lebend bis zur Hauptstraße schaffe.

Als ich sie endlich erreiche, ist die Schneedecke dort kein bisschen dünner. Wie dumm von mir zu glauben, dass in einem so kleinen Dorf jemand am zweiten Weihnachtsfeiertag die Straßen räumen würde. Und *Haupt-* heißt hier sowieso nichts.

Mein Handynavi findet kein Signal. Ich halte an und hole eine Karte aus dem Handschuhfach. Zum Flughafen nach Knock geht es durch Ballyvaughan, also biege ich links ab.

Ich fahre gerade so vorsichtig wie irgend möglich um die nächste Kurve, als ich wieder ins Rutschen gerate. Meine Reifen blockieren, als ich auf die Bremse trete, und mir fällt das Herz in die Hose.

»Scheiße, Scheiße, *Scheiße*!«, murmle ich vor mich hin, während ich das Lenkrad erst nach rechts, dann nach links bewege, beides ohne Erfolg. Auf der einen Seite der Straße befindet sich ein felsiger Hügel, der ziemlich steil nach oben führt, auf der anderen trennt mich nur eine dieser inzwischen deprimierenden Steinmauern von der Steilküste.

Die Schneemassen am Straßenrand verhindern, dass die Schnauze meines Mietwagens in irgendetwas hineinkracht, das hart genug ist, um sie platt zu drücken. Einen Augenblick lang sitze ich einfach nur mit vor Adrenalin zitternden Gliedern da und versuche, mein Herz zu beruhigen.

Mein schlimmster Albtraum wird wahr, als ich in den Rückwärtsgang schalte, aufs Gas trete ... und nichts passiert. Die Reifen drehen sich, aber sie stecken viel zu tief im Schnee, deshalb gebe ich bald auf und lege den Kopf auf das nutzlose Lenkrad.

Die Heizung bläst mir warme Luft ins Gesicht und mir kommen die Tränen, aber ich blinzle sie wütend weg und verdrehe die Augen über meinen dramatischen Zusammenbruch. Dann straffe ich die Schultern und konzentriere mich auf die anstehende Aufgabe. Irgendwann wird mir der Sprit ausgehen und ohne die Heizung wird es sehr schnell sehr kalt im Auto werden. Mein Gepäck ist im Kofferraum, also habe ich für den Ernstfall noch mehr Schichten Kleidung. In meiner Handtasche auf dem Rücksitz sind ein paar Packungen Cracker und mindestens eine Flasche Wasser, damit werde ich immerhin nicht verhungern oder verdursten. Und wenn die Flasche leer ist, kann ich darin zur Not auch Schnee schmelzen.

Mein Puls normalisiert sich allmählich und Zuversicht breitet sich in mir aus. Ich schaffe das. Okay, mein Plan, meinen Freund durch ein gemeinsames Weihnachtsfest mit seiner Familie an mich zu binden, war vielleicht ein Schuss in den Ofen, aber ich lasse ganz sicher nicht zu, dass dieses Land mich auf dem Rückweg umbringt.

Ich steige aus, wühle in meinem Koffer nach einem zweiten Pulli und einem wärmeren Paar Handschuhe, wickle mir meinen roten Paschminaschal um den Hals und gehe in die Hocke, um die Hinterreifen zu untersuchen. Dieses Spiel-

zeugauto hat bestimmt einen Hinterradantrieb, folglich müssen die mein Problem sein.

Ich überlege, ein bisschen Schnee wegzuschaufeln oder die Fußmatten unter die Reifen zu schieben, damit sie mehr Haftung haben, aber selbst diese wilden Ideen zerschlagen sich, als ich bemerke, dass die Hinterachse auf irgendetwas aufliegt – Schnee, einem Stein – und die Reifen den Boden nicht einmal berühren.

»Himmel, Arsch und Hundekacke!« Ich stapfe zurück zur Fahrerseite, dann zur *tatsächlichen* Fahrerseite und klopfe mir den Schnee von den Stiefeln, bevor ich einsteige.

Meine Finger sind steif gefroren und ich halte sie ein paar Minuten lang vor die Lüftung, ehe ich meine Flasche Wasser in einem Zug leer trinke. Anschließend fülle ich sie mit Schnee, damit er schmilzt, bis ich wieder Durst bekomme, und hole tief Luft.

Bis ich zu Fuß bei den Donnellys bin – oder irgendeinem näher gelegenen Haus, wo ich das Telefon benutzen kann, denn Handyempfang ist hier ja zu viel verlangt –, brauche ich sicher zwei Stunden, aber etwas anderes fällt mir nicht ein.

»Okay, auf geht's, Jessie. Schlimmer kann's nicht werden.« Ich muss diesen verdammten Flughafen erreichen, komme was da wolle.

Ich öffne gerade die Tür, als ich ein seltsames Bimmeln höre. Es klingt wie Schlittenglocken, etwas, das ich bisher nur aus Filmen und Tagträumen kenne, und wäre ich nicht in Irland, würde ich glauben, dass meine Fantasie mit mir durchgeht.

Aber ich *bin* in Irland und als ich aus dem Auto steige, springt Grady Callaghan von einem Pferdeschlitten, klopft Garth auf den Hintern und macht eine ungelenke, schwungvolle Verbeugung.

»Was tust du denn hier?«, frage ich mit offenem Mund. Das Ganze sieht aus wie eine Weihnachtskarte.

Er wischt sich den Schnee vom Parka und ich bemerke seinen Arbeitsoverall. Und finde ihn irgendwie sexy.

»Na, du steckst mal wieder in der Klemme, oder? Und was ist noch gleich der neueste Eintrag in meinem Lebenslauf?«

»Überall dort aufzutauchen, wo ich mich blamiere?« Ich lache los.

»Wir müssen echt aufhören, uns so zu treffen«, witzelt er. Dann bückt er sich, um die Reifen zu inspizieren. »Schalt den Motor aus, mit diesem Ding fährst du nirgendwo mehr hin.«

»Nein.«

»Jessie, das Auto steckt fest. Wir müssen es rausziehen und ich habe kein Seil dabei«, erklärt er mir geduldiger, als ich es wahrscheinlich verdiene.

»Schon klar, dass das *Auto* nirgendwo mehr hinfährt, aber ich muss zum Flughafen.«

»Ja, ich weiß. Wir fahren mit dem Schlitten zurück und holen den Pick-up.«

Ich stemme die Hände in die Hüften und funkle ihn an, als mir auffällt, dass er meine Frage gar nicht richtig beantwortet hat. Die, was er hier draußen treibt. In einem *Schlitten*. »Wo wolltest du hin?«

»Was meinst du damit?«

Sein Ausweichversuch ist so offensichtlich, dass ich die Augen verdrehe. »Du machst einfach einen kleinen Morgenausflug mit dem Pferdeschlitten deiner Nachbarn?«

»Ach, das.« Er zieht seine Wollmütze tiefer und beißt sich auf die Unterlippe. Sein Blick wandert aufs Meer hinaus, bevor er die strahlend blauen Augen wieder auf mein Gesicht richtet. Ein Zögern liegt darin, und er errötet leicht und zuckt mit den Achseln. »Ich bin dir nachgefahren.«

Diese Antwort habe ich nicht erwartet. Aber erhofft. »Mir nachgefahren? In einem Schlitten?«

»Du wolltest doch unbedingt Schlittenfahren und jetzt hat es endlich genug geschneit.« Seine Wangen werden noch röter. »Und ich bin dir nachgefahren, *in einem Schlitten*, weil ich dich nicht abreisen lassen konnte, ohne dir etwas Wichtiges zu sagen.«

Ich lächle. Plötzlich ist mir gar nicht mehr kalt und mich überfällt der Drang, ihn zu necken. »Und was bitte ist so wichtig, dass man jemanden in einem Schneesturm nachfährt?«

Er verlagert das Gewicht von einem Fuß auf den anderen und scheint eine Entscheidung zu treffen. »Na schön.«

Und Grady Callaghan tritt vor, nimmt mein Gesicht in die großen, behandschuhten Hände und zieht mich an sich.

Meine Überraschung schmilzt so schnell dahin wie die Schneeflocken auf meiner erhitzten Haut und ich erwidere seinen Kuss, als hätte es nie jemand anderen für mich gegeben. Seine Lippen, erst zaghaft, kostend, vielleicht sogar fra-

gend, werden forscher, hungriger, als wäre es die letzte Mahlzeit seines Lebens. Meine eigenen Lippen öffnen sich, begierig darauf, ihn einzulassen, den frischen, berauschenden Wein namens Grady zu schmecken, den Jungen, der mich so fasziniert, aber der nicht der Richtige für mich ist.

Doch das ist egal. Es zählt nur noch, wie sich sein Mund auf meinem anfühlt, wie seine Arme mich so fest umschlingen, dass unsere Körper selbst durch die vielen Schichten Kleidung eins werden, und wie stark das Verlangen ist, das durch meinen Körper strömt.

Irgendwann weicht er zurück, die Hände auf meinen Schultern. Lust und Neugier ringen in seinen Augen, bis ich ihm ein benommenes Lächeln schenke.

»Oh, gut«, murmelt er. »Also verpasst du mir keine Ohrfeige?«

»Zumindest nicht für den Kuss, nein.« Mir schwirrt der Kopf, als ich versuche herauszufinden, was das alles bedeutet, ob ich ein schrecklicher Mensch bin, weil ich Grady küsse, nachdem Brennan und ich uns gerade erst getrennt haben, und was wir jetzt tun sollen.

»Hör auf.«

»Womit?«, frage ich und beiße mir auf die Lippe.

»Dir Sorgen über eine Million Dinge zu machen, die keiner von uns in der Hand hat. Ich habe dich geküsst, weil ich die Vorstellung nicht ertragen konnte, dass du aus meinem Leben verschwindest, ohne wenigstens zu fragen, ob ich dir schreiben darf, wenn du zu Hause bist.«

Bei dieser Aussicht schlägt mein Herz höher. Weil sich

dieser kleine Kuss, diese zufällige Begegnung, wie etwas Größeres anfühlt. Weil ich mit Gradys Unterstützung vielleicht endlich lerne, mich zurückzulehnen und einfach mal abzuwarten, anstatt sofort durchzudrehen, weil so viel schiefgehen könnte.

Weil er mir zeigt, dass die Dinge manchmal richtig laufen, selbst wenn man sie nicht plant.

»Ich will auch nicht, dass wir uns nie wiedersehen.« Ich schaue ihn gespielt streng an. »Nicht, dass du das hören musst.«

»Das muss ich immer hören, Jessie MacFarlane.« Er zieht mich an sich, vergräbt die Nase in meinem Haar und umarmt mich fest. »Aber ich friere mir hier den Hintern ab, also wie wär's, wenn wir endlich einsteigen?«

»Ich dachte schon, du fragst nie«, quieke ich, hopse auf den Schlitten zu und lasse mir von ihm in das mit rotem Samt bezogene Innere helfen. Es riecht nach Moschus und Mann und Winter – und ja, ein bisschen nach Stall. Die Wolldecke kratzt ein wenig, aber als Grady mit mir darunter sitzt, sein Bein dicht an meins gepresst, fällt mir nichts ein, worüber ich mich beschweren könnte. »Kein heißer Kakao?«, frage ich schließlich neckend.

»Lieber Himmel, für wen hältst du mich?« Er greift nach hinten und holt eine Thermoskanne hervor, die er mir auf den Schoß wirft. Dann schnalzt er mit den Zügeln.

»Du hast heißen Kakao dabei.«

Er schaut mich an. Seine Wangen sind immer noch rot, aber das könnte auch an der Kälte liegen. »Wenn es eins gibt,

das du über mich wissen musst, dann, dass ich Schlittenfahren sehr ernst nehme.«

»Das beruhigt mich.«

»Okay, bringen wir dich zum Flughafen.« Die Pferde traben an und wir gleiten durch den Schnee. Meine Nase kribbelt im eisigen Wind, während sich meine Finger um die warme Thermoskanne schlingen.

Es überrascht mich, wie erleichtert ich darüber bin, dass er nicht versucht, mich zum Bleiben zu überreden. Grady begreift so viel, ohne dass ich es ihm erklären muss – dass mein ganzes Leben sich ändert und dass ich Zeit brauchen werde, um mich mit unerwarteten Gefühlen oder einer neuen Beziehung, so schön sie auch sein mag, auseinanderzusetzen.

Dafür würde ich mich am liebsten direkt auf ihn stürzen, aber er ist im Moment ziemlich beschäftigt. Immerhin lenkt er einen Schlitten.

»Ach, und mein Flug geht von Knock«, sage ich und kuschle mich an ihn.

Grady blickt auf mich herab und seine blauen Augen glänzen vor Glück. »Dir ist schon klar, dass das nicht gerade ein Katzensprung ist?«

»Jep. Immer noch bereit für mich?« Ich halte die Luft an, denn vielleicht meine ich damit nicht nur die Fahrt zum Flughafen. Okay, ich denke darüber nach, einen anderen Weg einzuschlagen, aber ich bin nicht so naiv zu glauben, dass all meine Probleme von heute auf morgen verschwinden – und Grady kennt jedes einzelne von ihnen. Es ist sinnlos, so zu tun, als wäre alles in bester Ordnung.

Das hat mir bei Brennan nicht weitergeholfen und wenn das mit Grady klappen soll, muss es anders laufen.

Er grinst, als könnte er die Gedanken lesen, die durch mein neurotisches Gehirn schießen. »Glaub mir, *bereit* bin ich immer für dich.«

Er schnalzt noch einmal mit den Zügeln und die Pferde werden schneller, während ich vor Verlangen fast verbrenne bei den Bildern, die seine Antwort heraufbeschwört. Wir fliegen auf den Stall der McCormacks zu, in einer vollkommen anderen Gegenwart, als ich sie jemals hätte planen können.

Und auf einmal ergeben auch Grandpa Donnellys Worte Sinn. Mein Trip hat Brennan und mich auseinandergebracht, statt uns enger zusammenzuschweißen, also sieht er auf den ersten Blick vielleicht aus wie ein Fehlschlag.

Doch dann schaue ich Grady neben mir im Schlitten an und das schneebedeckte Irland um uns herum, und mein Lächeln wird so breit, dass mir die Wangen wehtun. Und plötzlich fällt es mir nicht mehr schwer zu glauben, dass ich zwar nicht dort gelandet bin, wo ich hinwollte, aber dafür, wo ich hingehöre.

Epilog

Die Straße nach Fanore ist immer noch schmal und tückisch und unfassbar dunkel, aber wenigstens regnet es dieses Mal nicht. Es schneit.

Die Kurven sind sogar noch enger als in meiner Erinnerung und das will etwas heißen. Immerhin weiß ich jetzt, dass ich auf dem unbefestigten Weg zum Thistle Farmhouse Bed and Breakfast langsamer fahren muss. Und auf Ziegen achten. Ich atme erleichtert aus, als der kleinste Mietwagen aller Zeiten an der Stelle vorbei ist, wo Oma Ziege und ich letztes Jahr unsere Meinungsverschiedenheit hatten, und zucke zusammen, als sich eine warme, schwielige Hand um meine schließt.

»Guck mal, da haben wir uns zum ersten Mal getroffen.«

Ich schüttle den Kopf, traue mich aber nicht, den Blick von der Straße zu wenden. »Du meinst wohl, da hast du mich zum ersten Mal wie eine nervige Amerikanerin behandelt. So romantisch.«

»Na ja, du bist ja auch eine nervige Amerikanerin«, sagt Grady, während wir unversehrt auf den Parkplatz rollen. »Aber jetzt bist du *meine* nervige Amerikanerin.«

Karamellfarbenes Licht fließt durch die Fenster des Farmhauses auf die Veranda. Schneeflocken tanzen durch die Luft, sprenkeln die Windschutzscheibe und schmelzen auf der Motorhaube, als ich den Zündschlüssel abziehe, meinen Gurt öffne und mich zum Beifahrersitz drehe.

Dort sitzt Grady, in natura, zum ersten Mal seit über sechs Monaten. Er hat mich einmal besucht, als er sich in den USA um ein paar Praktika als Fotograf beworben hat, aber das war viel zu kurz und ich musste ihn mit viel zu vielen anderen Leuten teilen.

Deswegen habe ich mich förmlich auf die Gelegenheit gestürzt, Weihnachten wieder in Fanore zu verbringen – dieses Mal mit Einladung.

Gradys raue Hände streichen über meine Wangen und holen mich zurück in die Gegenwart. Dann ist sein Mund auf meinem, und wir schmiegen uns zwischen Schalthebel und Mittelkonsole und zu dicken Klamotten aneinander, doch ich kann Grady niemals nah genug sein. Seine Zunge streift meine Lippen, und ich öffne sie begierig und lege den Kopf in den Nacken. Meine Finger wandern zu den fünf Zentimetern nackter Haut zwischen seinem Kragen und seinem Kinn, und er stöhnt so lustvoll, dass mein Körper vor Verlangen kribbelt. Als wir uns schließlich voneinander lösen, atmen wir beide schwer und Grady presst die Stirn gegen meine, während wir um einen normalen Puls und Sauerstoff ringen.

»Du bringst mich um, Jessie MacFarlane.«

»Hoffentlich nicht. Wir haben gerade erst angefangen und du musst noch den ganzen Sommer durchhalten.«

Ein albernes Grinsen vertieft seine Grübchen. »Du und ich in Griechenland. Den ganzen Sommer. Und du trägst nur einen sehr, sehr knappen Bikini.«

Grady und ich haben beide einen Praktikumsplatz bei einer aufstrebenden Nachrichtenwebsite ergattert – ich als Social-Media-Reporterin, er als Fotograf. Es war pures Glück, dass sie uns dem gleichen Standort zugeteilt haben.

»Ich kann's immer noch nicht glauben.« Ich versetze ihm einen spielerischen Stoß und er fängt meine Hand ein und lässt die Finger über meine Handfläche wandern. Sofort stehen meine Nerven unter Strom. »Das muss das sprichwörtliche Glück der Iren sein.«

Er verdreht die Augen und beugt sich vor, um meine Lippen wieder mit seinen zu verschließen. Eine Weile vergessen wir alles außer unseren Zungen und Händen, und als wir uns voneinander trennen, um zu Atem zu kommen, bemerke ich, wie kalt mir ist. »Wir sollten reingehen. Die Donnellys warten bestimmt schon auf uns.«

Ich kann es mir bildlich vorstellen – kein Tagtraum dieses Mal, sondern eine Erinnerung: Molly, die herumhopst, versucht, Katies Aufmerksamkeit zu erhaschen, oder sich mit ihrem Bruder balgt. Mrs Donnelly, die den Tisch deckt, Tee aufsetzt und ihre Kuchen und Plätzchen noch einmal neu arrangiert. Mr Donnelly, der seine Kinder ermahnt, und den alten Grandpa, der inmitten des wundervollen Durchei-

nanders thront, an dessen Entstehung er nicht unbeteiligt war.

Der Stechpalmenkranz an der Tür heißt uns willkommen. Es war so nett von den Donnellys, uns beide über die Feiertage einzuladen. Zwei Quasi-Waisen, die es geschafft haben, einander unter den unwahrscheinlichsten Umständen zu finden.

»Wollen wir?«, fragt Grady, während er die Wagentür öffnet und mir seinen Arm anbietet, als wäre er ein Gentleman.

Ich weiß es besser und es gefällt mir sogar. Wir haben noch keine drei Schritte gemacht, da kommt mir eine Idee und ich werfe ihm ein verschwörerisches Grinsen zu, das ihn aufstöhnen lässt – dieses Mal jedoch aus einem anderen Grund.

»Ich kenne diesen Blick, Jessie. Was für einen teuflischen Plan hast du wieder ausgeheckt?«

»Ich dachte, wir könnten mal nach Oma Ziege schauen.«

»Der geht's gut. Ich habe sie gefüttert, bevor ich dich abgeholt habe«, versichert er mir und zieht mich weiter.

»Ja, aber ich meine, vielleicht sollten du und ich trotzdem noch mal nachsehen. Nur um sicherzugehen. Im Stall. Allein. Wo es warm ist und nie jemand hinkommt außer dir …«

Endlich geht ihm ein Licht auf und er lächelt so verrucht, dass ich mir vorstellen kann, diesen Mann bis zum Ende meiner Tage zu lieben.

»Ach ja, Oma Ziege. Jetzt wo ich darüber nachdenke … sie sah wirklich ein bisschen komisch aus.« Er greift nach

meiner Hand und zerrt mich mit sich. »Ich brauche natürlich deine Hilfe.«

Ich trabe neben ihm her, und das Glück sprudelt aus meinem Lächeln und meiner Brust und meinen Fingerspitzen. Es ist so groß, dass mein Körper es gar nicht fassen kann. Bestünde Glück aus echter Energie, würde das Stromnetz von Fanore wegen Überlastung zusammenbrechen.

Grady schließt die Stalltür hinter uns, packt mich und wirbelt mich herum, bis meine Füße vom Boden abheben und ich einmal mehr innehalten und die völlige Kehrtwendung bestaunen will, die mein Leben innerhalb des letzten Jahres gemacht hat. Sie berühren, nur um sicherzustellen, dass sie auch echt ist.

»Mir ist gerade aufgefallen, dass ich dir noch nie gezeigt habe, wie weich das Heu auf dem Speicher ist«, murmelt Grady, als er mich wieder absetzt. »Das sollten wir ausprobieren.«

Ich klammere mich an seinen Parka und küsse ihn mit allem, was ich habe, schmecke und necke und locke ihn und versuche, jedes kleinste bisschen von Grady Callaghan zu ergründen, auch wenn wir dafür noch alle Zeit der Welt haben.

Dann löse ich mich von ihm und nicke ganz ernst. »Wir sollten alles ausprobieren.«